深网

危险的蝴蝶

邱尔 著

天津出版传媒集团
天津人民出版社

图书在版编目（CIP）数据

深网：危险的蝴蝶 / 邱尔著 . -- 天津：天津人民出版社，2022.3
ISBN 978-7-201-18122-6

Ⅰ . ①深… Ⅱ . ①邱… Ⅲ . ①推理小说 - 中国 - 当代
Ⅳ . ① I247.5

中国版本图书馆 CIP 数据核字 (2022) 第 025460 号

深网：危险的蝴蝶
SHEN WANG : WEIXIAN DE HUDIE
邱尔 著

出　　版　天津人民出版社
出 版 人　刘　庆
地　　址　天津市和平区西康路 35 号康岳大厦
邮政编码　300051
邮购电话　（022）23332469
电子信箱　reader@tjrmcbs.com

责任编辑　章　赫
封面设计　王　鑫

制版印刷　大厂回族自治县德诚印务有限公司
经　　销　新华书店
开　　本　787 毫米 ×1092 毫米　1/16
印　　张　18
字　　数　305 千字
版次印次　2022 年 3 月第 1 版　2022 年 3 月第 1 次印刷
定　　价　59.00 元

目　录
C o n t e n t s

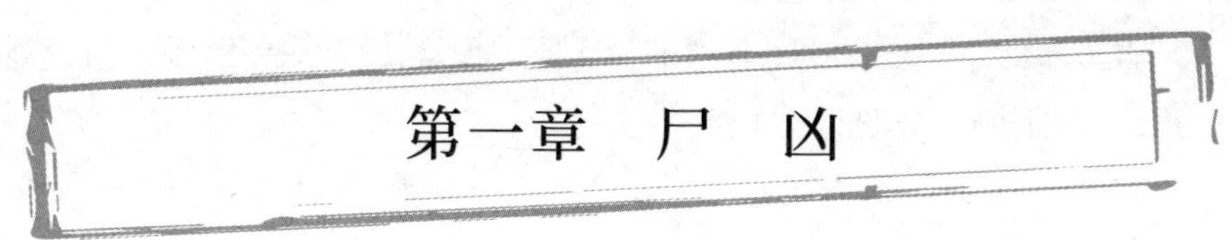

第一章　尸　凶

美国·华盛顿

古琛提着星巴克外卖推开办公室大门时，戴着 MOSCOT 怀旧款粗框眼镜的唐彧，正摆出一副怀疑人生的嘴脸趴在现场照片的海洋里。

“嘭”的一声，咖啡杯落在办公桌的一角，冰块在杯子里畅快地跳着探戈。

顶着炎炎烈日，到胡佛大楼“送外卖”的古琛看起来十分不爽，一张零下 30℃的脸，让办公室的气温又降了几度。

“你们头儿刚休假，案子就堆成山了？”古琛坐在唐彧对面，看着乱成一团的唐彧，话中透着几许隔岸观火的快感。

唐彧早已没了求生欲望，半死不活地回道：“何止！这里有一宗 7 车连环相撞的交通事故，8 人死亡、6 人重伤，有几个命大的真是谢天谢地了。”说着接连叹了两口气。

古琛瞄了眼唐彧，撇着嘴角阴阳怪气地开口：“没调职啊？交通事故不是由交通警察处理吗？”

“没错，但前提是这个遇难者是死于车祸。”唐彧从办公桌上拿起一张照片，“你看看，车祸现场没有发现该男子因严重外伤而导致大量失血的痕迹；还有，这是救护人员当时测量体温的记录——96.2 °F。我们都知道，人在正常情况下死亡后，体温每小时会下降 1.5 °F。而据资料显示，遇难男子的血氧饱和度值显示为 0。上述种种迹象只能说明一点，在交通事故发生时，遇难者死亡时间至少在一小时以上，所以可以肯定这不是一场普通的交通事故。”

答案毋庸置疑。

“就算如此，不过是一宗普通的谋杀案，没理由你来接手吧？”古琛随口问道，“死因呢，法医怎么说？”

“查出死因的话，可能真不需要我接手。”一杯咖啡或许能有效缓解疲劳，但这并不足以缓解唐彧的偏头痛。

“我有没有听错，”古琛忍不住调侃道，“死者家属不同意解剖？”

“如果我告诉你，尸体在准备解剖的半个小时前，被一个粗心大意的工作人员搞错了编号推走，又被另一位糊里糊涂的家属认领送去火化，而那堆骨灰已经被撒进了大海，现在不知道漂到哪个大洋了，对此你怎么看？”唐彧的语速比平时快了 1.5 倍，宣泄着极度不满的情绪。

古琛在此时选择闭嘴，而快要丧失理智的唐彧突然拍案而起，怒吼道：“我跟你讲，如果我是上述环节的某一个人，我现在不是杀人就是自杀。一群饭桶死了算了！”

一想到华盛顿居高不下的犯罪率，唐彧的脸上又熬出了几颗黄豆大的水泡。身为联邦 BAU（行为分析部）前犯罪侧写师、现任凶案组代理组长，他不仅要跟那些穷凶极恶的不法分子斗智斗勇，还得为愚蠢的同事做出的愚蠢的事情擦屁股。

古琛丢了一颗薄荷糖给他，希望他冷静一点。

这时唐彧突然转过头，将视线聚焦在古琛身上，眼睛忽闪忽闪地泛着亮光；他贼兮兮地说道：“刚才被气毛了，差点忘了跟你讲重点！”

一种不祥的预感袭来，古琛像屁股着了火似的站起身，一边看手表一边说：“有空儿再说，我突然想起还有事——”

话还没讲完，唐彧一把将他拉回椅子上，用认真的口吻说：“凭我对你的了解，这案子你肯定感兴趣！”

“没兴趣，而且你根本不了解我。”古琛站起身，想要挣脱唐彧的手臂。

唐彧拉住对方的衣袖：“被害人死时，眼睛一直发着幽蓝色的光，听目击者说，这是地狱魔诅咒的迹象。”

“什么诅咒什么鬼的，你去找巫师啊，我没兴趣！”为了挣脱无赖的唐彧，古琛连讲话都多用了几分力气。

唐彧加快语速解释：“现场虽然及时采取了封锁措施，但还是有路人拍了视频、发了推特。这一段被命名‘死神的诅咒’的视频，仅用了不到一个小时就被转发数十万次。”

“你担心什么，怕孩子们为了一段后期剪辑效果还不错的视频而恐慌？还是怕成年人无法辨别网络信息的真假而头疼？”

这一类天方夜谭的传说，对古琛这种无神论者来说，就是无稽之谈。

“如果看过这些，你还会这样认为吗？”唐彧迅速从电脑文档中翻出一段视频。

这段视频是一个业余摄影爱好者拍的，拍摄技术比较差，镜头抖得厉害，但是把整个车祸现场都记录了下来。

从视频看得出场面十分惨烈，各种机动车的零件四处横飞，现场充斥着求救声和哭喊声。

唐彧将画面定格在 1 分 17 秒，从屏幕上可以清晰地看到，一辆被挤压变形的老款沃尔沃里，一个白人男性以诡异的角度歪斜在副驾驶座位上，从脸部看不出该男子有什么外伤，不过他的一双泛着蓝色光芒的眼睛引起了古琛的注意。

“已经找技术人员检查过了，视频没被动过手脚，而且在事故现场救援的工作人员声称看到了这一幕。”

古琛目不转睛地盯着屏幕，表情严肃起来。

“考虑过光线折射、干涉等其他因素吗？”

唐彧点了点头：“能考虑到的干扰因素均已被排除，根本找不到原因。”

“貌似有点意思。”古琛紧盯住那双幽蓝的眼睛，嘴角勾出一个弧度，“你经费够吗？我可是很贵的！”

唐彧从口袋里掏出一枚硬币，满脸堆笑：“如果我是你的话，会适当地选择高风亮节。再说了，咱们这感情，谈钱就俗了啊！”

“谈感情多伤钱啊！我有必要跟你重申一下我的职业准则——”

“工作第一，金钱至上嘛！”唐彧黑着脸说，“真不知道我上辈子做了什么孽，认识你这么个属貔貅的！”

“时间宝贵。”

“行啦，加上次和上上次的，年底一块儿结！”唐彧说完，便立即召集凶案调查组组员们开会。

马汀作为调查组的核心成员之一，就目前走访搜集到的全部资料展开简要分析。

“被害人杰里米·韦斯利，男性，29 岁，于 2019 年 6 月 28 日被发现死于一起连环车祸中。

“莎拉·杜波夫是杰里米·韦斯利的妻子，他们还有一个 5 岁大的女儿娜塔丽·韦斯利，一家人于 2014 年 3 月从加利福尼亚州搬迁至此。

“死者生前在一家汽车修理厂工作。在与他共事的同事口中了解到，杰里米平时不善交际，而且是个出了名的滥赌鬼，他几乎向每个人都借过钱。除此之外，他平日还有三大嗜好：喝酒、家暴、吸毒。”

“典型的社会人渣，有钱必赌，逢赌必输，所以他生前在外面欠下不少赌债。”唐彧将咖啡一饮而尽，纸杯被捏变了形丢进垃圾桶。

“说得对，唐！”英迪娅赞同地点头，“鲍比·韦恩是当地臭名昭著的黑帮大佬，也是咱们的‘老朋友’了。他承认自己曾派布鲁斯出面警告过被害人杰里米。”

“警告？鲍比说的话鬼才会信，好吗！”操着一口英式口语的胖大叔杰森警官翻了个白眼。

马汀丝毫没受这些义愤填膺的声音干扰，继续汇报：“除了上述人员，跟被害人交集甚广的还有这个人—— 卢卡斯·汤姆，毒品拆家、皮条客，诱骗妇女、未成年少女。一直给被害人提供大麻的正是这个人。”

“我们这位被害者的朋友圈，真可谓是败类云集！”杰森又不顾形象地翻了个白眼。

马汀叹了口气，补充道：“值得一提的是，有人见到被害人曾介绍妇女和未成年少女给卢卡斯。”

“未成年少女和毒品……这个浑蛋，说不定是分赃不均，他们内讧干掉了死者！”英迪娅握紧拳头，低声咒骂了一句。

“未必，别忘了被害人的尸体是在谁的车上被发现的。”唐彧的目光转向紧盯着显示屏不放的古琛。

马汀点头示意道：“没错，目前嫌疑最大的正是被害人的妻子莎拉·杜波夫。我查到一些以往的旧资料，莎拉曾多次报警称遭遇家暴，警方出警记录多达 7 次，最近一次正是一个月前。这是从报案中心拷贝过来的录音。”

马汀敲着键盘，音箱里传出当时的报警对话。

“这里是‘911’急救中心。”接警员说。

“我需要一份培根比萨和一打啤酒。”一个女人有气无力地说道。

“女士，这里是‘911’紧急求救电话。”接警员提示说。

“是的，比萨要大份的，不加洋葱。我的地址是 F 街 C 座……”莎拉佯作镇定地说着，瘦弱的身体却在微微颤抖。

接警员无奈地重新确认：“女士，你知道你拨打的是‘911’吗？”如此无聊的恶作剧，还真是每一天都不厌其烦地上演呢！

“是的，没错！”莎拉紧张地握着话筒，眼泪即将夺眶而出。她尽量让自己的声音听起来正常：“你送到这里……大概要多长时间？”

接警员似乎意识到了异常，询问道：“女士，你还好吗？你是否有紧急状况需要帮助？”

“是的，”女人轻舒了口气，“我想我应该有零钱。”

接警员停顿了片刻，思索着问：“你身边还有其他人吗？是不是不方便讲话？”

“是的，你要多久送到 505 呢？”

“距离你所在地约 1.3 英里有巡警。”接警员回道，“你身边有武器吗？”

“没有，请快点！”莎拉捂住自己的嘴，生怕被身后的男人听出异样。

接警员问：“你能始终保持通话吗？”

“不，谢谢，再见。”

莎拉挂断电话转过身，看见杰里米鹰一般的眼睛。

莎拉有一张姣好的脸蛋，身材婀娜曼妙。纵使额头、左眼和嘴角布满了瘀青，在杰里米的眼里，她仍然美得不像话。

杰里米示意莎拉到自己身边来。莎拉忍着肋骨传来的阵阵剧痛，踱步到他身前三步的距离——这是她自以为的安全距离。

下一秒杰里米将她拽进怀里，眼底露出一丝嘲讽，像是在宣示：瞧！莎拉，你的“安全范围”如此不堪一击！

在客厅电视机旁，5 岁的娜塔丽安静地坐在角落里，看着爸爸对妈妈所做的一切，脖子上系的绳索让她只能这样眼睁睁看着。

如果她敢哭闹，那么绳子会被爸爸勒得更紧，紧到无法呼吸。

“接电话的人是谁？”杰里米说。

“什么？”莎拉勉强挤出一丝笑意，紧张得几近窒息。

一个巴掌用力打在莎拉脸上。

杰里米吼道：“男人接的吧？贱人！听到男人的声音就让你魂不守舍，还在我面前装清纯，你这个婊子养的骚货！”

杰里米暴跳如雷，谩骂和施暴声不绝于耳。遥控器、马克杯、手机等，身边的物品都被临时当成了凶器，被招呼到莎拉身上的各个部位。

娜塔丽哭叫着：“别打了，爸爸……”

这种家暴在偌大的公寓楼里，每个星期都要上演几次，邻居们早都习以为常了。

杰里米一想到她肮脏的每一寸肌肤，手里的水晶烟灰缸就不受控制地砸下去，一下又一下招呼着女人脆弱的头骨，杰里米陷入了疯狂的失控状态。

莎拉在惊吓和失血中深陷绝望，眼前逐渐失去光芒。渐渐地，她听不到女儿哽咽的声音，亦听不到恶魔的咒骂声了。

不知过了多久，眼前再度浮现出光亮，莎拉深深地吸了一口气，张开肿得几近睁不开的眼睛，眼前由灰色转为彩色，周围弥漫着医院消毒水的味道。

耳边再次传来女儿的啜泣声：“妈妈……娜塔丽好怕，呜呜……妈妈，求你不要丢下娜塔丽……”

“乖，娜塔丽，你是妈妈勇敢的小公主……”莎拉虚弱地抬起伤痕累累的手，摸着娜塔丽柔软的金黄色卷发，“妈妈以后再也不会让你担惊受怕了。”

这时窗外迎来了第一缕阳光，洒在莎拉苍白的脸颊上，暖意让莎拉的脸涌现出一抹隽永的笑容：感谢上帝没有抛弃您的孩子，感谢黎明再次降临，能活着真好。

短短一分钟的录音，莎拉挂断电话时焦急与隐忍的声音，停留在每个人的脑海里，让人心疼不已。

“目前莎拉·杜波夫因车祸重击头部，仍处于昏迷状态，所以还未拿到莎拉·杜波夫的口供。以上，是我总结的全部资料。”

“莎拉·杜波夫、鲍比·韦恩、卢卡斯·汤姆，三人表面上都有杀人动机。很显然鲍比有只手遮天的能耐，但他的可能性却最小，毕竟欠债的死了，他才是最直接的利益损失者。”唐彧花样翻转着碳素笔，大脑飞速运转，果断地划掉了鲍比的名字。

但为确保法律的公正性和判断零失误，唐彧还是提出：“英迪娅、麦克，你们去鲍比那儿走一趟，无论如何死了人，也该适当地给他施加点压力！杰森大叔去会一会卢卡斯，他的日子也不该太舒服。马汀你来申请搜查令，记得第一时间告知我。”

散会后，唐彧冲了两杯速溶咖啡，随手放在古琛电脑旁，敲了敲桌子问道：“你盯着屏幕快一个小时了，有什么发现？”

古琛将显示屏转向唐彧，说：“自己看！”

屏幕里还是那段三流摄影爱好者拍的视频，时间定格在 1 分 23 秒，被害人被安全带束缚在副驾驶座上，一双眼睛像是受了诅咒般，散发着幽蓝的光芒，让人看了忍不住浑身战栗。

唐彧打了个冷战，黑着脸说：“有什么好看的，越看越瘆人。”

古琛鄙视地伸出了他修长的中指，然后从办公桌的角落里扯下一张便笺，粘在被害人幽蓝的眼睛上：“重新看。”

挡住眼睛后，诡谲的气氛顿时减半，唐彧这才恢复了以往的谨慎、敏感，很快就从被害人的伤口处发现了问题。

“被害人的皮肤表面外伤和皮肤黏膜均呈现樱红色，面部和嘴唇有绀紫，耳郭及耳垂亦呈樱红色，这是——”唐彧目不转睛地瞪着屏幕，惊骇道，“氰化钾！”

古琛揉捏着酸痛的睛明穴，认同唐彧的推测：“氰化物中毒的机理是抑制呼吸酶活性，使细胞内缺氧窒息，导致静脉血液中富含氧气，这些樱红色都是尸体呈现出的最直观的表现。虽然拿不到尸检报告，但就目前情况足以证明这个判断。”

唐彧眼前一亮，有种拨云见日的感觉。他不禁打了个响指，说道：“一具中毒身亡的尸体，在长期忍受家庭暴力的妻子车上被发现，正是要毁尸灭迹的节奏嘛！”

“被害人的妻子还在昏迷中，证据应该大摇大摆地躺在她家中。你申请的搜查令几时能下来？”古琛言简意赅地切入主题。

唐彧故作头痛地揉着太阳穴，尴尬地咧着嘴：“马汀在搞定！”

古琛快速操作着软件，将视频第 1 分 17 秒后的几帧画面截屏，一边压缩文件，一边叮嘱：“把这个截图发给你的人，催他们快点搞定！还有，刚听你们提起被害人还有个女儿，她现在在什么地方？”

唐彧随手翻了下资料，拿起手机，说：“这个时间，小朋友应该在幼儿园或由家属帮忙照看，我找人查一下。”

“事故当晚小朋友能幸免于难，说明孩子被很好地呵护起来。不管谁在监护，一定要见到这个孩子。”古琛站起身，伸了个懒腰，“或许这步棋能帮你破冰。”

唐彧瞬间明白了古琛的用意。

有时候不得不承认，计划不如变化快，变化来时通常属于“喝凉水都塞牙缝”的那种，就像这一刻的倒霉二人组。

“这该死的楼梯没完没了了，怎么还不到？”唐彧对迎面打招呼的同事视而不见，此刻他的内心及其烦躁，黑着脸禁不住咒骂，“妈的，一把火又得回到解放前了！”

古琛用手帕掩着口鼻，紧随唐彧上楼。

6 个半小时前，唐彧接到马汀顺利申请到搜查令的电话，就和古琛开着车匆匆赶去 F 街，那是杰里米 · 韦斯利生前所住的公寓。

唐彧开车途中与五辆呼啸的消防车擦肩而过，唐彧第一时间给消防车让了路。

想不到当他们赶到公寓时，发现失火的正是C座，而火源刚巧是杰里米·韦斯利的隔壁邻居家。

唐彧和古琛只能站在安全距离外，无能为力地看着火情干着急。

火情被解除后，消防队员撤出，换了唐彧的同事们跟进，505 室被彻底封禁。

老式的公寓里，弥漫着陈旧腐败的气息，此时又夹杂了大火被扑灭后留下的焦味，让人敏感的鼻子受尽委屈。

踏过一地酒瓶碎片，再三确认过证据无迹可寻后，唐彧哭丧着一张脸吼道：“老子最近是走了哪门子衰运，好不容易拿到搜查令，怎么好巧不巧隔壁就失火了，难不成老天都在帮杀人凶手！”

古琛没说话，从客厅到厨房四处张望，最终将视线锁定在窗外。唐彧顺着古琛的视线望去，除了街对面的摩天楼中间有个大到夸张的电子屏幕外，没什么其他发现。

唐彧继续碎碎念："阿琛，你倒是给点意见啊，你说哥是不是该找个大师卜一卦，我怎么感觉我最近运势持续低迷呢！"

看着唐彧苦闷的脸，古琛忍不住道："晚上喝一杯，如何？"

"还是你了解哥，我等下……"不等话说完，唐彧的手机铃声响了起来，几乎同时，古琛的手机也震动起来。

"知道了，你们先做前期笔录，我马上就到！"

唐彧匆忙挂断电话，对也挂断电话的古琛兴奋地说："被害人的妻子醒了，咱们立刻过去一趟！"

"我这边或许也会有新进展。"古琛晃了晃手机，说道。

"你是指哪方面？"

"暂时无可奉告。"古琛边说边和唐彧离开现场。

"有你这么对雇主的吗，跟我还卖关子！"下楼时的唐彧不再阴沉着脸，眼睛闪烁着亢奋的光。

"得罪了！"古琛说，"话说回来，可别怪我泼你冷水，嫌疑人不会轻易开口……"

好兄弟一个眼神，唐彧就懂了；他神情严肃地回答："人命关天，在我这儿岂容她抵赖！"

两个人快速走下楼梯，驱车赶往公立医院。

一路上两人没有说话，唐彧边开车边回想古琛的话，一脸吃瘪的表情。古琛上车后一直在发短消息，然后不时地凝望着窗外，也不知在思索些什么。

赶到医院的时候，守在门外的弟兄面色都不太好看，用脚趾头猜也知道没问出个前因后果来。

"唐，"英迪娅叫住唐彧，叹了口气，她少了以往的直爽洒脱，小心翼翼地开口，"无论我们怎么提问，莎拉就是不肯开口，还有医生说——"

唐彧猜到了七八分，接话道："她有脑震荡，不能受强烈刺激。放心，有我在！"

"东西呢？"古琛看见马汀问。

"在这儿，按照你的要求选的。"马汀说着，递过来一束粉红色玫瑰花。

见花如此漂亮，唐彧戏说："见过给老妈、老师、情人和病人送花的，还是头一次看到警察给嫌疑人送花的，真是'活久见'了。"

“送花不是重点，”古琛随口解释道，“你还记得讲色彩心理学的花白胡子老师吗？他说过粉红色可以安抚人的浮躁情绪，从而达到软化攻击的效果。”

“原来是为争取嫌疑人的印象分打基础，这招学以致用干得漂亮！”唐彧一副心服口服的嘴脸，“我对白胡子老头儿的课没什么印象了。你说见二十岁的俄罗斯姑娘该送什么花比较好？我明天晚上约会刚好派得上用场。”

古琛回了一记白眼，道：“放过那些花朵吧，你这个老色狼！”

“我还真有点于心不忍，哈哈哈！”唐彧转过身，换回一本正经的面孔，然后递给英迪娅一个安心的眼神，直接推开门走进莎拉·杜波夫的病房。

房间里充满了刺鼻的消毒水味，莎拉·杜波夫正安静地平躺在病床上，姣好的面容在经历车祸后满是伤痕，一条腿被悬空吊了起来。

“晚上好女士，我是联邦调查局的探员唐彧。”唐彧表情严肃地开口介绍，“这位是帮忙调查本案的古琛先生。”

古琛的脸上挂着一抹令人舒适的微笑，将一束精致的花插进花瓶，并选了个顺眼的位置摆好。

莎拉憔悴的目光瞥见了鲜花，有些惊讶，似是许久没见过鲜活的植物了，一瞬间竟觉得那清新的香味有慑人的魔力。

她的眼睛顺着鲜花方向看过去，便见到一个身材高挑、五官精致的东方男人，他的脸上挂着午后阳光般温暖的笑容。这对一个婚后生活不如意的女人来说，真是太过久违了。

唐彧无暇揣摩女人的心思，他在面对罪犯时总是职业病发作般绷着一张脸，即使面对一个昏迷后初醒、身体虚弱的嫌疑人，依然例行公事盘问了十几分钟。

凶案组成员们像 CD 机一样，已询问了几十个相似的问题。古琛背靠在门上观察这个面色苍白的女人。她抿着嘴唇很少讲话，眼神里透着戒备与不安。

接近二十分钟过去了，唐彧依旧在不厌其烦地盘问，莎拉的脸色越来越难看，这样下去嫌疑人会吃不消。

古琛的手机突然振动了几次。古琛打开一看短信的内容，轻舒了口气；

他转身倒了杯温水，走上去送到莎拉面前，一脸担心地问：“看你样子很难受吧？”

古琛说着，眼睛看向莎拉手臂上的大小瘀青。

他的声音太过温柔，眼里全是真挚的关切。莎拉咬着唇迟疑地摇了摇头，想用挂吊瓶的手去掩盖那些丑陋的瘀青。

“我说的是这里，”古琛指了指胸前的位置，“活着很不易，对吗？”

见莎拉的注意力被古琛吸引，唐彧将座位让出，找了别的位子坐好。

莎拉舒了口气，听年轻的东方男人轻声说话：“人生对多数人来讲都是不易的，幸好所有的风浪都会过去，也幸好没人会再伤害你和你的小公主了。”

听到“小公主”时，莎拉的表情明显为之一动；古琛趁热打铁拿出手机，翻出一张照片，照片上一个小女孩正在绘画，画面上的小女孩洋溢着初夏般的笑。

“你放心，莎拉，娜塔丽现在被照顾得很好。她的大眼睛真是太美了，而且她真的好乖呀！”

“她说前天晚上自己做了一个梦，她见到了她的爸爸，梦里他的笑带着从未有过的温暖，他对娜塔丽说了‘对不起，爸爸永远爱你’。”

莎拉不可思议地瞪大了眼睛，古琛说道：“娜塔丽告诉我，她已经准备原谅他了。莎拉，我真为你感到骄傲，你女儿还这么小就如此善良，她真是个宽容的小公主。”

古琛观察着莎拉情绪上细微的变化，继续说：“你的小公主说她还做了另外一个梦。她说自己见到了美丽的天使；她向天使许下了一个愿望，希望和妈妈在一起永远不分开。”

“莎拉，娜塔丽有一句话要我千万要转告你，”古琛的耳畔仿佛响起了娜塔丽稚嫩的童音，“请帮我告诉妈妈，她的小公主已经长大了，以后我会像妈妈保护我一样，勇敢地守护妈妈。请转告妈妈，我非常非常爱她。”

“娜塔丽……我的小公主，呜呜……妈妈真的真的很抱歉……”莎拉瞬间难过得泪如雨下，哽咽不止。

“我想起一位名叫斯科特·派克的心理医生，他曾经说过：‘男性不擅长表达，更不会倾吐内心的苦恼和烦闷。就算直接问他们，得到的回答也只是没事。长年累月男性心中的压力和焦虑会越积越多，最后质变为家庭暴力。’”

古琛的眼中闪过一丝同情，沉声问：“那么杰里米·韦斯利这个该死的浑蛋——他到底对你们母女干了什么？”

泪水从眼中汩汩流出，莎拉终于艰难地开口，可一字一句仿佛带着倒刺，揪着每个人的心不放。

“孩子，还是我……”

压抑在心底许久的、沉重到让人窒息的回忆，翻山倒海的片段突然在脑海中崩坏，莎拉崩溃得号啕大哭起来。

外面的警员听到哭声涌进病房，与在场的警员面面相觑。唐彧比了个“嘘”的手势，让英迪娅留下做笔录，其余人被轰了出去。

古琛大致猜出了那句话背后的意义；尽管莎拉没有喝水，他还是起身给她换了一杯热水，并递了面巾纸给她。

古琛轻轻拍了拍她的肩膀，鼓励道：“莎拉，你真的很勇敢。能有你这样的母亲，娜塔丽是个幸运的孩子。”

良久，莎拉才从抽泣中缓过神来。她轻舒了口气后，配合地说出前因后果，由英迪娅从旁记录。

第二章　最后的晚餐

案发当天，杰里米因欠下数额不小的高利贷，被堵在下班回家的路上。

那是一条逼仄的小巷，也是摄像头无法捕捉的死角。若是不走运的话，这很可能成为杰里米赌徒生涯的葬身之所。

鲍比似乎非常生气，竟派出了他的首席打手——黑道上令人闻风丧胆的布鲁斯亲自登门讨债，他身后还跟着一帮看起来气势汹汹的流氓。

布鲁斯向来下手很黑，这次却出人意料只是轻微教训了杰里米几下，然后用手帕擦拭着拳头上的血渍，阴森森地俯视着口鼻流血的杰里米。

“老板，我最近……真的是手……手头有点紧……”杰里米捂着下巴，弓着腰趴在肮脏的水泥地上，身体根本撑不起来。

“原来是没钱还，屁大的事你怎么不早点说呢！”布鲁斯从黑色西装口袋里掏出一个信封，很有耐心地解释，“这里有一份拟好的器官买卖协议。至于是肾脏还是眼角膜，选择权在你；赚到的钱除了还老大这份，剩下的统统留给你养身体。”

杰里米被吓得噤了声，瞳孔不断收缩，像个受了委屈的孩子，摇着头嘤嘤哭泣。

布鲁斯突然不耐烦地拎起杰里米颤抖的头，冷冷地吼道：“怎么？是不是韦恩老大太过仁慈，感动得说不出话来了！”

“还……我一定还钱。老板，求您再给点时间，我一定……”

不等杰里米把话说完，布鲁斯一脚把他踢出几米远，吩咐手下说：“傻愣着干什么，还不赶紧拿签名笔？”

一个年轻的混混儿立刻上前，杰里米吓得接连退缩，却无奈被身后的两名壮汉擒着手臂挪不开半分。

杰里米哭嚎着摇头，求布鲁斯帮他向老大求情：“放我一条生路吧，我将来一定做牛做马报答您。”

“只是摘个器官而已，又没人要你的命！”布鲁斯忽然闻到一股腥臊的味道，不禁望向杰里米胯下那一摊尿渍，“年纪轻轻肾就不好，真不晓得女人是怎么忍过来的。”

杰里米听到“女人”这个词时，突然灵光一现，慌忙说道：“老板，我知道去哪儿能找来钱，您给我一周……五天，就五天的时间，我一定连本带利全数还上！”

“三天！”布鲁斯趾高气扬地盯着脚下的男人，杰里米看起来像鼻涕虫般恶心，“三天后的这个时间我派人来拿钱。你若是敢食言，我就让你年轻的妻子变成活寡妇！”

布鲁斯说完便带着一帮手下离开。

杰里米脑子迅速转动着，一张楚楚动人的脸蛋在脑海中浮现。他站起身拍掉身上的泥土，带着狡黠的笑容走向家的反方向。

以往的杰里米除了嗜赌成性，还是个瘾君子。他之前在酒吧里认识一个二手毒贩卢卡斯。

卢卡斯是个无恶不作的浑蛋，平日里除了贩卖毒品赚点外快，还每晚和朋友们在街道上物色身材火辣的未成年少女。

这些女孩多半被家人忽略、同学孤立。感情上的缺失，成为卢卡斯等人攻破她们心理防线的切入口。他们用感情哄骗无知女孩们进行性交易，从中牟取暴利。

卢卡斯每晚大概能赚三千到五千美元。在杰里米的眼里，卢卡斯无疑是杰出与成功人士的典范。

杰里米在一群瘾君子中找到了和女孩玩暧昧游戏的卢卡斯。

今天和半年前的境遇差不多，自己说要把年轻漂亮的妻子卖给卢卡斯，并把一张和妻子、女儿的全家福照片拿给卢卡斯；只要卢卡斯点头，他就能靠妻子渡过眼下的难关。

杰里米的妻子莎拉年轻貌美，卢卡斯非常满意。当价格谈拢后，卢卡斯曾对准备离开的杰里米说过一句话，让杰里米回忆至今。

“哥们儿，怎么看起来没精打采的，来点好货提提神？”卢卡斯对杰里米热情地打了声招呼，拍拍趴在桌上吸嗨了的小妹妹的翘臀说，“扭得卖力些小姐！”

“老兄，这次无论如何你要救我！”杰里米顾不上看小妹妹的表演，表情痛苦地说，“布鲁斯找到我了，三天内如果还不上钱，哥们儿的肾就要搬家了……卢卡斯，这次只有你能救我了！”

“瞧你说的，我当是多大个屁事呢！老兄，先压压惊。”卢卡斯收回猥亵小妹妹的手，从酒桶里抽出一瓶冰镇啤酒递给杰里米。

杰里米接过啤酒满脸愁容，眼睛紧盯着卢卡斯两颗纯金的大门牙，直到他说：“还记得上次我给你的建议吗，老兄？只要你有需要，随时把你的小可爱带来！”

“我知道，但是……”杰里米的眼神闪过一丝不忍。

卢卡斯将一切尽收眼底。他太了解瘾君子和赌徒们的小心思了。他尽可以对他们的所谓良心不屑一顾，如果真有良心存在的话，这些臭虫们也不会走到今天这一步。

“放心吧，伙计，你女儿就是我女儿，我一定给女儿找个温柔体贴的‘干爸爸’！而且我向你保证，绝对会是个包你满意的好价钱！”

卢卡斯金灿灿的门牙晃得杰里米心神不宁，干了一瓶冰啤酒也没能缓过来。

匆匆告别了卢卡斯，杰里米心思纠结地回到家中；莎拉正在厨房里准备晚饭，此时此刻她的脸上还挂着两天前他喝醉酒后动手留下的痕迹。

杰里米从后背抱住莎拉，轻声细语地说：“对不起，亲爱的。”

莎拉的肩膀不受控制地颤抖着。她轻舒了口气才镇定下来，转过身露出一个略显木讷的笑容。

“马上就能开饭了，你的脸……我的天，杰里米，你这是怎么了？”

“我没事，亲爱的。”每每在清醒的时候，看到莎拉关切的眼神，杰里米都会沉浸在羞愧与矛盾中。

尽管这一刻他感到深深的愧疚，可是想要活下去，他必须懂得取舍。

“莎拉，我有个决定想跟你说。”杰里米就这样抱着莎拉，把布鲁斯的威胁、与卢卡斯达成的共识，统统说给了莎拉听。

“看得出卢卡斯很喜欢娜塔丽。可我的上帝，娜塔丽她还是个孩子呀！”杰里米看起来很心疼孩子。

莎拉没有开口，一直盯着锅里已经沸腾的奶油蘑菇汤。杰里米突然强行将她翻过身来。他面对莎拉，却第一次看不懂莎拉的表情。

杰里米感觉不到来自莎拉心中歇斯底里的绝望，按理说她不是应该害怕、哭泣、哀求吗？可为什么从她的脸上什么都看不到？

杰里米感到很恼火，突然大声地吼道：“告诉我，亲爱的，我到底该怎么做？”

杰里米流下眼泪，仿佛他才是那个无辜的孩子。

莎拉轻轻安抚着杰里米。她默认了这个选择题的答案：当然是保全你自己，每每面临这种选择时不都是这么过来的吗——你这个自私的恶魔！

莎拉给杰里米一个安慰吻，转身倒掉了奶油蘑菇汤，对他说：“快去陪娜塔丽玩一会儿，我要重新为你们父女做一顿晚餐。温馨预告，等一会儿有我刚刚学会做的你最爱的中国甜品！”

一个半小时后，莎拉用一双巧手搞定了一桌丰盛的晚餐，牛扒配上黑胡椒浇汁，旁边是西红柿、黄瓜、生菜和各种颜色的青椒圈，一小锅海鲜浓汤，当然还有杰里米最近迷上的中国甜品——桂花糕。

杰里米把娜塔丽安排在座位上坐好，回身看见新换了一身红色碎花长裙的莎拉。这正是杰里米最爱的风格，上次她这一身打扮是第一次约会的时候。

“你今天可真美。”杰里米立刻送上一个热吻，尽管他感觉今天的莎拉过于热情，但还是喜笑颜开地赞许，“好丰盛的晚餐啊，这真是你新学会做的甜点吗？”

莎拉温柔地回应着他的吻，笑道：“当然，这可是为你庆祝生日特别准备的，待会儿尝尝看味道怎么样？”

“我很荣幸，”杰里米摆了个绅士的手势，突然想起什么，“我的生日不是应该在下周吗？”

莎拉有一秒愣怔住了，公寓窗外刚巧对着一幢摩天大厦的 LED 电子广告屏幕，此时正滚动着列奥纳多·达·芬奇《最后的晚餐》。

沙拉眼里突然迸发出无畏的光芒。她露出柔情万种的微笑，说：“亲爱的，这不正是一场精心的彩排吗？”

后面就是众所周知的结局：杰里米在醉人的温柔乡中吃了有毒的桂花糕。中毒身亡后的杰里米，被莎拉拖进了破旧的沃尔沃车里。莎拉在准备弃尸的途中，因连环车祸被警察发现。

“莎拉，你是如此勇敢，显然你当时的选择并非是最明智的，但还是感谢你保护了娜塔丽，是你让这个可爱的小家伙没有受到侮辱和伤害。”古琛的眼里流露出丝丝同情。

“谢谢。”莎拉在获得理解的同时轻舒了口气，潸然泪下。这一刻她感觉自己是不幸中最幸运的那一个。

因身体状况的原因，莎拉的笔录在接近尾声时，被医生强行制止了，包括莎拉通过何种渠道取得氰化物、她是怎样将尸体从没有电梯的 5 层楼运至停车位等这些细节只能等她身体好些再继续讯问了。

离开医院大楼，唐彧仰望着苍穹星海，心情格外舒畅，想不到案件进展会如此顺利，果真是否极泰来；长舒了一口气，开怀大笑道：“你简直是我的及时雨。话说回来，那些照片你是从哪儿淘来的？”

“在去莎拉家的路上，我就叫杰森大叔去了趟幼儿园，顺便了解到莎拉是如何称呼小妹妹的。”

“可真有你的，”唐彧肉麻地凑上去说，“我真不敢想象你不在的话，我该如何是好！”

古琛一脸嫌弃地推开他，一个人朝街边走去，准备拦出租车。

唐彧喊了声：“哎，老古，一块儿走呗？”

古琛头也不回地摆了摆手，哼道：“你回警局，咱俩不顺路。”

“你去哪儿啊？”

唐彧得到的答案是出租车扬长而去卷起的灰尘。

热脸贴了古琛的冷屁股。贱兮兮的笑容凝固在唐彧脸上，他闷闷地叹了口气，驱车回了警局。

回到办公室，唐彧把马汀拿回来的所有资料进行整理，全组人员加班忙碌到深夜 1 点多，然后一行五人拖着疲惫的身体吃了顿夜宵，才各自回家休息。

唐彧一觉睡到将近 10 点，与英迪娅在电话里确认了莎拉的身体状况仍不适合做笔录后，便起身出发去古琛家。

古琛的住所位于城郊外的一处私人区，住宅和工作室一分为二，各占一半。

古琛平日里醉心钻研犯罪侧写，对犯罪心理学、犯罪侦查学等也颇有研究，为高校学生以及联邦调查局新学员授课，偶尔会受邀参加一些学术研讨会。

除此之外，他会凭兴趣参与一些疑难案件，对案件的调查进度和结案起到关键性作用，也因此在刑侦界名声大噪。

他不善交际，鲜与人往来，除了日常工作外出，最喜欢像个老头子一样深居简出，而唐彧是唯一一个能轻车熟路找到他住所的人。

古琛在门口分别输入了指纹和密码打开电子门锁，在玄关换了拖鞋，拐到厨房从冰箱里取了两罐啤酒后，才向工作室方向走去。

工作室的门被打开时，古琛正在电脑前噼里啪啦敲着键盘；听到敲门声后，将一本生物分析报告丢到桌上，显然是专门给唐彧准备的。

唐彧走上前拿起报告看了良久，久到眼睛都有些酸痛了，才开口道："这是什么鬼？"

古琛继续手上的动作，头也不回道："鞭毛藻。"

"鞭毛藻是什么鬼？"唐彧一脸茫然地追问。

"一种水中磷火微生物，介于动植物之间，更类似于细菌的单细胞微生物。在受到海浪拍打等外力压迫时，它们会像萤火虫一样发光。如果你想对这种微生物进行行为分析的话，那么它应该属于群居类的胆小鬼。"

古琛边说边敲完最后一句，然后拷贝到U盘里，站起身把U盘递到唐彧手中。

后者拿到U盘，狐疑道："我干吗要对非植物非动物的什么鬼做行为分析？拜托你能不能用人类能听懂的语言把话讲清楚？"

古琛眉头紧蹙，深感朽木不可雕也。

"杰里米·韦斯利的死因毫无创意，他妻子的杀人动机和作案手法调查起来没什么难度可言，你说这案子还有什么值得我感兴趣？"

古琛敲打着纸质文档中被圈上重点的位置，意味深长地注视着窗外的熠熠星光。

唐彧顿时恍然大悟："那双发着蓝光——传说中被死神诅咒的'恶魔之眼'，你该不会已经把谜题解开了吧？"

古琛点了下头。他当初接这个案子也仅仅是对所谓的“鬼眼”感兴趣而已。

人体自身是不会发光的。杰里米·韦斯利眼睛里发出的蓝光，既不是被化学染色剂所致，又不属于光源干扰，又排除了特殊天文现象。最终，古琛将答案锁定在某种会发光的生物上。

“我对连环车祸中的其余车辆进行排查，其中一辆越野车上有两对小情侣，刚去过一处海滩度假。”

古琛的脑海中，浮现出一个清脆悦耳的声音。这个声音来自大都市四人游中，唯一幸存下来的姑娘瑟琳娜。

“那是一座宁静的滨海小城，是个小有名气的度假胜地。当地人都非常热情而且彬彬有礼。来自远方的游客们到了这里，能够享受到惬意的慢节奏生活。”

在回忆时，她的脸上洋溢着满满的幸福。她很感激能与艾伦一起度过自己的十八岁生日。

那一日，他们肩并肩翘首期盼着日出；在夕阳西斜的金色海滩里漫步；在灯火璀璨的摩天轮里做着疯狂的事。

当夜幕降临，他们所坐的摩天轮转至半空，俯瞰着一望无际的大海。

这时艾伦突然瞪大眼，惊叫了一声：“快看！”

瑟琳娜狐疑地顺着艾伦的视线看过去，整个人也被眼前的景象惊呆了。

只见一片人烟稀少的海滩，一闪一闪地发着蓝色幽光。

放眼望去，蓝色的光在临近沙滩的海水里蔓延，好似一条蜿蜒的吐着蓝色火焰的巨龙，又好似坠落在人间的星河。

瑟琳娜和艾伦等摩天轮落地，迫不及待地和朋友们驾车到西北方向不远处探险。

四个人忙不迭跳下车，一路狂奔到海边，用DV记录下那一夜奇妙的时刻。

瑟琳娜哭着回忆说：“那是我经历过最棒的一次生日，真是让人毕生难忘！我真的好想艾伦……好想我的朋友们……”

视频里，艾伦用玻璃罐盛满了海水，里面隐隐闪烁着幽蓝的光——像萤火虫一样的光。

在返程中，艾伦吹着口哨开着车，车里的音响开至最大声，里面唱着朋友们最爱的*Waitting for love*，瑟琳娜手捧着泛着蓝色荧光的玻璃罐。四个小伙伴们一路上有说有笑。

艾伦兴致盎然，脚下加大了油门，不承想意外也正悄然而至。

十字路口处黄灯亮起，一辆绿色皮卡停了下来，后面跟着的红色轿跑缓缓停稳。紧随其后的是一辆老旧的沃尔沃。有些紧张的莎拉驾驶着手动挡的车及时停住，而她的丈夫杰里米早已“睡”到不省人事。莎拉“贴心”地帮丈夫戴了顶鸭舌帽，以免令人生疑。

艾伦一行人的越野车，就停在沃尔沃后面不远处。一台黑色的福特休旅停在艾伦的车后面。

这时另一车道驶来一辆满载的蓝色重卡，司机脚踩刹车时突然发生爆胎，重卡侧滑向临近车道的一辆微型货车。

微型货车被重卡撞击后，撞到相邻车道的黑色福特休旅，因挤压而产生非常严重的变形。

后面接连传来“嘭——嘭——”两声巨响，艾伦一行人本能地向后望去，却见后车正迅速冲向他们的车子。

艾伦惊慌失措地松开了刹车踏板，猛踩油门想逃离，却发现避无可避，只是瞬息之间他的越野车就被后车追尾，猛烈的撞击迫使越野车又撞向前车。

瑟琳娜手中的玻璃罐，在事故发生时脱手而出，还在发光的鞭毛藻在强烈的碰撞下从破碎的罐中飞出，掉进了杰里米眼中。

一切巧合如同一幅巨大的拼图，拼凑出耐人寻味的结局。

“所以根本就没有诅咒。只是几个环环相扣的偶然，把我们逼进思维死角罢了。”古琛如是总结。

这让囿于未知、对案件一筹莫展的唐彧大笑起来：“哈哈，怪不得媒体给你扣上‘无所不能’的光环。阿琛，你说说还有什么事可以难倒你，我一定掘地三尺把它找出来！”

古琛哼了一声，无视唐彧。

唐彧仍在没心没肺地笑；古琛合上笔记本电脑，突然想到一个思虑许久的问题：“老唐，这个案子到目前为止，你有没有察觉哪里不寻常？”

“没有啊，所有问题都有合理的解释，我现在感觉一切都……等等，说起哪里不对，我倒是感觉这个案子的巧合未免过多，多到细思极恐。你说有没有？”

古琛眉头紧锁，点头表示认同。

唐彧走到白板旁，将被古琛写得密密麻麻的白板推上去，另一块白板落下，与此同时他用牙咬掉笔帽，用白板笔刷刷地在空白的地方写着。

“先是由连环车祸牵出凶杀案的序幕，然后是死者未经尸检被火化的事故——”唐彧按照时间节点开始绘制案件原貌。

古琛补充说：“从锁定凶手到拿下搜查令期间，死者家里就因邻居失火被殃及。”

唐彧一边记录古琛补充的细节，一边抱怨说：“想起当时碰一鼻子灰，我到现在心里还堵得慌。”

“综上所述，从案件发生到抛尸的过程中，如果没有遭遇连环车祸，如果‘死神诅咒’之说没有被大肆炒作，杰里米只会成为人间蒸发的失踪人口之一！我总感觉这起案件的偶然环节太多——”

古琛停顿了一下，唐彧却被结论吓得汗毛竖起，因为每次都会被他说中：“拜托你千万别想太多！”

古琛无奈地舒了口气，喃喃自语道：“希望是我想多了。”

下午 1 点不到，唐彧带着拷贝了证据的 U 盘去了凶案组。

古琛按部就班去大学授课，课间休息时再次回想起案件的来龙去脉。他思来想去还是认为案子没那么简单。

两个半小时的授课答疑结束后，古琛匆忙驱车赶往二十多公里外的 F 街 C 座——正是被害人杰里米·韦斯利居住的那栋被大火洗礼的公寓。

古琛用手帕捂着口鼻爬了两分钟楼梯，终于来到充斥着霉味的五层。古琛弯腰钻进被警戒线包围的 505 号公寓。

和前一日相比，今天的阳光倒是明媚。从窗外射进来的阳光给屋子带来些许暖意。

年久失修的地板被古琛踩得发出“吱吱呀呀”的声音。每个房间的屋顶都被焚烧得面目全非，脚下的水渍还没完全干掉，空气中泛着一丝潮气。

古琛在不算大的老旧公寓里徘徊，客厅里的家具、家电被烧毁大半，厨房里的锅碗瓢盆全都被物证部门带走，主卧里空无一物，旁边零星散落着几根电源线，看样子摆在此处的电脑也被当作证物带走了。

走廊尽头有一间光线昏暗的房间，由于离火源较远，虽然房间里有不同程度的损毁，但多亏了消防员们的抢救，一部分东西还是保持了原有形态。

古琛环顾着十平方米不到的小房间，一个黑色单人衣柜、一张儿童床和一套小号桌椅引起了古琛的兴趣。这是娜塔丽的房间，但奇怪的是女孩们喜欢的玩偶一只都没瞧见。

古琛回忆了死者的家庭关系，以及娜塔丽的生长环境；一个经常被父亲暴力对待、被母亲全力保护的小女孩，她的坚强和早熟，远远超过其他同龄孩子。

古琛一手拿着手帕捂住口鼻，另一手掀起被熏得瞧不出原色的床单。他俯下身在床底摸了摸，拉出一个铁盒子。

古琛撬开被烧得变形的盖子，里面有一个面部胶皮扭曲的洋娃娃。突然古琛的目光被娃娃裙边的蓝色蝴蝶图案吸引住了。这个蓝色蝴蝶图案看起来似曾相识。他回忆起案件的每个细节，记忆突然停在杰森大叔去看娜塔丽的时候。

据杰森说，当得知要录像给妈妈时，娜塔丽又特别画了一幅画。她带着纯真的笑容，用稚嫩的童音讲："妈妈说过，这只蝴蝶象征着转变，它使我们变得更加坚强、勇敢。"

古琛曾听一位德高望重的神父提起过，在基督徒的眼中，蝴蝶常被看作耶稣基督重生的象征，也有许多教堂把它们当作永恒生命的转换符号。

他将娃娃装入铁盒一并带走，驱车返回城郊的私人住所。

进入工作室，古琛先从杰森转发来的视频中找出娜塔丽画的蝴蝶图案，然后在谷歌引擎上搜索该图案以及"蝴蝶""转变"等关键词，并通过此图案搜索到"光明女神闪蝶"的相关词条。

古琛用软件屏蔽了大量无用的垃圾源，又快速浏览了该类闪蝶的信息，突然一条名为"Beholder"的网站链接闯入视线，链接上方有一个滴着血的"Beholder"动态图特别抢眼，随之滚动的还有一段"黑暗降临，夜幕崛起"的宣传语。

古琛点击鼠标登录了几次，电脑都显示无法找到该网页。他有一种强烈的预感，这个网站有问题！

他很快联系到唐彧，询问他从杰里米·韦斯利家中获取的关于电脑的信息。

唐彧吹着空调、喝着咖啡，正在整理结案的相关资料。他听完古琛的疑问，奇怪道：“我记得那台老爷机九成是报废了，你突然问这个做什么？”

“我现在没空儿跟你解释，叫你们的技术人员看看电脑能否启动；如果可以的话，我要借用一下。”

“嗯？你是在来的路上吗？”唐彧又喝了一口冰咖啡。

“没，我在工作室。我准备直接黑进去。”

“啥？”古琛话音刚落，唐彧被一口冰咖啡呛住了，“咳咳……你这是教唆我干坏事呢？”

“你跟我一起干过的坏事少吗？”古琛轻笑道。

唐彧歪着头回忆片刻，确实达到“罄竹难书”的地步了。

“对了，你什么时候学会黑客技能的，我怎么不知道？”唐彧问。

“正在学习中。”

“好，我这就去办！”唐彧凭借自己的好人缘，用两罐咖啡“收买”了黑人技术小哥麦迪。麦迪把损毁严重的机箱强行拆解，无奈地摇了摇头，给出专业的鉴定结果：这台老爷机已经“回天乏术”了。

唐彧把这个消息告诉古琛；等了足有三分钟，对方才开口说：“别白白浪费了咖啡。我发一个名为‘Beholder’的网站域名给你，叫你同事帮我获取杰里米电脑的 IP 地址，以及这个地址曾经登录过这个网站的账号和密码。”

半个小时后，古琛用唐彧发来的地址输入了登录名和密码，打开了“Beholder”这扇神秘大门。

网页上满屏都是让人压抑的黑色，还有滴着血的滚动字幕——黑暗降临，夜幕崛起！

后面是一条系统自动发出的欢迎语：欢迎你归来，“窒息的莎拉”。

古琛用鼠标点击进入，目不转睛地盯着散发着诡谲气息的网页。

只见网页顶端是一幅素描版的基督受难图，整个画面的背景电闪雷鸣，基督的身上还流淌着血液。下面是一个多板块的自由论坛。古琛还未来得及细看，页面就飞出一只硕大的蓝色蝴蝶。它飞过之处随后跟着一行字：惩罚即将开始，你准备好了吗？

音箱突然发出“滴滴”声，古琛瞄了一眼左下角的对话框，有个网名叫“裸跑的乌鸦”正在发出对话。

“谢天谢地，莎拉你终于上线了。你最近还好吗？”

古琛十指交叉思考片刻，在键盘上敲了几个字母发出去：“还是老样子。”

“自从上一次后你就没再出现，大家都好担心你。”

“谢谢，”古琛一面谨防自己露出破绽，另一面觉得废话过多无益，于是直奔主题开始套话，“你看过最近热议的那段视频吗？”

“‘死神的诅咒’？当然看到——”

对方的文字还未打完，对话框突然被后台强行关闭，屏幕上显示三个隐藏着危险气息的单词：“你是谁？”

厉害！想不到这么快就被发现了。

“莎拉。”古琛镇定自若回应。

对方不知为何迟疑了片刻，在短暂的时间里古琛争分夺秒地敲击键盘，很快找到了一个漏洞并迅速完成一段简单的攻击代码，只需按下回车，就相当于离网站服务器近了一步。

“你不是她！”一个名为 YAN 的管理者突然发话。

网页上漂浮着愤怒的文字，与此同时电脑防火墙发出“哔哔哔”的警报声。

“你是谁？”YAN 仍在发出质问，字体放大了一倍。

古琛将键盘上的字符敲成攻击口令，使一切口令在网络里变换成弓箭和盾牌，以便闯进这个网站的老窝，搞清楚这个网站和莎拉有什么联系。

没有得到应有的回答，网页上突然跳出骇人的血红色的字体：背叛者莎拉，即将接受惩罚！

古琛还没来得及喘息，屏幕突然出现一堆乱码。

即使没有遇过类似的情况，古琛也猜到电脑正在被职业黑客攻击，而且是自己主动送上门的。很显然刚才自己找到的“漏洞”是个诱饵。对方是精英级别的黑客，想定位古琛的位置只需要几分钟时间。变化快得叫人措手不及，古琛无暇多想立刻切断所有电源。好在这台是备用电脑，硬盘里没什么有价值的文件，也谈不上什么损失。

一种强烈的不安在心中隐隐升起，古琛在工作室内来回踱步，最后拿起电话打给唐彧，不巧对方的电话正在通话中。

他反复打给对方，直到电话接通。古琛迫不及待地开口：“老唐，我找到关于莎拉·杜波夫……”

“阿琛，你先听我说，”唐彧很少打断古琛，“我刚得到消息，莎拉·杜波夫刚刚病情恶化，抢救无效，于三分钟前死亡。”

“死了……”古琛从椅子上站起，由于他动作幅度过大，不小心将椅子带倒了。

“上头迫于舆论压力，催我尽快结案。先不说了，我去忙了。”电话那头说。

“等一下！莎拉之前的病情明明已经好转，为什么突然恶化了？在这之前都有什么人出入过病房？”古琛焦急地追问，“为什么急着结案，明明还有几处疑点尚待查明不是吗？”

“抱歉，阿琛，详情等我回去再说，先这样。”

古琛还要补充什么，电话已经被挂断了。

古琛呆呆地望着漆黑的显示屏。这是他生平第一次感受到挫败。

“鬼眼”案的热度在下一波八卦舆情中沉没。生命如何沉重，也抵不过人们对新鲜事物的热衷。

古琛在“Beholder”这个网站上执着了许久。他深信莎拉的死亡与其有关。唐彧禁不住古琛软磨硬泡，又用两罐咖啡在黑人小哥那刷了回脸，通过各种技术手段去查该网站，不料这个网站却像凭空消失了一样。

一切如同华胥一梦，古琛不得不将种种疑惑埋入心底，但他仍然笃定，只要“Beholder”组织敢继续作案，就会有露出马脚的时候，终会有真相大白的一天。

尽管如此说服自己，但他心中依旧郁闷难解。古琛推掉了近期研讨和教务工作，给自己放了个小长假。

这天古琛悠闲地躺在草坪上，一边翻阅着《基督山伯爵》，一边听唐彧阐述他那爆棚的正义观。

“我所走过的每一个犯罪现场，都看得到人性在多个维度挣扎后，留下的罪恶的痕迹。这就像一场肮脏又丑陋的歌剧，我的存在就是要解开一切的粉饰，找出真相，让它毫无遗憾地落幕！”

唐彧以优雅、干练闻名警界，三十一岁就成了联邦 BAU 的犯罪侧写师。但在古琛面前，他永远像个喋喋不休的说唱歌手，而为了方便把妹，他还时常装扮成忧郁的文艺大叔——唐彧的精神世界可谓“四分五裂”。

在古琛眼里，唐大叔的文艺范儿根本一文不值，但这丝毫影响不了唐大叔推崇“惩恶即为扬善”的道家理念，活脱一副从 DC 漫画里走出来的 Superman 形象。

“麻烦你讲重点，不要让我费神。”古琛感受着唐泰斯的快意恩仇，没有兴趣听唐彧跟他扯淡。

唐彧见铺垫了半天没人买账，也不觉得尴尬：“是这样的，中国国内最近发生多起恶性杀人碎尸案，迄今为止已经从水里打捞出 8 具尸体，尸体均被肢解，放于旅行箱中。

“其中 5 具因死亡时间太久，只留下骸骨，另外 3 具也都出现不同程度的腐烂，头部和乳房都被利器切割掉了，指纹也有被人为损坏的迹象，所有与身份相关的信息都被刻意隐藏了起来。

“这起连环杀人碎尸案的负责人是我中学同学。他接手后调查了半个多月毫无进展，到现在连被害人的身份都不能确定，就更别说锁定嫌疑人了。”

然而唐彧说了一通，完全没得到古琛的回应。

阳光明媚的午后，花园里弥漫着青草的香气。古琛把展开的书本平放在胸前，惬意地眯起眼。

不远处有只矮小的宗虎班梵文加菲猫。它正追赶着草坪上的蝴蝶，偶尔发出“喵呜”的声音，试图召唤主人来陪它玩。可古琛并不理睬它，完全没有尽到一个铲屎官应尽的义务！它叫麻豆，是古琛养的一只宠物猫。

似乎感觉到唐彧的目光，古琛慢条斯理地提醒道：“第一，我不会是你的嫌疑人，至少从你目前经手的案件来看；第二，就算我是，你现在已经下班了，该怎么做你懂的。”

“君子协议第一章第三条，除办公场所之外不得谈及工作。”唐彧道。

“所以治治你的职业病。”

唐彧长舒了口气，整个人放松下来，继续说：“老陈就是我那老同学。他顶着上司和外界的双重压力，召集人马成立了一个专案组，可该放的大招都用尽了，到头来还是一点眉目都没有。所以他诚挚地向我求助——”

唐彧的声音戛然而止。古琛突然有种被麻烦找上的预感：“你又有什么预谋？”

“阿琛，你是了解我的，为挺兄弟我可以两肋插刀、义无反顾！”唐彧无可奈何地说，“可是托华盛顿这群罪犯们的福，我这阵子忙得不可开交，连吃泡面的时间都是挤出来的。要不你替我出个面，帮我哥们儿解决这个案子好不好？”

查案，还要回国？古琛不禁问候了一下唐家祖宗三代。他不胜其烦地说：“我好像没这个义务替你跑腿。”

“你这话说得我心都凉了。我平时对你怎么样？我对你的好那是天地为证、日月可鉴！”唐彧翻了个白眼，心想这小子的良心一定是被狗吃了，可转念一想求人帮忙得有个求人的态度，于是又谄媚地凑上去说，“我知道你平时日理万机。你不卖我人情可以，但这可关乎八条人命。你怎么忍心看亡魂得不到安息？”

阳光有些刺眼，古琛蹙了下眉头，问：“你说那案子在什么地方？”

看古琛来了兴趣，唐彧就像只乌鸦没完没了地说：“就在瞳城。这案子近日被媒体炒得满城风雨，闹得市民们人心惶惶。只要你答应帮忙，以后什么我都答应你，哪怕你对我有非分之想！”

古琛被气到头晕。他轻揉着太阳穴说：“案子我接了，卷宗今晚给我，另外给我安排最早的航班。”

“啥？”

古琛无奈地重复道：“卷宗和机票。”

唐彧当然不是老年失聪，他只是想不到一向接case吹毛求疵的家伙，这回居然答应得如此痛快，转念一想心情豁然开朗起来，大笑道：“今天天气真不错，一会儿我亲自下厨，做你爱吃的香煎小牛排！对了，咱们俩好久没一起喝酒了吧？待会儿一定要喝个痛快，全当预祝你此行一切顺利了。”

知道你此时此刻的嘴脸，就是一个大写的“俗”字吗？古琛在腹诽的同时，迅速翻了一记白眼。

这时麻豆又跑过来用爪子拍古琛。他忽然想起还有这个小家伙，便说：“我不在的这阵子，麻豆又要拜托你——”

不等古琛把话说完，唐彧果断地蹦出一个单词：“No!”

犹记得半年前，古琛参加波士顿一所大学举办的讲座，就把那只小破猫寄养在他家。“唐保姆”每天小心翼翼地给它洗澡，喂它吃饱，花尽心思各种讨好，结果这个没良心的小混球儿不但离家出走，还把他苦心养了一年多的热带鱼全给吃了。

等唐彧发现的时候，鱼缸里就剩下孤零零一条清道夫了；估计是长得太丑，麻豆怕吃了不消化，才让它活到现在。

血淋淋的教训依然历历在目。唐彧不假思索地拨通了航空公司电话，迅速预订了一个直达瞳城的商务舱，外加一个宠物托运的有氧舱位。

古琛惊讶于唐彧办事效率的同时，还收到唐彧对麻豆面无表情的祝福：“预祝你跟你家主子旅途愉快！”

第三章　别人家作者

中国·瞳城

“都，晓，白！”

风擎文艺出版社主编办公室里，突然传出一阵咆哮，震感大约为里氏3.0级，使得一扇水曲柳的实木门都颤抖了几下。

一门之隔的办公区立即从喧嚣嘈杂到鸦雀无声，中间只用了三秒钟时间。

正在做文稿校对的芳姐、小贝，还有画插画的香香，分别使了个眼色，同时低头拿起手机，默契地进入‘风擎吐槽小分队’的微信聊天群。

芳姐发了个擦汗的表情：“完了，都作者这回又是凶多吉少了。”

小贝不屑地翻了个白眼，回复：“这就应了那句‘严嵩挨打——自作自受。’”

香香赞同地点了点头，打字的手速比工作时要快出双倍：“她真堪称是大王的克星，三个星期露一次面，露面不过三分钟，就能燃起咱大王的小宇宙。”

小贝感觉遇到了知音，急忙补充：“对！咱大王在业内‘谈笑有鸿儒’的形象，活生生被这厮毁得体无完肤！哎，说起来我就心绞痛。”

此时，香香开始回忆往事。她噼里啪啦地敲着键盘回复：“我记得一个多月前，大王也是和咱们都大作者面谈，我在门口经过时，听见温文尔雅的大王开口骂人了！”

芳姐不可思议地紧盯着屏幕，抬起头与对方确认过眼神，挤眉弄眼地问：“大王亲口骂人？你听错了没？”

小贝也觉得过于荒诞，翻了个白眼，回了句：“怎可能，香香肯定听错了，一般像骂人这种有损人设的糙活儿，都是牧副主编承包的好吧？”

香香重重地点了点头，斩钉截铁地回道：“我拿人格保证，绝无半点虚言！”

小贝：“我的天，本宝贝开始怀疑人生了。”

此时此刻，被怀疑没接受过“国骂”正统教育的王卿峰本尊，刚把一沓A4纸甩飞了出去，就被一头短发的大眼姑娘生生用脸接住了。

A4纸在半空盘旋了几秒后，纷纷散落在褐色的羊毛地毯上。《诡案录：灵听》的标题和文案落在姑娘的脚下，似在感叹自己正在遭受非人虐待。

都晓白狼狈地蹲在地上，捡起来不是，不捡也不是，再抬起头时看见王卿峰伸手去拿麦饭石茶杯，一对大眼睛瞬间戒备起来，生怕一茶杯砸过来自己就壮烈了。

王卿峰没了以往的镇定，瞪着都晓白，眼珠子直冒火星：“这是什么呀？你能告诉我这写的都是什么玩意儿吗？”

“那个大男主是患有解离性失忆症的通缉犯。他对自己的身份以及杀人过程完全没印象。男主一边艰难地躲避警方追捕，一边坚持不懈地查找真相……我就是按照您的要求写的，题材有噱头，能博人眼球，开篇有亮点……”

都晓白，一边解释一边观察王卿峰的脸色。眼看对方的脸色愈发惨白，都晓白的声音顿时没了底气。

其实都晓白早上硬着头皮，把这篇稿交给老王的时候，她就知道自己的死期到了，而王卿峰接过稿子一看果然疯了。

起初看到标题的时候，王卿峰心里一沉，想着稳住；一看简介，血液开始直冲大脑；再翻看第一章后，血压直奔一百五，紧接着就是那一声无法抑制的咆哮。

“都晓白，你不用在我这儿玩文字游戏。我当初交代你的内容是什么，你心知肚明！”

“是是是，领导我错了，我不应该在您面前卖弄小聪明。”都晓白咧开嘴，脸上出现一对可爱的小酒窝。她每次跟领导认错时，态度都绝对真诚。

“领导，您是了解我的，我可不是有意为之，我实在是有不得已的苦衷。”都晓白小心翼翼地解释。

“苦衷？”王卿峰怒极反笑，勾了一下手指，示意都晓白坐在自己对面。

其实都晓白耷拉着脑袋、怯生生认错的时候，王卿峰的怒火已经息灭一半了，再瞥见都晓白投过来的可怜的眼神，那股无名火也有点偃旗息鼓的意思了。

“小白呀，不是我说你，都是同一批签约入行的，你看看别人家畅销叫座的作者，人动不动跟霸道总裁恋个爱，跟大明星闹个绯闻，跟富二代来场露水情缘。别人家的作者都能把爱情写得千回百转、风花雪月，为什么一到你这儿甭管男主、女主，上来不是遭劈腿就是被虐杀，你那些学生时代的美好爱情到底被谁给毁了？”王卿峰原本酝酿好的语重心长的情绪，哪知话题一开又忍不住怒火燃烧起来。

“领导，我那不是剧情需要嘛！嘿……”都晓白第二个“嘿”字还没蹦出来，被老王一记眼刀生吞了回去。

王卿峰决定不跟她斤斤计较，继续就核心问题展开讨论：“再说让你蹭热度那次，同样是穿越文，别人家的作者穿越到古代可以跟皇帝、王爷、将军、御医各种专宠、虐心，各样情感纠结——”

“嗯！嗯！确实挺虐的。”都晓白想起那段时间狂补穿越剧的日子，如捣蒜般点着头。

“你呢？穿越过去直接变成了千年厉鬼！你想写成倩女幽魂、聊斋志异的话，情节是俗套了点，但在‘穿越’里也算小清新了。您倒好，纯粹是跟茅山术士斗法，连跟和尚调情的戏码都没一段，都成鬼了还宁死不屈呢！诚心想气死我是吧！”

王卿峰紧盯着她的眼睛，说起话来语速惊人：“我说都晓白，您费那么大劲铺垫穿越了，洋洋洒洒写了二十几万字还是只单身鬼。要是把这样的文案交给我，我保证它活不过千字就投胎重新做人！”

王卿峰损人的功力之强，不带脏字也能杀人于无形。

都晓白暗自腹诽，这老王嘴也太缺德了！尽管如此，她还是厚颜无耻地申辩说：“领导，纯言情我不是不在行嘛！”

“纯言情不在行，那推理是你拿手的吧！”王卿峰一副恨铁不成钢的样子，说起话来咬牙切齿，恨不能一口咬死这让人操碎了心的丫头片子。

“是，领导。”都晓白提防着老王；只要他一龇起獠牙，姐妹撒丫子就开跑。

“朱夕在圈内的名声你我都不陌生吧！同样是写探案，人家也没耽误谈情呀？”要搁在以前，王大主编对朱夕之流是不屑一顾的，可今儿他就想拿来刺激一下不成器的都晓白。

得，又是别人家的作者！都晓白脑袋“嗡”的一声炸开，她突然觉得截止到这一刻，自己的生命里除了“别人家的孩子”“别人家的朋友”外，人生又多了一大宿敌，那就是——别人家的作者！

王卿峰不知道都晓白想什么乱七八糟的。他一脸嫌弃地看向都晓白，没好气地说：“再瞅瞅你！”

“我怎么了？”都晓白委屈道。

居然还好意思问怎么了？王卿峰不禁腹诽。王卿峰觉得自己比都晓白还委屈，六年前怎么就瞎了眼，把她当宝贝给签下了呢？悔不当初啊！

“小祖宗，就您笔下的什么高校诡案、别墅凶案、大理迷案，名门校草、商业巨擘、金融巨鳄到了您笔下，不是被害人就是犯罪嫌疑人，好不容易您有一次把故事的地点转移到国外——”

王卿峰喝了口水，润了润嗓子，继续说：“都到拉斯维加斯了，就当是对赌城最起码的尊重，您是不是应该让被害人赌一把，泡个酒吧，玩个骰子啥的，哪怕是来段仙人跳再遭遇各种谋杀也行啊！我就纳闷儿了，你只当让读者们过把瘾不行吗？”

都晓白听了老王的话犹如醍醐灌顶：“老——大王您说得对！我吧，以前只是苦心钻研如何‘杀人’，在刻画人物细节方面确实做得不到位，我改！我一定改！”

如果抛却理智，王卿峰一定掐着都晓白的脖子问：你是不是猴子派来虐我的？

“大王，你就别气我了。”都晓白噘着嘴说。她长得不算出众，可一张白皙的肉肉的脸蛋，竟卖得一手好萌。

王卿峰拍了下额头，露出和蔼的笑：“小白，我发现其实在你创造的世界里，男人和女人永远是不相交的平行线，你今年有三张了吧，没男朋友吧？”

“有啊！”都晓白极力纠正。

“是吗？”王卿峰眼中暗藏着惊讶。

也难怪世故老练的他会看走眼。老大召见，哪个姑娘会头都不洗，穿着居家服就出门的，这样的人居然有男朋友！

“我妹和你年纪差不多。她每天把自己装扮得花枝招展。她跟我说爱情应该像莫比乌斯环，那个命中注定的王子一定会在某个路口等着她。

我不知道你在你的爱情里扮演了什么样的角色。只是我从你创作的世界里，看不出与爱有关的色彩。如果有那么一天，我希望你也尝试一次命中注定的爱情。”王卿峰说。

“啥意思？”都晓白愣了几秒，一时之间没搞清老王此言的用意。

王卿峰从抽屉里摸出一张电影院会员卡，丢给都晓白：“接下来一个月你什么都别干，一个字都不许写，带着你男人，逛街、看电影、吃烛光晚餐，然后去宾馆春宵一刻，总之你必须给我找回灵感，否则下个月的今天就是你的忌日！”

都晓白判断得没错，她的死期果然到了，而且是缓期一个月执行。都晓白讪讪地收起漂亮的VIP卡，把稿纸夹在黑色文件夹里，跟王卿峰道别后离开了主编办公室。

大步迈出风擎文艺出版社的铁门，风有点大，不过天气很不错。都晓白呼吸了几口新鲜空气，拿出手机给仲广东打电话。

响了几声后，对方接起了电话：“喂？”

都晓白阴郁的心情一扫而光，爽朗地笑道：“老公，你干吗呢，老王刚才给我发福利了，等你下班了咱们一起……”

“抱歉啊，小白，今晚我不能陪你了。”仲广东匆忙说，“省里出台的新合规管理政策刚施行，公司总部和各分支都忙得不可开交，晚上又要加班了。”

“哦哦，没关系，工作要紧。”回想起老王刚说过的话，都晓白情绪还是挺失落的，他们两个真是很久没有一起出去约会了。

“没什么事你早点回家吧，最近瞳市不太平，媒体一直在报道变态杀人的新闻。”仲广东的口吻里透着几许关切。这让都晓白的负面情绪一扫而光。

“知道啦，你放心去工作吧！”

“嗯，那挂了！”

“拜……”第二个字还没说出口，对方先挂了电话。

都晓白也没放在心上，骑着自行车去了老王指定的电影院，选了一个据说最近很火的电影，然后捧着冰可乐和爆米花进场了。

电影将近一个半小时，都晓白跟着女主角的遭遇又哭又笑，一会儿噙着泪找纸巾，一会儿笑得前仰后合，爆米花撒得到处都是。

都晓白走出电影院，发现自行车不见了。

都晓白先是一愣，然后手机铃声响了起来。

电话那端传来洪亮的声音：“在哪儿浪呢？怎么讲话无精打采的？”

“简大小姐呀！”都晓白干笑了两声，“真是太有意思了，看场电影的工夫，自行车被人偷了。我现在只能‘呵呵’了。”

简馨听了强忍着笑意，嘲讽说：“我当什么事呢，都三岁你脑退化又犯了是不是，找找看，停别的地方了吧？”

“你才脑退化呢，你全家都脑退化！”都晓白四处张望了一下，自行车没看到，倒是看到迎面走过来一对亲昵的男女，你一口我一口地吃着同一只冰激凌。

巧的是那女的都晓白认识，是她同窗四年的室友兼死党麦菲。更巧的是，那男的她也认识，正是之前电话里称公事繁忙的现男友——仲广东。

都晓白纵使脑退化成了白痴，也看明白两人什么关系了。

都晓白曾设想过“100 种与仲广东不再相爱”的理由，没有一条是他跟自己闺蜜一起背叛自己的。她觉得有点反胃。她想做个缩头乌龟逃走，可身体却像灌了铅似的迈不动步。

三个人越走越近，相差近十米的距离时，仲广东和麦菲终于停下脚步，显然他们同样也看到都晓白了。

简馨在电话那边被晾了半天，以为都晓白就这么被贫穷撂倒了，忙着安慰：“不就一自行车嘛，等姐回来去商场给你挑一台最贵的，让你可劲地耀武扬威，旧的不去新的不来嘛！喂——你听没听我讲话啊？”

“听到了，旧的不去——新的不来。”都晓白像是得到了启发，她很想云淡风轻地把话说完，可是“旧”字一出口，整个人抑制不住地抖成了筛子。

有谁能料到，她从暗恋到恋爱，曾发誓非他不嫁的人，终有一天会成为旧人？

“对，姐们儿给你买一新的……”

没听清简馨说什么，都晓白挂了电话，一双手紧紧地抱着文件夹，放在心窝的位置。

那里，有点痛。

都晓白扫了一眼仲广东和麦菲，三个人都各怀心事、神色复杂，谁也没先开口，气氛异常尴尬。

最终还是仲广东率先打破了沉默，嗫嚅着：“都，都……”

“哟，没瞎啊？”都晓白也不知从哪儿鼓起的勇气，用三个人都听得见的声音冷笑道，“眼看着你们俩往我这边走，我想躲都没地方躲，真是尴尬！”

麦菲明摆着理亏，当着仲广东的面不好发作，却把前一秒还牵着的手，换了个姿势，她紧紧挽住仲广东的手臂，整个人向后退了半步。

仲广东的眼里充满愧疚，他咬着下唇欲言又止，最后只是干涩地说出“对不起小白”五个字。

和初见时一样，他的声音依旧悦耳，让听的人通体舒畅。

“对不起，你指哪方面？算了……”眼泪在眼眶里打转，都晓白顶着一张苍白的脸，配上一双通红的眼，问，“什么时候开始的？”

见仲广东抿着嘴没开口，都晓白吼道：“你聋了？我问你们两个什么时候在一起的？！”

“一周前。”知道自己错在一时糊涂，仲广东的脸色也不怎么好看。

“你们两个真不走运。”都晓白叹了口气，有些无力地开口，“我天天为了你吃泡面，没日没夜地猫在小黑屋里码字供房贷；自从跟了你我连二百块钱的牛仔裤都舍不得买，生怕让你多一丁点的生活压力。我是傻没错，可我命不错，亏了咱们俩没领证，不然哪天你背着我搞婚外情，我还死心塌地地以为你会陪我天荒地老呢！还有你麦菲——”

被点到名字的麦菲有种不祥的预感，记得大学时期都晓白是出名的锋芒外露，跟仲广东在一起之后性格才收敛起来。想到这里，麦菲下意识地后退了一步，脖子上的项链被阳光折射出绚烂的光芒。

都晓白追着刺眼的光线瞅了一眼，那是一条太阳花图案的铂金钻石项链，曾是她可望而不可即的奢侈品。她记得情人节那天，仲广东本想要买来送给自己，因为没舍得，死活就没让他买。想不到他最终还是买了，只是送给了别人而已。

都晓白感受到内心阵阵刺痛，一个重心不稳踉跄了一下，文件夹从手里脱落，里面的文稿就这样飞了出去。

无数染墨的白色稿纸在风中漫天飞舞，这些都是都晓白之前日夜钻研的杀人案例。她突然很想从中找出一个适合他们的死法，可惜没随身携带顺手的杀人工具，光天化日众目睽睽之下又不方便动手，就是动手了也没有全身而退的逃跑路线。常年钻研刑事案件的心得让都晓白最终选择——放他们一马！

“算了！”强忍着几近决堤的眼泪，都晓白最后看了一眼仲广东，“祝福的话我说不出口，你们也没脸听！麦菲，念在你我友尽的份上，最后送你们一句话：‘且行且珍惜！’愿咱们此后，后会无期！”

第四章　用心良苦

匈牙利·布达佩斯

楚骁谕躺在酒店浴缸里泡温水澡，身体放松的同时，满脑子都在过下个会议的 PPT 内容。

手机震动了两次。

楚骁谕拿起手机看了一眼，是助理阿直发来的一条热门视频：七夕佳节日，来自单身汪酒店门前的示威！求酒店负责人心理阴影面积……

“这次标题党的视角还算有新意。”楚骁谕随手点开视频内容，快进了两次，发现人行道的一个路灯下有个帐篷。

楚骁谕正诧异“这是什么鬼”的时候，镜头一下子转向另一边。距帐篷不远处，有一座音乐喷泉，音乐喷泉正对面则是本市最奢华的酒店——耀美国际酒店。这座酒店的负责人正是楚骁谕本人。

此刻楚骁谕正不爽地盯着屏幕，这人出门前脑袋是不是被门挤了？竟敢在人家酒店正门前安营扎寨！

楚骁谕立刻拨了阿直的电话，电话刚接通，手机里立即传来慌张的声音：“老——老——老大，我该怎么办？”

“保安呢？我留你在国内干吗的，下次这点小事再解决不了，辞职报告直接放我桌上，滚蛋！”楚骁谕脸色愈发阴沉，阿直跟了自己两年怎么还是经不起一点风浪。

“可是老大，您说的……不对吧？”阿直扶了扶银灰色边框眼镜，态度突然就来了个一百八十度大转弯，“我说老大，视频的内容您看了吗？”

“有话说，跟谁卖关子呢！”楚骁谕蹙着眉，口气明显不耐烦。

“老大，后面 2 分 53 秒的时候，您没看出来帐篷的主人是谁吗？”阿直恨不得把手伸到人在异地的楚骁谕面前，帮他把视频定格到具体位置。

楚骁谕狐疑地重新放了一遍视频，在 2 分 53 秒的时候，单身女人扎好帐篷、钻进去时露了个脸，楚骁谕迅速按下暂停键——那张叫人朝思暮想的脸被定格在一瞬间。

楚骁谕忍不住叫道：“都三岁？”

不敢相信，都晓白竟在短短数日间，沦落到此种地步。楚骁谕的眉宇间怒意尽显，问道：“阿直，我不在的这段时间里，她遇到什么事了？”

“老大，我刚查到都小姐好像被男友劈腿了。今天不是情人节嘛，她的前男友带着新欢来咱们酒店开房，都小姐怕是闻讯来闹事的。”阿直规矩地回应道。

“就凭仲广东那副德行，也敢做对不起都三岁的事，他是向天借的胆吗？”楚骁谕眼底迸射出令人窒息的寒意，转瞬又想起视频里都晓白微醺的眼神，他又压抑着怒气吩咐，“人醉成这样了能闹什么事，马上开间房带她去休息，叫人准备些醒酒汤和好消化的食物送去，另外再做些甜品吧，吃了心情应该会好些。”

楚骁谕按着忽然阵痛的太阳穴，得出哭笑不得的结论：要不是酒壮尿人胆，都三岁绝对不敢这样恣意妄为。

“老大，您也知道现在是旅游旺季，更何况今天是七夕佳节，‘地主’家也没多余的房间了呀！”阿直抓了抓头发，表情很是苦恼。

“阿直，替我敲一下你的头好吗？帮我听听看有没有回音。”楚骁谕的声音听起来出奇的平淡。

“老大……”阿直很委屈。他觉得自己流年不利，是不是犯了太岁。

楚骁谕骂道：“呆天直你白痴啊！你的脑袋是摆设吗？跟我混了两年，脑子还是十成新，像没用过一样！我楚家是开酒店的，我堂堂楚家二少的人想住店，难道还要去别家开房不成？带都小姐去我私人套房！”

“老大您说得对呀，我怎么没想到呢！”阿直推了推眼镜，附和着嘿嘿笑道。

在这个资本家二世祖的眼里，大部分人都是没脑子的吧！这样一想，阿直顿时感觉自己整个人轻松下来。跟了楚骁谕两年之久还没被炒鱿鱼的杲天直，对付难伺候的楚骁谕，自然有他的相处之道，那就是脸大、心细乐天派。

“对了，阿直，仲广东带了什么人过来？”

“啊？那什么……那个”阿直的心脏突然漏跳了一拍，欲言又止讲不出口。

“别吞吞吐吐的，说！”对付阿直这个胆小鬼，声音稍微大一点，他就从了。

“是——”阿直停顿了一秒钟，回道，“麦菲小姐。”

阿直声音小到几不可闻，楚骁谕还是听到了出人意料的名字，脑海立刻浮现出床笫间翻云覆雨时，那令人销魂的女人。

“还真是自作孽不可活。”楚骁谕眯起眼，无奈地自嘲，“阿直，安顿好都小姐，再想办法让那对狗男女留在酒店，其他事情等我回去处理。”

挂断电话，楚骁谕顶着 16 厘米长的空气刘海，赤裸着上半身走出浴室，此时此刻他脑袋里的 PPT 内容，早已被打乱得七七八八。

在女人问题上，楚骁谕自始至终就是个人渣，为他哭过、醉过、自暴自弃的女人更仆难数。楚骁谕不是不懂怜香惜玉，他只是把自己的全部精力都放在了都晓白身上。对于那些一哭二闹三上吊的甲乙丙丁，他善后的手段都是在分手费后面多加个零，显然麦菲也没能幸免。

依稀记得一个星期前送麦菲分手礼时，她的眼神阴鸷，张开红唇厉声说：“你竟然敢耍我，别以为我不知道你对都晓白什么居心！你以为你默默付出，都晓白就会对你另眼相看？别傻了，楚骁谕，你的所作所为到最后只能证明你是个彻彻底底的白痴！”

楚骁谕被戳得鲜血淋漓，猛灌了杯烈酒麻痹自己。

“楚骁谕，你听好了，我麦菲可不是吃素的，老娘我今天得不到的，你们今后谁都别想好过！”这是麦菲两年以来，第一次在楚骁谕面前失控，哭得稀里哗啦，眼妆全都花了，丑得她都不忍心看镜中的自己。

楚骁谕不得不承认，麦菲确实有些手段。

楚骁谕从冰箱里取出一瓶矿泉水喝了大半瓶，然后在电话里吩咐助理肖坤将明天早上的会议提前至下午 6 点，并叫肖坤预订了今晚回国的航班。重新坐到沙发上，楚骁谕迫使自己镇定下来，迅速翻阅起下午会议的要点。

再有半小时会议就开始了，助理肖坤已经在门外等候，楚骁谕整装待发正要出门，手机突然响了起来，低头一看又是阿直打来的。

楚骁谕隐约有种不妙的预感，问："什么事？"

"老——老——老大不好了，都小姐不见了！"阿直急得额头流汗。

楚骁谕一言不发地站在原地，前脚刚打理好的头发又被抓得完全没了章法。

楚骁谕压住要爆发的怒火，稳定一下情绪，才开口说："你去监控室调监控，一发现都小姐，立刻安排人手去找！另外不要惊动其他顾客。如果有人问起就说是我的意思。快去！"

挂断电话，楚骁谕踏出酒店房间。他思来想去，还是给身在国内的王卿峰打了电话，他们的通话内容永远是以"峰哥，无论如何这次你得帮我"开头。

此时王卿峰正受邀参加一个慈善义卖晚会，晚会的地点刚巧在耀美国际酒店。

事实上王卿峰本不打算出席这个慈善义卖晚会；他不喜欢热闹，对这些觥筹交错的局子十分反感，不过今天他有不得不来的理由。

电梯停在 11 层宴会厅，王卿峰被侍应生引入晚会内场，他的目光开始在人群中搜寻目标人物，耳边时不时传来一阵聒噪声。

"哎呀，快看，这不是风擎文艺出版社的王总嘛！您百忙之中还能拨冗莅临，真是让我这晚会蓬荜生辉呀！"东道主余翱翔热情地握紧王卿峰的手。

王卿峰虽然是个生意人，却一直自诩是个读书人，一向讨厌应酬。他表面上不失礼貌地点头微笑，实际上却连嘴巴都懒得动一下。

在靠近主席台的位置，楚骁捷正在和两个生意伙伴谈笑风生。他一转身便见到王卿峰被余翱翔缠住。他正准备去找王卿峰，王卿峰就快速离场了。

楚骁捷眉头紧蹙，和生意伙伴碰杯，连干了两杯红酒，才得空儿拨通了王卿峰的手机。

"去哪儿了，为什么不来找我？"楚骁捷言语间毫不掩饰自己的不快。

听出对方在闹情绪，王卿峰也是气不打一处来，怒气冲冲地说："你们俩兄弟是怎么了，一个拖我来撑场，一个叫我给人当保姆，真不晓得我上辈子欠了你们什么，要被你们一大一小呼来喝去！”

楚骁捷懒得替自己开脱，一个潇洒不羁的身形站在落地窗前，摇晃着红酒杯，避重就轻地转移话题：“呵，卿峰兄给谁当保姆去了？”

“不可说，”王卿峰为人豁达，连小报告都打得随性至此，“总之是你弟惹的债，求我去帮忙擦屁股！”

“敢让卿峰兄替他跑腿，我看这小子是又欠收拾了！”若是往日，楚骁捷这话里或许有一半是调侃，不过今天他心里确实窝了股火。

“叮——”的一声，停在顶楼的电梯门开了。

王卿峰将修长的腿迈出电梯，悠悠地表达歉意：“今天算我爽约，等有空儿再补偿你。先这样，拜！”

楚骁捷将视线转向窗外的霓虹，偌大的玻璃窗上映出他清冷的面孔。

王卿峰把手机收进口袋，逐渐收回脸上的笑意，推开天台安全出口的大门，只见四五个人在角落里面蹑手蹑脚，好像还在小声嘀咕什么。

王卿峰走到一伙人身后，沉声问：“那边什么情况？”

阿直说：“王总，您总算来了，今天您可得救救我！”

王卿峰被逗乐了，说：“你家老大不是让我救都晓白吗？你凑什么热闹呢？”

“都小姐真有个什么三长两短，下一个见阎王的就是我杲天直了。王总，您快出手救救我们吧！”阿直急得眼泪差点掉下来了。

王卿峰忍住笑意，拍了拍阿直的肩膀，示意他们回避一下。

王卿峰怕吓到对方，轻唤了一声：“晓白？”

都晓白坐在天台的围墙上，刚丢掉一只空了的易拉罐，因酒精作祟整个人显得目光呆滞，愣怔了半晌都没反应过来。

“晓白，是我。”王卿峰又轻声重复一次。

都晓白这才发现原来有人叫自己，声音听起来还有些似曾相识；她缓慢地转过头看向王卿峰。

只见王卿峰一身米白色西装，长身玉立在天台一角，在柔和的灯光下，温润得像位翩翩公子，年近三十五岁的脸上未曾留下岁月的痕迹，可见岁月从来不会对长得好看之人下手太重。

“领——导，你怎么来了？”看清了来人是自己的东家，都晓白委屈地嘴一撇，“哇”的一声哭了起来。

王卿峰向来心软，见不得女孩子哭。他慢慢靠近都晓白，佯作轻松道：“才几天不见，怎么混得这么惨，你也学人家炒股了？”

“什么啊？”都晓白被问得莫名其妙，眼泪“吧嗒、吧嗒”地掉落。

“看你这状态，应该输了不少钱吧，要不然干吗一副‘天台见’的模样？”

“领导，我一穷二白的哪有钱炒股。”都晓白这才搞明白他讲的什么梗，干笑了两声，笑着笑着突然嘴一咧，画风一转又号啕大哭了起来，“我失恋啦！仲广东这个浑蛋，他居然背着我勾搭别人……呜哇！”

说到一穷二白，王卿峰就气不打一处来。业内人都知道跟着王卿峰混的人都名利双收，单单这个都晓白烂泥扶不上墙。王卿峰不好在人家失意的时候落井下石，只好顺着她的话题继续：“想不到你还真有男朋——”

王卿峰话未说完，只见都晓白噘着嘴、眼睛直勾勾地瞪着他，吓得他生生把后面的话咽了回去。

“我为什么不能有男朋友了。他对我可好了，上大学的时候我暗恋了他两年，追了他两年，我一直以为该我的一辈子都跑不了，想不到、想不到他居然劈腿了……这对狗男女一定不得好死！”都晓白最后一句骂得歇斯底里，躲在安全门后的阿直听得忍不住打了个激灵。

王卿峰挨着失恋女酒鬼坐下来，不客气地开了一罐啤酒，“咕咚咕咚”地喝了起来。

都晓白眼巴巴望着自家老板，小心翼翼嘟囔道：“领导，那是我掏钱买的酒，六块五一罐呢！”说完，还打了个酒嗝。

“有必要跟你的上司这么斤斤计较吗？”王卿峰蹙了下眉，“这么小气，怪不得他们背后都说你没前途。”

话虽这样说，王卿峰还是挺喜欢都晓白的酒后真性情。

“世人都说爱情是好东西，我却说爱情最不是个东西，谁先爱了谁就是孙子。就像我们签署合同时的乙方，永远被甲方牵着鼻子走，但是试问哪个甲方不是从乙方起家的呢。所以别灰心，合同总有到期的一天，到时你一定会遇上被你牵着鼻子走的乙方！”王卿峰本想用自己的思路开解姑娘，说完他又想起自己和楚骁捷之间，谁才是甲方，谁又是那个孙子。

“领导不用担心，我只是失恋，还不至于生无可恋。”都晓白明白这个理，她只是一时间想不透，不过她还是很感激王卿峰的安慰，“对了，这个时间您不会刚巧路过这儿吧？”

“还不是乙方求我……”王卿峰正说着，手机突然响了起来，他把手机递给都晓白，“喏，你孙子来电话了。”

都晓白已经没之前哭得那么凶了，她抹了把眼泪，呆呆地接过手机，只见屏幕上显示“楚小弟”三个字，然后听到电话里熟悉的声音，竟莫名感觉到安心了些。

“都三岁，你听不听得到我说话？你怎么样，你好不好？有没有感觉哪里不舒服？”楚骁谕站在合作公司的会议室门口，整张脸写满了担心。

“我当然听得到你说话。我是失恋了，又不是聋了。”都晓白情不自禁地乐出了声，“别担心，我没事。”

“没事就好！没事就好！”楚骁谕仿佛在宽慰自己似的重复了两遍，然后尴尬地笑道，“你看我这不是关心则乱嘛。那你现在怎么样，吃过东西了没有？”

“我脑袋晕晕乎乎的，感觉好像是吃过了，记不太清了。”都晓白吐了下舌头，虽然已经是奔三的人了，可一遇到事情还是慌张得像个孩子。

感觉都晓白状态恢复了不少，楚骁谕揪着的心总算落了地。他忍不住调侃说：“真是服了你，酒量又不大，干吗喝那么多？不就是失恋，多大点事！”

“站着说话不腰疼，失恋的又不是你——”都晓白话讲了一半，就讪讪地收了回去，场面突然异常尴尬。

“你不用瞒着，麦菲的事我都知道了。”楚骁谕不忍心告诉都晓白，麦菲是因为被自己甩了，才利用都晓白来打击报复自己的，故而避重就轻地说，“我长这么大没让我妈操过心。唯独我十三岁那年，她对我说：‘读书时你得谈一次恋爱，失一次恋，你就知道那种酸涩的没有结果的感情叫做初恋。如果你三十岁还没失恋过，那么突然的打击太沉重，你会受不了的。’这么看来老太太还是挺有先见之明的。同样是失恋，哥们儿这心态，能强大到让对手害怕！”

“哪有这种事也要比较的。”都晓白嘴里说着，心里却明白楚骁谕的用心良苦。

“哈哈，也是，你说你当初是有多想不开，非要拉着一个不够爱你的人，谈一场死去活来的恋爱？”楚骁谕藏在心里许多年的话，终于有一天说出了口。

都晓白惊呼楚骁谕的见微知著，眼泪却似断了线的风筝汩汩滴落，虽然这结局太过悲惨，但她还是回了一句："无论如何，我还是想感谢曾经拥有过的爱情！我要敬酒！"

都晓白捡起地上的啤酒罐，举起来，大声喊道："来啊，一杯敬天！一杯敬地！一杯敬过去傻乎乎的自己，这么久以来辛苦了，为了负心人赔了最好的年华，但是感谢你——还能鼓起勇气面对新的一天，谢谢你都晓白！"

王卿峰在一边护她周全，见她这副模样，哭笑不得：傻姑娘，哪有人自己敬自己酒的！

楚骁谕在电话里听到她的哭声，此刻也能体会那种心如刀割的感觉——爱上你的那一刻起，我又何尝不是在步你的后尘呢？

严阵以待的肖坤在一旁没完没了地咳，这已经是他第三次提醒这位楚少爷，会议延迟快一个小时了。

楚骁谕回以一个杀人的眼神，嘴上却以温柔的口吻说："都三岁，你要记住，天塌了还有哥们儿顶着呢！这两天什么都别想，在酒店里挑最贵的房间住，点最好吃的东西吃，全当度假了，等我忙完马上回去陪你！"

"这家酒店是黑店，'龙门客栈'知道吗，贵得要死，你当我家有矿啊！"都晓白抓着一头乱发，翻了个白眼，依着天台的围栏说，"我是抽风才进来的。"

"这个你就不要担心了，回头我安排酒店把账单寄你领导，身为领导在员工的非常时期，这点福利还是该给的。"楚骁谕坏心眼儿地笑。

"我不管了，先不跟你说了，我还有几瓶酒的任务，喝不完浪费。"

"好，实在喝不完别勉强啊！"楚骁谕知道在这个时候劝也没用，于是交代阿直看好都晓白，然后进会议室开会。

计划不如变化快，都晓白怕自己花钱买的酒都进了领导的肚子，干脆一只手拿一罐，一会儿的工夫几罐啤酒就下肚了。

都晓白喝得快，醉得也快，王卿峰见状赶紧和阿直搭手，把都晓白送回客房。醉酒的都晓白被两个人搀着都不老实，在酒店走廊里边唱歌边横冲直撞；快到楚骁谕的 909 专属套房前，都晓白不小心撞了一扇客房门，把门牌号上稍有松动的"6"调了一个个儿，就这样 906 室变成了 909 室。

负责 9 层的工作人员去了布草间，留下刚上班对工作环境尚不熟悉的新人，结果新人见到这种场面立刻手忙脚乱，也没发现问题就开了门。

几个人手忙脚乱地把酒疯子按在床上，服务人员帮忙把帐篷等物品收到柜子里。见都晓白倒头就睡，王卿峰和阿直才带着人安心地离开。

过了不到 5 分钟的时间，负责 9 层的工作人员经过这里时，发现房间挂牌因松动而反了，于是立刻把门牌重新摆好。

此时都晓白早已醉得不省人事，翻个身的工夫就掉地上了，睡冷了就猫到床底下，蜷缩着身体继续睡。

带着麻豆直奔机场出口的古琛，刚好与举着接机牌的特派助手擦肩而过。古琛打了个车离开机场，司机大叔帮忙装好行李。古琛把酒店地址递给司机，历经了不断的堵车后，一人一猫终于安全到达酒店。

古琛拿着 906 室的房卡推开房门，随手将行李扔在客厅里，在洗澡前给麻豆叫了份金枪鱼，然后自己舒舒服服地泡了个澡。洗完澡，古琛特意叫客房服务醒了瓶红酒，一边研究本次案件的电子档案，一边喝酒，直到夜阑人静倦意袭来时，才回房间上床睡觉。

就这样一人在床上，一人在床下，古琛和都晓白两个人阴错阳差地“睡”在了一起。

唐彧联系酒店得到了古琛入住的消息。他之前听说接机的人没有接到古琛，便开始电话、短信、Email 各种联系，但都没回应。陈宇阳亲自带人去找了一圈也没找到，联系机场方面也只是查到古琛独自离开的视频，所有人乱作一团。

就在唐彧准备订机票飞中国的时候，突然想起跟酒店联系。当得知古琛果然已经入住酒店，唐彧气得差点吐血，但是转念一想他又不是正常人，何必跟个疯子计较呢！平安就好，平安就好，等他睡醒了自然会跟自己联系的。

唐彧想通后，恨不能给自己一巴掌：你还敢再贱点吗？

第二天天蒙蒙亮的时候，麻豆便睁开了眼，然后不安分地在客厅里跑来跑去。小家伙爬上床，用肉爪子拍打主人的下巴叫主人起床。

由于昨晚一夜电闪雷鸣，古琛睡得很不安分，被麻豆吵得没办法，干脆用手掌按住猫；麻豆挣扎了几次，眨巴几下眼睛又睡着了。

等客房服务员送来早餐的时候，古琛才想起来还没跟老唐报平安。

古琛拿起手机一看，里面三十多个未接来电、二十几条短信，还有几封电邮，大部分都是唐彧的，其他的未知来电应该是陈宇阳那边的；忽略掉其余没用的信息，古琛直接回了唐彧的电话。

此刻位于北美的唐彧正躺在床上补眠，连续加班再加上古琛玩失联，以至唐彧连续三十多个小时未合眼了，就在他睡意正酣的时候，手机震耳欲聋地响了起来。

“喂……”唐彧慵懒地嘟囔了一句，想要睁开惺忪的睡眼，可是抵不过困意便放弃了。

“我到了，老唐。”古琛轻松打个招呼，又后知后觉道，“嗯？你在睡觉，通常这个时间你不应该在酒吧泡妞吗？”

听出是古琛的声音，唐彧顿时睡意全无，之前的种种担心和怒意瞬间爆发：“古琛，你个浑蛋，你知不知道你失联了整整 17 个小时，陈宇阳带着人都快把瞳城翻遍了，把我们都折腾死了你就满意了是吗？”

古琛表示很委屈：“明明是他们自己人不守时，怎么怪起我来了。”说完古琛赶紧把手机远离耳朵，下一秒话筒果然传来刺耳的吼叫。

“是他们迟到，他们有错在先，可昨晚的大雨你也看到了，路况不佳全市都在堵车。人家姑娘没辙冒着大雨跑着赶过去的，结果等半天人没接到，还以为你出什么意外了，啧啧！”

古琛把手机放在洗手盆旁，边刷牙边听唐彧唠叨：“人家姑娘一直在哭——喂，阿琛，你到底有没有在听我说话？”

“嗯嗯，听到了。”古琛大着舌头回话，“老唐，你冷静点，气大伤身。”

“何止伤身？再这样下去早晚被你气死！我问你，落地了不会报个平安吗？”唐彧拿起床头柜上的杯子，将杯里的水一饮而尽，“我告诉你，再有下次，我叫人开了你的脑袋，在里面装个追踪器！”

“嗯嗯，不敢了。”

难得古琛服软，唐彧心满意足地下令：“你先收拾下，我叫老陈安排特助一小时后去接你。”

“好。”

一小时后门铃声果然响起；古琛打开门，映入眼帘的是身材高挑、模样清秀的女警察。

“请进。”古琛侧身将女警察请进门。

“古先生您好，我是专案组的覃茵茵，在调查本次案件的这段时间里，由我全权负责您的衣食住行。另外，您有任何工作上的需要都可以吩咐我。”覃茵茵说话干脆利落，乌黑的大眼睛看上去特别有神。

古琛微微点头，突然提出个问题：“覃小姐喜欢小动物吗？”

“啊？”覃茵茵狐疑地看向提问的男人。

古琛没有重复提问，他在等答案。

“还好。”

覃茵茵话音刚落，古琛就把猫从门后面抓起来，送到女警察的怀里，说：“那就麻烦在我回来之前，帮我照顾好它。书桌上有便笺，有什么疑问去里面找答案，先这样。”

古琛站在落地镜前，一边整理衬衫，一边对自家猫君叮嘱：“麻豆，你给我乖乖待在这里，不许淘气，不许欺负漂亮姐姐，OK？”

古琛叮嘱完，便拎着手提包大步推门离开了，套房内留下了一脸不知所措的女警察。

“哎？”

“喵！”

“那个，你好。”

“喵…”

“请多关照。”

“喵…”

第五章　Mr.Gu

由于特约顾问的身份比较特殊，当古琛出现在市公安局专案组的时候，引起了不小的轰动。

五年前古琛设下陷阱，把 JOKER 带领的犯罪集团一网打尽，将集团首脑 JOKER 送进了监狱。古琛因此一夜之间声名鹊起，很多人把他视为传奇一般敬仰。

直觉告诉陈宇阳，古琛一定是个工作态度极为认真的人，所以老早就在专案组大门口等候了。

“古先生，真的是久仰大名！我是专案组的组长陈宇阳。说真的，要不是有唐彧这个好兄弟，我做梦也想不到能有机会与您合作呀！”陈宇阳是个皮肤黝黑、阳刚帅气的单眼皮男人，老家是东北的，说起话来自有一股北方人的热情劲儿。

“你好，叫我阿琛就行。你和唐大哥一届，应该比我年长两岁。”语气一如以往地平淡，与陈宇阳的热情相比，他简直是活生生的反面教材。

“如果你不介意的话，当然好了。”天才的性格都有些怪癖，陈宇阳理所应当地以为，他又想起昨天的事觉得该第一时间表示歉意，“昨天由于我们工作人员的失职，没有接到你本人，实在是不好意思。”

古琛淡淡地回了句：“没事。”

陈宇阳寒暄了几句，接着把古琛带进领导办公室，引荐给上级领导。

市相关部门领导和局领导一早就做了安排，要亲自接见这位犯罪侧写领域的国际知名专家。

古琛为人低调，多数情况下只参与感兴趣的案件、分析罪犯心理。很多业内人士跟外界媒体一样，对古琛参与案件的详情了解得并不多，只知道他经手的案子没有破不了的。

相关部门之所以安排接见古琛，除了表达对这位刑侦天才的重视，也体现出对当下这一恶性要案的高度重视。

市领导接见近半个小时后，在会议室召开了“6·21 连环杀人案”会议。

公安局局长徐照清站起身，一身制服穿得挺拔有力，布满鱼尾纹的眼睛看上去炯炯有神，根本感觉不出实际年龄已接近六十岁，整个人往台上一站，让人肃然起敬。

徐照清接过话筒，看着在座的每一个人，问道：“知道这座城市为什么叫瞳城吗？”

停顿片刻，徐照清目光扫过每一个人，接着说道：“如果说首都是我们国家的心脏，那么瞳城就是国家犀利的一双眼。它的视野之广可以容纳山河百川，但它的眼里绝对容不下一粒沙子！

“此时此刻我感到无比心痛，有一个丧心病狂的变态杀人魔正在往国家的眼睛里捅刀子！从立案侦查到现在，已经有八名女性在人生最美好的年纪里失去了生命。这根刺一天不除，就会一直扎在我们心里。

“今天很荣幸，我们请到了古琛先生，他是犯罪侧写领域的专家，此次专程过来协助我们专案组。我们一定要尽快破案，阻止悲剧再次发生。

“在座的各位都是瞳城公安队伍的精英。我希望你们从此刻起全力以赴尽快侦破此案，不要辜负了我们身上的这身警服，更不能辜负了市民对我们的信任！”

徐照清每一句话都掷地有声。聆听完领导指示后，专案组和其余协作部门均派出代表发言，表明决心，势必将变态凶徒缉拿归案。

会议开始进入正题。陈宇阳先为古琛介绍了专案组的其他成员，又为其重组案情，并开始重新研讨和分析。

“6 月 21 日上午 10 点 20 分，南城区红星派出所接到渔民报案，称在邻近瞳福港湾水域，打捞上两个落了锁同时用铁链固定的黑色旅行箱。渔民好奇便将其中一个箱子的锁打开，发现尸块后立刻报了警。

“6 月 23 日，红星派出所再次接到群众报警，在瞳福港湾附近水域又发现了可疑的黑色行李箱。派出所接警后干警迅速到达现场，将可疑行李箱打捞上来。出警同志发现该箱与 21 日发现的箱体有共同点——都捆绑了石块且脱落的痕迹。警方将铁链和锁破坏后打开行李箱，发现了第三名受害者尸体。

“之后由南城分局接手此案。因为这是一宗恶性连环杀人碎尸案，有可能还会出现其他受害者，南城分局便派出干警，在附近水域连续作业打捞。

“果然，从 6 月 24 日凌晨 5 时至 6 月 27 日傍晚 7 时，警方打捞出五只同款同色的行李箱，里面都装有被害人遗体。

“这宗连环案影响极其恶劣，南城分局立刻并案调查。可惜分局的同事调查了近一个月，没有任何新的发现，凶手和死者之间什么关系？凶手的作案动机是什么？在死者的身份被确认之前，一切仍然是未知数。一个月后城南分局将这个案子移交市局接手，并成立专案组。”

陈宇阳将一部分资料发放下去，里面有很多死者解剖时的照片。陈宇阳说：“这一份是法医出具的死亡鉴定报告。我们在这里做了一份统计。

“八位死者均为女性，死亡时间分别为 2016 年 5 月、10 月，2017 年 3 月、8 月份；2018 年 1 月、6 月、11 月和 2019 年 3 月份，年龄为 27~33 岁，身高为 168~174 厘米，部分有过生育史。

“死者生前都有过多次被强暴的经历。法医给出的死亡原因是大量失血。”

通过陈宇阳以及其他干警对案件的描述，再加上唐彧通过电邮发来的案宗，古琛描绘出了一份犯罪画像，并请工作人员把笔记本电脑和投影仪连接好。

古琛开始解说：“凶手为男性，年龄介于 35~40 岁之间，身材偏矮，体型偏瘦，受过良好的教育，性格孤傲自负，有精神方面的疾病，目前独居。凶手智商很高，且十分狡猾，心理素质极佳，反侦察能力极强。

“目标为 25~35 岁已婚少妇。凶犯对该类女性有非常变态的性欲和占有欲，以及严重的性虐待倾向。

“凶手分尸时在肱骨头与肩胛骨等关节处，避开了肌腱、股骨等部位，下手果断。我认为凶手有相关的解剖经验。鉴于他受过高等教育，我怀疑凶手可能是外科医生或学习过相关专业。

"八名死者的头部、乳房都被利刃切除。这一做法更像是为了完整保存'战利品'，这个凶手可谓是极度病态的'收藏家'。"

陈宇阳提出两种假设："收藏的话也有点太那个了。我认为凶手也有可能是为了隐藏死者身份，又或者故弄玄虚设了个陷阱！"

古琛整理了一下衬衣的领口，将陈宇阳的假设一一否定："作为一个极其自负的凶徒，在对化学常识有一定了解的情况下，知道哪一种强酸液体能轻松解决指纹等能暴露身份信息的问题，为什么要这么大费周章地处理尸体？还有，从尸身颈部和胸前三处切割面的完成度来看，如此小心翼翼地切割下来的尸块，对他来说一定是另有用途。"

古琛将两张颈部和胸部切割的照片放大对比，说："从日益完善的作案手段，到从容不迫地完成弃尸，凶手享受着整个过程带来的刺激，我认为……"

古琛尚未讲完，门外突然传来一阵急促的脚步声；传来一个非常沉痛的消息，震惊了包括古琛在内的所有人。

"你说什么？"徐照清颤抖着嘴唇，不可思议地问了第二遍。

年轻的警察又报告说："刚刚接到消息，在城南海域打捞出一个黑色的旅行箱，已经确认里面装有碎尸案第九位受害者。"

"这个畜生！"

陈宇阳把厚厚的档案摔在会议桌上，一瞬间满地狼藉。

古琛抿了下嘴唇。

"叫他们立即封锁现场。"陈宇阳吩咐道，"专案组的全体人员立刻跟我去现场。绝不能漏过任何蛛丝马迹，知道吗？"

"是！"

"出发！"

天空灰蒙蒙的，海风呼啸着激起层层海浪，一夜未停的狂风，似是在为亡灵鸣冤。

这次发现尸体的地方，距瞳福港湾有三千米远，属于福禄岛海域。这个面积近 16 万平方米的小岛，除却长期驻守在岛上的海事部门的工作人员外，基本就是个无人岛。

古琛和陈宇阳以最快的速度抵达福禄岛。现场已拉起了警戒线，空气中弥漫着腐烂气味。

最初发现沉尸旅行箱的目击者，就是驻守海岛的维护航标的工作人员。他在用望远镜观察布设航标的海域时，看见了一个箱子在海面上漂浮，便将此事向上级领导做了汇报。

陈宇阳赶到时，报案人因尸臭引起身体不适，已经被送往城南分局休息；陈宇阳派了组员赶过去做笔录。

比专案组更早到达现场的，还有几家电视台的记者。每次一有重大事件发生，这些记者总能在第一时间赶来，敬业程度令人佩服。

古琛把雨伞向前微倾，既能遮住雨水，又挡住了记者们的拍摄镜头。他跟在陈宇阳身后不远处，向最先到达现场的老警察了解情况。

“于叔，怎么样，有没有发现什么？”陈宇阳把老于看作长辈，对其十分敬重。

老于看了一眼陈宇阳身后的古琛没多问，只是将两人带至离尸体一定的距离，便不再前进。尽管与高度腐败的尸体相隔有一定距离，但强烈刺鼻的气味还是挑战着大家的忍耐能力。

老于说：“跟之前发现的情况差不多，旅行箱被上了锁，用铁链系着石头沉入海中，大概是因水流冲掉了石块而使箱子浮上来，被来势汹汹的潮水冲到这地方来了。

“不过倒是有一个可疑处，这具尸体和之前打捞出来的尸体不太一样，你们过来自己看吧！”

古琛皱着眉头，观察了尸体在箱内的情况——尸体不知被海水浸泡了多久，同样没有头颅，乳房却出人意料完好！

老于的眼圈红了，不知是被雨水打湿，还是怎的。他在城南分局刑侦大队干了 30 年，年纪越大越坚信天理循环，因果报应。

此时大家的心情都无比沉重，陈宇阳说：“您放心，于叔，我们一定会尽快将凶手绳之以法，让逝者安息。”

老于点了点头，越是隐忍，眼圈就越红。

雨还是无休无止地下，为瞳城市蒙上一丝诉不尽的悲切。

陈宇阳和古琛离开小岛。在路上，两个人冒着被雨淋的风险把车窗摇下来，一是为了呼吸新鲜空气，二是想让身上的怪味散发掉。

“有烟吗？”古琛忍了很久，终于还是忍不住了。

陈宇阳在裤子口袋里掏了半天，翻出一盒皱巴巴的紫云，然后把外套丢给古琛，说：“里面有打火机，你自己找找。”

古琛掏出打火机，立即点燃了香烟，深吸了几口，感觉周身的怪味去了大半，问：“要不要来一支？”

“算了，雨天路滑，我得活着把你送回去。”陈宇阳打着哈哈，脸上的表情却十分专注，“怎么样，看你刚才一直没说话，有什么想法？”

“除却受害人乳房没有被切除外，其他方面和前八位死者一样，作案手法相同。我认为不是模仿作案，凶手是同一人。”

“嗯，立案调查有一个半月了，大部分细节对媒体和外界都有所保留。从刚才的现场看，凶手确实是同一个人。”

已经是第九个了，想到这里陈宇阳就头痛欲裂。他强打起精神继续说：“可是从尸体的腐烂程度来看，死亡时间应该不超过两个月；如果是这样的话，作案时间缩短了很多，不是吗？”

“这正是我所担心的，从 2016 年 5、10 月，2017 年 3、8 月，到去年 1、6、11 月，连续 7 起案子，凶手的作案间隔为 5 个月，直到今年 3 月和 6 月（法医初步判断，第九位受害人的死亡时间是 6 月），作案时间对照以往提前 2 个月，之前我还不确定是什么原因，现在看起来——凶手进化了。”古琛快速吸完第一支烟，又接着点燃了第二支烟。

古琛望着车窗外的街景，说：“照这个进化速度来看，他很快会盯住下一个目标。”

这一结论让气氛越发压抑。

陈宇阳心烦意乱，脚底不自觉加大了油门。

古琛的声音在他耳边响起：“放心，在那之前，我们会抓住他的。”

依然是平淡无奇的语气，却给陈宇阳带来无形的安定。

“对！一定能抓住他！”

雨依然淅沥沥地下个不停，车内的气氛逐渐好起来，古琛开始问起尸体的来源。

“有没有人驾船抛尸？”古琛问道。

“我们也曾经怀疑过。城南分局之前就出动过大量警力，在瞳福港湾附近走访当地渔民，渔民们都表示没有见过可疑或陌生人往返。市局接手这案子以后，更是加大警力将侦查范围扩大到相邻的马屿岛等区域，但是走访的结果同样令人失望。”

此时车子已驶入市区，再有 20 分钟，就能抵达繁华的商业街。古琛入住的酒店就在那儿附近。

“会是从上游漂过来的吗？”古琛抽出最后一支烟点燃，再把空了的烟盒丢进陈宇阳外套口袋里，然后若无其事地看向窗外。

陈宇阳再一次摇头，瞳福港湾上游是深水湾大桥。深水湾大桥是连接瞳城和比邻的渤、深两大城市的交通纽带。刑警出身的陈宇阳，经常与各地警方联合办案，对自家地盘再熟悉不过。他也怀疑过凶手有可能会在深水湾大桥附近抛尸。

陈宇阳说：“我调查了深水湾大桥附近近一年的监控录像，并没发现可疑人员。不止这些，我们还查过装尸块的行李箱这条线，想从生产厂商那里下手，追查各分销点排查客源，但由于是大批量生产的普通箱子，销售流向太多，也就查不下去了。”

“照这样说，只剩下一种可能——”古琛紧蹙着眉头，欲言又止。

“没错，最后一个，也是最糟糕的一个可能性。”对这样的结果，陈宇阳也只剩下叹息。

藏尸箱是近一个半月开始陆续被发现的，如果藏尸箱是受洋流的影响，由外海被冲至瞳福港水域，那么侦查范围之广无疑给调查组出了一道难题。

尸源无迹可寻，无法找出案发第一现场，凶手一丝破绽都没留下，案件的走向仿佛就这样被逼进了死胡同。

陈宇阳把车停在古琛入住的酒店楼下，陈宇阳浑身酸痛，热情地邀请古琛一起做按摩，被古琛果断拒绝了。

古琛拿起手提包下了车，突然想起什么又回头说道：“等尸检报告出来了，记得第一时间发给我。”

“OK！拜拜！”陈宇阳目送古琛进入酒店，然后开车离开。

古琛乘电梯到达酒店 9 层，刷完卡打开房门的那一刻，他整个人都惊呆了——谁来告诉他眼前这满屋狼藉是什么情况？

古琛小心翼翼地绕过一堆障碍物走到客厅。他看到本该摆在沙发上的垫子，此刻散落在客厅的各个角落，茶几上的零食袋摆得满满的，地上还有零散的开心果皮，卫生纸从卫生间一直滚到客厅……

古琛绕了一圈，最后在卧室里找到了另一只拖鞋。

“喵！”

古琛循着声音低下头，看见麻豆躲在床底下。

古琛用毛毯将麻豆包裹住抱进怀里，还不到一天的时间，就把我家猫“照顾”成这样，等会儿一定要“好好感谢”一下那位女警察才行。

古琛刚推开卧室门，就听到里面传来嚣张的声音：“你已经被包围了，趁姐姐我现在高兴，弃械投降还来得及！”

“喵！”麻豆有了主人撑腰，叫起来底气都不一样了。

听到猫的叫声，一个女孩立即趴在地上，第 N 次把沙发下面又翻了一遍，连哄带骗地说：“咪咪快出来啦，就是洗个澡而已，很快的！”

她跪坐在地毯上自言自语：“这只蠢猫到底跑哪儿去了？”

与此同时，古琛的声音从背后传来：“我看比较蠢的是你吧！”

都晓白转过头，一张圆圆的脸对上古琛，两个人面面相觑。

“你是谁？”两个人异口同声道。

“你为什么会在这里？女警察呢？”古琛穿过零乱的物品，坐在真皮沙发上。

“这个有些说来话长。”都晓白回忆起这一天的经历。

严格地说，都晓白是最先被麻豆发现的。覃茵茵听到麻豆的叫声，尾随其后过来看情况。当她发现床下有个人时，第一反应是立刻拔出手枪，厉声喊道：“什么人？快出来！再不出来我开枪了！”

都晓白被吼声吓醒，从床底爬出来的时候才发现对方是许久未见的大学室友覃茵茵。

“你怎么在这儿？”

“怎么是你？”

就在两个人一脸迷茫的时候，门外传来急促的敲门声。覃茵茵收起枪去开门。

客房门刚一打开，楚骁谕就走进来，问：“都晓白呢？”

原来楚骁谕乘最早一班飞机赶回来，进了酒店房间却没看见他想找的人。他调了监控才发现，因员工的失误，搞了这么大一个乌龙。

楚骁谕在都晓白身边绕了两圈，确定没什么大碍，才把人重新带回 909 套房。都晓白一路跟着楚骁谕，才惊讶地发现，认识这么多年，居然不知道楚骁谕是个富二代。

楚骁谕叫人安排了些吃的、用的，又安抚了都晓白的情绪，然后回公司向楚骁捷汇报工作去了。

都晓白不想给楚骁谕添麻烦，打算一个人带着行李离开，结果被覃茵茵拦住了。

都晓白保持着跪坐的样子，瞪着圆圆的眼睛告诉古琛："茵茵对小动物毛发过敏，您家猫又喜欢黏着人玩，她实在没办法才打电话向我求救的，我来的时候她都有些喘了。"

怪不得白天问覃茵茵喜不喜欢小动物时，她的表情看上去有些怪。古琛随口问了一句："她还好吗？"

"已经不喘了，这个时间应该打完吊瓶回家休息了。"和古琛嫌弃的态度不同，都晓白看起来很开心，并且主动搭讪古琛，"大神，您好，我叫都晓白，大家都喜欢叫我嘟嘟，我和茵茵是很好的朋友。"

都晓白在自我介绍的同时，伸出了白白肉肉的小手，但是古琛并没有要与她握手的意思，他的表情分明还在计较自家的猫被"照顾"成这样。

都晓白在讪讪地把手缩回来："茵茵今天告诉我，原来您就是赫赫有名的犯罪侧写专家古琛！您知道吗？我上学的时候就特别崇拜您，真想不到我的偶像会有一天活生生地站在我面前。这感觉太棒了，简直就像中大乐透一样！"

"你很吵。"古琛咳了两声，示意她安静。

"言归正传，你对我的猫做了什么？"古琛严肃地问。

"哦，我刚才在给它洗澡，才洗到一半它就开始乱跑。"都晓白说完，又准备去抓猫，"咱们还是先把澡洗完，不然等下要感冒了。"

"放开我的猫，它不喜欢外人帮它洗澡。"古琛用毛巾擦拭麻豆身上的水渍，"那这一片狼藉又是怎么回事？"

"我本来想给它洗香香的，可能它有点小害羞吧，所以我们就玩了一会儿你追我跑的游戏。"都晓白理直气壮地回答。

古琛这一刻快被都晓白气成内伤。

"你把'抗拒'叫作'害羞'？"

“难道不是在陪我玩吗？”都晓白一向反射弧过长，自然也没发现古琛的不快。

都晓白想了半天还是想不明白。她的视线忽然落在包装精致的猫粮上，转而对猫粮提出了专业评价。

“这款猫粮太甜，还是不要给你家猫吃了。也不知道哪个无良厂商生产的，不知道猫吃多了甜食会变胖吗？”

古琛不禁疑惑：“你怎么会知道猫粮是什么味道？”

“我饿了，我看它那么多零食又吃不完，所以……”

“所以你就吃了？”古琛不可思议地瞪大眼，看着眼前这个奇葩。

“我只是尝了一点。”都晓白伸出白白肉肉的手，指着空了的盒装牛奶，“对了，还有成年猫不能喝太多牛奶，因为它没有办法消化里面的乳糖。”

“我想你是搞错了，那盒牛奶是它主人的。”古琛努力调整着呼吸。他感觉这个小女生每说一句话，都会刷新他忍耐的极限。

都晓白看着古琛隐忍的表情，似乎也察觉自己的做法有些欠妥，即便如此，接下来的话却更让人哭笑不得。

“其实我还吃了小鱼干。我觉得那个味道对它来说，应该还蛮好吃的。”都晓白说。

古琛的下巴快惊掉了。居然连麻豆的小鱼干也没放过？

麻豆顿时感到无比委屈。

“那个——你吃完之后，有没有觉得哪里不舒服？”古琛拿起猫粮的包装袋，仔细看着食物成分表。

“没有啊，只是感觉好像有点……”

都晓白的话说到这里停顿了一下。古琛的心一下紧张起来：“感觉怎么样？”

“好像还有点饿。”都晓白说话的时候，肚子“咕噜、咕噜”叫了起来。

确定猫粮里没有对人体有害的成分后，古琛才舒了口气。他感觉自己的三观被这个吃货给毁了。

“已经很晚了，你应该早点回去，免得家人担心。”古琛下了逐客令。

经古琛提醒，都晓白这才发现已经晚上 9 点 10 分了。她慌慌张张跑向门厅，背起帐篷和睡袋准备离开。

都晓白边换鞋边说：“糟糕，回去晚了，仲广东又要唠唠叨叨了。那我今天就先回去了，明天见古大神！”

古琛一心只想送走都晓白，眼不见心不烦，根本没听清她说了什么。想不到天意弄人，就在都晓白推门要离开的时候，窗外突然传来一声惊天动地的雷鸣，古琛眼看她已经迈出去的双脚又收了回来。

古琛猜想可能是自己的话没到位，即刻补充一句：“谢谢你能过来帮我‘照顾’麻豆，外面又要下雨了，你——”

送客的话尚未说完，都晓白什么都没说，推开古琛，“嗖”的一下跑进卧室，钻进了被子里。

古琛有些蒙。好在这一次他反应够快，先确定了麻豆的位置，随即关上门去找都晓白问清楚。

“你又耍什么花样？”待看到蜷缩在被子里瑟瑟发抖的一团，古琛旋即明白了什么，“你害怕打雷？”

“谁说我害怕打雷，”都晓白想要否定，可当下一个雷炸响时，她连连哀号，“妈呀！吓死宝宝了！”

与此同时麻豆也受到了惊吓，“噌”的一下钻进古琛怀里，“喵喵”叫个不停。看着一大一小两个吓破胆的家伙，纵是古琛再铁石心肠，也要软了。

古琛倒了杯热水放在床头柜上，一边抚摸着麻豆一边安慰都晓白。

“打雷而已，只是带正和负两种电荷的云在相遇时产生闪电，释放出大量的热量使周围的空气受热、膨胀，在这瞬间被加热膨胀后的空气会推挤周围的空气，引发出强烈的爆炸式震动，虚张声势而已。”

古琛的声音低沉且迷人，都晓白躲在被子里，听着他的声音，恐慌逐渐消失不见。

都晓白掀开被子一角，大口呼吸着新鲜空气。都晓白偷瞄古琛。“一双瞳人剪秋水”刚好能诠释眼前的男人清澈的目光。她简直不敢相信这个年轻的男人，除了有横溢的才华，竟然连长相都如此完美。

古琛一把拽起盖在她身上的被子，说：“你是想把自己闷死，然后成为明天瞳城的热门话题吗？”

“没有。”都晓白吐了下舌头，从床上爬起来正襟危坐。

“不打雷了，你可以走了。”古琛第二次下了逐客令。不等都晓白做出反应，他把人拖到门外，“砰”的一声关上了门，客房里这才算安静下来。

不再有外人打扰，古琛感觉无比神清气爽。他深吸了一口气，开始整理乱作一团的房间，不过半个小时，套房恢复了原有的整洁模样。

麻豆惬意地舔着爪子，古琛则窝在沙发上浏览国际新闻；没过多久陈宇阳打来电话：“初步的尸检结果出来了，我复制了一份传你邮箱里，你看看。”陈宇阳话音还未落，笔记本电脑显示屏下角已经弹出“您有一封新邮件”的提示。

“好，先这样。”古琛单方面结束了对话。他之所以没有和陈宇阳探讨下去，其实双方都清楚原因：这个时候，谁都不想影响对方的判断力。

只不过短短一天的相处，陈宇阳就对古琛的洞察能力深信不疑，古琛也同样欣赏陈宇阳的办事效率。

古琛打开邮件，一张张尸体的照片，再加上一段段文字备注，在这样一个不眠不休的雨夜，让人毛骨悚然。

死者为女性，初步断定死亡时间为一个月前，没有头颅，从耻骨联合形态来推断，年龄应该在 27 岁（上下误差为一岁），通过长骨的尺寸来看，身高为 170 厘米……

古琛眉头紧锁，莫名地感到烦躁。

古琛起身，透过落地窗看外面滂沱的大雨，想整理下思绪。

突然窗外狂风大作，电闪雷鸣，麻豆被吓了一跳，跳进古琛怀里，瑟缩着身体把脑袋钻进主人的腋下。这让古琛不禁想起刚才被赶走的都晓白。

钟表的时针快指向 10 点了。她应该安全到家了吧？古琛叹息着，转身走回客厅坐在沙发上，视线重新落回到笔记本电脑显示屏上。

案子还没有眉目，种种迹象说明罪犯随时可能再次犯案。

惴惴不安的情绪困扰着古琛，让他没有办法专心致志。古琛拿起手机准备给都晓白打电话。这时他才想起自己没有都晓白的号码，一时又联系不上覃茵茵，于是他把拿起的手机又放下，并不断说服自己，那个小不点长着一张“我很安全”的脸，应该不会有事。

这样劝了自己三次，最后他还是被不安的情绪打败，给陈宇阳打电话。此时的陈宇阳正坐在书房里看尸检报告。

电话刚一接通，没等陈宇阳打招呼，古琛便问：“你认识都晓白吗？”

“都晓白？”陈宇阳回忆了片刻，“哦，我想起来了，好像以前来找过覃茵茵，听说小姑娘食量很大。她怎么了？”

“马上帮我联系一下，看她现在人在哪里。”

几分钟后，陈宇阳打回电话，说：“手机关机了。你那边什么情况，怎么突然问起都晓白来，难不成和案子……”

怎么会无缘无故失联了？真是太让人担心了。古琛等不及陈宇阳把话说完，挂断电话，拿起外套冲了出去。

在这个雷雨交加的晚上，注定会有很多人不安，很多人失眠。古琛就是其中一人。

古琛又打电话给陈宇阳；电话一接通，他迫不及待地说：“那个小不点——对，都晓白不见了，大概有一个小时，帮我尽快找到她。”

陈宇阳问：“你还记得她穿了什么样的衣服？”

“香槟色波希米亚裙，鞋子好像是米色的，她背了很重的包，像是要远行一样。”

古琛边打电话边在酒店大堂里走来走去，与此同时目光不停地来回寻找，突然休息区里有一个身材娇小、穿着碎花裙的女生闯进了他的视野。

“我好像找到了，不说了，先这样。”古琛长舒了口气，匆匆收起手机，大步向休息区走过去。

“怎么还赖着不走？”古琛以为自己会大发雷霆，可是当看到都晓白抱着行李蜷缩在沙发上，呆呆地盯着充电的手机时，他再也不忍责备她了。

“古大神，你怎么会在这儿？”都晓白立刻打起精神，站起来，“该不会是来找我的吧？”

都晓白见到古琛没有回答，她的眼睛黯淡下去，有些尴尬地喃喃道：“我开玩笑的。”

古琛发现自己正莫名其妙地，被一个人的情绪左右。

酒店大堂的自动门再次打开，又有人跑了进来，随后一股冷风吹过，都晓白打了个冷战。古琛不再多想，拉起都晓白就走。

“古大神咱们这是要去哪儿？”都晓白向后退了半步。

“雨这么大，你肯定是回不去了，”古琛目光清冷地看着她，“你有两个选择：一个是在大堂露宿，一个是回我房间睡沙发。”

听到这里，都晓白纵是反射弧再长也明白什么意思了。她刚才还在为自己无处可去感到沮丧，转瞬就被自己偶像捡回去了。

都晓白乐颠颠地跟在古大神后面，再次走进906套房，里面已经是焕然一新了。她和麻豆并排坐在沙发上，看着她的古大神温了牛奶，还泡了两桶牛肉面。

“吃饱了就去卧室睡觉，没事不许出来。”古琛叮嘱完，又加重语气特别交代，“有事也不许出来，知道吗？”

都晓白吃饭的时候倒是很安静，只在咽下一大口面时才得空儿点了点头：“嗯。”

古琛吃了两口，觉得泡面实在难以下咽，见对方吃得津津有味，不禁调侃道：“你胆子够大的，我怎么说也是个男人。你这小丫头是对自己太没信心，还是对我太有信心。”

都晓白急着吃泡面，根本没听清对方在说什么。

“你怎么还没吃？”

“我对垃圾食品不感兴趣。”古琛对都晓白的心思猜了个十之八九。

果然都晓白下一秒就把古琛的那一份泡面拉到自己面前，不客气地说：“哦，那吃不了别浪费了。”

古琛看着都晓白连汤带面吃了个精光，着实被惊到了。

夜阑人静，雨渐渐停了，都晓白和麻豆在各自的美梦里酣睡着。

古琛一个人盯着笔记本电脑思考。“每一位受害人的头和乳房都被切除了，唯独第九位受害者的乳房被保留了下来。那么问题来了，”古琛看着尸体的照片，自言自语，“你为什么‘失宠’了呢？”他已经喝下四杯咖啡，抽了整整半盒的烟。这一刻人虽然清醒，思绪却仍然困顿。他以相同的坐姿一直待到夜里2点，就这样不知不觉睡着了。

夜里3点多天还黑着，都晓白睡眼惺忪地起床去卫生间，从卫生间出来后发现门外有微弱的光。

“这个时间难道还没睡？”都晓白好奇地推开门，看见笔记本电脑的显示屏还亮着，古琛却背靠在沙发上睡着了。

都晓白从卧室拿来一条毛毯，小心翼翼地给古琛盖上，转身要离开的瞬间，眼睛在无意中瞥到死者的照片。没有心理准备的都晓白被吓了一跳，惊慌失措中向后退了两步，脚撞到沙发腿上没来得及反应，整个人径直朝后面倒去。

第六章　九号身份之谜

古琛被耳边的异响惊醒，迷糊中看到一个人倒下；古琛根本来不及细想便伸出手，都晓白就这样倒在他的怀里，瞪着一双大眼良久，不动也不说话。

这时四周安静，连麻豆打呼的声音都异常响亮，所以都晓白的心跳声也格外清晰。

古琛低沉的嗓音响起：“怎么，吓傻了吗？”

“对……对不起，吵醒你了，我不是有意的。”都晓白瞪着大眼睛说。

古琛掀开毛毯，说：“怕吵醒我，所以遇到特殊情况都不敢叫出来，是吗？”

都晓白感觉脸一直红到了脖子根，恨不得立刻找个地缝钻进去。她觉得古琛现在一定在心里骂她！

古琛打开灯，再看一眼茶几上的资料，对状况大致有了了解。

古琛倒了一杯温水送到都晓白手中，说：“吓到你了。”

都晓白故作轻松地摇摇头。

古琛敲了一下都晓白的额头，训斥道：“之前不是警告过你，没事不许出卧室？这些都是保密的，谁让你不经允许随便看的？”

“对不起。”都晓白有些不知所措。

“以后‘对不起’这种事少干。”古琛冷着一张脸，“你快进去睡觉，不要影响我工作。”

待情绪平息之后，她突然想起刚才看到的照片，凭着直觉问：“这些照片里的死者，是不是最近电视里追踪报道的连环杀人案？”

古琛不置可否地看着都晓白，不过这态度在都晓白眼里算是默认了。她继续问：“那这些是同一个案子的资料吗？为什么这张照片拍得跟其他几张照片不太一样？”

这个问题让古琛有些诧异。他随口反问道：“你是从哪里看出它们不一样的？”

“刚才借着屏幕光扫了一眼。”都晓白闭上眼睛，无数画面在脑海闪过，随即笃定地说，“前面八个编号的尸体既没有脑袋，乳房也被切掉了，可见凶手作案手法雷同；唯独九号尸体只有头被切掉了，这一点很明显不同。”

“只是匆匆看了一眼，就发现问题的特别之处，我可以当这是巧合吗？”古琛的言语中有三分试探。

“当然不是啦！我天生记忆力就特别好，我可是很擅长玩找碴游戏的！”说起这方面，都晓白自豪地竖起大拇指，眼睛朝古琛整理好的资料一瞥，霸气地说，“这种级别的，只是小意思。”

都晓白不知道古琛在想什么，她的思绪又回到刚才那些照片上，问：“古大神，你说图片里的死者真的都是同一个凶手杀的吗？现实生活中真有这么残忍、变态的人吗？”

“虽然有一个问题我暂时还想不明白，但是所有的证据都表明这些是同一凶手做的。”古琛点了下头，“收起你的好奇心，去睡觉了。”

“哦。”都晓白撇了撇嘴，脚刚迈出去，又把头转回来，“你指的想不通的问题，是不是——那个？”

古琛翻阅着资料，认真地回答：“对，就是你刚才说的，我想了很久也没想通，为什么凶手连续切除了八个受害人的乳房，唯独放弃了第九位被害人，这其中到底有什么特别的原因呢？”

看样子古大神是不会睡回笼觉了。都晓白泡了两杯醒神茶，然后坐在沙发上，欣赏古琛凝神冥思的样子。

“离天亮还早，你怎么还不去睡觉？”古琛催促道。

“想看看有什么能帮你的。我原本睡眠就很少的，反正也睡不着啦！”

都晓白说完，转过脸偷偷打了个哈欠。

这种小动作哪躲得过古琛的法眼。而古琛也只是摇了摇头，没有当场戳穿。

古琛继续拿尸检报告做对比，都晓白在一旁盯着看，终于忍不住指着九号死者的胸，憋红了脸，说："这可真是男人见了流口水，女人见了会脸红的'胸器'呀！"

古琛扫了一眼面色绯红的都晓白，淡淡地说："还真是女人见了都会脸红呢！"说完又把视线转移到九号死者的照片上。

都晓白想了想，又问："会不会是作案时间不够，又或者被什么突发情况干扰呢？"

"不排除有突发情况的可能性，"古琛用手撑着下巴，听了都晓白的想法后，分析说，"但作为一个策划实施 9 起谋杀案却没留下线索的凶犯，以他的智商，我认为他应该不会犯这种低级错误。"

"这么漂亮的……古大神，你说会不会是因为胸前这处文身？"

古琛没听都晓白说下去。他总觉得自己在迷宫里绕圈，明明察觉到前方有一个出口，偏偏有一团迷雾遮住了视线——究竟是什么呢？

都晓白还在拿自己扁平的小身板跟照片对比，不由得哀怨道："同样是女人，人家就天生丽质，你就这么不争气！你看看人家，平躺着的尺寸都比你挤出来的还大……"

听到都晓白用到"平躺""尺寸"时，古琛突然惊觉拨云见日，眼中闪过一道光；古琛心道：原来这才是迷雾形成的原因。

"你怎么了？"都晓白被古琛的眼神吓到了，半开玩笑地说，"大神该不是精虫上脑了吧！"

古琛白了她一眼，言归正传道："你说得不错，她的胸对任何女人来说都太过完美了。这种完美的背后有一种叫作'隆胸术'的东西在支撑。"

"你的意思是？"

古琛把自己的思绪梳理清楚，说道："假如我是凶手，我对目标的要求是貌美、身材一流、独具品味，第九个目标完全达到综上所述的条件。我以惯用的作案手法拐走了这个女人，在对其实施性侵犯的时候，发现她曾经做过隆胸术。作为一个完美主义的'大收藏家'——我竟然被骗了，于是我恼羞成怒将其杀死。以上，就是她'失宠'的原因。"

都晓白听了，义愤填膺地道：“什么完美主义，这就是变态，精神不正常的变态！”

古琛丝毫没将其放在心上，继续刚才未完结的话题：“如果以上的推断没错，那么 9 号死者的身份就要揭晓了。”他说着拿起手机，打给陈宇阳。

陈宇阳也一夜未眠，接电话的时候已经是凌晨 5 点，不等古琛开口便急忙问：“怎么样？是不是有新线索了？”

“昨天发现的尸体，如果我分析得没有错，她的乳房应该是后天植入的。

“我之前查过一些资料。根据法医给出的年龄以及死者皮肤、指甲保养来看，死者的经济状况良好。所以我认为可以从死者植入的假体着手，应该会对核实死者的身份有帮助。”

古琛停顿了两秒，才又缓缓开口：“尽快安排法医重新验尸吧。”

“好，我这就通知下去。”

陈宇阳挂断电话，手依旧在颤抖。当初在成立专案组的时候，他已经做好了处处碰壁的心理准备，但是一次又一次的打击，让他就像一条困在干涸水渠里的鱼，只剩下挣扎和绝望，所以此时此刻任何侦查方面的突破，都令他难掩心中的激动。

他还记得老于通红的双眼。那种心痛和不甘，陈宇阳全看在眼里。他犹记得自己当上人民警察时宣读的入警誓词：忠于祖国，忠于人民，忠于法律……全心全意为人民服务。

陈宇阳望着天边的太阳，在心底暗下决心：为了维护社会治安，维护人民生命和财产安全，必须拿下这个案子！

陈宇阳一大早就站在刑事科学技术室的门口堵人，第一时间拿到了最新尸检报告。

报告显示，第九位死者生前的确做过隆胸手术。幸运的是法医在取出的假体硅胶上，找到了一串由字母和数字组成的 13 位编码。这串编码正是硅胶的生产批号。

情况正如古琛预料的那样，开始明朗了。

陈宇阳把结果告诉古琛，拍马屁的话讲起来滔滔不绝。古琛脑袋“嗡嗡”作响。他发现陈宇阳啰唆起来，功力和唐彧真是不相上下。

“不错，接下来该是你们大展身手的时候了。”古琛不疾不徐地对陈宇阳说，“还有，不用让那个女警察过来了。剩下的事情我会自行安排。”

“这样啊，也好。”陈宇阳重重地点了下头，“那接下来就等我们的消息吧！”

古琛在挂断电话时，嘴角挑起一丝不易察觉的弧度。他瞄到都晓白拿着一根漂亮的彩色羽毛棒在逗麻豆，并趁其不备偷拿了一粒小饼干。

“小不点！”古琛低声警告。

都晓白吓了一跳，讪讪地把将要放进嘴里的小饼干放了回去。古琛无奈地感叹，天底下怎么会有这种奇葩？

“这样吧，如果你有事，你先去忙吧。我留在这里陪麻豆玩。我会自己回去。”都晓白说话的时候，眼睛一直盯着麻豆的零食。

“该办的陈宇阳会看着办，我暂时没事可做。”别说麻豆，就连古琛都觉得——都晓白看到吃的东西时，眼神让人毛骨悚然。

“雨终于停了，今天看起来天气不错。”都晓白望着蓝天，突然兴致勃勃地提议，“要不然我来做向导，陪你到处转转？”

古琛想，反正也要等陈宇阳那边的消息，干脆就出去透透气；于是他点头：“也好，麻豆长这么大第一次出国，一块儿去散散步吧！”

“哎？不是说要换衣服吗？”都晓白奇怪，见古琛进去和出来时没什么变化，依旧是白色衬衫和正装西裤，还以为古大神变卦了。

古琛对着客厅角落里的试衣镜，整理了一下袖口，说：“换完了，走吧。”

都晓白仔细看了又看，心服口服地竖起大拇指，赞道：“如果不是我眼尖，观察到你领口弧度的细微变化和西裤那难以分辨的色差，几乎就以为这是相同款式的。”

“嗯，眼力不错。”古琛给都晓白一个肯定的眼神。

“话说回来，古大神，您选服装的风格也太单一了吧！”说话间，都晓白把古琛剩下的半杯咖啡给解决了。

“这种比较简约。”古琛毫不在意都晓白对自己的评价，转过身召唤自家猫，“麻豆，我们要出发了！又跑哪儿去了？”

都晓白努了努下巴，示意麻豆藏在沙发角落里。

古琛朝着那个方向走去，见麻豆躺在角落里把弄着逗猫棒，说道：“麻豆不要闹了，我们要出去了。”

麻豆抬起头看了看古琛，舔了舔爪子，继续自己玩自己的。

“你这家伙！”古琛抚着额头好不尴尬，这只蠢猫从来都不会考虑主人的感受。

“它大概是闹生理期吧。你也知道女孩子总有那么几天的，就别跟它计较啦！”都晓白说。

“什么生理期，它是弟……”

古琛正解释着，人就被都晓白推到了大门口：“哎呀不管了，反正你衣服也换了，我们两个出去玩吧！”

与此同时，陈宇阳向组员们交代任务：“把这个编码发下去。现在去查出这种硅胶是哪个厂家生产的，分销到哪家整形机构了，都有哪些人接受过这种硅胶手术。把名单给我列出来逐一排查。任何线索都不要放过，知道吗？”

“是！”组员们异口同声地回答。

“行动！”

专案组的干警拿着硅胶上的编码信息出发，只要再努力使上一把劲，死者的身份就要水落石出了。

组员们手握这一串编码，如同拿到一张畅通无阻的通行证。他们很快找到了硅胶生产厂家，并沿此线索查到了总经销商。

专案组获悉，这批产品是去年 7 月 4 日购进，销往全国 34 家大、中型医疗整形机构。曾有 17 位女性接受了同款硅胶的植入手术，但是大部分患者都不愿意在整形医院留下真实信息，只能通过几位主刀医师的回忆逐一排查。

由于时间隔了一年之久，很多细节医生们都已记不清楚，只能通过术后留下的存档资料回忆。

古琛跟着都晓白一路上走走停停。都晓白一边介绍瞳城的风景，一边不忘四处寻觅特色小吃。

“说起来瞳城的景色是挺不错的，有很多历史悠久的名胜古迹，在国内也是相当有名的。我们之前经过的那个古庙，到现在差不多有上千年的历史了。还有刚刚去过的公园，到现在也有近百年了吧。”

都晓白带着古琛穿过一片郁郁葱葱的树林，然后并肩登上石砌的拱桥。古琛摘下太阳镜，看着桥下远道而来的游客乘着游船，嬉笑着拍照留念。

“接下来咱们要去吃什么？”

“你在说什么啊，我怎么听不太明白？”都晓白嚼着热狗，吃得满嘴的油，还在装傻。

古琛何许人？他一早就知道，都晓白这个饿货说的风景线，都是按照当地特色小吃而定的，但是看破不说破是做人的基本原则。

“我大概是吃咸了，”古琛说，“我们还是先找家便利店，补充些水分吧。”

都晓白感到很奇怪，他明明都没怎么吃，为什么会觉得咸呢？算了，正好自己也口渴，喊道：“喂！古大神等等我！”

两个人下桥后，走了大概七八分钟，走进一家 24 小时营业的便利店。古琛从冰柜里取出一瓶矿泉水，又问服务人员拿了一包香烟，然后等半天也不见都晓白；只好自己走进里面去找，刚好见到都晓白在奶制品的冷藏柜前犹豫。

“选这个。”古琛走上前，指了指印有木瓜图案的盒装牛奶。

“啊？”都晓白看了看木瓜牛奶的包装，呆呆地问，“为什么？”

古琛说：“对你来说，是个好东西。”

古琛说完佯装挑选其他商品，却露出一个意味深长的笑。

都晓白重复着古琛的话，突然明白过来，瞬间就羞红了脸，嘟着嘴说，“拜托你不要自毁形象好不好……”

“一共 37 块，谢谢。”收银员盯着古琛的脸满目春光。

古琛付完款转身就走。收银员悄悄对跟在后面的都晓白使了个眼色：“你男朋友真的好帅啊！”

都晓白尴尬地笑了笑：“是挺帅的，要真是我男朋友该有多好。”

跟在高大帅气的古琛后面，这种“能看不能吃”的感受让都晓白很是苦闷。她决定化悲愤为食量。

“接下来去博物馆怎么样？”古琛问。

都晓白脸上又堆满了笑意：“好呀！等逛完了博物馆，我知道有一家特色九宫格火锅，等会儿带你去试吃，味道一级棒，包你满意！”

“你居然还吃得下？！”古琛一脸被打败的表情。

都晓白理直气壮地说：“那当然。咱们出来得晚，午饭根本没有好好吃。”

整整忙活了一天，傍晚7点左右组员们才纷纷归队，结合收集的信息，开了个小组会。

陈宇阳单手揉着太阳穴，开口说："我和小李走访了本市3家医院、7家私人整形机构，医生给出的4名患者资料中，没有和死者相吻合的。"

陈宇阳昨晚几乎没合过眼，今天又出去走访了一天，此时显得十分疲惫："行了，说说你们都有什么收获吧！"

"我这边也是，得到的信息一点用都没有！"王秋生作为经验丰富的老刑警，和陈宇阳一样，此时此刻也是一脸疲态。

"全武，你那里呢？"陈宇阳趁着其他人汇报的时候，喝着滚烫的茶水解乏。

全武指着照片资料说："头儿，我这儿倒是有一个年龄、身高和死者基本吻合的女性。院方当时留的联系方式显示她的手机已经停机了。我觉得可疑。"

"怎么这么巧电话停机？尽快联系上这个女人！"任何风吹草动陈宇阳都不会放过。

"是！头儿，我已经找通信公司了，应该很快就有消息。"全武是唯一一个由城南分局破格推荐进入专案组的年轻干警。他跟陈宇阳的时间并不长，不过做起事来倒是挺合拍的。

陈宇阳满意地点了点头，又问道："老郑和覃茵茵还没回来吗？"

李冬冬噼里啪啦敲着键盘，头都没抬："头儿，覃美人不是跟着老郑去渤洋了吗，来回要六百多公里，估计今儿是赶不回来了。"

李冬冬戴了一副眼镜，平时看起来不起眼儿，实际却是各大科技论坛的焦点人物，大学一毕业就被特招进了市局网络安全技术科，现如今给陈宇阳工作。

"要现在打电话给老郑吗？问问他那边有没有发现。"全武正说着，手机突然震动了起来。他低头一看来电号码，忙说："头儿，我先去接个电话。"

"去吧！"看全武的表情，陈宇阳也猜到是哪里打来的了。

"头儿，你看——"李冬冬把显示屏转到陈宇阳能看到的方向，里面有一个闪烁的光标。李冬冬随后解释说："下午4点半左右，覃美人的位置就在这儿附近了。怎么时间过去这么久，都没怎么移动？"

王秋生也凑了过来，打趣道："行啊，你小子利用工作之便，跟踪组里女同志。被茵茵姑娘知道了，你死定了！”

“王叔，你可别乱说，我这是关心同事，不只是她一个，你们每个人出任务的时候，我都把你们的手机定位了，保护你们周全，是这意思吧，头儿。”李冬冬的意思是，这得到陈宇阳默许了。

“嘿嘿，王哥我是过来人，我知道这就是爱屋及乌。”王秋生打着哈哈，“话说回来，他们在同一个地方停留超过三个小时，怕是有情况啊！”

陈宇阳视线停在覃茵茵手机定位的位置。他拿着碳素笔在指间行云流水般来回转动。

这时全武已经接完电话，刚一进门就对着陈宇阳摇头：“刚刚通信公司那边查到了患者的新联络方式。我已经和本人通过电话了。这个线索可以排除了。”

“小李，打电话给老郑！”陈宇阳那边话音刚落，覃茵茵就把电话打进了专案组。陈宇阳接起电话，严肃地开口：“我是专案组陈宇阳！”覃茵茵一听到熟悉的声音，即刻汇报：“老大，我和老郑在渤洋新城区有发现……”

陈宇阳迅速记录下覃茵茵汇报情况的重点，挂断电话后立即将详细的情况复述给在场的其他同事听。

“根据老郑和茵茵查到的线索，有一个叫麦佳甯的患者曾经在渤洋市爱美丽综合整形医院接受过假体植入手术。而且这个患者的年龄、身高等特征与死者基本一致。主刀医生打电话给麦佳甯，始终联络不上患者本人。老郑联系了渤洋当地公安；得知，麦佳甯的爱人曾在 6 月 13 日报案称妻子失踪，到目前为止一直下落不明。”

“Bingo！”小李敲打键盘的声音戛然而止，抬起头望着陈宇阳。

全组人员都感到惊讶，不敢相信古琛给出的这一线索，居然会进展如此顺利。

“渤洋那边的同事已经采取了麦佳甯父母的 DNA 样本。覃茵茵已经带着样本在回来的路上了。技术侦查科的方静会帮忙加班，相信化验结果很快就能出来了。至于老郑，我让他暂时留在渤洋，等鉴定结果出来再见机行事。”

陈宇阳说完了正事，简单做了个会后总结：“大家都辛苦了，今天就先到这里，散会后大家早点休息吧，老规矩——”

不等陈宇阳把话说完，小李和全武便接茬道：“手机要 24 小时待命！”

陈宇阳头也不回地摆了摆手，去停车场启动吉普车，一溜烟跑了。

在回家的路上陈宇阳找了家面馆胡乱填饱了肚子，又打包了两罐啤酒，回到家“咕咚、咕咚”喝完倒头就睡。

此时，都晓白和古琛从火锅店出来。古琛道了声谢便打车离开了。都晓白看着他的背影直到消失，才转身去了附近的便利店。

都晓白还没找到合适的房子租，本以为今晚又要找公园搭帐篷，想不到旅游归来的简馨打电话给都晓白，说她带了好多礼物给都晓白，叫都晓白赶快去她家里玩。

一想到晚上有地方住了，都晓白急忙去公交站。都晓白上了公交车，挑了个靠窗的位置坐稳。

回到酒店 906 房间，古琛就看到麻豆向门口扑过来。古琛道：“自己在家无聊透顶了吧，后悔也没有用，谁要你不跟我们出去玩的，笨！”

“喵喵！”

古琛脱下外套，拿起逗猫棒陪麻豆玩了一会儿，又在小猫盆里倒了些猫粮和水，道：“开饭啦！”

看着麻豆吃得津津有味，古琛才去冲了个澡。

陈宇阳是被电话铃声叫醒的，托两罐啤酒的福，难得这一夜无梦。

看了来电显示，陈宇阳立刻接起电话：“方静，结果这么快就出来了？好，我马上就到。”

陈宇阳洗漱完换了身衣服，连胡子都没刮就回局里了。他在技术侦查科晃了一圈，最后在女卫生间门口堵到方静。

陈宇阳拿着手里的 DNA 鉴定结果，在方静面前静默了良久。鉴定结果显示的亲子概率为 99.99%。这对案件的进展来说，可谓是突破性的，但是对被害人家属来说却是毁灭性的。

“谢谢。”陈宇阳抿着唇，向方静道了谢便匆匆离开了。

陈宇阳打电话给在渤洋待命的郑国权，首先把鉴定结果告诉他，然后叫他联系当地的公安，协助调查麦佳甯的社会关系。

挂断了老郑的电话，陈宇阳思忖了片刻，又拨通了古琛的手机。

古琛难得一夜睡得安稳，可惜天还没亮，就被麻豆钻来跑去的窸窸窣窣声音吵醒了。

古琛洗脸刷牙完毕后回到客厅，打开电视机；麻豆闻声颠颠地跑过来，在电视机前坐定。

古琛转身去启动跑步机。少了爱捣乱的麻豆，他可以锻炼一下身体。古琛先将时速调至 6 公里，慢走 5 分钟之后再改成快走，逐渐热身后调整步伐、姿态和呼吸，然后加速慢跑。

少了麻豆这只黏人精，古琛神清气爽地跑满一个小时，休息片刻后扯过座机，打给服务台叫了鲜奶、煎蛋和三明治，接着起身去冲了个澡，十五分钟后从浴室走出来，刚好门铃响起——早餐到。

服务人员把早餐摆放好，面带微笑地说："先生，请您慢用。"随后转身离开。

古琛扯出麻豆的口粮袋子，把它的小猫盆装得满满的，又换上新鲜的纯净水，也效仿着都晓白说了句："小朋友，请慢用。"

古琛看着时间尚早，正准备打电话问陈宇阳案子的进展情况，陈宇阳就把电话拨了进来。

由于昨天已提前收到陈宇阳的短信，知道渤洋市有个疑似的受害人，古琛迅速按下接听键，开门见山地问："怎么样，结果出来了吗？"

"嗯，DNA 结果显示，死者正是麦佳甯。我得马上带队去渤洋一趟，想问你可否……"由于古琛的身份比较特殊，陈宇阳想问一下对方的意思。

古琛立刻听出了他的想法，不等陈宇阳把话说完，便回复："时间你定，我随时出发。"

对于古琛来说，接手任何一宗案子，必须亲力亲为、有始有终。他没有唐彧、陈宇阳他们这种"人命大于天"的使命感，但善始善终的工作态度，一直是他奉行的圭臬。

陈宇阳还没来得及挂断电话，就听见古琛那边的门铃响了；他猜古琛那边来客人了，急忙又补充一句："时间等我定好了，给你发短信，你先忙吧！"

"好，见面说。"古琛挂断电话，对着门口喊道，"哪位？"

他走到门厅看见门外摄像头的画面，屏幕刚好被一张圆脸给霸屏了。

都晓白趴在摄像头前，用清脆的声音说：“古大神开门，我是都晓白！”

“你找的人退房了。”

都晓白一听这冷冰冰的腔调，更卖力地按着门铃：“我知道是你，古大神，快开门吧，我是您的忠实粉丝——人见人爱都晓白呀！”

都晓白见里面没什么反应，干脆左手敲门、右手按门铃，两面夹击还不够，嘴里还大叫：“麻豆快给姐姐开门呀，姐姐带了麻豆最爱吃的芝士和维生素膏哦。对了，还有金枪鱼罐头呢！”

古琛本来打算不理会都晓白，可是一听她提起麻豆，突然想起一件很棘手的事情，内心纠结片刻，才不情愿地给“黏人精 2 号”开了门，然后头也不回地去卧室了。

时间有限，古琛搬出行李箱；麻豆听到声音紧跟着过来。都晓白把给麻豆带的零食放在厨房大理石台板上，从短胖的麻豆旁边绕进了卧室。

都晓白见古琛收拾行李，站在原地，慌张地问：“古大神你是要回美国了吗？”

“这么盼我离开？”古琛淡淡地问。

“当然不是，”都晓白生怕露出女生的小心思，顾左右而言他，“我是担心那宗案子，不是说凶手还没抓到吗？”

古琛一边整理随身物品一边说：“正因为凶手还没抓到，所以才要亲自走一趟。”

都晓白瞪大眼睛追问：“去哪儿呀？”

“秘密。”古琛已经收拾好了行李箱，低头看到麻豆的时候，说，“我不在的日子里，能拜托你照顾它吗？”

都晓白这时候脑子转得特别快。她想到了一个两全其美的办法，愉快地说：“照顾麻豆倒是没问题，不过我有个条件。”

工作时不能带上麻豆，交给托管又不放心，为了能给麻豆找个临时保姆，古琛只好妥协：“如果你是想住在这里的话——可以，我会按照小时付你薪水，价格你来定，你只管照顾好麻豆就行。”古琛说着从钱包里掏出几张钞票，看上去差不多有一千块的样子。

都晓白急忙推掉他递过来的现金，摇头说：“我不是这个意思。我会好好照顾麻豆，包它能吃成小胖子，但条件是你得带上我。”

“你这小姑娘，我是去办凶杀案，不是去游乐场。如果你发生什么意外，我怎么跟你的家人交代？”古琛低头看了一眼手表，觉得没有谈下去的必要了，“算了，我还是交给酒店寄养吧。”

这几日相处下来，都晓白误以为古琛是个嘴硬心软的人。可事实证明她对古琛一无所知。

都晓白望向古琛，情绪显得十分低落；她轻轻地抱起麻豆，讷讷地说：“等你回来接它的时候，打电话给我吧！”

古琛望着都晓白转身离开的背影，心情有些莫名的烦躁。这时陈宇阳的短信传了过来，里面有航班出发时间，并告知等会儿派车来接他。

陈宇阳拿着报告回专案组的时候，包括覃茵茵在内的所有人都已就位，正在等他的下一步指示。

陈宇阳朗声道：“鉴定结果证实死者叫麦佳甯。王哥、小李、全武和覃茵茵跟我去渤洋。现在是 9 点 15 分，都各自整理下手头的东西，咱们 9 点半准时出发。其他人看家，有事随时与我联系。”

陈宇阳带着一队人先是到酒店接古琛，然后一行人出发去机场。古琛、陈宇阳等六人抵达机场后，由特别通道顺利过了安检，而后登上了飞机。

第七章　烟　雾

陈宇阳带队从渤洋机场下机，前来接机的是渤洋市局刑侦大队副队长和两名干警，郑国权跟着一起来接机。

陈宇阳以前和渤洋市局刑侦大队合作办过几次要案，大家都是老熟人了。来接陈宇阳一行人的渤洋市局刑侦大队副队长叫闫栋，年纪比陈宇阳大几岁，长得浓眉大眼，小麦色的皮肤，穿着一身警服，有几分成熟男人的魅力。

闫栋平日里话不多，查起案来思维清晰敏锐，能力是大家有目共睹的。他和陈宇阳见面次数不多，却谈得来。

“这位就是渤洋市公安局刑侦大队的副队长闫栋。”陈宇阳说完又把头转向闫栋，“栋哥，这位我可得给你隆重介绍一下——大名鼎鼎的古琛，是我们局为侦破‘6·21 连环杀人案’请来的犯罪侧写专家。”

“您好，古先生，很荣幸认识你。”闫栋率先伸出右手。

“你好。”古琛没有伸出手。他还是排斥和陌生人肢体接触，只是礼貌地点了下头。

闫栋收回已经伸出去的手，忽略掉此时尴尬的气氛，细细打量着古琛。

与此同时郑国权向陈宇阳中规中矩地打了个招呼，然后转过头瞪了还在小声叨叨的李冬冬、全武一眼，吓得两人立刻蔫了，连带王秋生都跟着抽了抽嘴角。

郑国权曾经参与过很多大案的侦破工作，论资历、经验都在陈宇阳之上。

不过由于天生刻板的性格，以前一起工作过的同志们都混得风生水起，他一把年纪的人却还留在专案组当副队。

陈宇阳为人豁达，不会摆谱，他打心里佩服郑国权骨子里的那股韧劲，以至于给人感觉他郑国权才是老大，小辈们都尊称他一声“郑老”。

见小辈们都安分了，郑国权才给王秋生递了个眼色，意思是让他看着点小的，别让他们胡闹。王秋生则回他一个“为老不尊”的笑意，颇有油盐不进的意思。

郑国权被他气得干瞪眼。陈宇阳见状急忙安慰老郑两句。

上了车，陈宇阳便迫不及待地切入主题：“关于死者麦佳甯，你们调查得怎么样了？”

“你还不知道？”闫栋叹口气，“死者身份一传出来，局里顿时就乱了套。李队原本是要亲自过来接你们的，可谁知道……”

在场的人都被闫栋一番话搞得一头雾水。古琛和陈宇阳却听出了弦外之音，两个人对视了一眼，陈宇阳开口问：“怎么回事？”

“你们查到的死者麦佳甯，那是我们麦局的掌上明珠；我也见过几回，心地善良，人也漂亮。这刚结婚没两年，多好的一个姑娘，就这么被——太他妈浑蛋了！”

闫栋打开了车窗，点燃一支烟，猛抽了两口，紧接着回忆起事情的经过。

事情发生在 6 月 13 日的早上，麦局的姑爷安东尼慌张地来报案，说麦佳甯在参加聚会的路上失踪了。

按理说成年人失踪不满 24 小时，不构成失踪人口立案条件，可同志们下班后还是自发寻找麦佳甯的下落。

很快24小时的寻找变成了一个星期的排查，人口失踪调查组与多方合作，一起跟了这案子一个多月，勒索电话、匿名信什么都没有。麦佳甯就好像人间蒸发了一样杳无音信，直到郑国权找上来。

“麦局受了很大的打击，卧床不起。”

连陈宇阳听了，目光都黯然了几许：“白发人送黑发人，人间最悲痛的事莫过于此。”

古琛坐在后排靠窗的座位上，望着车窗外的车水马龙，表情一如既往的平静。他从来没有与人沟通闲聊的习惯，总是一副冷峻的神情，生来就寡言少语的性格，见谁都是“生人勿扰”的嘴脸。

一路上闫栋把对麦局长、麦佳甯的心疼，和对连环杀人凶手的憎恨表达得淋漓尽致。两辆车一溜烟开到了市公安局。到了大门口，一行人下了车，跟着闫栋进了办公大楼。一路上遇到的干警都在忙碌，连跟闫栋打个招呼的时间都没有。

其实不用闫栋解释，陈宇阳等人都心知肚明，现在渤洋市局的气氛必定非比寻常，大家伙都在竭尽全力查找凶手。

闫栋带领大家到刑侦大队会议室的时候，一个中等身材的男人正在门口徘徊，听到闫栋的声音后，转过身一个箭步迎了过来。

闫栋一愣：“李队，你怎么回来了？麦局长那边……”

听闻瞳城市局请来了了不起的人物，李松在医院就坐不住了，迫不及待跑了回来。

“嗯，我过来看看就走。”李松是个四十多岁、头发稀疏的男人，眼睛不大但是有神，工作处理得得心应手。这一切都多亏麦振海局长的调教。

李松过来和瞳城市局的同志打招呼。带队的陈宇阳算是老交情。陈宇阳年纪轻轻就被委以重任，几次跨省破案都有他。李松对他的侦查能力赞不绝口，陈宇阳身后的郑国权等人也大都认识。

其实李松最关心的还是那位刑侦界的“传说”。当见到一身西装笔挺的古琛时，李松眼睛登时一亮：“闫栋啊，快给咱们介绍一下。”

“这是咱刑侦队的大队长李松，麦局亲自带出来的得意弟子；这位是瞳城市局专案组特邀的国际知名犯罪侧写师古琛。”

闫栋前脚刚介绍完，话音未落，李松便主动伸手去握住古琛的手。古琛眉宇间露出一丝抗拒。

“麦局就小甯这么一个女儿。她很懂事也很孝顺，是我们所有人宠上天的心肝宝贝……”李松比麦佳甯大一旬多。这次麦佳甯的惨死，对他而言，绝对是一场无情的打击。

“老爷子得知消息后就一病不起了。我陪在老爷子身边，现在真是心有余而力不足。在这一刻，我既是刑侦队队长，更是一位受害者家属。在此我请求您和各位同志一定要抓住这个丧心病狂的凶手，还所有遭遇不幸的被害人及其家属一个公道，让小甯早一天闭上眼，安心地去……我李松在这儿拜托你们了！”

李松声音颤抖，说得情真意切，讲到心痛处时眼眶甚至有些泛红，表达完后对古琛和全体奔赴一线的同志深深鞠了一躬。这一刻他只是一位失去亲人的家属。

考虑到麦局长的身体状况，李松不能离开太长时间，大家简单地表达了关切和决心；古琛则不多讲与案情无关的话，却郑重地点了下头，表示定要破案。

李松带着兄弟们的承诺转身离开了。古琛望了一眼李松离开时的枯瘦背影，转身跟着闫栋进了会议室。

因为麦局长病重不能参会，所以此次会议由副局长刘岩代为主持。刘副局长首先对古琛的到来表示感谢，而后又传达了上级领导的指示。

由于这起连环杀人案性质极其恶劣，省公安厅、瞳城市、渤洋市领导均提出：要求各级单位全面、及时与公安干警协作配合，务必十日内将凶手绳之以法，还社会一片和谐安宁！

刘副局长简明扼要地做了工作部署，把余下的大块时间留给大家伙分析案情。

刘副局长开完会便离席，偌大的会议室成了临时办公室。

以陈宇阳为首的瞳城市局，和以闫栋为首的渤洋市局，两边刑侦大队的同志分别坐在会议桌的两侧。闫栋为古琛介绍了自己的同事，方便未来在工作上的配合。

"我来介绍一下麦佳甯失踪的相关信息，供瞳城的同志们参考。"闫栋把麦佳甯的信息写在白板上，言简意赅地陈述，"麦佳甯，女，28 岁，于 6 月 12 日下午，参加闺蜜组织的校园主题聚会，参加完聚会和朋友们分开后便下落不明了。"

"从受害人身边亲朋好友了解到，麦佳甯为人善良随和，两年前结婚，丈夫安东尼是一名医生，夫妻感情很好，没有婚外情。生前无不良嗜好，无债务关系，也没与人结过怨。"

闫栋说完，问身旁的青年刑警："小胡，你查到什么没？"

被点到名的胡天舔了舔干裂的嘴唇，丧气地摇了摇头："我这边没什么有用的线索。"

闫栋蹙了一下眉头，又询问其他队员："大家有没有消息？"

闫栋的目光锁定在队里的老刑警身上。这位老大哥自打进了会议室，就一个劲儿地拿纸巾擦汗，尽管空调开得很低还是不停冒汗，眼看着衬衫都快湿透了，可见今天的运动量不小。

“老焦，你那边有进展吗？”闫栋问。

“我带着小路又去了一趟武建街，算是有点发现。”老焦又用纸巾擦了下额头，说话的时候喘着粗气。

闫栋的神情顿时紧张起来：“武建街是麦佳甯失踪的那条路？我记得同志们去过不下十次吧，有新线索？”

老焦给小路递了个眼色。小路迅速展示了一段视频。大屏幕里的画面质量一般，看起来像是商家门前摄像头拍摄的，时间显示在 6 月 12 日 23 时。小路将视频进度加快，直到 23 时 07 分时才正常播放视频。

“这是武建街上的一家便利店。之前咱们同事去过几次，都赶上他家的设备坏了，据说是坏了好长时间，就以为什么都没拍到。这次去时赶得巧，店家的设备这两天刚修好，我跟小路就想碰碰运气，万万没想到会发现麦佳甯失踪前的视频。”老焦边放视频边说。

当晚雾霾天气，画面清晰度不高。麦佳甯穿了一身粉红色的连衣裙，晃晃悠悠地走到马路对面，看状态是喝了不少酒。这与她的女友们的口供一致。

画面里的麦佳甯身材纤瘦，安全走过马路后还俏皮地跳上路缘石。走了没几步，麦佳甯忽然就躬下了身子，看画面的样子应该是喝多了要吐。她踉踉跄跄朝旁边昏暗的胡同口跑去，便彻底从画面中消失了。

老焦灌了一大口茶水，擦着汗继续说：“我们确认过了，麦佳甯进入胡同后没有再出现过。我查过这条胡同，比较偏僻，没有天眼，也没有摄像头，白天有人在里面停车，晚上就没什么人走动了。”

这一段视频播完，小路噼里啪啦操作着计算机，很快翻出另外一段视频画面：“在胡同里没什么发现，我跟师父沿着胡同穿过背道，在背道里发现一个天眼。我们把录像取了回来，截取了 12 日晚上 11 点 08 分之后的录像，对出现的路人和车辆进行排查。在这段视频里出现了可疑车辆。”

听了小路的话，所有人紧张得连大气都不敢喘，盯着视频的每一帧内容不放。昏暗的路灯映在夜阑人静的小路上，一辆开着近光灯的深色 15 款帕萨特从胡同口拐了出来，朝北驶离监控范围。之后的画面里麦佳甯本人没再出现。

“还真是踏破铁鞋无觅处，得来全不费工夫。”闫栋长长地舒了口气。

“现在无法确认的情况有三点，”闫栋用手指敲打着笔记本，“首先麦佳帘是否是通过电话，与某人约好了；第二，麦佳帘进入胡同是有意还是无意，有无可能这个胡同就是会合地点；第三，这辆车是否故意停留在胡同里，司机与麦佳帘是否原本就认识，带走麦佳帘是临时起意，还是蓄意为之？”

陈宇阳盯着画面，良久才回过神来：“这个得好好问问司机！”

“跟紧这辆车——小路啊，帕萨特是什么时间出现在胡同的？”闫栋问。

“根据视频资料看，大约在一个半小时之前。”小路回答。

陈宇阳紧接着问：“那车牌号查到了吗？”

小路摇了摇头：“由于当晚有雾霾，能见度不高，通过技术处理也只能判断嫌疑车辆为黑色，渤 B 本地牌照，第三位车牌号是 0，第五位车牌号是 1 或 J。”

老焦这会儿终于喘匀了气息，但是面色并没好看到哪儿去：“我和小路这就去调取交通监控录像，时间过得太久了，希望没有被覆盖。”

古琛始终一言不发。

会议结束后，陈宇阳和闫栋调整分工，给一部分人布置了下片走访任务，另一部分的同志待命。

两个小时后，老焦和小路带着拷贝的视频资料跑步归队。由于时隔一个多月之久，大部分视频数据已经被后面新数据覆盖，只有极少数银行区域的监控资料被保存下来。

李冬冬帮小路将视频资料分组整合，查找车牌号带“0”“1”或“J”的黑色帕萨特轿车。

虽然被保存下来的视频资料并不多，但由于可疑车辆的信息有限，只能靠人用肉眼放慢速度，在每一段视频里逐车筛查，这样一来效率因客观原因降低了很多。

大家都忙得不可开交，只有古琛在座位上一动不动，眼睛望向前方：那里“站了”一个模糊的人影，看不清面孔。

“你在车上吗？”古琛自说自话。视频里嫌疑车辆离开时的车速实在叫人在意。

“那不是我，你知道的，”影子用戏谑的口吻向古琛挑衅，“我是一名出类拔萃的捕猎大师！”

“我知道你是个思想龌龊的变态，这没什么可炫耀的。”古琛如是回道。

“你懂什么！你和她们一样根本就不了解我，也不了解这个世界。这是一个弱肉强食、适者生存的世界，我才是这个世界的主宰！谁都不配得到我！”影子狂妄地反驳。

“我想你搞错了一件事，”古琛不疾不徐地指正，“前面的‘适者生存’没问题，但是你所谓主宰的那个‘世界’，只是你的臆想而已。”

古琛面无表情，在影子的眼里，却分明看见了嘲笑。

影子恼羞成怒，冲上去一把拽起古琛的衣领：“胆敢羞辱我，你这是在玩火自焚！”

古琛终于忍不住笑了出来：“放心吧，我要是着火，第一个焚你！”说着捻了一下手指，食指尖便蹿起一簇火苗：“那辆车是不是你搞的鬼？”

影子被吓退了一段距离，不屑地说：“说你也不信，我有自己的狩猎方式。”

另一边陈宇阳盯着显示屏看了几个小时，眼睛干涩。他抬起头转了转僵硬的脖子，才发现古琛一直在发呆，不禁好奇地走了过去。

“想什么呢？”陈宇阳站在古琛身旁问道。

古琛还没来得及反应，影子已消失得无影无踪。他这才察觉到陈宇阳的存在。

“灵魂出窍啦？”陈宇阳开玩笑地问。

之前精神高度集中，古琛感觉浑身疲乏。他看了看外面阴沉的天色，又低头看了看手表的指针，问：“有发现吗？”

陈宇阳无奈地摇了摇头，递给古琛一瓶矿泉水：“饿了吧，刚才订了外卖，等外卖到了，你先吃，然后我送你回酒店休息。”

古琛扫了一眼会议室，即使每个人累得头晕眼花，依然全力奋战。

古琛摆摆手说：“不用麻烦了，外面很多东西我吃不惯，我自己出去吃。”

古琛站起身，活动了一下僵硬的身体，还不等他准备走，就听见一个甜美的声音：“外卖到啦！”

古琛愣了一下，只见一张熟悉的面孔映入眼帘——都晓白双手拎着沉甸甸的外卖走了进来，身后还背了一个装着麻豆的卡通加菲猫太空包。

“栋哥，你先安排大家吃饭，车钥匙借我，我送古先生回酒店。”

陈宇阳说着去找闫栋拿钥匙，却被古琛拦住了：“我还是吃完再走吧。”

“出去吃多好，免得饭菜不合胃口。”陈宇阳坚持道。

“没事，那个小不点对付挑食很有办法。”古琛眼看着都晓白端了一份分量十足的盒饭走了过来。

“哟，没想到今天送餐的是小姐姐！你们聊，我先撤了。需要清场的话，告诉我。”陈宇阳最后一句话说得阴阳怪气，然后一副“我是过来人”的表情，摆摆手走开了。

也不怪陈宇阳八卦，人家姑娘坐了几百公里火车过来送晚饭，这里面得包含多浓烈的爱意呀！

“不要怪我，”都晓白怕挨骂，把想了一路的借口搬出来，“是麻豆非要来找你的。它说晚上你不在的话会失眠。”

“哼，”古琛没想到她竟找到这种思路清奇的借口，“你连这种谎话都说得出口，简直是对我智商最大的侮辱。”

“那又不好讲是我想你了吧，唉……做乙方真是惨。”都晓白噘着嘴，为自己委屈的内心发声。

古琛吃惊地注视着都晓白，良久没说出一个字来。

“下次换个好点的借口，知道吗？”古琛拿起手机发了条短信。

“哦，大神先用膳吧！”

“怎么找到我的，也不怕走丢了。”古琛看到色香味俱佳的饭菜，声音不禁温柔起来。

“我在你们队里有卧底。”都晓白说。

古琛低下头拿起筷子，吃饭时不禁弯起了嘴角：“麻豆喂过了吗？”

“一路上它除了吃就是睡，应该不会饿。”都晓白双手放于腹部立在一旁，谨慎地回话，生怕又惹到古琛不快，像个小丫鬟。

“站着干吗，坐。”见麻豆精神依旧，古琛才安心吃饭。

看古琛吃得津津有味，都晓白忍不住叹了口气：“人家千里迢迢过来送晚饭，总要问一句‘你吃饭了没’吧？大神人长得帅，脑袋又聪明，怎么就一点都不懂得怜香惜玉呢，活该单身！”

闫栋、陈宇阳带着手下换班吃饭，像郑国权、老焦这部分老同志习惯边吃饭边干活儿，还有像李冬冬这种极个别的人，工作干不完就死磕，不吃饭，全凭一口“仙气”吊着。

古琛在最里面安静地吃饭；都晓白坐在他旁边，馋得直咽口水。

“找到了！”一道亢奋的声音响起。

李冬冬的话音刚落，闫栋、陈宇阳第一时间冲到他身边，所有人都放下手上的工作看过去，车牌号为“渤 B35081”的黑色帕萨特现出原形。李冬冬敲打着键盘，仍旧不敢掉以轻心。

陈宇阳脸上露出欣慰的笑容。闫栋站在李冬冬身后忍不住称赞道：“好小子，干得漂亮！”

“我这就去查车主信息，”老焦激动地说。他看了闫栋一眼，得到允许后，又说了句：“小路跟我走。”

“是，师父。”

都晓白已经饿得没力气骂古琛了，直到覃茵茵把散发着香味的食物放在她面前，才恢复了三分精神头。

都晓白看着覃茵茵，眨巴着大眼睛问：“哪儿来的？”

“还能有谁，你家贴心古大神吩咐的呗！”覃茵茵笑嘻嘻地做了个鬼脸，发现古琛留意到她们在谈论他，急忙逃走了。

“不饿？”古琛挑起眉毛，充满磁性的嗓音再度响起。

都晓白摸着饥肠辘辘的肚子，说：“怎么可能？”

“还不快吃。”古琛绷着一张脸下令。

都晓白吐了下舌头，打开盒子，里面香气扑鼻的田园比萨让都晓白所有的委屈瞬间烟消云散了。

另一边不吃不喝的李冬冬继续跟着帕萨特的路线穷追不舍。

其实在座的人都知道，找到车或许就能找到线索，可就怕查到后面发现是假车牌或者盗窃车辆，那样线索就彻底断了。所以李冬冬要追踪到车辆的目的地，这样才能少走弯路。

差不多半小时后，闫栋接到小路打来的电话，说车辆信息查到了，在鑫诚汽车租赁公司名下。

小路跟老焦已经联系到租赁公司，正驾车去租赁公司的路上，准备赶在他们关门前拿到 12 日当天的用车记录。

租赁公司的车——闫栋不知道这算是好消息还是坏消息。他抚着额头叹了口气，把小路的进展跟大家伙说了一遍。

李冬冬继续追查帕萨特的路线。

“我去！”李冬冬疯狂地抓头发。

“怎么了？”闫栋走到他身后关切地问。

“车在朝香南路东南方向的途中消失了。”李冬冬盯着视频里的画面，沮丧地说，“这个线索怕是断了。”

陈宇阳拍了拍李冬冬的肩膀，以示安慰。

闫栋忽然问：“开了近一个小时的路程，去那个鬼地方做什么？”

陈宇阳等人投来困惑的目光。因为他们都不是渤洋本地人，对本地的情况并不了解。闫栋解释说：“香南路东南方向属于待开发地段，空了有几年了吧，所有居民都搬迁了，现在只剩下一片废墟，到了晚上连路灯都没一个。”

“从罪犯的角度来看，这不失为杀人的‘绝佳场所’。”

古琛忽然开了腔，对李冬冬说：“你们不妨看看嫌疑车多久返程，推算一下车走了多远。”

“这怎么推算得准呢？”郑国权根据以往经验来判断，对此表示费解。

偌大的会议室突然安静下来，只有李冬冬一个人在计算机前敲打着键盘。

“出来了！”李冬冬忽然叫了一声。

闫栋诧异之余，问：“用了多长时间？”

“一去一回大概用了五十分钟，考虑到夜间视线不好，再加上待开发区的路况复杂，车速不会太快，应该不超过十五公里。”

“那边地形如何，都通往哪里？”古琛问道。

“那一带道路错综复杂，用‘条条大路通香南’也不为过。当年政府想开发香南也是冲这一点。”闫栋回忆着，“因为一些原因，导致项目停滞，要不然那一带应该很热闹的。”

“仔细看有没有其他车辆跟出来，时间控制在一个半小时。”嘴上这样说，但是古琛认为凶手从其他路线撤离的概率更大。

“或许根本没有其他凶手呢？”一个经验不算丰富的同志问。

“这样最好不过了。”古琛知道，那只是一丝幻想罢了。

周围不知不觉再度安静下来，直到闫栋的手机再次振动起来。

“什么情况，老焦？”闫栋听着对面老焦的汇报，过了几分钟才继续命令，“好，先什么都不要做，免得打草惊蛇，先摸清楚他的底细再说。”

闫栋挂断电话的时候，天色已经很晚了。他转回身时发现古琛身边的姑娘和猫都在打瞌睡，不好意思地冲古琛笑了笑：“古先生，我先送你和女朋友回去休息。这位姑娘一路舟车劳顿，肯定是累坏了。”

“麻烦了。”准确地说，古琛和都晓白属于雇佣关系，不过他觉得没必要多做解释。

第八章　素菜式开房

陈宇阳强烈要求帮忙拿行李。古琛叫醒了都晓白，拎起在太空包里打盹的麻豆，然后由闫栋当司机，四个人和一只猫前往酒店。

酒店离渤洋市局也不过七八分钟的时间。陈宇阳和闫栋提着古琛和都晓白的行李，一并送进预订好的房间，临走前还默契地打了声招呼："你们早点休息啊！"

当房间里只剩下古琛和都晓白两个人的时候，那么问题来了；一间大床房里连多余的沙发都没有，孤男寡女要怎么休息？

想到这里，古琛立刻起身出门，临走时留下一句话："你先休息，我再去开一间房。"

都晓白紧张得连大气都不敢喘，一直到古琛关上房门，她才大口大口地呼吸。

古琛出了电梯，到总服务台问："我姓古，是3013的住客，麻烦帮我再开一间房。"

前台服务小姐礼貌地回答："不好意思，古先生，我们酒店的客房都满了。"

"单人房、套房，随便什么房间都可以。"古琛说道。

"现在真没有空房间了，先生，而且不止本酒店，连附近其他酒店也都是如此。很抱歉给您带来不便。"

古琛十分头疼地坐在大堂休息区，又打电话问了偏远些的宾馆，也得到相同的答案。

他想单独再开一间房，以免给都晓白带来不便，可没想到渤洋市旅游业如此火爆，不止现在住的这家酒店，就连其他高、中、低档酒店都订不到房间。

古琛无可奈何地回到客房，憋着一股火说："没有多余的房了。"

太好了！都晓白脸上挂着"好事将近"的喜悦，嘴上却说："啊？那怎么办啊？"

尽管心里乐开了花，都晓白还是尽量表现得为难，最后实在绷不住了，说："其实这个床还挺大……"

"你想得美，我一个人住惯了，旁边有人我睡不着。"

"除了床，又没有大沙发，那怎么办啊？"

"是你好好的套房不睡，自作主张跟过来的。你问我怎么办？"古琛气不打一处来，"你睡地板。"

"啊？"都晓白还是觉得心里委屈，可怜巴巴地说，"可是地板又硬又冷……"

都晓白话还没说完，古琛已经打电话给总服务台了："帮我拿一床被子。"

都晓白认命地垂下脑袋，还真是让自己打地铺的节奏啊！

古琛挂了电话，回头看见都晓白委屈的表情，佯怒道："看什么，还不去洗漱，准备睡觉！"

都晓白二话不说跑进卫生间，好在浴室是干湿隔离的，两个人不会太尴尬。

为了找个顺眼的位置打地铺，都晓白迅速冲了澡，换好睡衣、吹干头发，连水乳都没来得及抹，十几分钟就搞定了。从卫生间出来的时候，古琛刚用被子整整齐齐在床中间隔出一道"墙"，仿佛这就是一道坚不可摧的防火墙，并且是"防火、防盗、防晓白"专用款。双人床顿时转变画风。

古琛抬起头来，正撞上都晓白脚踩风火轮的模样，眉头一皱，问："慌什么？"

"怕你着急。"都晓白心虚地回道。

"我去洗澡，你早点休息吧！"古琛说完，走进浴室。他关上门侧耳听了一会儿，发现外面没有声音，才开始冲澡。

都晓白也在原地“竖起”耳朵，直到听见“哗哗”的水声，才兴高采烈地跳上床，一会儿翻来覆去地打滚，一会儿又模仿古琛蹙眉的神情，学他压低声音讲话：“慌什么？我去洗澡，你早点休息吧！”

都晓白撒欢地笑着，害怕被古琛听见还特意把头埋进被子里，像个熊孩子。不一会儿都晓白安静下来，满脑子想着古琛出浴的景象，一张禁欲系的脸蛋近在眼前，白皙的皮肤裹着结实的肌肉，胸口随呼吸均匀地起伏……

都晓白胡思乱想的时候，古琛本人已经披着一条大毛巾朝床走过来。都晓白抿着嘴，观赏着画一样好看的男人，直到那男人关了房间里所有的灯，径直朝靠窗那一边走去。

古琛将笔记本电脑放在圆形茶几上，盘腿坐在懒人沙发上，开机后显示屏发出幽蓝色的光，屋子里瞬间安静下来。

这时古琛忽然察觉一道炙热的目光正在窥视自己，纵然中间隔了一道“防火墙”，那种感觉依然清晰。古琛无奈地转过头，就看见都晓白吞咽着口水盯着自己。

瞬间古琛感觉自己正在做一场噩梦。他根本没办法集中精力代入凶手来分析案情，所以当务之急是先强制都晓白睡觉。

古琛重新打开床头灯，然后用被子把都晓白裹成个人肉粽子，沉着脸警告说：“这个姿势一直到明天早上都不许动，听懂了吗？”

都晓白点头如捣蒜，见古琛离开，她尝试挣扎了一下，发现果然动不了。

“快睡觉！”

随着一声令下，都晓白生怕惹毛偶像，立刻闭上了眼睛。

古琛回到懒人沙发上，本想重新整理思绪，可是坐了整整五分钟，脑子竟然一片空白。这真是前所未有过。

由于待的不是独立办公区，古琛努力抑制自己抽烟的冲动，进入状态的时间自然比以往更久。

他先查阅案件的最新资料，分析案情，等一切结束的时候已是夜里 3 点。古琛就在沙发上睡了一会儿，一直到麻豆起来满地撒欢的时候，他才醒来。

古琛看了下时间，又看了看床上酣睡的都晓白，便一个人去洗漱换衣服。在临出门之前还写了张字条，简单交代了几句话，并在字条下面留了现金给她备用。

今天渤洋的天气与几天前相比，少了一丝阴霾，多了一道温暖明媚的阳光。

古琛简单吃了个早餐，然后打车到渤洋市局。

第九章 消失的“捕猎人”

渤洋市局刑侦大队会议室的灯从昨晚一直亮到今天早上 7 点，闫栋和陈宇阳带着兄弟们连轴工作，这一宿为了提神几乎人手一支烟。

当古琛打开会议室大门的时候，一股烟雾瞬间涌出，纵使古琛这个老烟枪，也抵不住这股毒气。

“咳咳咳。”古琛在门外咳了半天，待室内的“毒气”放了十之八九，才走进会议室。

陈宇阳大致说了昨晚的收获。李冬冬一直在跟踪帕萨特，发现车在 12 日夜里 11 点 40 分进了黎明小区，13 日上午 9 点车被送回租赁公司。这与老焦昨天晚上得到的情报一致。

陈宇阳介绍情况的时候，覃茵茵跟渤洋刑侦大队的一位女警察买了早餐回来，给大家分发了下去。同志们在五分钟内解决了早餐，紧张的工作又继续了。

小路搬过来一块干净的白板。闫栋在上面书写帕萨特司机的相关信息。根据天眼拍到的画面，该帕萨特的租借人有重大嫌疑。

“我们调查了李程的背景，男性，二十四岁，是一名物流管理专业的本科毕业大学生。没有过硬的家庭背景，没有女朋友，无不良嗜好，毕业后在这家汽车租赁公司实习。李程现在这份工作实习刚满半年，工资少得可怜，每个月入不敷出，生活十分拮据。不久前他刚在网上找了份兼职，晚上或周末会帮人做跑腿服务。”

这个人的年龄、工作及背景，与古琛给出的犯罪画像大相径庭。

小路盯着照片上与自己年龄相仿的男人，脑袋里都是问号：“李程这么细皮嫩肉，怎么看也不像是我们要找的人呀！”

老焦不怒自威，冷哼道：“你见过哪个杀人犯往自己脑门上贴标签的？”

“师父，您说得对。”小路尴尬地笑了笑。

古琛将这对师徒的对话自动屏蔽，归纳自己的思路：李程的身份验证了之前的疑虑。因为他是个职业跑腿人，所以才会像个普通客运司机一样接到乘客就驾车离去。

古琛坚持自己的判断，他认为凶手不是李程。这个想法和之前的犯罪画像并无冲突。凶手是一个高智商的罪犯，心思谨慎，不会轻易露出狐狸尾巴。所以租车这条线绝对是个障眼法。

“障眼法又怎么样，死了这么多受害者，好不容易发现一条线索还能放任不管？”郑国权坚决站在老焦这一边。

陈宇阳一方面相信古琛的判断，另一方面也能理解老郑为什么如此执着。他们身为一名刑警，是绝不能放弃任何潜在的线索的。

陈宇阳说：“这样吧，全武你跟着老焦、老郑追租车司机的线。”

“是！”全武回道。

戴眼镜的小同志站起身，自告奋勇地说：“我对当地路况比较熟，我来开车吧。”

“好，记住一有线索第一时间汇报。”陈宇阳吩咐说。

“哼！我就不信离了犯罪画像还找不出个杀人犯来了！”老郑怒气冲冲朝门外走去。

古琛不在乎郑国权等人对自己的态度。他只是不想再浪费时间。

待一行人离开会议室后，古琛向陈宇阳、闫栋道出自己的想法，并且将昨夜拟定的方案写在白板上，以三个方向分配任务。

“到目前为止，我们没有一条有价值的线索。我认为必须找出一个突破口。根据我的判断可以从以下三方向入手。首先可以从网上销售医用、工业用化学试剂的相关卖家以及在本市销售甲醛水溶液的实体店入手，找出近 4 年以个人名义分批购买且未开具发票的客户；同时排查本地快递、物流等有无桶装可疑液体运输派单，从这两方面着手确保万无一失。

“其次是请求电业管理部门协助，调查本市区域内商业性用电量异常的废旧生产加工类厂房以及用电量过大的可疑民宅，用电量在 4 年内日益递增，可在统计结果中锁定地理偏僻、人烟稀少的位置。

“最后也是最关键的一点，找出在本地独居的男性，年龄在 35~40 岁之间，家境优越，目前或曾经从事过外科医生职业。整合以上数据，筛选出符合以上条件的嫌疑人。”

古琛说完，在场的干警一片哗然。当然这也在古琛的意料之内。

“请问我们要寻找的突破点是什么？像这样排查，要查到什么时候？”

“说得没错，咱们时间有限，再分散警力，这不是在浪费时间吗？”

“就是啊！别的不说，先说甲醛水溶液，你知道网络和实体店有多少个商家在销售吗？随便查一查都会有过千份订单。我认为这样调查无异于大海捞针！”

“你们有两个选择，要么原地踏步，要么按我说的去做！”古琛早料到会有不同的声音，“在见到我想要的答案之前，我不想浪费时间多做解释。”

“你这话什么意思？”这一刻就连闫栋也没法淡定了。

陈宇阳见状只好出来打圆场。为了稳定好大家的情绪，他首先寻求闫栋的配合：“大家伙安静一下，栋哥，你来维持一下秩序。”

闫栋勉强压着一腔怒火，说：“大家都肃静，听宇阳把话说完。”

陈宇阳快速切入话题：“对于古先生提出的建议和工作安排，大家有异议，这我都能理解。如果各位有谁能提出更有把握的建议，请站出来——哪位有？”

包括闫栋在内，大家面面相觑，竟没一个人回答。

“有吗？”陈宇阳又大声地重复了一次。

见没人说话，陈宇阳继续说：“好，我想请同志们不要忘记一点，咱们尽快找出真凶、打击犯罪的目标是一致的！我相信古先生在犯罪侧写方面是专业的，我更相信在座各位都是有经验的。老话不是这样讲嘛，‘只要思想不滑坡，办法总比困难多’。对吧，栋哥？”

听了陈宇阳的话，闫栋点了点头，赞同道：“宇阳说得不错，无论我们做什么，都是为了能尽快找出凶手。”

陈宇阳露出一口白牙，嘿嘿笑道：“行，那就不多说了，干！”

古琛平日不喜欢过多解释，而陈宇阳独特的人格魅力刚好与其互补。他只用几句话就化解了大家的疑虑，同时将排斥的声音转为拥护，思想工作做得绝对到位。

闫栋和陈宇阳将工作分配到每个人。由于工作量大，古琛给出犯罪画像和商家、居民用电这一部分先行排查，接到任务的各小分组立刻着手调查。

另一边的老焦和郑国权，一大早就带人去了晟源物流公司，找到案发当晚开帕萨特的司机李程，并将李程带回局里进行讯问。

据李程回忆，他是在一星期前接到订单，应顾客要求他于 12 日当天租了一辆车，在指定的时间、地点接顾客的一个朋友。

当晚接到麦佳甯后，李程开车把她送去香南路 107 号往东的土坡下，然后把睡着的麦佳甯扶进路边停着的黑色揽胜车里。

“车上的人长什么样？”

“没……没……没看见人，顾客给……给我打……打手机，说下车撒……撒泡尿，让我把小……小姐姐送上车。”李程人长得挺机灵，可一见着穿制服的就紧张，说起话来就结巴。

他看警察问得详细，总觉得哪里不对，急着解释道：“到底什……什……什么事呀？不会是顾……顾客说我偷……偷他钱吧？跑腿费是他特意留的，说让我……我自己取走就……就行。”

郑国权蹙了下眉，不耐烦道：“我们说你偷窃了吗？问你什么就回答什么！看清车牌号了吗？”

李程刚开始以为警察要问他趁小姐姐醉了，从她包里顺走二百块钱的事，一看不像是问这件事，立刻就不紧张了：“您是不知道那车可帅了，我特意回头多瞧了两眼，气派！”

老焦用力拍了两下桌子，大声喝道：“别东拉西扯的，问你车牌号呢！”

“没看见，”李程见警察的脸色不悦，立刻正襟危坐，又仔细回忆了一下，“好像也没挂牌。车是真漂亮，香车配美人，有钱人就是会玩！”

李程眼睛里闪着羡慕的光，他的言行却把老焦、郑国权气得直哆嗦，想不到年轻人在这个时候还尽想些龌龊事。

一个普通跑腿订单，连雇主都没见到，这么蹊跷的事怎么会不在意呢？老焦怒不可遏地走到李程面前，揪起他，厉声问道：“老实说，你是不是他的同伙！”

“同……同什……什么伙，你啥……啥意思？”李程被吓得方言都冒出来了。

“还想狡辩？你不是同伙的话，怎么会放心把姑娘一个人扔在荒郊野岭？你就没想过出事了怎么办？她的家人会有多伤心？”

“没……没事的，”李程被老焦的话吓了一跳，小心翼翼地回答，“叫跑……跑腿的顾……顾客，很多是想给……给女朋友个惊喜，年轻人去野……野外找刺激，出不了什么大……大事。”李程说。

郑国权怒火中烧却没处宣泄。他知道自己的所作所为必须对得起这身警服，沉住气，拦下老焦。

“你老实待着。我们核实完情况之前，你哪儿都别想去！”郑国权强压住火气，“还有，你说的情况最好都是真的，否则这事没完！”

李程重新坐回椅子上喘着粗气，心里不安地琢磨：什么意思啊？人家不就是野外开心一下，你们至于这么激动吗？

老郑让全武和小齐盯着李程，然后把老焦单独叫了出去，一方面核查李程陈述的真实性，另一方面给老焦一个调整情绪的空间。

待核实李程说的情况之后，老焦去卫生间用冷水洗了把脸。他承认自己在处理麦佳甯这件案子上，没能控制好个人情绪。麦佳甯生死未卜的一个月里，老焦一闭上眼，就能看见姑娘从远处走过来叫自己焦叔叔；每到这时候他的眼睛就酸疼。

重新回到审讯室时，老焦死死地盯着李程，咬牙切齿地说：“小子，别以为上下嘴唇一碰，就把责任推得一干二净！就是你这种漠不关心的态度，间接害死了那位姑娘，你的做法跟帮凶没多大区别！”

“等……等会儿大叔，你……你是说那女的死了？”李程本以为只是配合调查点情况，没想到会发生这么大的事。

“你以为只是赚个跑腿费而已，傻小子你被人当枪使了，差点当了替罪羊，你知道吗？”郑国权愤怒地注视着李程。

得知真相的李程，整个人的情绪突然变得坐立不安：“不可能，我走的时候还好好的，一个活生生的人怎……怎么说死就死了？”

老焦一字一句地提醒他：“别以为将来有一天，这姑娘的死被人淡忘了，这件事就能一风吹了！我告诉你年轻人，你这一辈子都会为一条人命受到良心的谴责！”

接下来四天的时间里，闫栋向多个相关部门提出协助申请。经由电网系统排查出近百个用电量异常的地址，其中 80 多家是大小黑作坊加工点，排除了凶手连环作案的犯罪窝点。这些黑作坊一并移交市场监督管理部门处理。

在卫健局查到外科医师注册登记及不在职的一共多达百人，排除不符合犯罪侧写特征的有 70 余人。另外，关于甲醛水溶液的卖家和物流信息，由于数据过大，暂时还未能有突破性成果。

尽管随着时间的推移，陆续有信息反馈回来，可总体进展不容乐观，大家都备受煎熬。

“限期”这个词俨然成了他们嘴边最频繁的词汇，吃饭、喝水、上厕所都会被同事们提及。这让陈宇阳、闫栋等人全天候处于高度紧张中，连呼吸都不那么顺畅，于是他们想到找古琛探口风。

首先是闫栋，他作为渤洋市局的代表，这种事也不便出面。再者郑国权、老焦他们之前因为李程的事“得罪”过古琛，所以也不好多说什么，于是就把得罪人的苦差给了陈宇阳。

经历了四个昼夜的调查，不刮胡子、不洗澡，衣服酸臭、头发一撮一撮打绺的陈宇阳，早已没了阳光和神气。被“委以重任”的那一刻，他使劲挠了挠发痒的头皮，思忖再三后朝古琛走过去。

陈宇阳索性把心一横，说：“阿琛，我们没日没夜找了四天数据，眼看着时间过去了大半，大家的心都提到嗓子眼儿了，我想——”

不等陈宇阳说完，古琛忽然眉头紧锁：“不要再提该死的限期了。我要担心的不是这个，我在担心凶手进化的问题！我们没办法确定他是否已经锁定了新目标，现在晚一分钟找到他，就可能会有人发生不可逆转的危险。”

古琛表达完事态的严重性，最后一句话如暮鼓晨钟般点醒了陈宇阳。他记得古琛早就说过凶手“进化”的可能性极大，想到这里他瞬间冒出一身冷汗。

“抱歉，阿琛，我这两天真是糊涂了。”

古琛没再说什么，耳边传来“嘀嘀”的提示音，他的视线刚好回到计算机的数据上。近日来所有统计数据每隔一小时会更新一次，他能够在第一时间看到这些数据，以便找出他要的答案。

古琛盯着屏幕的眼睛忽然一亮，侧过头说：“你来看这组数据。”

“怎么了？”陈宇阳的声音，引起了闫栋、郑国权等人的注意。

“城区西郊沿岔路口 20 公里处，有一家生产家具的废旧厂房。根据调查的资料显示，该厂于 2015 年搬迁到新厂址。有趣的是这家废弃的厂房在 4 年内，仍有一部分工业电量消耗，并有卖家将甲醛水溶液、硝酸钾、醋酸钾等订单配送到该厂址。名爵木业家具有限公司是陆氏集团旗下的产业之一。而据资料显示，陆氏集团独子陆佟正值不惑之年，曾经还做过一名外科医生。”

至此杀人碎尸案的凶手浮出水面。古琛近日来板着脸，终于缓和了。李冬冬去上了趟厕所的工夫，回来就看到一群人围着古琛，也不知道是什么情况。当看见显示屏上做了标记的地理位置时，他惊讶得倒吸了一口气。

“古先生，这就是您之前让我分析路线的其中一个点。”李冬冬说。

闫栋问：“这是什么意思？”

“我之前追帕萨特与凶手汇合这条线时，古先生要我按照香南路附近的地图找出就近通往城郊的可行路线，推演出三处凶手可能的落脚点，”李冬冬指着显示屏上标记的位置，“这就是其中之一。”

每一次都被古琛说中。李冬冬对古琛崇拜得五体投地。

陈宇阳激动地开口道：“我好像已经嗅到了凶手的味道。”

闫栋对古琛点头表达谢意，随后立刻安排下属带陆佟回公安局问话，并带着人去名爵木业旧厂址调查。

最先有消息的是老焦带的队。闫栋当时正在和物证鉴定中心的同事配合取证，接到电话便开门见山地问：“怎么样，人带到了吗？”

“还说人呢，鬼影都没见到一个，”老焦把车停在富丽堂皇的陆氏集团正门前，怒视着一队守在门口的保安，气急败坏地说，“我们询问过陆佟的家属和亲信。他们都说好几天没见过陆佟了。这些人就像之前已经编排好了台词一样，你说见鬼不？”

“这些该死的王八蛋，一出事就玩失踪这套。”闫栋忍不住咒骂，“老焦，你带人把嫌疑人的活动范围搜一遍。他不是想耍花样吗？咱们就陪他玩。就算这浑蛋会遁地术，也得给我把他挖出来带回局里！”

闫栋被这通电话搞得心烦意乱。前几天从陈宇阳那里对凶手有了些了解，他心里总是七上八下的。

“闫队快来，里面有发现！”

闫栋听到有人叫他，急忙把手机揣回裤兜，往声音的方向跑了过去。只见一扇有年头儿的褐色铁门被打开，里面是一条狭长幽暗的走廊。走廊两边有多间仓库，最大的一间里面有齐全的医用设备，甚至还有一个冷冻室。

闫栋进去的时候，古琛、陈宇阳他们已经在里面了。这时候一个物证鉴定中心的同事，拉开一道银色的遮光帘，隔着一道防尘帘，刚好看见里面立了几组标本保存柜。

残缺的9具被害女性的尸块，全部被取材修整，装入标本缸里，再加灌福尔马林封存。所有标本缸上都写了序号和姓名。除此之外，角落里还有大大小小近百个动物头颅标本。

这里的景象，让在场工作人员瞠目结舌。

“我的天，这就像一个屠宰场！”郑国权当了这么多年刑警，出过各种现场，却还是被这场面震撼了。

“你说这陆佟心理得变态到什么程度啊！”陈宇阳说。

古琛叫陈宇阳过来。陈宇阳快步走到古琛身边，问：“怎么了？”

古琛望着一整面墙，上面有密密麻麻的女性资料和照片。从五个月“狩猎”一次到三个月一次，墙上写了足足十个目标！

“这个桑广怡是陆佟的最新目标，看样子‘狩猎’已经开始了，”古琛担心道，“还记得我之前说过凶手进化了吗？”

“你的意思是——”

“尽快抓捕凶手！”

陈宇阳明白古琛的意思。他怀疑桑广怡或许已经遭遇不测。陈宇阳立刻去找闫栋，要尽快确定桑广怡的位置，并且马上申请逮捕令抓捕陆佟。

资料墙上的个人资料很详尽，包括桑广怡的工作单位和家庭住址。闫栋立刻把任务分派下去，要求在最短的时间内找出桑广怡的下落。

包括古琛在内，所有人怀着忐忑的心等了足有一个半小时，终于得到桑广怡在一所学校上班的消息。这个天大的好消息，顿时缓解了局里紧张的气氛。

警方发出通缉令，增派警力全城抓捕陆佟。同时，闫栋下令派人24小时暗中保护桑广怡。

杀人凶手已经浮出水面，原本一切按照计划进行，不料竟发生了一个令人哭笑不得的插曲——通缉令发出去第三天，陆氏集团的董事长陆致远到公安局报案，声称自己的儿子陆佟失踪了。

“哎呀这腰……将来我找的媳妇，能像腰间盘这么黏人就好了。”李冬冬站在立式空调前面，来回扭着腰，“对陆致远报案的事大家怎么看？”

“还能怎么看，明显就是贼喊捉贼，”全武转过头回了一句，看见李冬冬的站位，紧接着说，“我说怎么冷气不凉了，不带你这样的，冬！”

“难不成他听到什么风声，提前跑路了？”李冬冬摇头晃脑，就是不肯让位。

“扯淡，咱们是临时成立的专案组，全程监控你不知道啊！”

陈宇阳说着，作势就要去踹李冬冬。李冬冬见大事不妙，撒丫子就回自己的座位上了。

这时候闫栋推开门，拿了一叠材料走进会议室，把材料往桌上一扔，冷哼道：“这个案子真是一波三折。我找到负责陆佟失踪案的同事，了解了一下情况，这陆佟还真是人间蒸发有一个星期了。”

古琛听了不禁苦笑起来。他突然想起前一阵，唐彧说感觉近期时运太差，难不成霉运也传染?

“桑广怡那边呢，有什么动静吗？”

闫栋唉声叹气，说：“这个桑广怡倒是挺特别的，她的警觉性特别强，咱们同事跟她的第二天就被发现了，还闹到了派出所。你们说奇葩不奇葩?真是没一件事让人省心。”

老焦对此事不以为意，说：“既然被发现了，索性把情况说清楚，不就没事了？”

“咱们说的那是正常情况，好吧。”闫栋头疼得直揉太阳穴。

“那桑广怡是什么情况？”老焦有些疑惑。

这时所有人把目光转移到了闫栋身上。

“她这个人怎么形容呢，性格比较偏激，非常抗拒与人肢体接触。即使知道自己身处险境，仍然拒不配合警方，甚至在派出所险些与咱们刑警发生冲突。让我们很头疼。”闫栋说完重重地喘了口气。

众人对桑广怡奇怪的态度表示费解。这种异常的表现，也激发了古琛的职业敏感性。

“给我传一份桑广怡的资料。”

古琛仔细翻阅了桑广怡的资料，发现她在年幼时曾经遭遇非法囚禁，被一个少年虐待了整整 5 天，每天都是在惊吓和绝望中度过。这也是导致她性格异常的主要原因。

古琛用力握紧手心，他理解桑广怡——那是无人能懂、也无人能代替的痛楚。

放下手中的资料，古琛发现手心有一层细细的汗珠。他迫使自己冷静下来：“先不管陆佟是不是真的失踪。我认为陆佟既然选中了‘狩猎’目标，他肯定会在其目标身边监视。我们不妨从桑广怡这里入手，按照陆致远提供的失踪时间，向前推半个月左右排查。”

闫栋也正有此想法，他和老焦分别带队到桑广怡的学校和住所走访；另一边陈宇阳命李冬冬用技术手段，调查桑广怡近 20 天的行踪。

所有人接到任务后立刻忙碌起来，进行走访，但凡与桑广怡有交集的人全部排查一遍，询问是否见过陆佟的踪迹。

最先打破僵局的人是李冬冬。这个年轻人在公安系统的监控录像里，找到头戴鸭舌帽和墨镜的陆佟。

经确认，陆佟曾多次跟踪桑广怡，均未被桑广怡本人发现。而陆佟最后一次露面是在 8 天前桑广怡的住宅楼。

李冬冬向古琛、陈宇阳汇报情况。紧接着闫栋打电话给陈宇阳，说在桑广怡居住的小区里，有居民见到与陆佟身高体型相似、戴鸭舌帽和墨镜的男人在桑广怡家附近出现过。

“我也正想给你打电话呢，栋哥，咱们这回怕是找对主了，”陈宇阳拿着手机，盯着李冬冬的计算机显示屏说，“我们在桑广怡家和学校附近，都发现了陆佟跟踪桑广怡的画面。最关键的是，小区监控器拍到陆佟在 8 天前晚上 9 点，跟踪桑广怡进了单元门，之后一直没见他出现过。”

“听你的意思难道怀疑陆佟在桑广怡家遇害了？这也太扯了吧？杀人凶手没得逞，反倒让一个手无寸铁——”

闫栋讲话的声音戛然而止，他脑海里忽然生出一种想法：桑广怡在家中遇到歹徒，负隅反抗后失手杀了陆佟也不一定！想到这里，闫栋说：“知道了，我立刻打报告，申请对桑广怡家进行搜查！”

第十章　惊天逆转

闫栋一拿到搜查令，立刻去桑广怡的公寓敲门，桑广怡打开防盗门，看着警察们鱼贯而入，却表现得冷静异常。

刑事技术鉴定科的同志进入公寓后，立即开始进行鲁米诺测试，当试剂喷洒后，从客厅地面一直到卫生间的墙、地面，形成大面积的潜血反应，让现场经验丰富的老干警们都惊讶了。

闫栋惊诧之余，当即叫人把桑广怡控制起来，沉声问道："陆佟是你杀的吗？尸体怎么处理的？"

桑广怡起初还抗拒警察对她肢体上的触碰，直到她听见带队的闫栋问起那个男人，她瞬间沉浸在8天前的回忆中。

桑广怡记得那天学校组织活动，她和同学一直排练到天黑，她饿着肚子，拖着疲惫不堪的身体打开家门时，一个男人从背后捂住她的嘴，然后掐着她的脖子把她摔在门厅的地砖上。

桑广怡嗓子受了伤，疼得喊不出声来，眼睁睁看陌生中年男人落下门锁，她惊恐万分，瑟缩在墙角里，身体止不住地抖。

反锁了防盗门，陆佟冰冷的脸上忽然勾起嘴角，挂上一抹残酷的笑容，他轻哼着 *9 crimes* 的前奏，故意放慢了脚步，一边享受猎物惊恐的样子，一边走向他的猎物。

桑广怡吓得腿已经软了，她边哭边向客厅爬，陆佟忽然踩住桑广怡的背部，扯起她的头发，将她拖到客厅，当无意中看见桑广怡脖子后面 L 型的伤疤时他愣了一下。

陆佟永远忘不了那是他亲手用烟头烫成的烙印。陆佟癫狂地笑了起来，说道："原来你都长这么大了，还记得我是谁吗？"

桑广怡痛苦地流着眼泪，她甚至看不清男人的模样，但是当听见男人声音的那一刻，她的心脏狠狠地抽了一下。

陆佟见她没有回答，立刻一巴掌招呼过去；桑广怡的嘴角流出血来，喉咙里发出呜咽声。

陆佟垂下头看向她，说："小天使你难道忘记了？我是你的主人啊！"

桑广怡被这一巴掌打翻在地，良久没有动一下，那一声"小天使"激起她 26 年前的全部记忆，她永远也忘不了那个在她身心留下伤痕的人渣！就是他害自己脱离家庭至亲！是他害自己从来不敢找男朋友！是他害自己活得人不像人、鬼不像鬼！

"二十多年前一时大意让你逃了，这次我绝不会再让你跑了！起来，别给我装死！"

陆佟抓着桑广怡的头发，把她从地上拖起来，一直丢到客厅沙发上，开始扯她的裤子和衬衫，再次看见她身上深浅不一的疤痕时，陆佟脸上的笑容变得愈发狰狞。

"不要，别碰我……"桑广怡长久以来被惨痛记忆折磨，如今梦魇再一次变成现实，她像一头任人宰割的羔羊，觳觫地哀泣，"求你了……求你……"

桑广怡突然呕吐起来，这是应激性障碍的一种生理反应，她从那时起就不许男人碰她，一旦有人碰她，轻则呕吐，重则昏厥，清醒后会反复洗冷水澡来安抚自己。

陆佟气急败坏地连踹了她好几脚，就在他收回腿准备再次踢出的时候，桑广怡趁他还没站稳，拿起桌上的水果刀猛刺了过去，速度之快让陆佟根本来不及反应。

"垃圾！垃圾！垃圾……"桑广怡起身扑上去，边咒骂边重复着机械的动作，疯狂地补了几十刀。

陈年的积怨、羞辱在这个瞬间暴发了，直到把陆佟的身体捅成了马蜂窝，桑广怡整个人才累得瘫倒在血泊里。

休息了没多久，桑广怡连气都还没喘匀，也顾不得身上的酸痛，急忙找来抹布和垃圾袋，一边收拾一边碎碎念道：“这屋子太脏了，该大扫除了……怎么这么脏啊？像垃圾场一样，脏死了……”

处理完尸体后，桑广怡用消毒水和清洁剂反复擦拭地板、墙砖，仿皮沙发用消毒水擦了好几遍，茶几下的地毯也加了半瓶消毒液，最后屋里屋外又喷了几次消毒水，直到屋子变得窗明几净，再也没有一丝血迹。

桑广怡走进卫生间，用消毒液一遍又一遍洗手，最后用脚踢了踢垃圾袋里的尸体，疯魔般念叨：“你看你多脏，用了我整整 5 瓶消毒液！”

回忆就此告一段落，桑广怡才想起警察的问话。

“垃圾——当然是丢到垃圾堆里了！”桑广怡理所当然地说道，讲完紧接着仰天大笑起来。

桑广怡笑得十分畅快，连身体都跟着抖动起来。

她想起小时候被坏人囚禁了 5 天，桑广怡还记得是一个好心叔叔救了自己。她以为坏人被警察抓走了，她的灾难都结束了，却想不到再次见到叔叔的时候，自己的家人不是要感谢他，而是逼迫自己指证叔叔是坏人。

桑广怡永远忘不了，好心叔叔当时惊恐万分的神情，她更无法忘记听到叔叔死讯的那一刻，她是一个恩将仇报的胆小鬼，是她害死了见义勇为的好心叔叔，所以她再也没有哭泣和幸福的权力。

二十多年来每一个夜晚，桑广怡都会在梦魇中惊醒，然后冒着冷汗睁着眼睛直到天亮。日复一日、年复一年，像这样的忏悔在心底压抑了太久，久到桑广怡都记不清自己自残了多少次，想过多少种方式结束自己苟延残喘的生命。

桑广怡痴痴地笑着，眼睛像是蒙了一层雾：“是我贪生，如果能早点一了百了的话，就不用再经历一次了。”

其实知道坏人仍然逍遥法外、好心叔叔却过世的那一刻，桑广怡的心就已经死了，活着也不过是行尸走肉罢了，她早就盼望老天快点收了自己。

“你错了，”一直沉默不语的古琛，突然对桑广怡说，“你活着不是因为贪生，而是因为你不惧死亡，所以正义和勇敢终将站在你这一边！”

古琛看过桑广怡的档案，他清楚有些糟糕的事你永远不愿经历第二次，你无法想象这会给人带来怎样的重创。

古琛知道在桑广怡倒下之前，她需要一个希望，就像 20 年前失去至亲时自己渴望的那样。

古琛的话让桑广怡为之一振，她已经忘了自己有多久没听到安慰的话了，她看向古琛，用只有自己能听见的声音说：“谢谢你。”

桑广怡的喉咙突然发出一阵哽咽，声音由压抑转为悲鸣，泪水沿着脸颊止不住地流，仿佛将 26 年来受过的所有委屈都哭了出来。

在这个风雨交加的下午，许多人的心随风飘摇，难以安宁。

当地警方接到市局指令后，立刻派人封锁北山垃圾场，并调遣近百人对垃圾场进行地毯式搜寻。

记者们收到消息后，第一时间赶赴现场，看警察作业。

消息大概是在傍晚 8 点半传出来的，当时大雨已经渐渐停息，饿极了的野狗们纷纷出来觅食，有个片警发现几条野狗正在分食垃圾，心细的他靠近看了几眼，凭经验立即发现不对，并迅速赶走了野狗，最终从它们嘴下找到部分腐烂到难以辨认的尸块。

陆佟做梦也想不到自己以这种方式收场。至此人们无从知道他杀人碎尸的真正动机是什么，却不约而同地想起一句老话：夜路走多了，总是会遇到鬼的。

桑广怡的处理方式或许过于极端，但是她保护了自己的同时，也结束了陆佟的罪恶。

案件已接近尾声，瞳城市局和渤洋市局联手侦破了“6·21 连环杀人案”，工作在前线的闫栋、陈宇阳一干人忙着提审桑广怡，忙着联系所有受害人家属来市局比对 DNA，忙着整理陆佟的物品并从中找寻新线索。

大家都在忙着为案件做收尾工作，古琛觉得暂时应该不需要自己，便决定一个人先回酒店。当古琛走出刑侦一队大门时，突然被陈宇阳叫住了。

“阿琛，你怎么每次走都不打招呼，很晚了我送你吧？”

“你去忙，我自己回去就好。”

“那好。哦对了，你不知道吧，现在局里上下都在讨论你究竟是怎么找出突破点的，你给透露点干货呗？”陈宇阳嘿嘿笑着，疲倦的脸上没刮胡子，头发也还是油腻大叔款，唯独一双眼睛炯炯有神。

“他们不会想知道的，你回吧。”古琛还是一句再见都不说转身离开了。

古琛总是一副拒人千里的态度，让人对他愈发好奇。陈宇阳这种好奇心一直维持到晚上 10 点多，终于忍不住给对方发了个视频。

古琛接到陈宇阳的视频电话时，正躺在自己的房间里看书。

自从来到渤洋坐了一夜沙发后，第二天他就迫不及待换了间套房，和都晓白一人一间睡房，这样一来既方便都晓白照顾麻豆，又方便自己看着都晓白。

“都这么晚了，什么事？”近期为了案子费神，古琛已经有些乏了。

“还不是为刚才的问题，我这人属猫的，好奇心强，你不告诉我的话，我晚上一定会失眠。”陈宇阳硬朗的一张脸，硬是挤出一副楚楚可怜的表情。

“你当真想知道？”古琛知道不说清楚，他一定会纠缠不休。

“当然！”

“好吧，既然你这么想知道，”古琛把手机丢在床边，边翻书边说，“其实很简单，类似一种自问自答的小游戏。我只需要代入凶手的想法，假设我就是凶手，我在哪儿，我会怎么做。”

“听起来挺神奇，你再多说点！”陈宇阳拿着手机晃来晃去，屏幕里全是石膏天花板，就是看不见古琛。

“假如我是陆佟，我是一个有收藏癖好的‘猎人’，而且我做的标本还不错！”古琛右手握着图书，左手拇指抵着下唇，眼睛看到的却不是书的内容，“根据收藏数量增多，我需要大量的容器和福尔马林保存液，为了保存好‘藏品’供我欣赏，我需要足够大、却不引人注意的地方；我还要给‘藏宝阁’安装制冷设备，当然冷库也是需要配备的。这可能需要耗费大量财力，但这点钱对我来说算不上什么！”

“所以这个‘不起眼儿’和‘耗电快’互相矛盾的地方，就是我们苦苦找寻的嫌疑人的窝点了？太厉害了！”陈宇阳跟着古琛的想法去推演，很快察觉到了重点。

“其实这也属于大胆假设，小心求证的一个过程。”陈宇阳叹了口气，继续说，“陆佟死了社会就少一个败类，可惜他死了就没办法了解到他的犯罪心理和杀人动机，以及他选择目标是规律的还是随机的。”

“如果他的心理医生够专业的话，我觉得这个倒是可以问问他的心理医生。”古琛从一开始就认为凶手有心理疾病。

“这种连环作案、手段残忍的凶手，多半是天生反社会型人格障碍，也可能是突生变故诱发了暴虐倾向。对这种性格的人来说，随便什么都可能导致犯罪，只看有没有需求而已。”古琛轻轻把书合上，突然想要来一根烟。

古琛这种分析，让陈宇阳有点毛骨悚然的感觉。

古琛问：“桑广怡那边还说了什么？”

说起桑广怡，陈宇阳不禁再次叹气，这个不幸的女人每天都在自我否定，她的精神受到了严重的刺激。

“桑广怡说，26 年前她曾被陆佟性侵、虐待，囚禁了 5 天后被一个男人救了。结果陆致远使了一招偷天换日，把救桑广怡的男人送进监狱，给他的儿子做了替死鬼，那个男人没多久就在牢里自杀了。想不到 26 年后，桑广怡再一次成为陆佟的目标，还真是冤家路窄！如果当初陆致远知道他儿子将来会有这么一天，当年还会包庇他吗？”陈宇阳气愤地说。

又是一段孽缘。

古琛没想到，当年被抓的青年男人非但是被冤枉的，而且还是桑广怡的救命恩人。男人的死，是桑广怡挥之不去的噩梦，在每一个夜晚将她拉进永无止境的深渊。

“没人能躲得过命运的安排，但是人只要不懈努力，就能够改变命运，这就是常言道‘人定胜天’的玄妙之处吧！”古琛说完，挂断了电话。

连环杀人碎尸案已进入收尾期，古琛无须再为追查凶手熬夜，他听着音乐放松心情，不多时困意袭来便关了灯睡了。

这个时间里，麻豆还躺在都晓白腿上看《动物世界：虎女皇》，时不时用爪子拍拍都晓白，靠撒娇卖萌得到她的抚摸，显然是被虎王查吉尔一家和睦的氛围传染了。

都晓白温柔地摸了摸麻豆的肚皮，发现古琛的卧室关灯后，就关掉了电视机，抱着麻豆回了自己房间。

都晓白近日来不再熬夜码字，与古琛相处的这段时间，操心的事情没两件。她渐渐习惯了除了吃就是睡的惬意生活。这真是妙不可言，就是做梦她也要笑出声来。

连日的绵绵细雨模糊了窗外所有景色。尽管天公不作美，却并不影响都晓白的心情。

都晓白睁开眼就看见左手边的麻豆，好心情顿时涌上心头，甜腻地叫道：“麻豆过来，让姐姐抱抱。”

不知麻豆是没睡醒，还是选择性失聪了，只见它迈着从容的猫步自都晓白身边跳下床，甚至懒得瞄她一眼，仿佛这个人不存在。

都晓白做梦也没想到，大清早醒来会被一只猫无视，她激动地从床上跳了下来，径直追着麻豆进了客厅。

古琛刚叫了客房服务，服务生送的餐刚刚摆上桌，手里的热牛奶还没端稳，就听见都晓白的河东狮吼。

“你这只肥渣，昨晚还与我同床共枕，今天就翻脸不认人了？”

其实不怪都晓白火气大，这只坏透了的小猫每晚都黏着都晓白，又亲又舔，可天刚蒙蒙亮画风就变了，不让亲不让抱，高傲得如同冰山美人。

这种情况毕竟是关上房门的人最清楚，就连古琛都没搞明白什么情况。

偏偏对各种场面司空见惯的服务生，露出一脸明了的表情，被眼尖的古琛发现端倪，面色立刻沉了下来。

服务生急忙低下头，避开顾客凌厉的目光，不失礼貌地提示说：“牛奶有些烫，请两位客人慢用。”

服务生说完急忙推车离开客房，直到关上房门的一刻，服务生依然感觉背后有一道寒光盯着自己。

望着服务生别扭的背影，古琛舒展了眉头，端起桌上的牛奶润了润嘴唇。

一旁的都晓白丝毫没察觉自己口误，还在卫生间的角落里逼着麻豆道歉，直到古琛拦腰抱起猫，这场战争才算结束。

古琛往猫盆里倒了适量猫粮，见麻豆乖乖吃饭后，自己又回到饭桌上继续吃早餐。

几分钟过去，都晓白洗漱完毕走出卫生间，一见到麻豆又想起自己被无视，开始第二轮张牙舞爪的叫嚣模式。

“呵，有人罩着了不起啊！小混球儿有本事过来，跟我决斗！”

古琛正在看晨间新闻，拿起吐司没来得及咬上一口，就听见一旁有“暴力分子”宣战。古琛听完无奈地叹口气，再次起身走到都晓白身后，拎起她的后脖领强行拖到饭厅，当看见一桌美味摆在面前，都晓白才乖乖闭上嘴。

古琛总能找出制胜法宝来解决都晓白和麻豆之间的冲突，因为在她（它）眼里，没有什么矛盾是吃一顿解决不了的，如果有的话，再加点量就好了。

都晓白和麻豆心满意足地吃过早餐，之前的不愉快都烟消云散了，都晓白找了个舒适的角度靠在沙发上，拿出逗猫神器和麻豆不厌其烦地玩着。

正是阴雨连绵的季节，淅沥沥的雨水变着节奏拍打着玻璃窗，绿油油的树叶伴着徐徐微风沙沙作响，它们像是一场合作无间的协奏曲，七天七夜仍不停歇。

室内的温度被调至 18 度，清冷可以使古琛保持思维清晰敏锐，但这种温度对不抗冻的都晓白来说，简直就是灾难。

都晓白取来一条毛毯裹紧身体，哆哆嗦嗦泡了两杯速溶咖啡，一杯递给古琛，另一杯她自己捧在手中，然后窝在沙发里取暖。

古琛向来对速食产品不感兴趣，他挑了挑眉梢，果断将热咖啡推向桌子边缘。

麻豆对这杯冒热气的咖啡很感兴趣，它猫着腰从暖和的小窝里钻出来，踮着脚尖凑过来，刚闻了闻香味，就被都晓白给截和了。

只见都晓白站起身一手撑着茶几，身体从古琛身前越过，把杯子抢到手。动作之快不只吓到了麻豆，还把一旁翻找资料的古琛也吓了一跳。

古琛蹙起眉头问："你又想干吗？"

都晓白没想到对方会有这么大反应，手里紧握着两只咖啡杯，解释说："这里面有咖啡因，我怕麻豆喝了对身体不好。"

都晓白边喝边解释。

"你就是不好意思承认自己贪杯。"古琛感觉自己反应过激了，轻咳了两声缓解尴尬的气氛。

"是，古大神您长得这么帅，说什么都是对的。"都晓白表面上低眉顺目，转过头就做了个鬼脸。

古琛懒得理会她，继续埋头翻阅档案，连环杀人碎尸案基本告一段落，接下来就是等陈宇阳那边的各项报告。

都晓白"咕咚、咕咚"喝光了一杯咖啡，眼睛时不时地瞄着古琛，她除了整天混吃混喝外，还不忘另一项艰巨任务——搜集创作素材。

抱着麻豆，都晓白感觉自己像抱了个暖手炉，她重新裹紧毛毯，一边开心地撸猫，一边偷瞄认真工作的古琛。突然电脑发出提示音，屏幕右下角蹦出个提示框，古琛随手点开了电子邮件，是一封来自加拿大的学术交流邀请函。

古琛看了一下内容和时间，在回复邮件中敲了两行字，然后用手写板签下自己的名字。

"古大神……我第一次发现你的手长得这么漂亮，怪不得签名会如此好看！"都晓白说。

古琛看向都晓白，发现她眼神炙热、情绪亢奋，怕是精神病发作的前兆。

都晓白知道古琛无法理解自己激动的心情，特别解释说："说了你可能不信，你是我长这么大唯一追过的偶像！"

古琛向外挪了挪，用实际行动表示抗拒。

"大神，你空调调得太低了，我们俩好像感冒了。"

古琛听完这才看一眼鼻头发红的都晓白。

古琛起身拿过遥控器将温度调到 25 摄氏度，然后去卧室拿了一床薄被，披在都晓白身上，又俯身摸了摸麻豆的小脑瓜，然后继续工作。

难得见大神温柔体贴的样子，都晓白心里乐开了花，哪个粉丝能享受到她这种福利？绝无仅有！

都晓白捂着嘴偷笑了好一会儿，才把手里的杯子放在茶几上，调整坐姿好让麻豆趴得更舒服些。

都晓白说："看你签字，突然想起我七年前的第一次签售会，当时真的好紧张啊！"

都晓白回忆时嘴角挂了一对酒窝。古琛放下手中的工作，抬头看见她脸上恬静的微笑，猜那是她心中很美好的一段回忆。

"你不知道，我当时紧张到手不停地颤抖，真是好没出息。"想到这儿都晓白不禁羞红了脸。

古琛见她的模样，忍不住逗了句："可以想象你签名时候的字有多丑。"

"怎么会？为了不让书友失望，我可是足足练习了一个月的签名，就算闭起眼都能得心应手地签好它！"都晓白拍着胸脯说，"倒是大神你，说得好像亲身体验过一样？"

古琛用拇指蹭了一下嘴唇，说："正常情况下，一个习惯性的动作或理念的养成，需要三个阶段。第一个阶段为 7 天，通常表现为刻意、不自然；第二个阶段为第 7 至 21 天，表现自然，但仍需意识控制相应行为；你练习签名已经超过 21 天，已经不需要意识控制了，这便是形成了习惯。"

"21 天效应嘛，我也看过一些心理学的书。"都晓白顽皮地拿起签字笔，一边模仿古琛的签名，一边不怀好意地笑道，"我现在比较感兴趣的是，这个签名是哪位设计的，大神练习了多久啊？"

古琛极少公开中文签名，都晓白的签字却模仿得惟妙惟肖，这倒是让古琛十分意外。不过古琛本人在此，还是一眼能辨别出细节的不同之处。

“我的时间很宝贵，这种事无须刻意为之。”古琛轻描淡写地回道。

都晓白笑道：“你是说不用练习就能把名字写得这么好看？古大神你也太会吹牛了。”

古琛坐在一旁抱着臂膀不讲话，都晓白却从他的表情中解读出“本来就是”的意思。

“看得出你对模仿下了不少功夫，但是温馨提示，需在合法范围内使用知道吗？”古琛一脸严肃道。

“哦！”都晓白想了想，一时兴起问道，“大神您觉得我模仿得如何？”

“你再写两遍。”

都晓白又写了两次，古琛接过她手中的签字笔，在她模仿的“琛”字最后的一捺上画了三个圆圈。

古琛指着圈上的位置，说：“每个人最初练字时会经历许多规范教条，但久而久之都会形成自己的书写习惯，除非刻意临摹同一个字，不然正常情况下每个人的笔迹都会像指纹一般无二。你看我圈下的位置，这处就是比较明显的地方，其实我自己每次写都不完全一样，但你这个就近乎‘完美’了。”

都晓白看了看那个“琛”，又分别写下三个自己的签名，果然每个签名都有细微的差别，于是惊讶地挥着本子叫道：“大神你这么一说还真是的！”

这时都晓白正拿着手机各种自拍，不曾想按下快门后，竟抓拍到古琛笑起来的模样。

都晓白以为自己眼花了，她举起手机里的照片望向本尊，整个人瞬间呆了，想不到往日不苟言笑的男神居然笑了，而且只是不经意的一抹笑容，杀伤力未免太过强烈。

都晓白摸着胸口的位置，心脏正怦怦跳。她感觉自己急需几粒速效救心丸来缓解一下激动的情绪。

古琛没发现都晓白的异常，他突然想起安东尼在公安局做笔录时的签名，这是他近期见过比较有个性的签名之一，每笔签字都会点一个符号“·”作为收尾。

每个人都有独特的书写习惯，这刚好印证了古琛先前下的结论，可是这种特殊的收尾怎会有种似曾相识的感觉，是在哪里见到过？

都晓白发现古琛脸上的表情变得越来越凝重，她身体微微前倾，凑近了问：“怎么了？是哪里不舒服，还是……”

古琛根本没听见都晓白说什么，他全神贯注地回想，像一台筛选“关键词”的计算机。

都晓白见他的样子就知道，他一定是发现什么关键问题或线索了。这个时候对她来说最好的选择，就是抱起猫在旁边安静下来。

古琛用一个大幅度动作将笔记本拉到自己面前，在存放图片资料的文档中快速翻阅。

都晓白连呼吸都不敢太过用力，生怕影响到古琛的思路。就这样过了大概十几分钟，古琛的动作突然停顿下来。

都晓白用余光扫见显示屏上的内容，那是被古琛视为案件机密的现场照片，是警方在陆佟作案厂房的仓库里，拍摄到他整理足有一面墙的被害人照片和资料。

陆佟亲笔记录下目标姓名、年龄、职业、家庭住址等，古琛追寻着陆佟的笔迹，从第一个受害人魏婷婷，一直到最后一个目标桑广怡，视线最终停留在麦佳甯的名字上。

古琛定睛观察着照片及名下的几行备注，尽管每一个字看起来都像极了“陆佟”的笔迹，可名字与资料的每个段落后面，分明都用了符号“·”结尾。

古琛打电话给陈宇阳，告诉对方想调查安东尼这个人。陈宇阳是个雷厉风行的男人，二话不说就去干活儿，一个多小时就收集到一摞有关安东尼的资料。

古琛接到陈宇阳的电话时，就听到陈宇阳气喘吁吁的声音。陈宇阳说：“我把安东尼的资料和签字发你邮箱了，除了来局里几个签字外，还查到一些他之前发过的手稿、板书等。”

由于时间紧急，古琛并没把详细情况跟陈宇阳讲明，而陈宇阳基于对他的信任，尽全力满足他的一切工作需求。

“对了阿琛，之前整理陆佟资料时，你猜我发现了什么？”

古琛正在翻查安东尼的资料，在个人信息的工作一栏看见‘心理咨询师’，以及行业内各种傲人的获奖荣誉等，古琛不禁冷笑起来：“想来陆佟和安东尼的关系很微妙啊，这家伙隐藏够深的！”

“你又知道了？”陈宇阳倒吸了一口气，心想这男人简直太可怕了，“我们从陆佟的秘书那儿了解到，陆佟精神问题很严重，近期经常约见心理医生。

而我们搜查陆佟办公室的时候，刚好在抽屉里发现安东尼的名片，想不到这两个人居然认识，如此说来他们的关系还真挺微妙的。”

古琛盯着邮件，左手用拇指抵着嘴唇，另一只手操作着鼠标，翻看陈宇阳发来的扫描件和网页截图，里面的内容是安东尼在不同时期、不同场合的手写字迹。古琛把这些与旧厂房仓库墙上的字分别做对比，安东尼书写的小习惯立刻出卖了它的主人。

古琛轻舒了口气，道：“如果我跟你讲，这案子或许另有玄机，你做何感想？”

“开什么玩笑？领导们马上要筹备新闻发布会了，就等着咱们结案呢！”陈宇阳刚刚坐在办公椅上缓口气，被古琛一句话惊得倒抽一口凉气，他用了足有半分钟的时间让自己冷静下来，见对方一直没有开口，才追问，“到底什么情况，你是不是又发现了什么？莫非……与安东尼有关？”

“嗯，这家伙确实有点意思！”古琛站起身，活动了一下僵硬的脖子，“我暂时还不确定安东尼在案件中扮演什么角色，我想你要尽快安排一下，咱们得会会这个‘受害者’家属！”

“没问题，如果陆佟的心理医生就是安东尼，刚好还能帮我解开陆佟犯罪的心理因素。”

与安东尼的见面被安排在隔天下午，古琛和陈宇阳提前做足了功课，包括与麦佳甯、陆佟有关的一切信息。与安东尼这种深藏不露的对手对弈，势必要下先手棋，打主动仗，做好先发制人的准备。

安东尼第一次站在古琛面前时，彬彬有礼。他的身高适中，体型匀称，一双柳叶眼，眼尾的下方有一颗泪痣。安东尼带着金丝圆框眼镜，给人一种弱不禁风的感觉。

要不是古琛在陆佟受害人信息那里发现安东尼字迹的特征，他是不可能把犯罪与这样文弱的书生联系到一块儿的。

第十一章　始作俑者

其实在传唤安东尼的一小时前，大家还进行过激烈的讨论。

古琛认为陆佟的目标是按照某种特征精挑细选的，这样吹毛求疵的一个人，又和桑广怡有一段尘封多年的过去，究竟是怎样的命运才会安排他们又一次相遇？

再联想到陆佟和麦佳甯之间的联系，很难相信这一切只是单纯的巧合，于是古琛把这两个人的关系网扩大，陆佟的父亲陆致远和麦佳甯的父亲麦振海便出现了，他们之间有一个共同的过去——都与桑广怡幼年的不幸遭遇有关联。

“我查过卷宗，桑广怡案发生在 1993 年 7 月初，施暴者是一个名为蔡永贵的男人，最终因证据确凿被判入狱。蔡永贵入狱后不到两个月，因为爱人离世备受打击而自杀了。根据当年资料显示，蔡永贵自始至终称自己是冤枉的，甚至在自杀前一周还想过申请上诉。”

听了古琛的分析，陈宇阳蹙紧了眉头，想了片刻问：“人证物证确凿，蔡永贵提出上诉，难不成你在怀疑此案另有隐情？”

“就算是被冤枉的，人死了二十多年，咱们到底还在这案子上纠结什么？这跟麦局又有什么关系？你可不要在这里没事找事！”老焦话虽然说得硬气，其实内心还是有顾虑的。

“一个人因为见义勇为而落得家破人亡的下场，这要真是一起冤案，无论是从公义还是良心讲，都不是说过去就能过去的！”陈宇阳听了老焦的意思颇为生气，义正词严地提醒说。

“没错，”闫栋也表示赞同，他问古琛，“可古琛你说了这么多，到底是查到了什么？”

“蔡永贵有个儿子你们知道吗？他们夫妇过世后，那孩子就下落不明了，算一算如果他现在还活着，应该有三十几岁了。我如果没记错的话，应该和安东尼年纪差不多。”古琛的脑海又浮现出那个签名，他们似乎已经离真相越来越近了。

闫栋惊骇地问：“难道你在怀疑——”

“我们很快就能知道真相了。”古琛看了下手表，约见时间就快到了。

闫栋提前安排好整整两页纸的问题，命人轮番询问安东尼，安东尼不厌其烦地说着一成不变的答案，整个过程差不多三个多小时，僵局一直持续到古琛出面。

这是古琛和安东尼首次正式见面。安东尼满脸都是失去妻子的哀伤，他根本不知道自己为什么会被警方怀疑。

古琛将对方故作镇定的表演尽收眼底，不疾不徐地靠在椅子上，与神情悲痛的安东尼相对而坐，审讯室里一下子变得鸦雀无声。

时间过了一刻钟，古琛拿起手机，玩着都晓白平时爱玩的游戏，每隔几分钟就从摄录机中窥视一眼，安东尼自始至终保持一成不变的情绪。

就在古琛不知道玩了多少遍“别踩白块”的时候，外面突然传来嘈杂声。

“要不是他的助理打电话给我，我还不知道你们连自己家人都抓！”李松扯着嗓门儿在电话里大声质问。

“不是李队，我们就是找安东尼核实一些情况，您别多想。”闫栋事先就已经料到李队会生气，后果很严重。

李松懒得搭理这个小兔崽子，直接问：“别在这给我废话，彼得人呢？”

“古琛和安东尼正在谈话，现在的确是有很多疑点，李队您最好给我们点时间。”闫栋尽量争取时间。

“我有没有听错？陆佟都已经死了，你们不抓紧时间结案，还传唤麦局的女婿，闫栋我看你是查案查疯了吧？”李松一边口不择言地骂人，一边开车往市局赶。

“不是李队，你听我解释……”

“我不想听任何解释，立、刻、马、上给我放人，我十分钟过去就要见到他听见没！”李松的话掷地有声，临了还不忘斥责一句，“一天不看着你们，就变着花样给我找事，看样子我是离开太久了，你等我过几天回去，看我不收拾你们几个！”

闫栋听着李队的话心里犯怵，他想继续扣押安东尼，无奈又拿不出证据，只好暂时叫手底下的同志放人。

安东尼出去的时候看着古琛，眼中闪过一丝戏谑，转瞬间又被悲伤的情绪掩盖住，他的手机刚好在振动状态，滑下接听键，对面传来李松紧张的声音。

“没事吧小安子？”李松关切地问。

“放心吧哥，我没事，大家对我都很好。”安东尼说着，再次回身看了古琛一眼。

“那就好，我在去局里的路上，你等我几分钟，我马上就到。”

“谢谢哥，那我去马路对面等你，一会儿见。”安东尼挂断电话，还不忘对警察同志礼貌地说一句，“辛苦大家了。”说完便离开了公安局。

这个时间，都晓白背着装麻豆的太空包，提着刚买的彩虹慕斯，兴高采烈地来公安局探班，她美滋滋地打电话给覃茵茵，说：“是美女特工吗？我都晓白呀，古琛还在忙吗……哈哈，我当然是来接我家大神下班啦！我发现你是在嫉妒我……嗯嗯，你长这么好看，说什么都对……”

都晓白正在向覃茵茵打探情报，被刚过马路到对面的安东尼无意中听见；安东尼转过身盯着都晓白，直觉告诉他：这个女生和那个讨厌的古琛关系不错。

安东尼死死地盯着都晓白的背影，有那么一瞬间连她背后的猫都觉得碍眼！

这时对面有一辆出租车疾驰而来，安东尼突然大声叫出都晓白的名字，都晓白听见身后有人叫自己的名字，出于本能反应，她回身张望。

都晓白站的位置侧身对着出租车，正处于视线盲区，安东尼眼看着车的距离越来越近，脸上的笑容逐渐加深。

出租车司机刚刚正在打电话，和人吵了几句嘴，现正在气头上，脚下油门不自觉踩得猛了，当他发现前面站个人的时候，脚下本能地用力踩下刹车，心里却知道根本来不及了。

都晓白听见刹车声的时候，一辆保时捷呼啸而来，从她的右后方斜插在路中间，紧跟着跟出租车撞上了，两车碰撞发出一声巨响，把周围的人都吓了一跳。都晓白吓得甜品和手机都掉在地上，麻豆也在太空包里不安地来回跳动。

幸好保时捷呈 45 度角，在都晓白侧方形成了一道防护墙，不然后果不堪设想。

保时捷里的人是楚骁谕。

楚骁谕被撞击后脑袋蒙了片刻，随后第一时间打开车门，三步并两步冲到都晓白跟前，一把抓住都晓白的肩膀，大发雷霆道："想什么呢都晓白？不要命了你！"

都晓白看着楚骁谕的眼神发直，半晌没说出一个字来，麻豆在背后瑟缩着身体，不停地喵喵叫。

"我看看哪儿受伤没？"楚骁谕接过都晓白的太空包，端着她的肩膀上下左右看了一遍，才重重地吁了口气，放轻声音问："知不知道你都快吓死我了，怎么，被吓傻了？"

此时现场已经有人拨打了 120 和 122，急救中心和交警正在赶来，对面市公安局的警察收到消息，第一时间出来帮忙维持秩序，救助受轻伤的出租车司机。

楚骁谕的头此时正在流血，当有警察过来救助的时候，他轻轻摇了摇手，示意自己并无大碍。

"妈呀，吓死我了……"都晓白缓了半天，才突然带着哭腔叫出来，浑身不停地颤抖。

"没事了，没事了。"楚骁谕一只臂膀紧紧地抱住都晓白，另一只手摸着她的头发，"别怕，有我在呢。以后过马路不要讲电话，你知道刚才有多危险吗？"

都晓白还惊魂未定，楚骁谕也不想在一旁碎碎念，可是看见出租车前机盖都变形弹开了，他还是忍不住暗骂这个白痴走路不长眼睛。

"能走吗？"楚骁谕搀着都晓白问。

都晓白浑身被冷汗浸湿，她试了一下，腿软得站不起来。楚骁谕见状直接抱起都晓白，把她放在路边安全的位置。

就在刚才，古琛听覃茵茵讲电话的语气不对，二话不说转身就走，覃茵茵急忙跟着他从公安局跑了出来。

古琛他们赶到时，就看见楚骁谕正在安抚都晓白，装着麻豆的太空包被放在了路缘石上。

古琛焦急地从马路对面走过来，看着碎了一地的彩虹慕斯，仿佛亲眼看见了那惊心动魄的一幕。麻豆像是嗅到了主人的味道，委屈地喵喵叫。

古琛半蹲在都晓白的身旁问：“你……有没有伤到哪儿？”

覃茵茵皱着眉头，跟着问：“小白，你还好吗？”

都晓白听见古琛的声音，抬起头摇了摇，眼睛里闪烁着泪花：“没有。”

古琛仔细查看了一圈，确定她身上没有外伤，才轻轻吐了口气。他转头问楚骁谕：“怎么回事？”

“这个傻瓜差点被车撞了。”楚骁谕骂都晓白的时候，眼里尽是心疼。

古琛见他的头上一直在流血，说：“你怎么样，你需要医——”

楚骁谕比了个“嘘”的手势摇摇头。都晓白一直迷迷糊糊的，始终没搞明白到底发生了什么，听古琛欲言又止的，才发现楚骁谕受伤了，紧张得边哭边说：“哎呀流血了，你怎么这么不小心，这要是破相了……呜呜……找不到女朋友怎么办呀？”

“你闭嘴！”楚骁谕头疼地望了下天空，然后指着另一边赶过来的交警对古琛说，“你先照顾都三岁，我去那边处理一下，很快就回来。”

楚骁谕交代完，便向交警的方向走去。

此时刚做完简单包扎的出租车司机，正在交警同志面前狡辩，说他在正常行驶的情况下，保时捷车突然在双实线强行掉头，才导致了追尾事故。

听出租车司机把话讲完，交警把目光转到另一边。楚骁谕的穿着打扮一看就是个公子哥，于是交警盯着楚骁谕严肃地问：“这位先生说你危险驾驶，你有什么想说的？”

楚骁谕沉着脸，不答话反问道：“小哥麻烦你问问他，如果不是我‘危险驾驶’，刚才人行道上的女孩，是不是就没命了？！”

“什……什么女孩啊，我没看见什么女孩，就看见这个人突然掉头了！”出租车司机打定一个主意——坚决死不认账。

楚骁谕听他这么说，憋了一肚子的火“腾”的一下冒了出来，怒骂道：“你第一天开车上路啊？前面那么大一个活人，你看不见吗？你是智障还是眼瞎啊！那么多摄像头摆着，你还敢在这狡辩？你等着接律师信吧！”

出租车司机被说得哑口无言。楚骁谕这还没泄愤呢，楚骁捷的电话就打进来了，他的第一反应是找个安静的地方接电话，于是和交警打了声招呼，返回车里。

“你在哪儿？”楚骁捷一上来语气就不太好。

“哥，我在出差……”

楚骁捷盯着平板电脑上的定位，表情不悦地问：“我很好奇，人阿直下午就上班了，你又是去哪儿出差了？”

“我……我是出差刚回来，临时有事又出来了。”楚骁谕心虚地解释，他整天满世界地跑，好不容易回国想见都晓白，结果就碰到了刚刚发生的事情。

楚骁捷听不下去了，用手指敲打着屏幕，直接点破他的谎言，问：“渤洋能有什么事，还需要你亲自去一趟？”

“阿直——”楚骁谕咬牙切齿地吐出两个字，恨不能把这个出卖自己的家伙的嘴撕了。

“别耍小性子，跟阿直无关，”楚骁捷严肃道，“别忘了那台车是谁给你提的。”

GPS！楚骁谕拍了一下方向盘，不小心按响了汽车汽笛，旁边的交警被吓了一跳，立刻走过来敲车窗示意“禁止鸣笛”，楚骁谕抱歉地点了下头，然后揉着太阳穴让自己冷静下来。

“别再贪玩了，公司还有很多事要处理，赶快给我回来。”楚老大的命令不容反驳，下了最后通牒。

“哥，我今晚可能回不去了。”

“你是想我亲自派人接你回来？”

此时此刻，楚骁捷的眼神更加凌厉，言语中带着威胁的口气。

“绝对没有，是这样的哥，我来渤洋见一位朋友，路上不小心出了交通事故——”

楚骁谕话还没说完，楚老大立刻从沙发上跳了起来，焦急地问：“你人受伤了没？报警了吗？身边有没有人救助，我派老张……”

“别紧张哥，你听我说，我现在人没事，但是车需要修理一下，我答应你，车修好了立刻回去。”正所谓关心则乱，楚骁谕打着少安毋躁的旗子，给自己编排了个还不错的借口。

“你人真没事？”楚骁捷再次确认道。

“千真万确，放心吧哥，除了您，谁敢把我怎么样。”楚骁谕拍起马屁来面不红心不跳的，一句话把楚老大哄得乐呵呵挂断了电话。

下了车，楚骁谕重回交警那边，简单做了个笔录，接着交了车钥匙，让拖车把车拖走了。随后楚骁谕跟着古琛，把都晓白带到公安局的值班室休息。

“呀！怎么了小白？这脸色吓得都青了！”陈宇阳见了忙问什么情况。

“她说过马路的时候，听见有人叫她名字，一不留神差点被车撞了。”

“这么说起来，我刚才好像看到一个人，他的眼神阴阳怪气的，给人感觉很不舒服，”覃茵茵找来医药箱给楚骁谕包扎，楚骁谕叫了一声，然后又问古琛，“我是不是想多了？”

古琛和陈宇阳对望了一眼，彼此心照不宣地向门外走出去，古琛临走前交代楚骁谕好好照看都晓白。

另一边李松接到安东尼后，朝麦局住的公安医院方向驶去。

李松边开车，边关心道：“这帮小兔崽子，居然让你在公安局待了一下午，这不是添乱嘛！怎么样，他们有没有欺负你？”

“我就是喝了一下午咖啡，跑了好几趟卫生间，不知道这算不算滥用私刑？”安东尼开了车窗，呼吸着新鲜空气，脸上恢复了几分精气神。

李松腾出一只手拍拍对方的肩膀，笑骂道：“还有心思开玩笑呢臭小子，没吓着就好，日后我非得好好收拾收拾那群小兔崽子！”

“哥，我真没事。说起来你们局的咖啡味道真不错，我就当作是公安局一日游了。”安东尼说。

自从麦佳甯失踪后，他就失心疯般地到处寻找，整日愁眉苦脸病恹恹的样子，今天这久违的笑容，给了李松一个欣慰。

李松忽然烟瘾犯了想要来一根，安东尼找了一圈也没找到烟。

“别找了，我出来急可能忘带了，忍会儿就到医院了！”

“靠边停车我下去买，很快的。”

在安东尼的强烈要求下，李松把车靠路边停了一会儿，几分钟后安东尼拿着香烟和打火机上了车，这时候李松的手机铃声响了起来。

经过今天的事，李松显然还在气头上，接起电话没好气地问：“什么事？”

“李队，您现在说话方便吗？”闫栋小心翼翼地问，“彼得还在不在？”

闫栋表现得很明显，接下来的话不想被安东尼听见，李松的表情更加不悦，气得音量提高了不止一倍，吼道：“有屁快放，别吞吞吐吐的！”

“是，李队！”闫栋正襟危坐，一字一顿地说，“是这样的李队，下午的时候，物证科小杜在陆佟的物品里翻出本日记。小路看了里面的内容，发现陆佟不只有藏尸的癖好，他还有摄影和录音的习惯。”

“怎么个意思，难不成陆佟不光杀人碎尸，还拍了视频不成？”

“虽然让人难以接受，但日记里确实是这样记载的，除了视频以外，这个疯子还喜欢录音，不分场合事无巨细的那种，就连理个头发看个医生什么的统统都录了音。”

“这些录音视频都是重要证物，知道在哪儿吗？”

“日记里提到一个小型保险柜，我猜应该在……佟……库。”

闫栋那边的信号不稳定，讲话断断续续的，李松听了两遍也没听清，最后只好说：“保险柜？抓紧时间给我找出来！”

“是李队！不过最近连着下雨，那边又是老城区，地面都是坑洼路特别不好走，我们决定明天一早出发，展开地毯式搜查。”

李松挂断了电话，接过安东尼买来的香烟点了一根。

安东尼说：“出什么事了？”

“关于小甯的案子，又发现了新证据。”李松用力抓着安东尼的肩膀，说，“放心吧，闫栋这小子靠得住，他一定会为小甯伸张正义的！”

安东尼“嗯”了一声，然后将视线转到车窗外，陆佟的日记发现得突然。安东尼唯恐录音暴露东窗事发，思忖再三，决定把录音偷回来。

尽管闫栋刚刚在手机里没有说出具体地址，安东尼还是第一时间想到了陆佟的秘密基地——陆氏旗下的旧厂房。想到这里，安东尼迫不及待地找了个借口离开：“哥，我下午走得匆忙，有东西忘了拿，我回工作室取一趟。”

李松把视线转到路面上，边打转向边说：“我送你吧！”

“不用了哥，你先回医院陪爸，我很快就到。”安东尼说着，打开车门下了车，还不忘礼貌地挥别李松。

安东尼打车回到诊所的地下车库，取了一辆平时不常用的车，心急火燎地驱车赶往陆氏集团废旧的厂房，到了地方他迫不及待地下了车，直接往仓库尽头跑过去。

安东尼不敢明目张胆地开灯，拿着强光手电筒照明，把陆佟的秘密基地从里到外翻了个底朝天。他心急如焚地找了足足半个多小时，额头上豆大的汗珠密布。突然，他脑袋闪过一个念头，身体如同被雷击中，整个人愣在了原地一动不动。

“上一次来的时候，根本就没有保险柜！”当后知后觉的念头在脑海里浮现时，安东尼心如死灰。

原来这一切都是古琛事先设计好的，安东尼故意在四个小时后让助手给李松报信，而从李松打第一通电话过来发难的时候，这场好戏就已经开始了。

古琛将计就计放了安东尼，然后在李松来的路上致电说服他，并让他配合演一出引蛇出洞的戏码。于是就有了后面李松忘记带烟，并在计算好的时间里接到闫栋的来电，甚至假装信号不好，故意没有说清楚地址，好让安东尼最后不打自招。总而言之，为了让安东尼上钩，古琛煞费苦心地策划了这一场“请君入瓮”的局。

安东尼抬起头，这才发觉一个红色的光点正在一闪一闪地跳动，俨然是布控安装好的广角摄像头，安东尼吓得后退了一步，紧接着仓皇逃跑。

这时走廊的灯全部亮了起来，门外传来闫栋的声音：“彼得医生真是轻车熟路啊，这么偏僻的地方，居然比我们预测的还早到了十分钟，车开得太快了吧！”

“根本就没有什么保险柜！你们敢骗我！”安东尼恼羞成怒地吼道。

“骗你怎么了？”古琛向来是喜怒不形于色，但是当他调出交通事故的视频，看见安东尼故意伤害都晓白的行为时，古琛比想象中更怒不可遏。

四面八方的警察都冲了过来，安东尼现在是插翅难飞。他被四个刑警轻而易举地扣了起来，押着朝古琛这边走来。

古琛走到安东尼面前，贴近他的耳边，说：“我现在人就站在你面前，有本事你再弄辆车撞过来呀！”

面对古琛赤裸裸的挑衅，安东尼先是瞪大了眼睛，而后戏谑说：“古琛啊古琛，你竟然比我想象中还沉不住气！”

古琛斜着眼看向安东尼，看见他脖子侧面有一个蓝色文身，这并不是一个普普通通的文身，它竟然与“莎拉案”浮出水面的‘Beholder’网站的“B”型蝴蝶标志一模一样！

古琛抓起安东尼的衣领，质问道：“你跟‘Beholder’有什么关系？”

“我不知道你在说什么。”安东尼说。

古琛见状不再继续追问，灵机一动转移了话题，说：“由不得你否认，麦佳甯的命案你一定脱不了干系！”

安东尼沉默不语，意味深长地望了古琛一眼，就被警察带上了警车。

抓捕行动开始之前，闫栋向上级申请增派大批人员，案犯一经抓获，立刻进入调查审问程序。

起初安东尼心存侥幸，尽管被抓了个现行，还是不肯配合警方，双方暗中较劲，僵持了一个小时之久，最终还是由古琛出面，从他的弱点逐一突破。

“麦佳甯对你的爱既纯粹又深沉，这里写满了对你的崇拜与信任。她几次提到‘感谢老天让你我相遇，此生有你，只剩下无尽感激。我愿用我的余生为你祈祷，换你一世安好’。”

古琛将一本公主日记摊开在桌面上，里面是一行行娟秀的文字，记录了麦佳甯生命中点点滴滴的幸福。

麦佳甯的日记里这样写：

之前听到一首歌，其中有一句歌词“有一天晚上梦一场，你白发苍苍说带我流浪，我还是没犹豫，就随你去天堂……”这一场毫不犹豫的爱令我十分感动。说来也神奇，我晚上做了一个相似的梦，记得在梦里你说要离开，我牵着你的手，毅然告诉你：“无论是天堂或地狱，我都陪着你永不分离。”

现实中每一场爱情都来得突然，有时候如同逐光效应般，人们只会盲目追逐它，却不知道它有多危险。麦佳甯就是这样一只飞蛾，被安东尼这根燃烧的蜡烛吸引，不顾一切地飞奔而去，代价便是粉身碎骨。

安东尼瞪着空洞的双眼，捧着日记的双手颤了一下，仿佛日记里看见麦佳甯羞红了脸的笑容，他张着嘴，却哑口无言。

时间流逝，安东尼对着日记，越看越被一种莫名的情绪牵制，于是他强迫自己合上日记，佯装成镇定自若的样子，将内心的挣扎不露声色地掩盖掉。

古琛又将另一沓材料推到安东尼面前，里面有国内福利院出具的证明，国外养父母提供的收养手续，以及安东尼不同时期的照片等。其中一张幼年时期的全家福，引起了安东尼的注意。

安东尼不可置信地开口：“你怎么会有……”

“你当时丢在孤儿院了，院长一直在帮你保管。我知道你们二十几年前的恩恩怨怨，”古琛说，“我更知道你被仇恨蒙蔽了双眼。你正在做和陆致远、麦振海一样凶残无度、草菅人命的事！”

这种“穷凶极恶”的形容如同见血封喉的利刃，直直插入安东尼的心脏，他第一次意识到自己变成了怪物。

“我认为你这一生最遗憾的事有两件，第一件是你父母双双殒命的悲剧，还有一件是你亲手酿下的惨剧。还记得麦佳甯第一次流产吗？没猜错的话，应该是你一手策划的吧！”

“你以为你什么都知道吗？”安东尼没想过会有这么一天，有一个人触碰他心里的那根刺，他大声怒吼，“我厌恶这个女人，讨厌她的全部，我怎么会留下一个流淌着肮脏血液的生命？开什么玩笑！他们姓麦的想三世同堂，享受天伦之乐？他们这群人渣就不配！”

安东尼仍在内心的痛苦中挣扎，古琛将一切尽收眼底，差不多是时候该收网了。

“呼！”古琛眉头紧蹙，摇着头为枉死的麦佳甯感到惋惜，“于你眼中，她只是你复仇路上的一枚棋子，可在她眼里，你却是重于一切的那个人。”

古琛的眼中流露出恻隐之心，敲着日记本说：“流产之后，麦佳甯在每一篇日记里写满了愧疚，她日夜难安整整三年，直到盼来第二次怀孕的机会，可惜的是，你仍然没有给这个爱你胜过于爱自己的女人一个机会。”

“她……又怀孕了，怎么可能？”安东尼的眼睛生涩钝痛，布满了血丝，不可思议地张着嘴，连双肩都在狠狠地颤抖，他内心最后一道防线，终于土崩瓦解。

古琛站起身，双手支撑在审讯桌上，给人居高临下的压迫感，表情郑重地说：“我最后一次问你，麦佳甯——是不是你杀的？”

古琛的眼神如此笃定，那么小甯真的是带着失去孩子的痛苦离开的？想到这里，安东尼用力抓着头发，狠狠地给了自己几巴掌。

老焦透过单反玻璃看见安东尼的举动，急忙开门进来阻止，却见到古琛的眼色后退了出去，轻轻把门带上。

“麦佳甯是你亲手杀的吗？”古琛缓慢地重复了一遍。

安东尼压抑着心痛，眼睛里布满了血丝，良久才沉重地点了点头。

“陆佟与桑广怡重遇的戏码，也是出你之手吧？”古琛身体向前倾，不疾不徐地说，“不如我们从 26 年前说起，你把前因后果讲给我听。”

安东尼反复做了好几次深呼吸，强迫自己冷静下来，待情绪稳定，才将事情的始末娓娓道来。

安东尼背井离乡 26 年，回国第一件事就是假借问路的名义，在机场接触了麦佳甯，然后花言巧语，使用美男计，顺理成章做了麦家女婿。

安东尼利用麦家女婿和心理医生的双重身份，出席各种上流社交活动，精心策划与陆佟相识。陆佟未成年时就与声色犬马为伍，他的秉性极端偏执，有典型的反社会人格障碍症。

几经辗转，安东尼成了陆佟的心理医生。安东尼在催眠治疗时动了手脚，经过几次心理暗示后，他便成为陆佟无话不谈的兄弟。

陆佟告诉安东尼，他一听见女生哭的声音就会有生理反应，那时心里沉睡的恶魔就会偷偷跑出来做坏事。按照陆佟的话来说，蝉鸣声、鸟啼声、风雨声都不及那哭声，它听起来真是太美妙了，让人身心愉悦！

2016~2018 年来共有 7 名女性死在陆佟手上，他之所以会找上安东尼，是希望他帮自己除掉心魔。可陆佟做梦也没想到，他会因此遭到安东尼利用。安东尼借心理治疗的名义，给陆佟种下邪恶的心理暗示，加深他杀人的欲望，于是陆佟杀人的欲望像毒瘾一样愈发频繁。

第十二章　血色的“礼物”

安东尼让麦佳甯成了陆佟“狩猎”的目标，最终麦佳甯死在废旧厂房冰冷的手术台上。这是安东尼精心为麦振海送上的血色礼物，向 26 年前这位不分青红皂白的糊涂片警致敬。

“你这么恨麦振海，为什么没有亲自动手？”古琛问。

“我最爽的复仇方式，就是要他自食恶果！”说到这里，安东尼突然“咯咯”地笑起来。

古琛耐着性子问：“那桑广怡呢？她也曾经是名受害者，你为什么要把她拉下水？”

“桑广怡，呵呵！”安东尼发出让人不寒而栗的笑声，“我们之间是有笔账，要好好清算一下的，毕竟她才是一切的始作俑者！”

时间退回到 1993 年 6 月 30 日，这一天著名的摇滚乐团主唱黄家驹在日本意外去世，歌迷们一度沉浸在悲伤中难以自拔，其中包括 16 岁的陆佟。

情绪异常低落的陆佟在闲逛的路上一次次踢飞小石子。突然，他听见一个小女孩的哭声，神经瞬间紧绷起来。那天下午放学的路上，还是小学生的桑广怡一边哭着，一边迈着小短腿往家走，湿润的眼睛快要看不清路了，这时面前的夕阳忽然变暗，她抬起头看见一双弯弯的眼睛。

陆佟脸上挂着无害的微笑，问：“小妹妹你为什么哭呀？”

“我……我考试没考好。”桑广怡怯生生地开口，嗓音带着浓浓的童音，清脆悦耳。

“哦，原来是这样，真是个好孩子，你叫什么名字呀？”陆佟轻轻抚摸着小女孩的头发，触电般的感觉从指尖传进身体，陆佟发誓，他从没感受过如此通畅的呼吸。

“我叫小怡，桑广怡。”

“不哭，乖，大哥哥带你出去玩好不好？”陆佟说完，发现小女孩背过手不敢应答。他又向前迈了一小步，递出一支漂亮的棒棒糖，说道，“大哥哥好渴呀，小怡陪大哥哥去吃冰激凌好吗？”

桑广怡拿着棒棒糖，歪着头开心地说：“好！”

此刻陆佟感觉浑身的血液都沸腾起来了，他把桑广怡骗至元亨宾馆，将其囚禁在 413 房间里。

被锁在卫生间的第 6 个早晨，桑广怡趁陆佟睡觉的时候，在地上捡起自己一块衣服碎片，咬破手指写了个“救命”的字条，包裹了一小块肥皂，扔出了窗外。

安东尼的父亲叫蔡永贵，是个憨厚淳朴的老实人，娶了一位温柔的农村女人，生了个大胖小子取名蔡航。20 世纪 90 年代初，赶上下岗潮，蔡永贵成为第一批下岗的工厂工人。为了养家糊口，他在一家饺子馆学面案，一家三口生活虽然清苦，日子却也幸福温馨。这天蔡永贵送蔡航上学后，到饺子馆去上班。蔡永贵上班的饺子馆与元亨宾馆就隔了一个胡同，他每次上班都把自行车锁在胡同的窗户底下，那个拐角正好能遮住日照。

今天他和往常一样锁自行车，无意中感觉脑袋被什么砸了一下，他抬起头没发现什么不对劲的，然后下意识地低头瞅了一眼，正好看见脚边有一个裹着肥皂的小布条。他捡起来打开一看，上面歪歪扭扭写了“救命”两个字，吓得他赶紧骑上自行车到最近的派出所报了案。

根据蔡永贵提供的线索，派出所很快控制住施暴的陆佟，并成功解救出桑广怡。老实巴交的蔡永贵想着做好人好事不留名，见小姑娘得救了就赶回饺子馆继续上班，却没想到警察很快找上门来，以犯罪嫌疑人的名义把他带走了。

原来陆佟的父亲是个民营企业的大老板，要钱有钱、要人脉有人脉。他得知事件发生后，第一时间就撒下大把银子给儿子疏通关系，最后还是经一个高人指点，找到当时还是个愣头青的片警麦振海，安排了受损失者和人证，指证陆佟因年轻气盛砸坏别人车玻璃，最终以行政处罚了事，念陆佟认错态度良好，情节较轻且未满18周岁，决定从轻处罚，改为批评教育。

热心的麦振海甚至找到办桑广怡案子的队长，说陆佟是被蔡永贵利用了，为陆佟彻底摆脱了嫌疑人的身份。砸车玻璃的事成了陆佟的不在场证明，虐待小女孩的锅轻轻松松就被甩了出去，而蔡永贵反而成了此次案件的最大嫌疑人。

事情解决后陆佟立刻去见了蔡永贵，对蔡永贵多管闲事的行为嗤之以鼻。

“你这个畜生，那么小的孩子你怎么下得去手！”蔡永贵看见陆佟，激动得隔着铁栏杆上前去抓他。

“你搞错了吧，现在这畜生不如的事是你干的，你怎么反倒骂起我来了？”陆佟后退一步，像是看精神病院里的疯子一样看着蔡永贵说。

“你在说什么？我是被冤枉的，”听了陆佟的话，蔡永贵不可置信地瞪圆了眼睛，“放我出去！我儿子还在等我接他放学呢，快放我出去！”

陆佟明目张胆嘲讽道：“你不是英雄嘛，英雄就应该舍小家为大家，所以你以后都不用接儿子了，你就洗干净屁股替我把牢底坐穿吧！”

“不可能，”蔡永贵使劲抓着栏杆，“他们早晚会查出真相，一定会还我清白，你这个坏事做尽的人渣，等着遭报应吧！”

“你才是人渣呢，救了个贱货还真把自己当盘菜了？你撒泡尿看看你自己那窝囊废的样子，你以为你是谁呀，我的闲事你也敢管！我让你管，让你管！”陆佟踹着蔡永贵伸出的手，踹不着他的手就使劲踹栏杆。

陆佟骂了一会儿觉得没劲就走了，蔡永贵精神上却受到严重的打击，他捂着受伤的手腕喃喃自语着：“你这个人渣……你不得好死！”

这天本是个普通的黄昏，不知是渲上了谁的不幸，将云彩都染成了血红色。

这一日黄昏，有父亲见到从学校欢快跑出来的孩子，微笑着接过孩子的书包；这一日黄昏，有出公差的男人回到家，翘首期盼的妻子温柔地接过他的外套，和他紧紧相拥；这一日黄昏，小蔡航一直没有等到爸爸妈妈来接他。

放学后小蔡航同往常一样，站在学校门口等妈妈来接，可是等了半个多小时也没有等到，后来还是他的老师把他送回了家。

小蔡航走到家门口，有好多邻居婶婶对着院里指指点点，还有许多警察在家里进进出出。小蔡航用力挤进人群，刚一进院门就看见妈妈跌坐在角落里，哭得上气不接下气。

小蔡航急得直哭，他冲到妈妈面前用小手帮妈妈擦眼泪，边擦边安慰："妈你咋哭了，谁欺负你了？我爸呢？我爸去哪儿了？"

"航航，咱们家天塌了啊……"蔡妈一把将孩子拥入怀里，号啕大哭起来。

都说好事不出门，坏事传千里，自从蔡家男人出了这档子见不得人的事，蔡家院门就一直死死关着，娘儿俩为了不让人背后指指点点戳脊梁骨，天天昼伏夜出，过着人不人、鬼不鬼的日子。

蔡永贵再也没能按约定接儿子放学，他躺在看守所里，担心他的妻儿吃不下睡不着。真正让蔡永贵心灰意冷的，竟然是他救下的小女孩。

最初听说女孩身体恢复了一些便来看他，蔡永贵以为她是来感谢自己的，却没想到她竟然在家人的陪同下，指证自己就是对她施暴的坏人。

"你们搞错了呀！这孩子一定是被吓糊涂了，孩子你快说实话呀孩子！"蔡永贵激动得嗷嗷大哭，泪流满面地用力拍着桌子，拼了命地大喊大叫来证明自己是被冤枉的。

隔着铁栅栏的蔡永贵不断挣扎，铁栅栏发出"当啷、当啷"的声音，配合他狰狞的面部表情。

桑广怡摇着头一直哭，哭得所有人心都碎了。她看到蔡永贵眼睛里突然没了光彩；这一刻他的心也跟着死了，从此他一个字也不肯再说。

桑广怡的亲属一口咬定，蔡永贵就是丧尽天良的施暴者，于是她的家人丧失了理智，疯了一般折磨蔡永贵的妻儿。

桑广怡的妈妈已经不知道是第几次，带着七大姑八大姨来蔡家闹事了，她们要求的赔偿款对蔡家来说是一个天文数字，蔡妈把家里全部积蓄和亲戚借的，一共八百二十块钱都给了对方，但也只是杯水车薪。

蔡航妈是一个没念过几年书的妇人，把儿子护在身后，跪在地上一直认错求饶。她知道自己的男人做了猪狗不如的事，身为人母的蔡妈自己都觉得愧对桑家孩子，她一边哭一边磕头，恨自己不能以死谢罪。

桑广怡的家人不依不饶，想要把蔡航揪出来撒气，蔡妈用身体挡住呼啸而来的拳脚，桑家人扯住她凌乱的头发把娘儿俩分开，然后对着蔡航就是一顿拳打脚踢。蔡航又疼又怕，几乎哭得要背过气去，场面一度混乱。

不知道是谁喊了一句："你们怎么不去死呢？"

蔡妈看着家不成家的样子，儿子被打自己却无力反抗，忽然觉得心灰意冷，趁着人们的注意力都在儿子那边，一个人站在水井边上，突然声嘶力竭地哭了一嗓子：“住手！住手！别打了……我去死，我给你们偿命！”

“妈——”小蔡航凄厉地哭喊。

“儿子！妈对不起你呀！”

蔡妈说完，只听“扑通”一声，人就跳井里了。

蔡航从地上挣扎着回头，他妈已经不见了，他爬起来跌跌撞撞地到了井边，只看见井里翻腾了两下，然后“咕咚、咕咚”冒着泡，蔡航凄惨地大声叫：“妈！妈！你别丢下小航——”

突如其来的变故，吓得桑家人不再闹了。

这时候老邻居们闻声赶了过来，有帮着救人的，有帮着报警的，有看顾小蔡航的，可惜救护车赶到的时候，蔡妈人已经没气了。

蔡航妈尸骨未寒，小蔡航开始跟着大伯这个单身汉讨生活。

在陆致远的精密布局之下，没过多久人证、物证就全部指向蔡永贵，惨遭诬陷的他被法院一审判决罪名成立，自此深陷囹圄的他与儿子一堵高墙相隔，成了一辈子无法跨越的障碍。

为了再次和妻儿相聚，蔡永贵始终没有放弃上诉，直到允许探监的时候，他见到了戴孝的小蔡航，整个人被吓蒙了。

“我妈死了！死了！这下你满意了吗？”小蔡航两眼通红地道出母亲的死讯，他哭着喊道，“你这个让人恶心的强奸犯，我为什么会有你这样的父亲！我跟妈到底做错了什么？明明是你犯的错，凭什么害得我跟妈到处遭人唾骂，你为什么还有脸活着？你为什么不去死……”

小蔡航提出断绝关系后，毅然决然地走了，蔡永贵回到牢房吃不下饭睡不着觉，他满脑子都是下班接儿子放学时的欢声笑语、媳妇站在院门前迎他们爷儿俩回家的回忆；他仿佛亲眼看见媳妇当着自己的面往井里跳，他拼命想拦着她别做傻事，却最终救不了绝望的媳妇；还有戴孝的儿子，他看向自己时恨之入骨的眼神，就像一把刀一样插在他心头。那些交叉的幻象真真假假、虚虚实实，一夜之间他就白了头发。

蔡永贵日思夜想，怎么也想不明白，自己本来是见义勇为做好事，怎么会落得个家破人亡的下场，他甚至一度怀疑当初做的选择是错的。

他终日以泪洗面，他曾一直觉得自己问心无愧，刚开始他也不怕被千夫所指，可是妻子的噩耗和儿子的憎恨让他失去了动力，他撕了刚刚服刑时托人写的上诉书，留下一封遗书给儿子，便“上路”了。

蔡永贵在信中依然坚持他的选择，他说自己不后悔，他愿意以死证明自己的清白，他相信法律会还他一个公道！他唯一觉得对不起的是他年轻善良的妻子，还有最让他放心不下的儿子，但愿他走了以后，小蔡航能远离是非，健康成长，幸福平安。

安东尼到现在依然清晰地记得，自己最后对父亲说的那句话：“你去陪我妈吧。你死了，咱们都能解脱了！”

安东尼认为正是这句话，要了父亲的命。

“虽然陆佟是罪魁祸首，陆致远和麦振海是助纣为虐，但真正的始作俑者是桑广怡呀！”安东尼激动地握紧了拳头，用力拍打着桌子，“是她惹的祸端。这个胆小鬼为了摆脱过去搬了十几次家。我偏要找到她，让陆佟再一次迫害她。我还给他们安排一个‘惊喜’的邂逅，我多体贴！”

“桑广怡当年还是个孩子，其实这么多年来，她一直都活在愧疚当中，我想你的父亲如果还活着，一定愿意再给她一次机会。”古琛蹙着眉头看向安东尼，感觉他这么多年被仇恨蒙蔽了心智，既可怜又可恨。

安东尼怒不可遏地道：“我当年也是个孩子，谁又给过我机会！”

“麦佳甯就是上天眷顾你的机会，如果你肯放下仇恨，就能抱住她，可惜了。”

再次听到麦佳甯的名字，安东尼捂着嘴沉声抽咽，他忆起背负了二十多的血海深仇，每每面对害死双亲的陆、麦两家人时，他都想要扯碎他们的身体，撕裂他们的灵魂，他知道自己别无选择。

可当看到麦佳甯的日记时，安东尼恍惚间想起她的一颦一笑，耳边又传来她轻柔的声音，她总是满眼爱意地望着自己，安东尼在这一刻才后知后觉，他对这一场错爱终究是不舍的。

安东尼承认了自己一直不愿承认的事实，他爱自己的妻子。他突然情绪失控，号啕大哭起来。

不知过了多久，待安东尼的情绪稳定了一些，老焦便跟同事进来将安东尼带走。

安东尼站起身，忽然想起什么，问道：“对了，你是怎么怀疑到我的？”

“是你在仓库的资料墙上，亲手留下的破绽。”古琛学着安东尼的笔迹，在纸上匆匆写下他习惯的笔迹，结尾时故意加了“·”符号。

安东尼哭笑不得，他没想到自己露出马脚源于这个小小的黑点。他的拳头反复松开又握紧，做了好几次深呼吸。临走之前他说：“我能不能求你一件事？”

“我会向他们提出建议，对你父亲的案子重新审查。”不等安东尼说明诉求，古琛便先行回答了，顺带把目光投向闫栋。

闫栋点了点头，应道：“没错，正义也许会迟到，但绝不会缺席！”

安东尼对着他们深深鞠了一躬：“谢谢。对了，还有你朋友的事，请帮我对她说一声对不起。”

古琛转开了视线，没有讲话，再次目送安东尼离开，那个男人的背脊已不似第一次见面那样坚挺。

那些背负沉重过去的人，不会随着时间的推移少一丝伤痛，即使枕戈泣血、大仇得报，双手染血之后的内心也再难得到平复。

安东尼是连环杀人案的始作俑者，面对仇恨他在法律和犯罪之间做出错误的选择，最终变成和陆佟一样残忍的人。

安东尼酿造了无数家庭不幸的悲剧，一条条鲜活的生命成了他心理扭曲的牺牲品。他做了十恶不赦的罪人，在短暂的余生里，他将在沉重的愧疚中得不到一丝喘息，至死方休。

如果他的双亲泉下有知，又如何得以安息？

“6·21连环杀人案”宣布告破，由此案牵出的93年蔡永贵冤案引起了警方重视，省公安厅收到有关“蔡永贵翻案”的提议，已经从上级那里得到批准，重新调查。

省公安厅杨铭副厅长对此发表讲话：“法律永远是正确的，作为执法者我们首先是要服务于人民，做人民的守护者。我们要始终坚持实事求是，掌握实质证据，我们的职责是让罪有应得者得到法律的制裁！

“但是执法者也是人，执法者也可能会出错。我们手中握着的是一柄双刃剑，用好了可以保护公民的人身财产安全，用不好就可能会酿成冤假错案，我们的职责容不得一丝疏忽大意！为了审判裁决公正，我们必须提供毫无疑点的证据材料，希望在座的各位同志能吸取‘蔡永贵案’的教训，像这样的悲剧不得再次发生！

“接下来我们要做的不只是重审‘蔡永贵案’，还要针对其他与蔡永贵有同样遭遇的人群，要对冤假错案展开大规模的重审行动，该面对的绝不逃避。关于这一次行动，我再提出以下几点要求：第一，无论职级高低，全体配合调查；第二，哪里错了，哪里纠正；第三，坚决杜绝遮丑、护短，敷衍了事的臭毛病！”省公安厅的精神传达到地方部门。告别了渤洋市局的同志，陈宇阳带着一队人返回了瞳城。

唐彧听说案件完结了心里非常高兴，忙里偷闲给古琛打来慰问电话，张口闭口还是那么不着调。

“怎么想起走亲情牌了，面对凶残歹毒的犯罪分子，你的手段不是直接打碎吗？”听了陈宇阳的叙述，唐彧总觉得古琛对安东尼手下留情了。

这个时间，头上贴着创可贴的楚骁谕，从 4S 店取回维修好的车，他把交通事故的后续事宜全权委托给楚家的律师代表处理。他心情大好，开着车带上古琛、都晓白还有麻豆一起回瞳城。

“陆致远那样的人都得以苟活，难道真要让世人寒透心吗？如果真是那样，这个世界的公道何在？吸取这次的教训，阻止这种悲剧再次发生，才是我们最应该记住的！”古琛坐在主驾驶后座位上，查阅着最新的电子邮件，他讲话的口吻和杨铭副厅长出奇一致，都是以总结经验教训为主。

“我就说你有当英雄的觉悟和潜质吧！”唐彧看着办公桌上美国队长的手办，笑弯了眼睛，“对了，我听老陈说起一个奇迹生还的被害人，叫桑什么来着？”

“桑广怡。”古琛提示说。

“对！就是那个反杀凶手的神奇女人桑广怡，我听老陈说她有轻度抑郁症，但是反杀陆佟的时候，被断定精神正常，有刑事责任能力，这样的话公诉人肯定会以‘防卫过当’大做文章。”唐彧根据经验，不容乐观地分析。

“公诉人一定会与辩护人就‘防卫过当’‘正当防卫’展开激烈的讨论，不过我相信法律一定会给桑广怡一个公正的判决！”

“我怎么好像闻到了希望的味道，你是不是太过乐观了？”唐彧“啪”的一声打开打火机，点燃一支醒脑烟。

“我只不过是基于法律做出的正确判断。”古琛合上笔记本，把视线转移到麻豆身上，“你这个香蕉人，不要把办案以外的时间都花在女人身上，有空儿多关心一下祖国的实时动态！”

“知道了古大神，小的遵旨！”唐彧学着都晓白的口吻调侃道。

楚骁谕把车速控制得刚刚好，他和都晓白在前排谈笑风生，古琛在后排一边赏风景，一边提醒唐彧：“是不是因为我离开太久，导致有些人的求生欲变弱了？”

“你说啥？那个……先不跟你讲了，我这边有个加急的事情要处理。”唐彧反应迅速，“差点忘了，你什么时间回来发信息给我，我帮你订机票。先这样，拜拜！”

挂断了电话，古琛享受着窗外的怡人景色。这一刻没有人潮喧嚣，没有尔虞我诈，只剩下都晓白和楚骁谕的嬉笑。

每一段旅途都是短暂的告别，古琛和都晓白也是一样。

回到瞳城，古琛在楚骁谕家的酒店下了车，因为麻豆不再需要人特别照顾，都晓白自然再找不到留下的借口，只能依依不舍地告别了古琛，在楚骁谕的陪同下离开了。

经过 13 天的出差旅行，古琛对都晓白的感觉从最开始的陌生到熟悉，再到现在这种亲密无间，一种难以言喻的情愫在古琛心里萌芽，这种情愫多半源于愧疚，毕竟安东尼案都晓白一直在帮他，而他似乎还没好好感谢人家。

如果是以前，古琛会自动忽略这种复杂又没什么用的情感，但是当他拖着疲惫的身体再次回到住过的套房时，整洁如新的房间里空荡荡的，让他感觉有点寂寞。

另一边楚骁谕开着车载着都晓白，在老城区七拐八拐，绕进了一幢破旧不堪的老楼，整个小区陈旧老化，里面的环境脏乱不堪，附近绿化全靠野生花草撑场面，常见的户外健身器材形同虚设。

楚骁谕的车在其他地方不算显眼，但是停在这一带，却格外引人注目。楚骁谕下车碰见附近老街坊的时候，总感觉他们看自己的眼神怪怪的，他拎着刚买的菜也没多想，跟着都晓白进了单元楼。

由于是老小区，没有电梯，两个人气喘吁吁地爬上了 7 楼。楚骁谕喘着粗气，看着都晓白掏钥匙开门时，心里却有一种莫名的心酸。

楚骁谕每天忙得焦头烂额，在工作上挖空心思讨好他大哥，为的就是转移大哥的注意力，能照顾好心爱女人的日常起居，可是常年出差在外和超强的工作量，以至于他能为小白做的越来越少。

都晓白租的房子是典型的一室一厅一厨一卫，楚骁谕扫了一眼便找到了厨房。他拎着果蔬、打开冰箱，发现里面除了几瓶啤酒和鸡蛋，竟然空空如也。

楚骁谕关上冰箱门，心疼地问："这儿的环境老旧，交通又不方便，干吗要搬来这里？找不到合适的房子，暂时住在宾馆就好了，有吃有住有人照顾不好吗？"

其实楚骁谕真正想说的是，小白你要不要搬来我这里住？但是楚家的水深不见底，如果没有十足的把握站稳脚跟，他绝不敢拿他和都晓白的幸福冒险。

"这房子在闹市，临街人气旺，再者 7 楼楼层多好啊，最关键是把东山，你知道它的寓意是什么吗？"都晓白不知道楚骁谕又在闹什么情绪，拿了刚买的啤酒和柳橙汁递给他选，顺带在弟弟面前吹吹牛皮，"我都晓白要想东山再起，可全靠它了！"

"不愧是都三岁，听你一席话，这房子立刻摇身一变，成风水宝地了。"楚骁谕心中郁闷，拿过啤酒立刻拉开拉环，正应了古人那句"何以解忧，唯有杜康"！

"小孩子喝什么酒！"都晓白凶巴巴地抢过啤酒。在她眼里，楚骁谕还是当年跟在自己屁股后面的少年，不过很显然这个少年已然成长为丰神俊朗的男人了。

都晓白把柳橙汁送到楚骁谕手中，自己喝了口啤酒，她看着发霉的墙壁以及永远关不严的水龙头，自嘲地说："你姐我哪有这么好的口才，是房产经纪说的，要不是听他忽悠，我怎么会租这么个鬼地方！"

和仲广东分手的那段时间，麦菲很快以女主人的身份鸠占鹊巢，都晓白不愿打扰其他朋友的生活，无家可归的她只能白天四处找房子，晚上随机选地方凑合一宿，直到七夕那天都晓白喝醉酒睡错了房间，邂逅了古琛。

"不用说了，你一定是看中了人家经纪人的美貌。"楚骁谕端着柳橙汁苦笑，心想：你怎么总是拿我当弟弟对待，你这个傻瓜到底什么时候才能看清楚——我是一个男人！

都晓白按着桌子踮起脚尖，用手指勾了勾楚骁谕的下巴，逗他说："他的美貌哪能跟小谕子你相提并论！要不是这儿的房租便宜，我信他才有鬼。"

"这么多年我一直以为你眼神儿有问题，今天总算证明你审美没毛病！怎么样都晓白，要不要趁着我不成熟、你还没老，抓紧时间投入我的怀抱呀？"楚骁谕敞开怀抱，笑得别提有多坏。

都晓白听了先是惊讶，下一秒就跳起来，在他后脑上敲了一记爆锤，并揪着他的耳朵训斥："你个小屁孩儿跟谁学的？没大没小，还敢直呼我大名，别忘了我比你大，出于礼貌你还得叫我一声姐呢！"

楚骁谕吃痛地歪着头，用可怜巴巴的眼神求放过，可见都晓白怒气未消，只好撇着嘴转移了视线，却一不小心对上她的胸部。

楚骁谕眨巴眨巴眼睛，说了一句更欠揍的话："也没见有多大嘛，话说都三岁你成年以前，为什么没把胸再长一长呢？"

"楚、骁、谕！"都晓白听了"腾"地涨红了脸，她从菜板上拿起一把菜刀，被反应灵敏的楚骁谕撤回去，换了一把不锈钢汤勺给她，转身就向客厅跑，边跑边鬼哭狼嚎："不好啦！不好啦！都三岁要杀人灭口啦？"

都晓白放下啤酒罐，立刻跟着跑出去，叫嚣道："臭小子，还敢给我起外号，看我不拆了你的骨头！"

"都三岁你这人怎么翻脸比翻书还快呀，我前两天刚救了你，你可不能恩将仇报啊！"

都晓白不停地发出"嘿哈"的声音，抡着"凶器"气势十足，两个人在十几平方米的客厅里绕圈，乐此不疲。

"这个简直太难喝了。"楚骁谕边喝饮料，边从容地躲闪对方的攻击，喝完还露出嫌弃的表情。

"你在我家里还敢挑三拣四！"都晓白用汤勺敲桌子警告。

"知道了，知道了，您家的什么都好。"

都晓白拿着汤勺终于够到楚骁谕的手臂，楚骁谕"哎哟"一声，顺势接过汤勺，说："不闹了，您老消消气，小的我这就去做饭，一会儿就好。"

第十三章　与爱有关

听到“饭”这个字，都晓白忽然坐在椅子上，有气无力地说：“快去多做点，姐姐我都饿得前胸贴后背了。”

“遵旨！”楚骁谕横看竖看，就觉得这世界上属都晓白最好看，他又偷偷看了两眼，才进厨房做饭。

不多时厨房就传来了饭菜香，对“吃”毫无抵抗力的都晓白，一溜烟跑进厨房偷嘴去了，楚骁谕舍不得拦着，只得加快炒菜的速度，最后那个小炒翻了几下就出锅了。

四菜一汤，都晓白吃得不亦乐乎。

“还要不要加饭？”楚骁谕问。

“你去第二个抽屉看看，还有健胃消食片吗？”

“你是不是吃太快，不舒服了？”楚骁谕翻抽屉，果然找到剩下的几片，拿给她说，“你等下，我去倒杯热水。”

“我没事，留着备用。”都晓白拍了拍药盒，眼睛放光，“小谕子你的厨艺大有长进，再帮我盛一碗饭吧。”

见她胃口这么好，楚骁谕才放下心，又去盛了一碗饭过来。其实都晓白哪里会知道，楚骁谕长这么大，唯独给她做过饭。

两个人吃完饭，楚骁谕收拾桌子洗碗，都晓白就坐在沙发上看电视，看着看着就开始迷糊了。

跟古琛在一起的时间里，都晓白过着没心没肺的生活，养成一看见床就浑身无力的毛病，索性就瘫在沙发上找周公去了。

楚骁谕收拾完厨房的时候，都晓白已经睡着了，他拿着遥控器关了电视机，给都晓白盖了一床薄被，然后靠着茶几坐在地上，小心翼翼地拂了下她的头发，安静地看着她睡着的样子。

楚骁谕记不清他是从什么时候开始，无可救药地爱上了都晓白，并把“迎娶都晓白”视为人生目标。

楚骁谕只记得从初中毕业开始就暗恋都晓白，然后放弃赴美留学，考上她所在的大学，把喜欢她和她喜欢过的异性查个底朝天，直到看见她投入仲广东的怀抱，才肯承认与她的距离变成了不可能。

楚骁谕试着放弃，他从痴恋慢慢转变成守护者。他为了成全都晓白，不惜收编仲广东身边的莺莺燕燕，包括麦菲。楚骁谕也是男人，所以他了解仲广东，他做了这么多无非想仲广东能收心。

知道仲广东劈腿后，他找过仲广东也放过狠话，让仲广东以后在瞳城永远无立足之地。紧接着麦菲找上门，恶毒地道出真相，原来当年她对仲广东献殷勤，目的就是奔他楚骁谕来的。

麦菲一度对有钱有闲的楚骁谕爱得死去活来，可日子久了渐渐发现，他的心思全放在都晓白身上。于是麦菲一怒之下引诱了仲广东，报复楚骁谕，也让都晓白尝到痛彻心扉的滋味。麦菲说她最初是意气用事，但她确实在仲广东身上找到了被爱的感觉。

楚骁谕看得出来，麦菲脸上流露出的，是一种无法用金钱衡量的幸福感。

手机响了，是楚骁捷打来的。楚骁谕给都晓白掖好被子才依依不舍地离开。

都晓白在短暂的酣睡中，做了个奇怪的梦，梦里面她的胸长大了不少，手感也特别好，她忍不住乐出了声。

天擦黑的时候都晓白才醒，那时候楚骁谕已经离开了，等她醒来才发现原来做了一场梦，但最惊悚的是，她梦里手感奇佳的胸，现实中是自己的肚子。

更惊悚的是一觉醒来，这个手感还不错的肚子又饿了。都晓白叫了几声，确定楚骁谕不在，就自己去厨房找吃的。

由于前几天受到惊吓，都晓白晚上都会被噩梦惊醒，好在有古琛和楚骁谕的陪伴，小心灵才坚强地挺了过来，很快又恢复能吃能睡的日常状态。

都晓白拿出一堆零食摆在茶几上，然后打开手机翻微信，突然一条朋友圈映入眼帘——仲广东和麦菲要结婚了！

都晓白脑子一片空白，一想到麦菲会成为他最美的新娘，那些酸楚的回忆像走马灯一样冒了出来。

自己等了这么多年，都没能等到仲广东求婚，现在他终于宣布要结婚了，可是新娘却不是自己，想到这里她的眼泪就控制不住往下流。

朋友圈下面都是来自老同学们的评论，有送祝福的，有发感慨的，都晓白粗略一看，下面还有刷屏的，内容竟然是：婊子配狗，天长地久！

都晓白一看脾气这么火爆，不用问一定是简馨发的。果然还是好闺蜜最了解自己，无论发生什么事，都是第一时间站在自己这边。

都晓白发了个拥抱的表情给简馨，对方立刻打来视频电话，对仲广东和麦菲结婚的消息，简馨义愤填膺的同时，表示要带都晓白去婚礼现场砸场子，必须要“叮当响”的那种效果。

都晓白被简馨哄得哭笑不得，然而她还是痛快地哭了出来，崩溃的痛哭声把简馨也传染了，两个人捧着手机哭得昏天暗地，哭到声音沙哑、眼睛通红。

哭到最后哭不出声了，简馨非闹着要老公送她过来陪都晓白，最终宠妻狂魔张宇拗不过媳妇，开车到老城区，拎了两打啤酒把人送上 7 楼都晓白家，然后两个女人一见面便抱头大哭。

时光飞逝，如白驹过隙，张宇印象中上一次她们相拥痛哭的画面，好像还停留在上大学的时候。张宇心疼地嘱咐一句：“馨馨你控制点，说好哄小白的，怎么还带头哭上了？我给你们订了火锅外卖，一会儿就送过来，累了好补充补充营养，要说这哭也是体力活儿，小白，你们俩都悠着点，累坏了我心疼！”

“滚蛋！”简馨上一秒还哭着，听了张宇的话“扑哧”一声笑场了。

“得，我又多嘴了，我先撤，有事给我打电话啊！”张宇说完便离开了。

不大一会儿，火锅就送来了，都晓白和简馨摆好桌，在电视上播了两人最喜欢看的《大话西游》，然后一瓶接一瓶地喝着啤酒，回忆过去上学时的青葱岁月。

上学那会儿姐儿几个无忧无虑的，感情好得穿一条裤子，除了男人什么都能分享。

随着时间推移，不知从何时起，号啕大哭变成了沉默寡言，手中的棒棒糖换成了过滤嘴香烟，最爱的饮料从低度酒精饮料，变成了烈性酒……

都晓白这次看《大话西游》的时候，内心百感交集，她心疼错失了挚爱的至尊宝和紫霞仙子，心疼到夜半惊醒，久久不能入睡。她终于能参透这部电影的推送标题，何为“初看不知戏中意，再看已是戏中人”。

简馨陪着都晓白度过了两天三夜，期间楚骁谕每天忙完都会过来看都晓白，陪她喝酒，听她说醉话；覃茵茵忙于案件收尾工作，吃住都在局里，偶尔抽空儿打电话给简馨问她的情况；就连王卿峰都打电话过来，特意批了个失忆假期给她，算是领导对下属的体恤。

浑浑噩噩中都晓白想了好多，起初是无助与痛苦，几次拿起手机想打给仲广东，骂他这个狼心狗肺的东西，但最终都作罢。

都晓白不想作，也不耍酒疯，大家都以为她醉了，她起初自己也这么想，可是脑子太清醒了，以至于她都怀疑自己喝的不是酒。她又拿起手机翻通讯录，翻到“古大神”时突然愣住了。

都晓白也不知怎么，电话就拨了出去，直到话筒传来古琛的声音，她还迷迷糊糊的，以为是幻觉。

“都晓白吗？”古琛见对方不说话，便率先开口，“你找我有事吗？”

“……”都晓白不敢讲话，她不想破坏这场梦。

“工资的话我转给你，你把卡号发给我，这段时间辛苦你了。”麻豆听到都晓白的名字，急忙跑过来对着古琛“喵喵”叫了几声，古琛摸了摸它的小脑袋，那温柔的触感，让他记起第一次摸都晓白头发，不知怎的最近总是会想起这个画面。

“嗯……”都晓白捂着嘴，默默地流着眼泪，听着那个让她一次次心动的声音，如果能继续听下去多好。

“我们见个面吧！”这句话脱口而出以后，古琛自己都感到惊讶，他不禁尴尬地咳了一声，“等忙完再联系，再见。”

没有片语的安慰，都晓白竟然觉得莫名心安，她捧着手机，很快进入了梦乡。

都晓白的一通电话，像是激起湖水的涟漪。古琛点燃一支香烟，望向窗外迷离的夜色，内心良久才平静下来。

和古琛相反，都晓白睡得安稳、一夜无梦，早上醒来时神采奕奕，化了妆还特意做了早点，等看见刚起床的简馨时，还诧异地问了句：“天哪，我的馨，你怎么搞成这副鬼样子？”

“还问，跟你上火呗！”简馨迷迷糊糊看了都晓白一眼，发现她像是重新活过来了，转过身去了卫生间照镜子，“天啊，不知道的人还以为失恋的是我！”

“你没事吧？”都晓白听见简馨惨叫，跟进卫生间问。

“是你没事吧？”简馨认为这句话该自己问才对。

“这些天作也作了、闹也闹了，”都晓白摇摇头，把洗面奶递给简馨，平静地说，“我琢磨明白一个道理，仲广东于我就是一本书、一个风景，执着也没用，就让他过去吧，这日子没了谁都能活！”

“这么快就大彻大悟啦小白？”简馨洗脸刚洗到一半，就去抱都晓白。

都晓白连忙后退两步，嫌弃地说：“走开，你都脏死啦！”

“你个没良心的还嫌我脏，你也不想想，这几天吃喝拉撒谁照顾的你，酒量不行还使劲喝，你糟践的粮食都是我给你打扫的！”简馨一想起收拾都晓白醉后狼藉的场面，差点当场要吐出来。

简馨这人有洁癖，都晓白都能想到当时的画面，一定是她还没吐完，简馨跟着就吐出来了。画面太重口味，都晓白赶紧摇摇头，转移了话题。

“欠你的人情白姐记下了，下回张宇跟你耀武扬威的时候，我帮你收拾他！”都晓白说完自己都心虚，先别说张宇有没有这时候，单他大半夜又送媳妇又送火锅的情分，就够都晓白感动个把月的。

“呸！”

简馨看都晓白没什么事了，吃了早餐便去上班，还说好下了班，买菜回来继续陪她。都晓白为这份真挚的友谊感动，说起来这些年简馨对她的照顾，还真是比仲广东来得更贴心。

简馨走后，都晓白开始整理搜集的素材，就像她之前说的那样，这日子没了谁都能活，可唯独让人活不下去的是穷，所以她不能再颓废下去了，人生也不能再浑浑噩噩度日了，她开始奋笔疾书，她相信只有崭新的开始，才是对过去最好的告别。

都晓白没有让简馨回来陪，除了中间简馨和楚骁谕订外卖，她连续闭关了四天三夜，写了一个近万字的大纲，然后冒着被王卿峰破口大骂的风险，连夜发到他邮箱里，结果一大早就被主编大人传唤。

都晓白心里有种不祥的预感，今天，她这个被前任抛弃的可怜人，将会被黑心老板轰炸得连渣都不剩！她战战兢兢地扶着主编室的大门，满怀“悲壮”地进了屋。

让‘风擎吐槽小分队’出乎意料的是，都晓白这次进去整一个小时，里面都没有王大主编暴跳如雷的声音传来，更诡异的是一个小时后，都晓白在大家的注视下满面春风地离开。

王卿峰万万没想到，都晓白会在一夜之间长大。他半夜看过邮件就动心了，这次大纲的内容有情有义、有血有肉，这足以证明最初签下她是正确的。他还记得当初选都晓白，是喜欢看她质朴无华的故事，喜欢看她情窦初开的爱情，喜欢看她孟不离焦的友情。

渐渐地，都晓白不再写爱情，她的故事从色彩斑斓的水彩画，变成了黑白交替的泼墨山水画，虽然有大气磅礴的场面支撑，可就是少了一丝情。王卿峰知道她急着自成一派，偏就看不惯那些平铺直叙的情节，一段故事里若没了情感，就如同鸡肋，索然无味了。

王卿峰的想法，都晓白无从得知，她急着找楚骁谕他们出来庆祝自己重生。覃茵茵因为公事繁忙，无缘这次聚会，于是都晓白带着楚骁谕、简馨夫妇，四个人像大学时候一样，在大排档聚餐。待酒过三巡，简馨夫妇打车回了家，楚骁谕叫了代驾先送都晓白，随后才回了家。

都晓白躺在床上，翻来覆去睡不着，她突然想起上学时跟仲广东一起听过的电台，于是找出电话号码来，一直打到电话拨通。

“喂，你好！？”都晓白不确定地问。

听筒立刻传出主持人热情洋溢的声音，说：“你好，听声音应该是个美女哦！我是今晚最帅的当班主持阿肯，请问美女怎么称呼？”

“主持人好，可以叫我都都。”

“哇，好可爱的名字！”阿肯的声音魅力四射，“那么都都，今晚你要点哪首歌曲，又有什么祝福或心声想要传递呢？”

“我想点一首《祝你幸福》给我前男友，明天他就要和我同窗四年的室友结婚了，虽然他瞎了眼，娶了一个绿茶婊，但我还是希望这对狼狈……”都晓白顿了顿，更正说，“是郎才女貌的新人，祝他们幸福。”

阿肯是个笑点很高的专业主持人，听到这里也难免要笑场了：“哈哈哈……你一定是个直爽的姑娘，我想这对佳人收到你的祝福，也会幸福美满的，就让我们一起祝福他们百年好合吧！”

“嗯，其实回忆起来，我前男友也蛮好的。”都晓白握着电话，紧张得手心冒汗，她思来想去，问，“那个主持人，我能不能换一首歌啊？”

“那就破例一次，都都想换哪一首呢？”

都晓白“嗯”了一声，毫不犹豫地说：“《算什么男人》吧，这首歌适合他！”

古琛是坐陈宇阳的车回酒店时，无意中听见电台里传来都晓白的声音，陈宇阳说给电台打电话也太老套了，为这事笑了都晓白一路。

听到换歌那段时，古琛正在抽烟，结果被呛了一口咳了好半天，他忍俊不禁：这小不点平时看着没什么立场，没想到报复心理还挺强的。

第二天就是仲广东和麦菲这一对背叛者的婚礼，简馨早在一个星期前就开始策划，目的是为窝囊的都晓白挽回面子。

最初的设想是这样的：都晓白挽着大帅哥高调入场，成为婚礼上的焦点，让负心汉仲广东追悔莫及，让麦菲那个小蹄子颜面扫地。

上学时简馨就是个仗义的女中豪杰，这次她更是不惜挪用了老公的大奔和司机，并且赞助了自己最贵的晚礼服、香奈儿亮片包，还有那双设计师过世已经绝版的高跟儿鞋！

按简馨的话说，得找个彭于晏那么帅的假男友搭戏，必须是一亮颜值，就能起到砸场子效果的那种。

简馨拿着平板电脑各种翻，像个人脸扫描仪似的从颜值、身材、年龄、财富等综合比对，最终决定将重任落在楚骁谕头上。

简馨发任务信息时，楚骁谕正在参加酒店宣传的策划选题会。策划部门经过层层筛选，共选出四套方案，正在逐一对方案 PPT 进行解说。

在场的高层心里都明镜似的，楚骁谕是被他天蝎座的大哥一手培养出来的，公事上早养成吹毛求疵刁钻刻薄的习惯。像这种管理基层通过的策划案，充其量就是走走形式，怎么可能入得了他楚骁谕的法眼。

楚骁谕本就是参加个例行会议，无聊的时候喝口咖啡，偶尔扫几眼手机，当他看到简馨的短消息时，绷不住直接乐出了声。于是在场人的目光都转向他。为了掩饰自己尴尬的行为，他强忍着鸡蛋挑骨头的天性，说：“这套方案听起来还可以。”

现场参会的人露出狐疑的目光，相互用眼神交换信息，气氛不知不觉被烘托得怪异起来。

见下属们正襟危坐，楚骁谕恍惚感觉自己在大家眼里像个暴君。他展开笑容，分析说：“这套方案总体看还可以，但创意略显不足，回去把细节整改一下。还有那个叫唐彩的模特儿，我没记错的话，应该是三年前的亚洲小姐吧？”

阿直迅速翻了一下模特儿的简历，点头回答：“确实是，您记忆力真不错。”

楚骁谕点了下头，继续刚才的话题：“这个模特儿近两年出镜率太少，请一个没有话题性的代言人太低效了，要知道代言人是对我们酒店形象影响最直接的！换一个时下当红的女艺人，不要显得我们投资太寒酸，给竞争对手留下任何遐想！”

会议被控制在一个半小时内结束，楚骁谕在高管们的注目礼中离开。等回到办公室，阿直刚把门关好，他就将身体整个瘫在沙发上，领带、外套、皮鞋统统丢在地毯上。

楚骁谕随手点上一根烟，给简馨发了个视频过去，视频一开通就露出简馨搂着都晓白在练歌房的画面。

“馨姐还没到下班时间呢，就带着我家三岁出去嗨了？”

“我带你们家小白出来练歌呢，等那对浑蛋结婚的时候，给他们来一段才艺表演！”简馨说完，冲都晓白厉声道，“小白你怎么又跑调了，马上就要‘演出’了，你得用心排练才行！”

“哦！”都晓白点点头继续唱。唱到一半时都晓白发现落下一个字，于是强迫症犯了，迅速念了一遍，被楚骁谕听见笑得前仰后合。

楚骁谕边拍大腿边夸道：“我家三岁真是太可爱啦！真是辛苦你了简老师，想吃什么喝什么你们随便叫，晚点我过去买单。”

简馨把手机摄像头转了一圈，桌上摆满了酒水饮料和各种小食，然后得意地笑道：“你看看，我们什么都不缺，就缺少爷啦！”

楚骁谕被简馨一句话逗乐了，不自觉地跟着贫了起来：“少安毋躁啊馨姐，楚少爷马上就到！”

“楚家少爷我可消受不起，还是留着陪小白吧！”简馨上学的时候就觉得楚骁谕招人喜欢，人帅嘴甜，就是年龄差得太多，一直不忍下手，要不怎么轮得上张宇。

“对了，陪都晓白参加婚礼那事——”

不等简馨把话说完，楚骁谕抢着说：“这么重要的任务舍我其谁呀，我正愁没逮到机会收拾他们呢！还有姐，车和司机不劳你费神了，我直接带小白砸场子去，丫要是敢跟小爷这嘚瑟，我直接刮了他的头车！”

“你小子太给力了，总而言之一句话，谁让咱小白过得不好，他就别想好好过！”简馨和楚骁谕的想法不谋而合，两个人在都晓白鬼哭狼嚎的背景音乐下聊了半天，仿佛又回到了青春年少不知愁时。

转眼就到了仲广东结婚的日子，楚骁谕却听说一个重磅消息，他怎么也没想到，麦菲竟把婚礼定在他的酒店举行，这无疑是在戳他的软肋。

楚骁谕闭上眼也猜到，如果自己为了都晓白，不顾一切在自家酒店闹事，事情被有心人大做文章，楚骁捷揍他个生活不能自理是小事，若是楚家因此成了商圈的笑柄，那他就是为女人丢本家颜面的罪人。楚家会为此把都晓白当成始作俑者，让她在瞳城无法立足，楚骁谕从不怀疑楚家人的手段，这也是他始终不敢承诺都晓白的原因。

楚骁谕躲在汽车里，给他最不想理的人打了一通电话，然后看见都晓白身着粉色露肩晚礼服，站在小区门前，一遍又一遍地给自己打电话，最后焦急地打了个车，又发了条短信给他，说先去酒店等他。

楚骁谕驱车在后面跟着，一直跟到酒店附近，才找了个不显眼的地方停车，再后来就看见古琛一步步走向都晓白，一时间楚骁谕的内心百感交集。

古琛接到楚骁谕的电话，不假思索地应了一句，便匆匆赶到楼下，一出门便看见萎靡不振的都晓白坐在石阶上发呆。

古琛蹙了下眉头，然后故作轻松地走上前，朗声道：“今天当新娘啊，打扮得这么漂亮，我差一点认不出来了。”

都晓白抬起头，看见古琛。一想到被古大神撞见自己这副狼狈的样子，心里更不是滋味，喃喃地问：“古大神也参加婚礼……对哦，你本来就住这里。”

古琛知道都晓白心情为何低落，但事先答应楚骁谕要保密，于是装作不知情的样子，问：“怎么没见你那跟班少爷？”

“别提那个坏蛋了，不知道又去哪里浪了，关键时刻掉链子！”都晓白垂头丧气，拨弄着背包上的亮片，样子别提有多可怜。

古琛思忖片刻，提议说：“你不是要参加婚礼，带上我如何？”

“真的假的？”都晓白正巧把之前的计划讲给古琛听，又生怕古琛反悔，迅速地抱起他的大腿，兴奋地说，“古大神你可真是我的及时雨！”

古琛制止她白痴的行为：“帮你救场可以，但有损形象的事免提！”

“都听你的！”都晓白高兴得又抱起了古琛大腿。

“便宜你了，我平时出场费很贵的！”古琛一手扶起都晓白，另一只手自然接过她的小挎包。

“倾家荡产也值了。”都晓白咧着嘴傻笑。

“闭上嘴，丑死了。”

古琛携都晓白进入婚礼现场时，果然引起了轰动。这一对看起来天造地设的璧人，无论从气质、气场来看都完全碾压了主角，成为婚礼上的焦点。

都晓白原本是按约定好的低调入席，她和同学们简单介绍了古琛，紧接着覃茵茵姗姗来迟，可当她发现古琛也在场时，表现出惊讶的态度，让在场的同学们都无法淡定了。

婚礼仪式正式开始，在动人的结婚进行曲中，两位新人入场，交换手中的婚戒，新人及主婚人致辞，最后在人们的祝福下相拥接吻。

仲广东曾经是个温柔的学长，步入社会后兢兢业业地工作，他对都晓白是疼惜的，可时间久了感情就淡了，恰逢这时遇到了别有心机的麦菲，一来二去就做了世人口中的陈世美。

在这个人生中最重要的时刻，仲广东想不到自己还能再见到都晓白，讲真她比初识时看起来更美了，想起以往的美好时光他心中五味杂陈。

仲广东携手麦菲到老同学这一桌敬酒时，他们夫妻特意看向都晓白这边，看见她身边这位大有来头的男友站在灯光下长身玉立，无论社会地位、身价、人品还是相貌，仲广东感觉处处低人一头，向来争强好胜的他备受打击。

“你好古琛，我是仲广东。”仲广东把斟满的酒杯递过来，简单做了个自我介绍，端起酒杯豪迈地说，“一定得干了这杯啊，不喝就是看不起我。”

古琛笑起来温文尔雅，偏一张口就咄咄逼人起来：“你的意思是——喝了这一杯，我就看得起你了？”

仲广东被一句话噎得如鲠在喉，脸上说什么也挂不住了，手里端着一杯白酒，喝也不是，不喝也不是。

老同学中有人察觉气氛不对，反应快的急忙给挨着的同学使眼色，很快一桌人“呼啦啦”地站了起来，其中一个膀大腰圆的同学伸出食指，高兴地说：“来来来，把酒杯都端起来啊，今天是东儿和菲菲大喜的日子，咱们得一直喝啊！”

“大亮收一收，你这喝法早过时啦！”另一个男同学一把按下方亮的手，紧接着伸出自己的手，并将中指藏了起来，笑道，“知道最新流行什么喝法吗？”

“你这又是个啥意思？”

“听老齐怎么说，他一天尽玩创意了！”

不同的声音把齐同学推出来，引发了一阵小高潮，齐然得意地摇摆着身体，笑道：“跟你们讲啊，这个就叫无终止（中指）地喝！”

“哎呀我去，老齐你可真会玩！”

同学们嬉笑着纷纷摆出“Rock”的手势，异口同声地喊道：“今儿无终止地喝，不醉不归啊！”

同学们乱哄哄的气氛，加上你一言我一语的救场，总算是缓解了这个新郎官的尴尬。

都晓白将仲广东为难的样子尽收眼底，心里百般不是滋味，干了一杯啤酒后，和身边同学寒暄了两句，然后拉着古琛离开了。

古琛被都晓白拉着一路走，没多久他忍俊不禁的样子就被都晓白发现了，刚好这一肚子怒气没地方宣泄，都晓白压着声音气道：“古大神，你有点人道精神好不好。前任结婚了，新娘不是我，我这么难受你不安慰一下就算了，反倒嘲笑我？”

“没有，”古琛反手握紧了都晓白的手，顺势将两个人身体拉近了，然后佯装不解的样子问，“我是不明白，在你们女生的世界里，情感和心理都自相矛盾吗？”

“这话什么意思？”这次换都晓白不了解状况了。

“比如说有的人，昨晚才送了前男友一首《算什么男人》，今天就一副死老公的表情，你说这判若两人的行为，算不算矛盾？”

都晓白做梦都想不到，古大神居然会听广播，本来就委屈郁闷的都晓白，现在更是窘迫难当，于是“哇”的一声就哭起来了：“天啊……真是太丢脸啦……”

古琛难得放松情绪，看她一副可怜的样子，一边忍着笑意，一边摸着她的头安抚：“好了不哭了，妆哭花就更丑了，走吧！带你去吃好吃的。”

古琛之前和唐彧沟通过了，短期内不会回美国，他会将目前的工作计划放在国内。另外上一次连累都晓白差点出事，古琛对此一直心怀愧疚，索性就抽出一段时间，陪着她玩一玩散散心。

都晓白也不知道最近是交了什么好运，身边忽然多了一个古大神护驾，每天白天跟着偶像吃喝玩乐，陪他逛瞳城市博物馆、看歌剧，累了就去图书馆泡一下午，大神负责看书，她负责看大神。

吃饱喝足回家后，都晓白就安心码字，累了就躺在床上，然后期待着和古琛明天的行程。都晓白从初见时怦然心动，想尽办法缠着古琛，到现在陪伴在他左右，她的思维从想入非非，进展到心动行动的层面。

其实都晓白早就认定了，从古琛陪她站在仲广东面前的那一刻，她就爱上古琛了。没错，不是喜欢，而是爱情！

自从发现自己的心意，都晓白见到古琛时都会心跳加速，她每一分钟都想要找古琛告白，但是当面对喜欢的人时，这种事做起来是需要相当大的勇气的。

这些天古琛的行程，都是根据都晓白喜好安排的，当他跟着都晓白看了一场电影后，走进隔壁电玩城的时候，看到里面那么多年轻男女笑着闹着还是挺意外的，这应该是他人生第一次进这种地方。

古琛和都晓白在虚拟赛车场上较量，拿着狙击枪组队打怪物，听都晓白在迷你 KTV 里鬼哭狼嚎，一起投篮打通关。古琛感觉自己回到了学生时代，跟着都晓白体验了一次新鲜的经历，这种感觉还不赖。

都晓白很久没像这样放松过了，最后投球投到浑身酸软，玩得尽兴了，才在古琛的提议下找地方吃饭，结果人刚出电玩城，就被楚骁谕一个电话截住了。

都晓白挂断电话，对古琛说：“走吧大神，小谕子说安排咱们吃法式铁板烧，哈哈！”

这个小不点个头不大，体能消耗也不多，怎么会一听到吃就无比兴奋呢？古琛跟在后面正想着，陈宇阳的电话打了进来：“怎样？”

“消息已经放出去了。”陈宇阳没有古琛这么好命可以到处游山玩水，他这阵子忙得焦头烂额。

都晓白已经出了大门，转过身向古琛挥手，古琛加快了脚步，道：“知道了，继续按计划进行，知情人越少越好。”

“放心，我去安排。”

挂断电话，古琛追上都晓白的脚步，两个人打车到了约定好的餐厅。楚骁谕是抽时间跑过来的，这是楚骁谕继上次爽约后和都晓白第一次约见，楚骁谕看见都晓白和古琛一起出现，脸色一阵红一阵白，心里有说不出的滋味。

这家餐厅的老板兼厨师莱奥，是来自普罗旺斯的华人，菜做得非常地道。楚骁谕经常光顾这家餐厅，跟莱奥也很熟，所以每次来都是莱奥亲自接待。

楚骁谕把菜单递给都晓白，殷勤地说："看看想吃什么？"

"古大神你想吃什么点什么，那边有人买单。"都晓白转过头问。

"鸡肉芦笋色拉，小牛排配蘑菇汁，5 分熟谢谢。"

都晓白冲楚骁谕翻了个白眼，对莱奥说："帅哥，麻烦你挑最贵的菜上，我要吃到他破产！"

莱奥苦笑着看向楚骁谕："楚先生您看？"

"不用手下留情。"楚骁谕笑了一下。

莱奥询问："不如还按老规矩怎么样？"

楚骁谕点了点头，附加一句："帮我开一瓶 02 年的拉图，对了莱奥，我订的黑鳕到货了吗？"

"到了楚先生，这次的阿拉斯加黑鳕非常新鲜，我马上去后厨准备。"莱奥礼貌地点头离开。

都晓白故意不去看楚骁谕，拿起手机叫古琛一起玩游戏，楚骁谕双手托着下巴，一直等到菜陆续端上桌，都晓白都还没有搭理他的意思。

楚骁谕终于忍不住举手投降了："喂，都三岁，我都要被你吃破产了，你还不原谅我啊？"

都晓白头都没抬，丢出一句："少在这边装可怜，谁让你先爽约的，你活该！"

"对，我活该，你说什么都对。"楚骁谕贱贱地冲都晓白眨眼睛放电。

古琛对他们吵吵闹闹的相处模式感到有趣，这时手机又响了，他低头一看来电显示，忽然眉头紧蹙，对都晓白和楚骁谕说："不好意思，我出去接个电话。"

都晓白见古琛神情严肃，心里有些担心。

楚骁谕剥离一块蜗牛肉，放进都晓白的餐盘，醋意大发："魂都要被勾走了，都三岁，你注意一下自身形象好吧？"

"我愿意，你管得着吗？需要你的时候你不在，现在装什么大头蒜！"都晓白拿着叉子将蜗牛肉送入嘴里，狠狠地咀嚼。

"对不起，让你受委屈了。"楚骁谕心虚地低下头，小心翼翼地切牛肉。

都晓白仍在气头上不讲话，两个人的气氛有些尴尬。

过了一会儿古琛表情凝重地走回座位，思忖了片刻对都晓白说：“小白，有件事需要你帮忙。”

“什么事？大神你说。”都晓白脸上显露出“赴汤蹈火，在所不辞”的表情。

“我要回老家一趟，我的老师病了，他担心自己时日不多，希望我能带女孩子回去，我认为还是带上你稳妥些。”古琛说。

“当然没问题。”都晓白讪讪地回答。

楚骁谕生怕自家都三岁被古琛拐走，立刻举手反对：“我不同意，都三岁你会护理病人吗？再说了，老爷子见着学生女朋友，万一要你们当场拜堂成亲怎么办？难不成你们还准备假戏真做了？都三岁你可是将来要当楚家儿媳妇的人。”

“胡说八道什么呀，谁要当你楚家媳妇，我比你大好几岁呢小屁孩儿！”

“现在流行姐弟恋了，你怎么这么老古董呢？”为什么总拿年龄说事，楚骁谕很生气，不惜对都晓白人身攻击，说完对着吧台说，“莱奥，帮我调一杯木瓜牛奶！”

“楚骁谕你找死吗？”

被点名的小朋友翻了个白眼，把视线转向默不作声的古琛。

如果说仲广东是楚骁谕的情敌，那么古琛无疑是他的天敌，两人等级明显不在一个层次，后者的战斗力已然是巅峰境界，就算他财力没有楚骁谕家底雄厚，但人家是都三岁唯一的偶像，单这一点就够 KO 楚骁谕几个回合了。

古琛的出现，已经拉响了楚骁谕的防御信号，古琛探病的行动，无疑是一次猝不及防的偷袭，为避免发生不必要损失，楚骁谕突然急中生智，想出一计。

楚骁谕不再理都晓白，而是向古琛毛遂自荐：“不如我做你爱人吧，你带我去见老师，咱们俩身高、颜值我看挺配的。你别误会啊，我是不喜欢欠别人的，上次请你帮忙欠你的，我吃点亏以身抵债好了！”

楚骁谕的提议让人啼笑皆非，古琛是个明白人，他当然知道楚骁谕闹的是哪一出。

“楚骁谕你胡闹什么呢！”都晓白不明白这个聪明孩子，怎么会提出这么个馊主意。

“你不懂，老师是做西方音乐的，思想方面很开放的，肯定理解男人和男人才是真爱，哪像你呀，冥顽不灵！”楚骁谕为了不让都晓白被拐走，竟使得一手撒泼耍赖的伎俩。

古琛实在没心情开玩笑。

都晓白做了个打脸的动作，对古琛说：“我们什么时间出发？”

“我让陈宇阳安排。”古琛说完，继续吃饭。

“都三岁你……”

“你给我闭嘴！”

一顿饭下来，古琛吃到七分饱便放下餐具，翻看手机新闻资讯；楚骁谕明显闷闷不乐，空运来的新鲜黑鳕吃进嘴里，感觉味同嚼蜡；都晓白从头吃到尾，越吃越开心。

才刚吃过饭，餐厅的电视机突然加播一条新闻，内容是来自瞳城市公安局的发言人，宣布“6·21连环杀人案”已结案，并公布了该案的侦破情况。

经发言人证实，该案主犯陆佟已经死亡，经侦查系案犯实施犯罪行为时，被受害人桑姓女子正当防卫时刺死；教唆犯蔡航（彼得·安东尼）刑拘期间，于今日上午11时畏罪自杀，现已转移至公安医院进行抢救；陆致远为包庇杀人犯陆佟，以行贿等方式帮助当事人毁灭、伪造证据，诬告陷害无辜市民蔡永贵，目前已移送检察院，若审查认定犯罪事实清楚，证据确实充分，将以妨害作证罪、帮助毁灭、伪造证据罪、窝藏包庇罪等罪名，向法院提起公诉。同时，麦振海被检查机关带走调查。

恶名昭彰的杀人魔陆佟死了，虽然他最终未能得到法律的审判，但是他的罪恶不会被带进坟墓里，他的所作所为一定会在法庭上公之于世，被人们世世代代唾弃和警醒。

这样的结果，让被害者的亡魂得以安息，蔡永贵的冤屈得以大白天下，桑广怡作为本案唯一的幸存者，会获得法律的保护，正义终将得以伸张。

“6·21连环杀人案”也引发了一系列的蝴蝶效应，首当其冲的就是陆氏集团。陆致远被法办，陆氏的这棵大树倒下了，昔日依附于陆家的亲戚、老部下、合伙人，非但没有人愿意施以援手，还虎视眈眈想要趁火打劫，偌大的陆氏帝国濒临分崩、瓦解。

然而在大家挣得头破血流的时候，国内的商业巨擘楚骁捷正在蓄势待发，想要插一脚。事实上楚骁捷早有与陆氏合作的意向，可惜陆家老头儿一直不肯买账。这一次陆家之争破绽百出，这块肥肉刚好能满足楚骁捷的野心，所以他在大家挣个你死我活时，趁其不备来个突然袭击，大量收购陆氏集团股份，陆氏集团王朝更迭江山易主，怕是迟早的事情。

楚骁谕没有他大哥那么大的野心，他像大多数旁观者一样感叹世事无常，才刚向都晓白把“珍惜眼前人”的心意传达完，就被楚老大一个电话召回了。

古琛看时间还早，带着都晓白一起去散步，帮助促进食物消化。

两个人一起走到风景旖旎的湖边，迎着拂面而来的微风，享受着午后的惬意时光。

都晓白听完楚骁谕的“珍惜眼前人”一说，很受鼓舞，她觉得人生苦短，必须立刻马上对古大神告白。

都晓白一边走，一边酝酿情绪，扶着木护栏的手突然松开，一把拉住比自己快一步的古琛，鼓起勇气说：“古大神，你有没有听过卢广仲的一首歌？”

“什么？”古琛不明白，都晓白怎么无缘由地问这个。

都晓白突然满脸通红，心脏“怦怦”加速，她做了三组深呼吸，缓解了紧张的情绪，这才说：“我爱你！”

古琛凝视着都晓白黑漆漆的眼睛，他明白那里面有太多对自己的期待，和对未来的憧憬，他更明白这都是自己无法给予的。爱情这东西离他的人生太遥远了，像他这样的人怎么配得到爱情？

古琛将温柔的视线收回，声音清冷：“我很忙，没空儿听歌。”

“你一定知道我在说什么！”都晓白近些天总是失眠，她想着无论如何也要把心事讲明。

“从前我喜欢的，是在公众面前惩恶扬善、机智果敢的你；现在我爱上的，是在我遇到困难时会牵起我、安抚我，让我能够触手可及的你。我感觉得到，你对我不一样的，对吧？”

“不好意思都小姐，我不知道自己做过什么让你产生错觉，如果有的话，除了抱歉，其他事我真的无能为力。”

“你自欺欺人，这段日子你对我的关心我都感觉到了，不管安东尼还是仲广东，有人欺负我的时候，你都会站出来为我打抱不平，你不要说你对谁都一样。”都晓白为这次告白鼓足了勇气，她相信女人在这方面的直觉是不会出错的。

古琛接触的都是穷凶极恶的犯罪分子，他自己都在过刀尖舔血的日子，她在自己身边多待一天，就多一分危险，而这种危险发生一次，伤害就是百分之百，他们谁都冒不起这个险。

“你想多了，你不信我也没办法，我能告诉你的就只有这些。”这些天他一直在逃避，因为只要一想起她无助的眼睛、颤抖的身体，古琛就紧张到透不过气，所以他必须当机立断，断了与她之间的羁绊，绝不能再让她涉险！

都晓白后退了两步，含着泪垂下头，伤心地问：“难道你心里有喜欢的人了？”

古琛叹了一口气，轻笑道：“是谁规定人生一定要恋爱的？我工作忙到一天二十四小时都不够用，哪有多余时间男欢女爱。”

“那就是没有了！”直接忽略掉他说的一堆屁话，都晓白重新燃起了斗志，“我不想与你同行星、恒星那样，只能隔空遥遥相望；我想趁你我近在咫尺的时候，走进你的心。不如你告诉我，我要怎么做才行？”

古琛发现，这个热爱生活的姑娘越挫越勇，与相识之初比，还真是长进了不少。可现实就是这样，他心中纵然千般不想，却还是给善良姑娘带来了磨难。

“没有捷径，也没人能走进来，傻丫头忘了吧！”古琛说，“这段时间辛苦你照顾我和麻豆，你发个银行账号给我，薪水我稍后转账给你。”

忘了？那些动心的事和心动的人都历历在目，怎么可能像施了魔法一样，说忘记就忘记？

都晓白从期盼到失望，前后短短不过一刻钟的时间。她还以为古琛陪她散心哄她玩，他的初衷是和自己一样的，她本以为自己只要鼓起勇气，就能收获一份挚爱，却想不到古琛一个变脸，将一切可能性转化为公事公办。

如果“忘记”是他所求，那么一切就如他所愿吧。

都晓白抽了抽鼻子，硬挤出一个说不上好看的笑容，说：“大神就是大神，虽然被拒绝挺难过的，但我还是觉得你特别帅！”

古琛将她隐藏在笑容背后的失望尽收眼底，心疼有余却无力安慰。

就是这个担心的神情，让都晓白一次又一次沦陷，直到无法自拔。

都晓白移开视线：“古大神，薪水就算了吧，这阵子跟您混吃混喝不说，我还积攒了不少素材，算一算我应该能小赚一笔。你不是准备去银海吗，快回去收拾一下吧。”

古琛“嗯”了一声。

“我怕是把一生的幸运用尽了，才有幸见到你、认识你，这段日子我真的好开心。再见了，古琛。”都晓白微笑着挥手，然后转过身，迅速逃离现场。

跑到下一个路口，都晓白才蹲在地上，放声痛哭起来。

天色看上去依旧碧空万里，都晓白的世界却淅沥沥下着悲伤的雨，她顾不得路人异样的目光，一个人默默念着：“再见了古琛，再见了，曾属于我一个人的大神！”

她不知道的是，在另一条街上有个踽踽独行的男人，他此刻的世界也是乌云密布，下着狂风暴雨。

就像书上常说的那样，人生每段际遇都如此，有些人还来不及认识，就被错过成了路人，有些故事还来不及发生，就被叙述成了昨天。人们相识是有缘，错过便注定无分。

第十四章　老师病了

古琛有十来年没回过老家了，在前往银海市邻城区的途中，回忆起很多陈年往事，有些是他亲身经历的，有些是后来听人说的，但故事的主人公都与大哥有关。

大家都说邻城是个钟灵毓秀的地方，古琛却觉得这地方天妒英才，最是无情。

古家是当地有威望的名门，古颜是古逸修做当家人的第二年生的，是家中长子。因为生母不讨古逸修喜欢，理应是天之骄子的古颜从记事起便遭人冷眼，在家里连用人都敢随意欺侮他。

待古家老爷子过世，古逸修变本加厉地侮辱他们娘儿俩，甚至后来从外面带了个女人回来，不到半年就生下古琛，直接活活气死了原配夫人。

小老婆转正上位，古颜又没了亲妈，在亲爹的冷眼旁观下，古颜一直生活在水深火热中。他人生的转折是在六岁那年，古逸修的好友沈继渊留洋回来登门拜访的那一天。

古、沈两家是世交，古逸修与沈继渊情同手足，他们从光腚娃娃一起成长、一起游学，几乎形影不离。

沈继渊是位善人，他第一次看见古颜时，就喜欢上这个害羞的孩子。沈继渊不清楚老朋友为什么对他的大儿子漠不关心，古颜经常动辄得咎。念在与古逸修孟不离焦的感情上，沈继渊几次苦口婆心相劝，生怕这位老朋友有一天真伤了孩子的心，可惜沈继渊都是徒劳而返。

沈继渊是非常爱才的人，当他发现古颜对音乐很有天赋时，便欣然当了古颜的钢琴老师，他和古颜的师徒关系维持了十年。

天有不测风云，人有旦夕祸福。突然有一天，古颜被人绑架了，绑匪张嘴就要五十万赎金，被古逸修当场拒绝，甚至声明自己没这个儿子。直到他听见古琛用稚嫩的声音叫爸爸时，才惶然发现备受疼爱的小儿子也被绑走了，这才满口答应交赎金，哪怕对方改口要一百万，古逸修也立刻同意了。

交赎金的那天下午，不知道发生了什么变故，门外待命的警察忽然听到了枪声。当他们冲进去解救人质的时候，只发现年幼的古琛和一地的鲜血。

后来经过检验确认血是古颜的，警方找到古逸修说，地上流了这么多血，人是不可能活下来的。于是古家便匆匆办了场后事，此事就这么过去了。

这个尚未成年的生命，以一种悲惨的没人在乎的方式，永远摆脱了原生家庭的阴影。

沈继渊始终不理解古逸修，对古琛亦是心生芥蒂，自此便与古家人来往得少了。

其实古琛同样为父亲虐待大哥的行为感到愤怒，母亲病死后他便搬出了古家，开始独立生活。他之所以会重新与沈继渊有来往，是在十年前他为大哥扫墓时，碰巧遇见了来看望故去学生的沈继渊。

古琛记得小时候也跟沈继渊学过琴，只是他没有大哥天资聪颖，平时贪玩又不刻苦，沈继渊对这个小毛孩儿并不中意，也就没上心管束过。

再次相遇时他们成了熟悉的陌生人，感觉相识仿佛是上辈子的事了，可两个人只是聊了几句话，就感慨彼此是这世上为数不多思念古颜的人，也因此两人之间形成了一种特殊的关系。

古琛被沈继渊对大哥的师生情感动，作为古颜的弟弟，便自然替哥哥为老师尽孝。虽然不经常回国，但是每逢节日和老师生辰，他都少不了送上自己的一份心意。

时隔多年，再次回到邻城见到沈继渊，古琛怎么也没想到竟会是他生病时。

沈继渊躺在床上，看起来形容枯槁。他一双眼睛失神地望着古琛，良久才惊喜地说：“你终于来找我了，小颜。”

虽然来之前就听师母说过老师精神恍惚，经常会认错人，可在这种情况下听到大哥的名字，古琛还是觉得十分伤感。

古琛紧紧握住老师枯瘦的手，轻声回答：“我回来了老师，听师娘说您这几天不舒服，是不是梅雨季害得老毛病又犯了？您现在感觉好些了吗？”

“我的身体我自己知道，活到这把年纪了，早已是朽株枯木，生死早看淡了，无妨，无妨。”沈继渊声音有些虚弱，说完便急促地喘息起来。

“老师您别这么说，医生都说了只需静心调养些日子就好——”古琛突然说不下去了，他从不知道自己也有如此脆弱的一面。

古琛陪沈继渊聊了一会儿，见他身体乏了，便喂他喝了些温水，哄他睡下了。

古琛从老师卧室退出来，师母便招呼他去客厅。

“这一路累坏了吧？”师母亲切地唤他，“小琛你喝茶，我帮你削苹果。”

这位四十多岁仍风韵犹存的女人叫蒋梦瑶，听说曾经是二十世纪九十年代红极一时的歌星。19 年前，23 岁的她与圈内公认的音乐才子沈继渊，公开了一段相差 20 岁的忘年恋，一度成为世人传颂的一段佳话。

古琛礼貌地点了下头，端起茶杯的同时，问道：“师母，老师的身体一向硬朗，怎么突然病倒了，之前有发现什么征兆吗？医生怎么说？”

“他其实是被吓病的。”蒋梦瑶叹息着说。

古琛急忙问：“到底发生了什么事情？”

“这还得从参加韩寅的庆功晚宴说起，你听说过韩寅这个人吗？”

“韩寅——”古琛听着耳熟，突然想起有一次都晓白提到“音乐人涉嫌抄袭”的新闻，说：“是与老师齐名的那位吗？”

“没错，你也听说过他？”

前一阵关于韩寅的抄袭事件，一度被媒体铺天盖地地报道，想不知道都难，古琛点了点头接着问：“老师受惊与这人有什么关系？”

“韩寅与沈先生不单在乐坛齐名，私底下也是莫逆之交。前些日子韩寅被人冤枉抄袭，为了维护音乐著作权花费了不少精力……”蒋梦瑶眉头轻蹙，言语间流露出惋惜之情。

人都有走背运的时候，韩寅曾有一段时间找不到创作灵感，直到他的新曲《一叶生命》成功问世，才结束了长达七年的瓶颈期。他的新曲发行后受到业内一致好评，然而在此时却有人指出韩寅抄袭，一时间炙手可热的作曲家被推到了舆论的风口浪尖。

好在有经纪公司力挺，加上韩寅长久以来的口碑和品行，他最终走出了“抄袭事件”的阴影，不仅维护了名声及合法权益，还接连拿下海内外两项大奖。

韩寅度过漫长的人生低谷，公司为他办了一场盛大的庆功酒会，当晚来了不少业内名人，沈继渊自然也在受邀之列。

酒过三巡，菜过五味，带着醉意的韩寅去了一趟卫生间。沈继渊见他长时间没回来，便独自去卫生间找人，结果却扑了个空，他猜韩寅八成是去天台躲清静了，于是一路直奔天台。

“沈先生说刚一走进去，就看见韩寅站在天台的边缘，人一晃就掉下去摔死了。”蒋梦瑶紧张得提高了嗓音，良久才发觉自己失态，这才把削好的苹果递给古琛。

“警方怎么说，韩寅的死是意外还是自杀？”

“说是自杀，韩寅当晚喝了不少酒，情绪不太稳定。”蒋梦瑶垂下眼，一脸担忧，“沈先生参加完葬礼，一回邻城就病倒了。他要是真有个三长两短，我都不知道该如何是好。”

“别担心师母，老师一定会好起来的。”古琛又问起蒋梦瑶和老师的往事，转移了师母的注意力。

蒋梦瑶欣然拿出以前的相册，除了一部分结婚照和生活照，其他都是她亲自拍摄的沈继渊的照片。蒋梦瑶边翻边对古琛讲，她有多崇拜沈继渊，她到现在都一直称其为沈先生。虽然他们婚后没能生下一儿半女，但这并不影响两个人彼此深爱。

蒋梦瑶又想起十五年前，沈继渊生了一场怪病，突然之间他的听力严重下降，这对他的音乐创作无疑是晴天霹雳。沈继渊开始自暴自弃，躺在床上整整两年，不再开口讲话，每天都在沉睡，似乎永远都睡不醒。蒋梦瑶将一切看在眼里却没说什么，她心想只要他还活着就好。

日复一日，年复一年，沈继渊的精神大不如前。

直到有一天蒋梦瑶想通了，她笑着对沈继渊说：“你如果真的太累了，想走就走吧，不过你无论去哪儿，都记得要带上我。”

沈继渊怎么会不明白，她的一句“走”是什么意思。他是真的太累了，累得每天都想要结束这一切。可是当蒋梦瑶嘱咐自己，走的时候一定带上她，那一刻沈继渊突然被这个小女人感动了，他们彼此相拥，抱头痛哭。

后来幸而得老天眷顾，沈继渊的听力逐渐恢复了七八分，他们夫妇一起挺过那段艰辛的日子。

讲到与沈继渊的心酸往事，蒋梦瑶忍不住潸然泪下：“先生病得突然，我都没想到先生的病情会恶化得这么快，他最近时而清醒时而糊涂，神志不清的时候都认不清我是谁。”

古琛得知沈继渊突然病重，心情同样十分沉重，更何况与他老人家相濡以沫多年的师母。

古琛递上一杯热水送到师母手中，安慰说：“老师生活各方面都还需要您照顾，请您一定要保重身体，别太难过了。”

蒋梦瑶的情绪一度十分低落，古琛安抚过师母后，想要回客房休息，途中经过儿时练琴的琴房，突然停下了脚步。

古琛仿佛看见记忆中的景象，他忍不住推开双向深花梨木门，那架熟悉的钢琴映着落日余晖，安静地立在靠近落地窗的位置。

古琛仿佛看见大哥正坐在那里专心地练习，老师在他身侧悉心指导，身后是调皮捣蛋到处乱跑的自己。

古琛被记忆拉扯进琴房，回过神来自己已不知不觉坐在钢琴前，耳边似乎听见古颜温柔的声音：“调整好你与琴之间的距离，找准键盘的中间点——那里不对小琛，是在中央 C 右边的第一个 E 和 F 之间，记住是这里知道吗？”

古琛把双手轻轻置于键盘之上，侧过头看见古颜的笑脸。

“做得对小琛，我们要开始咯！”

古琛静下心来，弹奏了一曲《秋日私语》，回忆起那个曾经忧郁的少年，将淡淡的故事娓娓道来。

或许是太久没有练习，古琛手指灵活性明显大不如前，以至于弹到后面，有个音弹得不清晰。虽不至于错音，但速度上显得有轻微不稳，外行人听古琛弹奏，可能听不出来什么毛病，但在沈继渊大师的眼皮底下就是漏洞百出了。

沈继渊隐隐约约听见琴房传来音乐声，便下了床，步履蹒跚地走进琴房，于是看见自己爱徒“古颜”正在练习。

起初“古颜”还弹得好好的，不想越弹到后面曲风走势越不对，气得沈继渊随手从胆瓶里拿起一根鸡毛掸子，过去就抽了“古颜”两下。

古琛一直沉浸在儿时的回忆里，根本没注意沈继渊是什么时候出现的，以至于莫名其妙地被打了手背，脸上表情还有些发蒙，待他看清打人的是老师，才起身惊讶地问：“老师您怎么起来了？”

“我是被你给气的，好梦都让你搅和了！”沈继渊被气得火冒三丈。

沈继渊用鸡毛掸子敲了敲古琛的肩膀示意他坐下，然后从柜中翻出一本书放在谱架上：“以为我没听出来？跟我学了这么久连节奏都掌握不稳了，你可真是出息了，古颜！”

听了沈继渊的话，古琛才看出来老师这是把自己当成大哥了，只好将错就错，哄着说：“老师您说得对，怪我平时偷懒了。”

“继续练赋格，练不好不准吃饭！”沈继渊的精神恢复了一些，他扶着钢琴站在一旁，像二十多年前一样陪着爱徒练琴。

《十二平均律》吗？古琛把琴谱展开，看着里面的乐谱，忍不住苦笑，他当时真是完全搞不懂巴赫的复调，那些枯燥乏味、毫无旋律可言的练习，真是给他留下了挥之不去的阴影。

“不要再让我听见漏音这种低级错误。”

“要注意整体的衔接，你在这里犹豫半秒，后面的小节就容易跟不上。”

“注意速度，但不要过于专注速度，无论如何都要稳，知道吗？”老师耐心地讲授技巧。

噩梦般的赋格费神又费力，很快古琛额头就渗出一层细汗，他一边寻回手指的灵活度，一边努力练习，可要想达到老师的要求，以他半吊子的水平实在有些乏力。

鸡毛掸子再次抽下来的时候，古琛吓得停止了弹奏。

沈继渊严肃地问：“知道错哪儿了吗？”

“速度……”古琛哪里知道错哪儿了，他随便敷衍了一句。

他脑子里每根神经都在感受手背火辣辣的痛，根本静不下心，真想不到老师都病成这样了，折磨起学生来还是丝毫不留情。

“要去感受音律的起伏，才能更好地控制指力的强弱，要把控好速度！”沈继渊说完，指了指钢琴，“继续！”

“其实老师，您也不能全怪我，主要是您当初教得不认真。”古琛讪讪地顶了一句嘴，果然又被沈继渊教训了两下。

沈继渊从没见过爱徒也有调皮的一面，他不可思议地端详着爱徒，突然少年古颜的脸模糊了，紧接着被成年的古琛代替。沈继渊才想起古颜已经走了许多年了，这是他不愿却不得不接受的事实，他的眼睛忽然湿润了："我这是怎么了？"

古琛发现沈继渊低下头，身体微微地颤抖，急忙起身担心地问："老师您没事吧？"

沈继渊摇了摇手，示意他回去坐好，待情绪缓和了些，才继续说："平均律虽然练的是大脑对手指的控制力，但是真正控制大脑的是你，所以你必须懂得如何掌控它们。小琛你要记住，在音乐的世界里，你就是一切的主宰！"

听到自己的名字，古琛忽然觉得心里不是滋味，他知道老师清醒了，他们的师生梦也该醒了。

"继续吧。"沈继渊不再似之前那般疾言厉色。

"是，老师。"古琛说。

他们继续扮演师生角色，虽然谁都没有说穿，心里却蒙了一层悲伤的阴影。

不知过了多久，古琛练得手指麻木，连身体都酸痛了。这时突然传来敲门声，紧接着蒋梦瑶推开了门。

古琛仿佛回到儿时，冲着师母露出求救的目光，蒋梦瑶心领神会地对沈继渊说："王妈做好饭了，不如我们先去吃饭，等吃完饭再练好不好？"

"吃什么饭，古颜你这段要是弹不下来，晚饭就不用吃了知道吗？"沈继渊打开琴房灯，莫名其妙地留下这句话，冷哼了一声关上了门。

"还真不让吃饭啊？"古琛擦了擦额头上的汗珠，站起来活动身体。

天色渐渐沉下去，古琛走到窗边，将窗子一扇一扇打开，微风混着青草香吹进来。古琛忽然想起和都晓白散步的那个雨后，那时的空气也像这般清新，那时的心情也特别好。

古琛活动了一下手指，重新练习琴谱里的曲子，每弹一遍就记住所有失误的细节，然后反复练习加强印象。

也不知弹了多少遍，古琛开始感觉力不从心，越是想要掌控速度，手就变得愈发麻木，甚至到后来连手指都抬不起来了。

"怎么，这就放弃了？"温柔的声音在耳边响起，古琛四下张望，终于在浮动的窗帘后面看见翩翩少年时的古颜。

"哥？"古琛轻轻叫了一声，"是你吗？"

风比之前大了许多，古颜从窗帘后面走出来，身体自然地倚靠在钢琴旁，脸上挂着一抹笑容。

“哥，我——”

古颜伸出食指做了一个“嘘”的手势，小声提醒说：“小心被老师发现。”

“嗯，我们小点声。”古琛仿佛又变回爱笑爱闹的顽童，“那个怪老头儿又罚我，弹不好不给我饭吃，哥你教我好不好？”

“没问题，”古颜露出几颗小白牙，宠溺地说，“其实这个没有想象的那么复杂，你用一只手的两根手指，以不同的力度同时弹下去，并用手指加强主旋律，大概就是这种感觉，你就能分辨出主旋律……”

古颜的手指覆盖在古琛的手指上，古琛轻轻闭上眼睛，用心去感受手指的力度以及停顿的时间，放缓了速度跟着古颜的节奏按下手指。

像这样来来回回弹了不知多少遍，直到饥肠辘辘撑不住了，古琛才无力地趴在钢琴上。

古琛隐隐感觉再不吃东西，胃病就会发作，于是决定偷偷去厨房找吃的，结果迎面就撞见了沈继渊。见他老人家慢悠悠朝自己走过来，古琛当即有种做坏事被抓包的感觉。

沈继渊看见古琛窘迫的表情，猜到他想干什么，板着脸问：“练得怎么样了？”

古琛摸着咕咕叫的肚子，心虚地笑了笑。

“没练好还敢乱跑，给我回去继续练！”沈继渊大声呵斥，把古琛带回琴房，并转身关上深花梨木门。

“老师您这样……”话还没讲完，古琛忽然看见沈继渊表情凝重地锁了门。

古琛疑惑地问：“您这是？”

“回到位置上继续！”沈继渊对着门外吼了一声，转过身对古琛轻声道，“我们去那边说。”

古琛隐约感觉老师在防什么人，他跟着老师走到钢琴边上，听老师的话坐下。

“你一边弹琴，一边听我说。”

古琛点了下头，琴音再次传出，神志清醒的沈继渊这才开口说话。

在和蒋梦瑶结婚之前，沈继渊有一个相恋七年的未婚妻李慕思，他们两个人情投意合，曾相约白头，可李慕思却在筹备婚礼的前两个月失踪了。

当时有人怀疑李慕思不是失踪，而是负气离家出走，但所有人都知道她与沈继渊感情深厚，平时连吵架都不会，所以离家出走一说不攻自破。

另一个说法是，李慕思在去往朋友家的途中，被心怀不轨的歹徒掳走，遭了毒手，客死异乡了。

不管是什么原因，沈继渊的想法只有一个，他想在死之前知道李慕思到底为何离开他。他放下老师的身份，诚恳地请求："小琛，你一定要帮我找到慕思，无论如何生要见人，死要见尸。算老师求你了。"

古琛强打精神听老师讲完，钢琴曲音忽然戛然而止，他埋下头用手捂着胃，大口大口喘着粗气。

"怎么小琛，是不是过去时间太久，没有找到的希望了？"沈继渊失望地问。

"倒也不一定，我会尽力的，老师。"古琛擦去额间的冷汗，抬起头说。

"那你这是？"

"太久没被体罚了，而且好饿。"古琛用力按压着痉挛的胃，为了不让沈继渊担心，勉强故作轻松。

"哎，怪我了，我这就叫人给你热点吃的去。"

古琛答应了沈继渊的请求，用了两天时间来了解李慕思失踪的情况，第三天一早，他带着老师的期许，开着老师的轿车出发了。

古琛之前让陈宇阳帮忙联系，找到当年封存的档案和办案民警。古琛按照导航路线开了近5个小时，才到达李慕思失踪的最后位置，他把车停在路边，翻出20年前的旧地图，与导航地图比对。

据沈继渊当年笔录上的记载，李慕思离开家是为了参加朋友婚礼，他当时赶着去公司开会，没能听清未婚妻去哪里，以及要参加谁的婚礼。

考虑到李慕思失踪的多种可能性，和当年办案的公安民警一样，古琛也将失踪范围缩小至离站点最近的人流密集处，也就是站点最近的潭水村。

按理说，公安一定会对村子进行多次排查，线索不该无缘无故断了，如此大规模在村里挨家挨户排查，却没有任何发现，一定有什么干扰了调查方向。

古琛再次联系当年办案民警，得知当年该地区方圆百里的治安环境良好，在李慕思失踪前后，均未发生妇女儿童失踪及恶性治安事件。

根据以往的经验判断，李慕思在不该出现的时间、地点失踪，很可能并非是一起偶发案件。

或许某个人因仇怨、索取等意图，将李慕思骗到这个偏僻的地方，很可能她在什么时间、到什么地点下车，都是被人计划好的。

当然，一切都只是古琛的推断，接下来还要进行实地探访。古琛把车停在村口，找到附近的村民说明来意。他从一部分村民那里了解到，当年女人失踪确实闹得沸沸扬扬，公安撒下大量人力，上上下下翻遍了村庄，最终还是查无所获，李慕思像是凭空消失了一样。

唯一的疑点是——村里从始至终没有人见过李慕思。但古琛从档案中了解到，目击者当年是在镇上赶集回来的途中，看见一个打扮精致的女人进了潭水村，他连对方提什么款式、颜色的行李箱都记得一清二楚，所以肯定不会认错人。

调查至此，只有此处与村民的所见相悖。想到这里古琛迫切地想与目击者见上一面，于是立刻把导航定位到汕水村，也就是目击者所在的村庄，马不停蹄又开了 37 公里，然后把车停在汕水村的路边。

古琛坐在车里，敞开车窗环顾了一下四周，十分钟前他翻出手机大致了解了一下这个村子，发现该村除了落后没什么特别之处，在二十一世纪初甚至还沿袭冥婚的陈旧习俗，可真是让人大跌眼镜。

车里播放着无聊的 FM，古琛翻了一下车里的 CD，发现一张合集里有万芳的《新不了情》。这让他想起老师这两天经常提到李慕思当年唱歌很好听，她平时除了喜欢听他创作的音乐之外，最爱唱的就是《新不了情》。古琛索性把盘装进 CD 机，把音乐声音开大一些。

或许是老师一个人听时反复循环这首歌，使碟片受到一定磨损，所以歌曲播放时偶尔会卡碟，并发出刺耳的噪声，尽管这样古琛还是觉得这首老歌很好听。

古琛安静地听着音乐，给自己五分钟的休息时间，这时耳边突然传来窸窸窣窣的声音，他立刻向车外看去。此时，一双乌黑的眼睛也在盯着古琛。两个人对视的同时，很明显都被对方吓了一跳。

古琛条件反射地向后坐了一下，紧接着就听到对方的哭喊声："快跑啊，鬼新娘回来了，鬼新娘来索命啦！快跑啊，鬼新娘回来索命啦！"

那个人跑的速度极快，古琛下车去追的时候，对方已经跑出去很远了，看样子真是被吓得不轻。这个人衣衫褴褛，一路上鬼哭狼嚎，应该是个疯子。

古琛没空儿跟个疯子计较，回到车上拿了手机和钱包，然后往村里走去。

从出发到现在，古琛六个多小时滴水未进，就是铁打的汉子也要顶不住了。现在天气闷热得要命，下车才走了几分钟，古琛身上就被汗湿透了，他现在急需一瓶水救命。

这个村子不算大，比想象中要闭塞得多。村子里的空气自然比城市要清新，自然风光也别致得很，来来往往的人礼貌又热情，古琛觉得这里很适合度假。

又走了百米左右，古琛终于找到一家装修简陋的小店，问了两样想吃的东西都没得卖，最后只能问老板娘要了碗葱油凉面。

“当家的，葱油凉面一碗！”热情好客的老板娘向后厨高喊了一声，然后继续跟古琛搭话，“小伙子你是来探亲的还是来游玩的？”

老板娘八卦的性格刚好迎合古琛的需求，他正想打听一下目击者，于是说：“我是一个杂志社的记者，最近想写一篇关于民间风俗的报道，机缘巧合听同事提到过咱们村，就特意过来了解这里的风俗习惯。”

古琛说完，老板娘惊讶地问：“你也是记者？”

古琛对老板娘“嗯”了一声，神情自然地说：“我证件落在车里了，您需要看吗？”

“不用，我不是这意思，”老板娘爽朗地笑了起来，“我这昨天来了个住店的姑娘也是记者，跟你一样对我们村儿感兴趣，你说巧不巧？我们村好久都没这么热闹过了！”

“女记者？”古琛半开玩笑地说，“多大年纪呀？该不会是我日思夜想要追的女同事吧？”

“还真说不准！我看那样子跟你年纪相仿，小姑娘白白净净的，模样挺俊，名字也挺可爱的，叫都……都什么来着。”老板娘仔细回想着。

“都”这个姓氏并不常见，古琛脑海中闪过一个念头：一定是都晓白！

不等老板娘回忆起名字，古琛站起身迫不及待地问：“您知道她去哪儿了吗？”

老板刚好在这时端了凉面出来，老板娘接过面，又递了把扇子给他，然后把面送上桌：“小姑娘说出去转转，走了有些时候了，外面天这么热，估计这会儿也该回来了。”

知道都晓白就在附近，古琛心中百感交集，他拿起筷子刚挑了一下面当即又放下，从钱包里拿出几张现金在桌上，说：“老板娘您这儿能住店吧？帮我留间客房。”

“能，你就当是自己家——哎？小伙子去哪儿？面还没……”老板娘话没说完，古琛已经跑出去了。

古琛也不知道从什么时候开始，只要一有闲暇时间，都晓白这个女人就会在自己脑海中出现。他本该避开小不点的，可是身体却不受控制。

古琛沿着附近的小岔路跑跑停停，围着村落绕了小半圈，看到许多村民来来往往，可就是没看到小不点。等重新跑回停车的位置，气喘吁吁的古琛才一屁股坐在车轱辘旁休息。

没有找到都晓白，古琛情绪莫名有些失落。正当他觉得饥渴难耐时，额头上方有冰凉的感觉传来，他猛然抬起头，正对上一双乌黑的大眼睛。

都晓白刚才回到小店时，听老板娘说起有人找她。从老板娘的描述中她猜出可能是古琛，便急忙跑出来追他。其实在几分钟前她已经看见古琛了，因为怕他口渴特意去小卖部买了水来，然后把矿泉水递给他，脸上笑嘻嘻的。

古琛接过她手中的矿泉水，确定是都晓白本人后，才撇着嘴嫌弃地说：“亏阿姨还说你白白净净的，才几天不见就晒黑了一圈，比之前更丑了。”

第十五章　乡间偶遇

“这位记者同志，才几天不见，比之前更挑剔了嘛。”都晓白调皮地回了一句。

古琛板着一张脸，都晓白则用一双水灵灵的大眼睛与之对视，古琛立刻就绷不住了，眼角一弯乐出了声。

两个人坐回车里，古琛打开空调，喝了几口水，便开始问都晓白此行的目的。

“你为什么会来这里，该不会是跟踪我吧？”

“其实我在你身上安装了窃听设备。”都晓白讲完，开始观察古琛的表情。当看他半信半疑地去翻上衣口袋时，都晓白笑得前仰后合，“大神，亏你自诩智商过人，这么弱智的话你也信？咱们又不是在拍谍战片，再说我可是比你早来的，这么说起来你是不是跟踪我了？”

“我吃饱撑的才跟踪你！”古琛自觉有些尴尬，“我是帮老师过来办事，你别老想着套我话。都晓白你到底来干吗的？”

难得看见古琛也有不好意思的时候，都晓白觉得好笑：“我最近要写的小说题材与阴婚有关，刚好听人说起这个村子曾经盛行过一阵，就想来这边找素材。话说咱们两个不期而遇，连伪装职业都不谋而合，大神你说这个算不算缘分？”

“我是随口一说，你跟我之间就算是有缘，也是胡说八道来的缘分！”

说起伪装原因，古琛又想到李慕思离奇失踪的事，不禁担心起都晓白的安危，继而说，“你素材集齐了吗？齐了就早点回去，一个女孩子在这人生地不熟的地方，遇到危险怎么办？”

“我等明天有车就离开，不会给大神你添麻烦的。”都晓白以为他还在嫌弃自己，心情顿时低落下来。

“我没那个意思。”古琛听得出都晓白情绪不高，也不知要说些什么，正觉尴尬时，胃又开始隐隐作痛，额头瞬间渗出一层冷汗来，疼得他捂着胃把身体转向窗边。

都晓白见古琛不再说话，以为自己又惹他不高兴了，于是手拍了拍他的后背，本打算哄几句，竟发现他的身体在颤抖，急忙问：“你怎么了？是哪里不舒服吗？”

古琛摇摇手示意她不用担心。过了几分钟，古琛感觉好一些才转过身说：“我们回去吧，老板做的面都好了。”

“你这样子能开车吗？”都晓白担心地问。

古琛感觉浑身酸软，实在走不回小店了，于是问：“你会开吗？”

“我试试！”都晓白和古琛交换座位，然后小心翼翼地挂挡起步，把自己二十年骑自行车的本事全用上，一鼓作气把车开到将近二百米远的店门口。

古琛看见都晓白双手紧握方向盘，就知道这个丫头手生得很，好在一条直路也就二百米的距离，没什么危险。

古琛下车的时候，特意看了一眼都晓白停的车，赞道：“停得不错。”

都晓白关上车门，一边走一边回头看自己的傲人成绩，表情有些尴尬：“奇怪了，我刚才明明对准它旁边的位置来着。”

听到真相的古琛直蹙眉，把刚才说过的话补充完整：“我就知道——不错才怪！”

两个人一起回到小店，刚进门老板娘就热情地过来迎客：“你看看，我就猜你们两个认识的，不用说肯定是你先惹人家姑娘生气了。”

古琛不置可否地笑了笑，都晓白接过老板娘的话说：“这次您可猜错了，这位是我们杂志社的活招牌，他招谁也不会招我，而我惹谁也不敢惹他！我们活招牌有点不太舒服，麻烦您快帮忙做一碗热面。”

古琛本想在炎炎夏日把凉面解决掉，结果在都晓白的监督下，消灭了一碗热乎乎的阳春面，胃疼竟也舒缓了不少。

放下碗筷，古琛让都晓白先回房间休息，他准备先去见一见目击者。根据档案留下的地址，古琛来到目击者牛勇家，敲了半天门发现此刻牛勇并不在家，于是几番打听，才在草棚里找到牛勇。

古琛露出礼貌的笑容，以记者身份做自我介绍，再以“知名作曲家未婚妻失踪”的旧报道为由引出话题。

“实不相瞒我非常厌恶炒冷饭，也对这种陈年旧事提不起兴趣，老板指派我又没办法。实不相瞒，我是费了好些力气打听到您的……”

面对古琛诚恳的态度，牛勇像其他村民一样热情，他切了块西瓜递给古琛，有问必答十分配合。

古琛观察牛勇的面部表情，牛勇倾听和回答的反应都很真实，古琛对牛勇的记忆力感到惊讶，或许李慕思漂亮的缘故，她给人的印象很深刻，所以牛勇到现在还记得她的衣着打扮。

古琛认为，牛勇当年和警方所述应该属实。古琛道了谢，由来时的路返回到小店。

古琛一脚刚迈进门，说：“哟，吃上了！外面真是太热了，阿姨有冰镇汽水吗？”

“有，阿姨这就去给你拿！”

古琛坐在都晓白身边，端起阿姨递过来的冰镇汽水喝了两口，说：“对了阿姨，许多年前，有个知名人士的未婚妻不见了，这个事您听说过吗？”

“没什么印象啊？”

“听说失踪的女人特别漂亮，就在你们隔壁潭水村不见的，当时去了好多公安搜寻呢！”古琛故意把事情说得人尽皆知，但老板娘还是迷茫的表情。

“这么大的事您没听说？我记得报纸还提到过，二十年前唯一的目击者就是您村的人。”

“这事我确实没印象，不过二十年前——”老板娘仔细回忆着，突然想起什么来，一拍巴掌，激动地说：“我们村那段时间正闹鬼呢！”

一听到“闹鬼”，刚还昏昏欲睡的都晓白立刻来了精神：“老板娘您给我们讲讲呗！”

这家小店不算太大，加上村子人口不多，平时生意也冷冷清清的，老板娘闲来无事最喜欢跟人聊家长里短，索性就把她听过的奇闻轶事讲出来解闷。

“这件事得从二十年前的那场阴婚说起。”老板娘开始回忆。

古琛与都晓白面面相觑，他们清楚所谓的“阴婚”与当地旧俗有关，曾经冥婚盛行的那些年，盗尸、买尸的地下市场异常猖獗，现今因政府严厉打击买卖、偷盗尸体等犯罪活动，这一现象才逐渐退出历史舞台。

古琛对“阴婚”之类没什么兴趣，倒是“二十年”这个时间节点引起了他的注意。

老板娘向门外神经兮兮地来回张望着，然后转过头小声说：“这个事要从一个姑娘说起，我们村子别看不起眼儿，二十多年前可是出过明星的，不过算命的大师说她命薄。这闺女命不好，爹妈嫌她是女娃都不喜欢她，熬了许多年才当了明星。可好日子没过几天，她的未婚夫就出车祸死了。死的这人是我们村里最有威望的牧家长子，当时牧家就提出要这闺女跟死去的长子结冥婚，那闺女听说要嫁给死人死活不同意，后来迫于双方家长施压只能从了。”

“和死人结婚？这太毁三观了！”都晓白吐了吐舌头。

古琛点了点头，说：“阿姨您继续。”

“两家人红事、白事一起操办，本来顺顺利利的，却没承想合婚的当天夜里，新娘子想不开上吊死了。听最早发现的人说，新娘子当时脸色铁青、面目狰狞，穿着一身大红的喜服，看着要多吓人有多吓人。后来听说新娘子是被牧家给逼死的，还有人说是牧家长子把新娘子给‘带’走了！”

“世上哪有这么邪的事？您不要讲这些吓我们了。”

老板娘这个故事讲得绘声绘色，都晓白听了汗毛竖起。

“你不信啊？更邪门的还在后面呢！”老板娘继续讲，外面突然打了一声闷雷，吓得所有人都打了个激灵，连在吧台里打盹的老板都被雷声震醒了。

“我的妈呀，吓死我了！”都晓白吓得往古琛身边缩了一下。

古琛轻轻拍了拍都晓白的手，又给她一个安慰的眼神，都晓白的脸瞬间红透了。

古琛装作没看见，配合老板娘问：“后来怎么了？”

“新娘子死后没两天，村里死了一个女娃，紧接着另一个男娃突然疯了，成天在村里挨家挨户乱跑，魔怔似的到处喊‘快跑呀，鬼新娘回来复仇啦’！那孩子前后折腾了好一阵子，闹得村里头都人心惶惶，大家都在传鬼新娘死得冤，要找童男童女做替身！现在想起来还觉得瘆得慌。”

天空接连又打了几个响雷，轰隆隆的似乎在为诡谲的氛围造势，不一会儿天空就下起暴雨来，闷热的小店顿时凉爽许多。

“阿姨您记得孩子具体的死亡时间和死因吗？”

老板娘看向窗外，说：“记不得，就知道是淹死的。”

古琛翻开笔记，将“女童溺亡”画上问号，又问：“那个男孩是什么原因疯的？是家族有遗传病史，还是看见什么吓到了？”

“我们这村民住得都不远，从没听说牛家哪辈人出过疯子！但是老一辈都说小孩子开了天眼，能看见大人们看不见的东西，大家都说那孩子多半是看见‘那个’了！”老板娘又向门外望了一眼，然后转过头对古琛说。

“真的有‘那个’吗？我倒是听家里老辈们说过。”都晓白点头附和。

“你还应该听说过‘科学让生活更美好’！”古琛轻轻敲了一下都晓白的脑袋，接着问，“那个孩子现在怎么样了？”

“时好时坏，清醒的时候自己玩，发病的时候就疯疯癫癫乱跑乱叫，也怪可怜的。”

“带着这样的孩子，家人应该也不好过。”想起刚进村时遇见的疯子，古琛顿了顿，“这个题材我们主编肯定会感兴趣，阿姨您记得事发的具体时间吗？”

“过这么久了，哪还记得清呀，当家的你再给回忆回忆？”

老板憨厚地点了点头。他仔细回忆了一会儿，问：“春花媳妇嫁给大庆是啥时候来着？我记得好像就是那个月的事。”

“对呀当家的，咱大侄子是阴历八月份办的酒席，牧家应该是在那之后死了人，我记得好像是阴历九月份或者十月份的事。”

古琛一边思索，一边在笔记上做标注。

这时老板娘忽然拍起大腿：“妈呀，当家的你快去看看，东屋那窗户是不是还开着呢？”

老板娘说完担心地看了古琛一眼，古琛顿时觉得情况不妙，果然老实巴交的老板从后门一进来，就告诉老板娘：“东屋的床被雨水打湿，不能住人了。”

老板娘听后瞪了她男人一眼，对古琛说：“真不好意思，年轻人，我们家就这两间屋子，你看这可怎么办才好？”

“没关系，我想我同事会收留我的。”古琛理所当然地说。

“哈？”都晓白万万没想到，会再有与古大神共处一室的时候。

“没关系吧？”古琛对老板娘说。

“也只能这样了。”这场雨下得，平白无故少赚了一份钱，老板娘心里不舒服，面色自然也没有之前轻松了。

看到古琛那副嘴脸，都晓白之前被他伤了的心又在隐隐作痛，于是为了报复便对老板娘说：“他房钱照收就好，我们单位有报销的！”

“那我们先回房间了。”古琛转过脸偷偷笑了，隐约想起上次小不点给前男友点歌的事，那时候就发现她睚眦必报的个性，该怎么形容呢？感觉好像还挺可爱的！

这一次换古琛跟在都晓白身后，他边走边观察这家小店的环境。

村里的店家和城里的酒店简直云泥之别，房屋内部装修是十几年前的风格，装饰也老化得不成样子，甚至房间里连独立卫生间都没有。

“对了大神，你不是去看老师了吗？怎么会无缘无故来这里？还有小麻豆呢，怎么没跟你在一起？”

“我来帮老师找个故人，出来办事带麻豆不方便，寄养在老师家了。”古琛绕着房间转了一圈，最后站在窗前，看着窗外“哗哗”的暴雨，“对了，以后不要总是‘大神大神’的叫，听起来很别扭。”

都晓白推开键盘，转过身笑着问：“那我以后该怎么称呼你，不然和你的学生一样叫古教授好不好？这样还显得我年轻些！”

“这称谓再配上我的姓，倒显得我像个老气横秋的怪老头儿。”古琛没有回头，“阿琛，他们都这么叫我。”

“阿琛……”都晓白跟着小声念了一遍，这个称呼好像忽然把两个人的关系拉近了，想到这，她的脸莫名其妙红了起来。

都晓白总感觉再一次邂逅古琛，古琛有些不一样了，虽然为避免尴尬，谁都没有提起上一次的事，但有一点她很清楚，就是古琛的心意她已经懂了，所以以后绝不会再有非分之想，就算想了也不会再提。

“对了古大神，你为什么把自己伪装成记者，老实讲你来这里到底有什么目的？”

“我累了，你也早点休息吧！”古琛讲完话，也顾不上床干净不干净，直接躺下，不再理会都晓白。

都晓白无奈地叹了口气，开始敲键盘写稿子，敲了几下怕影响古琛休息，于是又改成手写。

古琛躺在床上，闭着眼睛调整呼吸。其实时间尚早，他根本没有 10 点前睡觉的习惯。

都晓白以为古琛已经睡下了，一个人认真地整理从老乡那里打听到的素材，不知不觉两个小时就过去了，正在她累得伸懒腰时，后面突然传来古琛的声音。

“很晚了，你不饿吗？”古琛几乎没什么收获，又睡不着觉，索性也不让都晓白好好工作。他惊奇地发现，都晓白平时一副吊儿郎当的模样，工作起来竟十分专注。

“睡醒了？”都晓白回过头，露出一对酒窝。

“睡醒了，去吃饭吗？”古琛道。

“我等会儿再吃，还有一点就搞定了。”

“想吃什么，我去点餐。”

都晓白说：“我马上就整理完了，等下我自己——”

“你继续吧！”古琛下了床，走向门口。

“可是——”都晓白还没讲完，古琛已经推门而出。

就在古琛关上门的瞬间，都晓白撇着嘴自言自语地说：“不听我把话说完，等会儿有你后悔的！”

都晓白整理完资料，又补充了一部分新章节，不出半个小时就搞定了眼下的一段。她满意地拿出手机看时间，这才发现古琛十几分钟前发来的信息：工作结束就下来。

古琛要了四菜一汤，都晓白竟有种莫名想哭的冲动。

都晓白拿起筷子夹了一口菜送进嘴里，说：“你真的点多了。”

“不会，你多吃点。”古琛完全是按照都晓白实力点的。

都晓白硬挤出一个笑容，说：“那个……阿琛你也一起吃啊！”

古琛于是拿起筷子夹了一口青菜送进嘴里。

古琛嚼了一下，感觉味道有点奇怪，继续嚼第二下的时候，眉毛就拧到了一块儿，再次抬头就看见都晓白抱拳的动作。

老板娘见小姑娘出来了，热情地过来问：“年轻人呀，你叔叔做的菜味道怎么样？”

“菜点多了——”不等直性子的古琛评论，都晓白急忙接过话，“味道还好，主要我一累就吃不进东西。”

“那就好，你们两个慢慢吃，不够再加！”

古琛始终没讲话，一直等老板娘走后才敲了敲桌子，给都晓白递了一个眼色，示意她看手机信息。

古琛问她：附近哪家还能吃饭？

都晓白回复：外面下雨呢，还能去哪儿啊？

古琛回：其实上次泡面的味道也不错。

都晓白脑海中浮现出画面：我记得您当时说的是，吃垃圾食品会拉低智商？

古琛摇了摇头，此一时彼一时，肯定地回复：我发现泡面能促进感情，可有效帮助提升情商。

“提升你情商的不是泡面，是识时务。”都晓白发了个邪恶的笑脸，然后收起手机对着古琛眨了下眼睛，转过头对老板娘说，“阿姨，麻烦您把菜撤了吧，老板临时决定开视频会议，我们得回房间准备一下。”

老板娘说：“不吃饭多饿呀，要不我把饭菜送屋里去吧？”

都晓白婉言谢绝：“不用了阿姨，我们开会时间长，也抽不出空儿吃饭，等想吃时也凉了。”

“那这样，你们饿了知会一声，我再给你们热一下。对了姑娘，视频会议是啥呀？”

都晓白想起王卿峰来，苦笑着解释说：“领导一般训斥下属分当面骂和电话骂两种情况，视频会议就是两者结合，说白了就是挨训！”

“都氏”血泪史，让古琛忍俊不禁。

“对了阿姨，暖水壶里是开水吧？我们带上去喝啦！”都晓白给古琛使了个眼色，古琛提起水壶就走。

两个人回到房间锁上门，都晓白从背包里掏出两盒方便面，得意地笑道：“算你有口福，这可是本人的私藏！”

“连挨骂都有如此精辟的总结，难道你们老板平时经常骂你？”趁着等面的时间，古琛继续之前的话题。

想起以前的心酸史，都晓白吹了下刘海，无奈地说：“还不是因为别人都很会拍马屁，而我只会捅马蜂窝。”

古琛忍不住笑出了声：“他没有要开了你的冲动？”

“经常有吧？等我哪天把他灌醉了问问！”都晓白盯着泡面咽口水。

很快面就可以吃了，古琛怕都晓白吃不饱，想把自己的面分一些给她，没想到竟被她拒绝了，只见她不知从哪里摸出一碗白米饭来。

古琛惊讶地问：“你是什么时候——”

“农民伯伯不容易，咱们可不能浪费粮食！”都晓白吃一口面，嚼一口白米饭，得意扬扬地晃着脑袋说，“锄禾日当午，汗滴禾下土，谁知盘中餐，粒粒皆辛苦！”

古琛发现都晓白不只照顾麻豆时的样子可爱，吃的样子也很可爱，古灵精怪时的样子更可爱。

吃完饭，都晓白问起古琛此行目的，古琛把李慕思失踪的前因后果讲给她听。

按照正常逻辑，参加婚礼的朋友没有到场，邀请方出于情分总要打电话到家里，问一下朋友没到场的原因，但据沈继渊回忆，他从来没有接到过这类电话。

警方也曾追查给李慕思打电话的号码，但只找到离潭水村一百多公里外县城的公用电话，到这里线索彻底断了。自始至终没人知道这位结婚的“神秘朋友”姓甚名谁，这也是最大的疑点之一！

夜深了，古琛躺下就没再动过。

另一边都晓白强逼自己放下心中杂念，很快也睡着了，但是她睡得并不安稳，总感觉门口有什么东西盯着自己，待她睁开惺忪的睡眼，望了一眼门的方向。

这时门伴着“吱呀”声缓缓打开，门外的屋顶上垂下一个红彤彤的东西，都晓白揉了揉眼定睛一看，竟是一件红色的刺绣喜服，它像是被架子支撑着，就这样立在那儿。

床的另一边，古琛因为对环境不太适应睡眠比较浅，很快他便发现都晓白不安分地乱动，嘴里不时发出恐惧的呻吟声，猜到都晓白或许是做噩梦了。

古琛立刻打开床头灯，轻轻拍了拍都晓白，只见她睁开眼满头大汗地叫：“有鬼！门外有鬼！”

古琛轻声安慰说：“冷静些小白，你看门外什么都没有，只是做梦而已，别怕。”

都晓白愣怔了良久，才反应过来，舒了口气说：“妈呀，吓死我了，第一次做梦像 5D 游戏似的，太吓人了。”

“谁让你闲得慌，没事找这种题材。”

都晓白撇着嘴，想了想问：“你信不信这个世界上有鬼？”

“对整天跟尸体打交道的人提这种问题合适吗？”古琛打着哈欠把杯子放回原位，“如果真有的话，麻烦各位把凶手名字托梦给我，省得我殚精竭虑地查凶手，四十岁不到就秃顶。”

都小白幻想着古琛中年谢顶的样子，使劲摇摇头说：“不行不行，你那样子一定很丑！”

“夜里 3 点多了，你再不睡觉，我怕是明天就会开始秃顶了。”古琛帮她盖好被子，一直等她重新睡下，才关了台灯躺下。

都晓白之后的睡眠质量还不错，尽管凌晨 4 点多就有公鸡打鸣，但她还是一觉睡到了 8 点半。她抹掉口水从床上爬起来，就看见古琛顶着一对黑眼圈在电脑上查阅资料。

“早上好。”想起昨晚趁机吃古琛豆腐的那个拥抱，都晓白的老脸不禁微微泛红。

“已经不早了，快去洗漱吧，我叫阿姨准备了粥，等你洗完我们去吃饭。”古琛揉着太阳穴。他一夜都没睡踏实，现在还有些昏昏沉沉的。

昨天下了两个多小时暴雨，后半夜雨才算彻底停了。此时路面上大部分积水都进了排水沟，但由于村子落后，小路都是砂石路面，到处都是坑洼积水，出行十分不便。

吃过早饭，古琛就帮都晓白收拾好东西，然后送进汽车后备厢，准备送她去火车站。

“我不走。”都晓白死活不愿意离开。

“我本来计划好在这里待三天的，你为什么非要我回去呢？”都晓白嚷嚷道。

古琛耐心地跟她解释：“我昨天已经和你讲了，这可能不像表面看起来那么安全，再说你昨天做了一夜噩梦，再待下去你难道不怕吗？”

“有你在我怕什么。”

都晓白的话一下击中古琛内心深处，良久他都不知道该怎么反驳。

两个人僵持了十来分钟，车里突然传出音乐声，紧接着是一声吓破了胆的惊叫。

古琛打开副驾的车门，发现又是昨天那个疯疯癫癫的人，原来他趁大家不注意钻进车里，应该是无意间碰到了音乐开关。

“回忆过去，痛苦的相思忘不了……”

“鬼新娘回来了，她要来报仇了！她要回来报仇啦！”

苦情的音乐与疯子的惊声尖叫形成鲜明对比，同时听到动静赶来的还有小店老板和老板娘，他们跑过来一眼就认出了疯子。

老板娘紧张地说：“当家的你快去叫勇子，告诉他壮壮又犯病了！”

老板应了一声急忙跑出去，老板娘小心翼翼走到壮壮身边哄他，期间还不忘关心古琛：“没吓到你们吧？这孩子平时挺乖的，好些年都没这么疯言疯语了，怎么又犯病了？”

古琛脑中回想昨天的聊天内容，问：“他不会就是您提到的那个孩子吧？”

老板娘点点头，见壮壮不停地哭喊，心疼地说：“可怜这孩子打小没娘，他爹一把屎一把尿拉扯大……”

“真是可怜。”都晓白担心地说。

古琛问：“应该是受了惊吓，是不是音乐太吵了？”

“不知道啊，平时电视里唱歌，他跟着又蹦又跳的，今天这是怎么回事呀？”老板娘说。

说话的工夫，牛勇气喘吁吁地跑过来，把壮壮从车里拉了出来，拍了拍儿子后背，安抚了好一会儿，等壮壮情绪好转一些才转过身，抬头发现是昨天见过面的年轻人，尴尬地笑着说：“是你啊小伙子。”

古琛也尴尬一笑，要不是老板娘说起，他也没想到牛勇会是壮壮的父亲。

不等古琛开口，老板娘赔笑解释说：“你们见过了？壮壮跑到人家车上玩，也不知道怎么突然就……”

都晓白帮着解释说：“可能是打不开车门吓到了。”

牛勇摸着儿子的头，心疼地对古琛说：“这孩子也不知道怎么了，对不起吓到你们了吧？”

“没事的大叔，您一个人带壮壮真不容易。”都晓白同情地说。

“我倒没什么，可怜孩子他妈死得早，壮壮跟着我净遭罪了。”牛勇满眼净是心疼。

第十六章　瞒天昧地

“日头大了当家的，快带勇子进屋坐会儿，再倒些茶水备点瓜果。”老板娘听了不忍心，急忙把牛勇爷儿俩往屋里请。

“阿姨您去忙，我们有事要出去一趟。”古琛说。

“我不走！”都晓白条件反射地抓住车门，给古琛一记白眼。

“听话，买完东西就回来了。”

买什么东西？都晓白还没反应过来，就被古琛拉走了。

车开出村子，古琛打电话给远在疃城的陈宇阳：“有件事帮我确认一下。”

“没问题。”

古琛最欣赏陈宇阳的办事效率，挂断电话后他不疾不徐地开着车，忽然看见路边有个男人招手。经都晓白提醒，古琛放慢速度把车停在路边。

男人疲惫地靠近，声音嘶哑地说：“能不能载我一程？我走了好久都拦不到车……”

“去哪儿？”古琛示意男人上车。

“到前面最近的小镇就行，太感谢二位了。”男人放好行李，不好意思地问，“您车上有水吗？”

都晓白把矿泉水递过去：“背包客先生，你这身行头够酷的！”

“姑娘眼光不错！”男人大口大口喝水，精神恢复了大半，“在下姓顾，名三円，人送外号三块钱。二位怎么称呼？将来有机会一定得好好谢谢你们。”

“客气了，大家互相帮助！我叫都晓白，这位是阿琛。”都晓白热情地打招呼，“三块钱这外号挺有意思。”

“两位看着不像本地人，也是出来游玩的？”

古琛说：“顾先生呢？”

“我……也算是吧。”顾三円自嘲地笑着，盯着没信号的手机说，“哥们儿最近走霉运，本来打算出来散心的，想不到这股倒霉劲儿阴魂不散，连导航都跟我作对，我都背到家了！”

“下次带张地图有备无患。”古琛毫不留情地补了一刀。

顾三円尴尬地笑道：“说得对。”

“你怎么能这样讲话？”都晓白递了个眼神给古琛，而后对顾三円说，“顾哥你别见怪，他这人不太会讲话。”

“没关系，这哥们儿说得没毛病，你叫我外号就行。”

“好。对了三块哥，你刚才说最近运气不佳，方便的话不妨讲讲，我帮你分析分析？”

“说也无妨，我本来私人助理当得好好的，前段时间我前任老板和前前任老板相继自杀了，我一夜间变成圈内的扫把星，没一个人敢聘用我，你说老板们想不开关我什么事呀？”顾三円欲哭无泪。

都晓白不可思议地道：“真的假的？你这经历小说也不敢这么写呀！”

都晓白比古琛还毒舌。

顾三円沉浸在失业的悲伤中，听到都晓白没心没肺的补刀，手里握着的矿泉水瓶被捏变了形。

都晓白把头转了回来，装模作样地看向车窗外，假装不经意地问：“那个阿琛，前面是不是快到了？”

古琛一直听着两人的对话，强忍笑意地回：“嗯，再过十几分钟就到了，空调要不要调大些，给后排乘客降降火？”

都晓白回头冲顾三円撇了撇嘴，随即三人哈哈笑出了声，接着又聊起了下一个话题，等车开进县城，降了火气的后排乘客道过谢就下车了。

古琛带都晓白找洗浴中心冲澡，然后在休息室喝茶聊天，第二杯茶刚斟满时，陈宇阳就回消息了。

“牧然是汕水村村民，1976 年生人，1999 年 9 月 26 日因醉酒驾驶机动车，致严重车祸当场死亡；那个孩子叫王欢欢，8 岁，同年的 10 月 9 日在河边游泳，意外溺水死亡。”

“这么说两个人的死因都是意外？”古琛皱着眉头思索。

电话另一端的陈宇阳说：“对了，还有那个上吊的江嘉瑶，当年也排除了他杀的可能性。”

“好，我知道了。”

古琛挂断电话，都晓白急忙问：“陈大哥怎么说？”

“半个月内接连死了三个人，除了意外就是自杀，都排除他杀的可能性。”可以确定死因没有问题。

“就算死因没有问题，但是无法确定他们的死亡没有关联性，你也是这样想的吧？”都晓白说。

古琛不置可否，他的手指抵在茶杯口打圈：“我此行的目的是李慕思，其他事情与我无关。”

“可是你不觉得……”

“我接下来要去潭水村，你一个女孩子在外面不安全，”古琛看向都晓白，“你可以跟着我，或者选择回家。”

都晓白立刻抓住古琛手臂：“必须跟我家大神走！”

“安全起见，以后对外不要透露自己的信息，包括姓名。”古琛摸了一下都晓白的头，他其实并不想带着都晓白冒险，但是看到她与自己思维同步，还积极帮忙，又着实不舍得让她离开。

古琛和都晓白吃过饭，准备返回汕水村取东西。他刚把车掉了个头，就看见一个熟悉的面孔。

“没这么巧吧？”古琛自语道。

“谢天谢地，又遇见你了，不然我真怀疑自己会死在这！充电器借我用一下呗？”顾三円自顾自上了车，接过古琛递来的车载数据线连上手机充电。

“你又是什么情况？”古琛苦笑道。

“我好不容易搜到信号，吃面刷个微信的工夫手机就没电了。”顾三円一抬头，看见都晓白拿着冰激凌冲自己打招呼，便开玩笑说：“你女朋友是不是看我帅，想泡我啊？”

古琛不屑地说：“收起你的想象力，她只对我感兴趣。”

“你是自恋还是自信啊？”顾三円自言自语时，都晓白刚好上车。

“怎么又是你，你该不会对我家大神有想法吧？”都晓白睁大眼睛说。

古琛冲顾三円挑了挑眉毛，后者心服口服地说：“我可高攀不起，还是留给你吧！”

都晓白听了顾三円的不幸遭遇，强忍住笑声：“请问三块钱先生，接下来你准备去哪儿玩？”

“我不是来玩的，我是来求灵的，既然与你们有缘，说了也无妨，”顾三円看着都晓白的眼睛，神经兮兮地说，“我最近诸事不顺，我妈请了大师父帮我化解，大师父给我指了个方向，让我住满七天，每天诚心向灵忏悔，求灵保佑。”

都晓白见古琛面无表情，讪讪地笑着问：“这大师父靠谱吗？”

“大师父绝不会骗我的，”顾三円一脸严肃，“你们听说过汕水村吗？”

“大师父让你去那儿？”

顾三円点头说：“那里有山、有水、有灵性，大师父说最合适不过了！”

看见顾三円的反应，都晓白笑着说：“巧了，我们正准备回村子，你要不要搭个顺风车？”

顾三円喜出望外地抬起头，在后视镜中对上古琛的视线，抱拳表示感谢。就这样，古琛两人半路捡了个背包客，驱车一同回到汕水村。

都晓白热情地把老板娘引荐给顾三円。都晓白本打算回去立刻收拾行李，却没想到古琛胃病又犯了，只好与他商量在村里再过一夜，等身体好些再出发。

都晓白留在房间里照顾古琛，顾三円就一个人四处走走。

吃过晚饭，顾三円一个人在附近散步，无意中撞见发狂的壮壮，他何曾遇到过这种情况，被疯言疯语的壮壮吓破了胆。

都晓白下楼打热水的时候，就看见顾三円慌慌张张地跑回店里，结结巴巴地说自己差点被疯子吓死。都晓白听描述猜到是壮壮，急忙让老板娘找来牛勇，一个小时后才在草棚里找到瑟瑟发抖的壮壮。

古琛的胃病足足休息两天才见好转，这两日都晓白和顾三円越发熟络，各自的资源、信息自然共享起来，晚饭也拼成一桌边吃边聊，他们在一起最大的共同点就是找老板娘讲故事。

“东西收拾得怎么样了？”

“放心吧，都收拾妥当了。”都晓白夹了一块胡萝卜给古琛，见他眉头紧锁，自言自语道，“真是奇怪了，这么聪明的人居然不喜欢吃胡萝卜。”

“你这么喜欢吃，依然这么笨，足以说明胡萝卜和聪明之间没有必然联系。”古琛嫌弃地把胡萝卜丢到一边。

“你们要离开了？”顾三円停下筷子，心不在焉地问。

“对，因为阿琛还有公事要办。”都晓白看对方的表情有些失落，笑道，“我说三块钱，要不要为我们践行喝两杯？”

顾三円眼前一亮：“阿姨给我们上一打啤酒。”

古琛因为隔天要开车，以茶代酒对饮了一杯，便回房间休息了，留下两个酒鬼喝得酩酊大醉。

都晓白睡了一觉，等她再次醒来发现自己站在一条陌生的小路上，周围的人变得越来越少。

都晓白听见令人压抑的唢呐声，她小心翼翼地来回张望，发现一队人抬着一口棺材，正向自己这边走过来。都晓白急忙走到路边，可是她越想给人让路，那些抬棺人越是跟着她走，吓得她一直向路的尽头跑，可是无论她如何努力，都跑不过他们……

等意识再次恢复的时候，都晓白发现自己被关在封闭的箱子内，她感觉手脚被人捆住，身体根本不听使唤。四周漆黑什么都看不见。她冷静下来仔细聆听，隐约又听见了唢呐声，回想起之前遭遇抬棺人追赶，忽然意识到自己或许是被锁进了棺材，惊慌失措的都晓白开始大声求救。

漆黑密闭的空间里，任凭都晓白如何呼救，外面都没有回应。都晓白在哭喊中开始感觉喘不过气，她不知道自己究竟挣扎了多久。就在她绝望得快失去意识的时候，耳边突然传来熟悉的声音：“小白！”

“阿琛？救我！救我……”她声嘶力竭地哭喊。

“有我在，别怕！”是那个最熟悉不过的声音。

棺盖似乎正被人用力撬开，新鲜的空气瞬间涌进肺里。都晓白感觉四周恢复光明，良久，她才缓缓睁开眼睛，看到的第一个人正是古琛。

“你终于醒了！”古琛心疼地看着脸色苍白的都晓白，焦急地问：“感觉怎么样？放松些，吸气……呼气……”

都晓白跟随古琛的声音逐渐放松，她没想过自己竟然只是做了一个梦，这个被困在棺材里的梦实在太真实了。

古琛想去给她擦汗，不料被都晓白一把给抱住了，她颤抖着身体说：“吓死我了，我……我被人锁在棺材里，四周都是哀乐声……”

都晓白瑟瑟发抖地躲进古琛怀里，古琛将她抱紧，轻声安慰：“没事了，只是做了个噩梦，不怕了。”

古琛不停地安抚都晓白，这时门外传来顾三円敲门的声音。

“小白妹子怎么了，你们没事吧？”

“没事！”古琛说。

都晓白抓紧古琛的手，做了个深呼吸：“让他进来吧。”

古琛打开门，让顾三円进来。

过了足有七八分钟，都晓白的情绪才稳定下来，古琛第二次起身给她添了一杯热水，听她讲述梦里可怕的经过。

顾三円一脸不正经，笑道：“梦都是假的，我觉得你这叫‘日有所思，夜有所梦’，是老板娘讲故事太有魔性，咱们都听入迷了！”

“我知道，但这个梦实在太真实了。”都晓白一想起漆黑的棺材，就浑身起鸡皮疙瘩。

“做梦都是身临其境的感觉，我前两天还梦见房梁上吊着个女鬼呢，要我说这——”顾三円话没说完，发现都晓白的表情不对，“你没事吧，妹子？”

“女鬼——”都晓白打了个寒战，“你看见的女鬼什么样子？”

“女鬼还能什么样子，不都披头散发的，穿一身红的……”

顾三円话没说完，都晓白就插嘴道：“是不是有点像古代拜堂穿的大红礼服？”

顾三円吃惊地问：“你是怎么知道的？”

古琛想起都晓白上一次被噩梦惊醒，问：“那天晚上你梦到的竟是这个？”

“你的意思是说，我们做了相同的梦？”确认过都晓白的反应，顾三円突然想起什么来，从椅子上跳起来瞪大眼睛说，“昨天撞见疯子的时候，拐角有个红色影子闪过，我当时没当回事，现在仔细一琢磨，怎么有点像梦里的女鬼！难道这儿真有不干净的东西？”

“什么不干净的东西，”都晓白颤抖着声音问，“你这话什么意思？”

“还记得老板娘说二十年前吊死的女明星吗？你说咱们看见的‘好朋友’会不会是——”

古琛立刻捂住都晓白的耳朵，低声喝道：“越说越不像话，回你房间睡觉去！”

“我不是吓唬她，我真觉得……”

“出去！”

见古琛表情不悦，顾三円赔了个笑脸，转身走出房间。

顾三円离开后，古琛把都晓白放在床上，温柔地帮她盖好被子，然后坐在床边陪着她，两个人就这样度过了一夜。

第二天，老板娘如常准备好早餐，没料想三个年轻人竟都没起来吃饭。

古琛和都晓白难得睡到日上三竿，打着哈欠一前一后走出房间，下楼时刚好看见拿着油条打盹的顾三円，都晓白打了个招呼，然后和顾三円对着打盹。

若是平时，餐桌上早就传出都晓白和顾三円的欢声笑语，老板娘还是第一次见他们三个都无精打采，于是好奇地问：“怎么了孩子们，都没休息好吗？”

老板娘一语中的，都晓白和顾三円同时叹了口气。

老板娘问古琛：“你看着没什么精神，开车的话怕不安全，不如歇一歇再走吧？”

古琛看了看发蔫的都晓白点了下头。老板娘继续问：“你们昨晚干什么了，咋累成这样？”

一旁的顾三円立刻来了精神，回道：“还说呢，也不知道是不是听您讲故事听着魔了，我和小白妹子两个人都撞鬼了！”

顾三円把事情经过简单讲了一遍，老板娘不可思议地瞪大了眼睛，吓出一身冷汗，然后面色慌张地跑向老伴，两个人压低声音嘀咕了半天。

顾三円隐约听见他们的对话，好奇地问都晓白：“他们说‘快到日子’是什么意思？老两口是不是有事瞒着咱们？”

“难道真和死去的新娘有关？”都晓白猜测道。

“你也这么认为？要不怎么说你们做记者的敏感呢，我也觉得肯定和女明星的死有关系。”顾三円按捺不住好奇心，“你说他们有什么事不能大点声说，急死我了都！”

“三块钱你急成这样，怎么不直接去问啊？”都晓白拿顾三円打趣。

顾三円说：“瞧不起谁，看本记者给你们来一段即兴采访。”说完立刻起身朝老板娘走去，开门见山地打开话题。

顾三円举了双筷子，有模有样地提出各种疑问。起初，都晓白一行人还是抱着看戏的打算，随着话题的深入，在场所有人都惊出一身冷汗。

原来“鬼新娘”的传说并非空穴来风，当年江嘉瑶死后被埋进牧家祖坟，后来却有不少人见过她身着红色长袍在街上晃荡，再加上壮壮疯言疯语地喊着“鬼新娘要回来复仇”，整件事让村民们深信不疑。

一时间汕水村家家户户都在太阳落山后闭门不出，原本热闹的村子到了夜晚安静得像一座空城，这种恐惧持续了三年。没想到就在村民们已经遗忘“鬼新娘”的时候，她又阴魂不散地出现了。

“同样是为爱殉情，《梁祝》是段凄美的爱情故事，这女明星怎么就成恐怖故事了，不合逻辑啊！莫非她的死另有隐情？”顾三円有些困惑。

“她什么时候死的？”顾三円问。

老板娘想起之前还和古琛提到过，江嘉瑶大概是在十月初死的，说：“算算日子，应该快到忌日了。”

“‘快到日子’原来是这么回事，难不成厉鬼要来复仇了？”顾三円听了脸色都变了，拿出手机拨了个电话，哭丧着脸说，“妈，您哪儿找的大师父，太不靠谱了！这闹鬼的地方能驱哪门子霉运？我不管了，这地方太邪性，快来接我！”

都晓白虽然被噩梦吓了一跳，但理智尚且在线，她见古琛波澜不惊，便问：“元芳，你怎么看？”

古琛显然没看过国内热播剧，跳过互动环节，直接切入主题：“你信我吗？这世上没有比人心更可怕的事，”他继续说，“不过有人如此费心安排，我们不妨既来之，则安之。”

这时顾三円挂断电话，神色不安地坐在桌子对面：“这鬼地方，我一分钟都待不下去了，我要趁早离开这儿！”

“三块钱你太紧张了，别担心，交给我大神。”都晓白递给顾三円一个毋庸置疑的眼神，“重新给你介绍一下，我们职业圈神探第一人古大神，最大兴趣就是解开各种谜团！就在你刚才打电话的时候，我们正在探讨鬼新娘的事呢！”

顾三円半信半疑地问：“那古琛你怎么看这件事，你觉得我们是不是真的撞鬼了？不然怎么解释我和小白妹子同时梦见红衣女鬼？”

“别慌，世界万物因果循环，有因必然有果，反之我们只要循着‘果’，找出‘因’即可。”

“古大神我们先从哪方面着手？”都晓白一脸小粉丝模样看着古琛。

古琛凝视着顾三円，良久才开口：“先去了解一下江嘉瑶。”

都晓白立马来了精神，站起身说：“我们这就去找出‘鬼新娘’阴魂不散的真相，出发！”

顶着炎炎烈日，都晓白一直跟在古琛身后，总是趁他不注意的时候，举起手中的笔记本帮他遮阳。自从之前告白被拒绝后，都晓白决定把对他的爱藏在心底，只要是古大神想做的事，她都会义无反顾去做，绝口不再提“我爱你”，这也是唯一能维系两人关系的方式。

从江家出来后，古琛的眉头就一直紧锁，江家二老对女儿自杀前发生的不快矢口否认。包括江嘉瑶弟弟的态度也极其冷淡，全家人没有流露出一丝悲伤的情绪。江家人如此漠然的态度，让人十分费解。

三人行的下一个目的地是牧家，顾三円想打退堂鼓，他还是怕晚上会见鬼。

顾三円走了好一阵，古琛才开口讲话：“觉不觉得江家人很古怪？”他转过头，刚好看见都晓白在为自己遮阳。

都晓白突然撞上古琛的目光，举起的笔记本不自然地在空中扇了几下：“这天太热了！”

古琛假装没有识破她的小伎俩，而是和都晓白调换了位置，用身高帮她遮住一部分阳光。都晓白沉浸在幸福中难以自拔。

古琛再次问：“你怎么看江家人与江嘉瑶的关系？”

都晓白仔细回忆：“从江家人谈江嘉瑶的态度，我感觉他们对死去的女儿好像没什么感情。你看见她家里挂的全家福了没？没有江嘉瑶，一家三口笑得很开心；还有玻璃茶几下，分别放了儿子不同时期的相片，却没有一张女儿的照片。”

都晓白有理有据的分析，让古琛愈发觉得小不点聪明，他说：“一切看起来确实有些不正常。”

“能和我家大神想法一致，我真是越来越优秀了！”都晓白美滋滋地说。

“敢问这位孤芳自赏的姑娘，前边越走越荒凉，看着不像去牧家的路，倒像是到后山的路。”

“三块钱指的就是这条路，前面确实不像有住家的样子——阿琛我们好像迷路了。”都晓白眨巴着大眼睛说。

“不是好像，就是迷路了。”古琛叹了口气。

都晓白尴尬地笑笑。突然她停住脚步，小声问：“阿琛你有没有听见声音？”

“什么声音，我怎么没听见，你在吓唬我？”

“你没听见吗？好像有什么在叫。”都晓白说话的声音突然变小，她仔细辨别着声音的方向，小心翼翼地寻找声源。

“是吗？”古琛隐约觉得有人在跟踪自己，但每次回头都没看到人。他提高警惕，以便在突发情况下能第一时间保护都晓白。

两人顺着声音，一直找到山脚下不远处的一处破石屋。都晓白突然加速朝声音跑过去，古琛紧随其后。

“你小心点，跑这么快做什么！”古琛喊道。

“嘘——”都晓白确定声音是从石屋里传出来的。她蹑手蹑脚地走进小院，轻轻推开屋子的门，借着日光看见角落里有三只嗷嗷待哺的小狗。

“快来看阿琛，原来是它们在叫，这些小家伙好可爱呀！”

古琛看着都晓白捧在手心里的一只小花狗，伸出手指摸了摸它的脑袋：“看样子是饿了。”

“所以才使出吃奶的力气，召唤我们过来。”都晓白在背包里翻找，不一会儿拿出一根香肠和小点心，“可惜只带了这些吃的出来。”

“没关系，它们应该是被人养在这里的，你看旁边还有一些水和空碗。”古琛帮忙把小零食掰成小块分给小狗们。

等小狗们吃饱喝足，都晓白和古琛打算离开，没想到它们竟踉跄着跟出了屋子，后面最小的一只跑着跑着还栽了个跟头。

都晓白蹲下摸了摸小狗的脑袋，哭笑不得地说：“送君千里，终须一别，三位‘壮士’请留步！”

小狗傻傻地跟在她后面玩，连古琛见了也不禁笑道：“这位孤芳自赏的女侠，想不到你在动物界也吃得开，此时此刻在下真想——”

“吟诗一首？”都晓白抢白。

古琛摇了摇食指，说：“我又不是秀才，实话跟你讲，其实我是一个被犯罪学耽误的画家。”

“你会画画？真的假的？”都晓白瞪大了眼睛，她迅速从包里拿出一支笔，连同笔记本一起交到古琛手中，根本不给他反悔的机会，“露一手吧，大神！”

古大神亲手给自己画画，都晓白开心得合不拢嘴，她本想摆一个淑女一点的姿势，后来实在是招架不住小奶狗们捣乱，干脆一屁股盘腿坐在草地上任由它们“欺负”。

古琛拿着碳素笔和笔记本，用笔量好人物与画纸的比例，然后开始画画。

都晓白被他的一举一动迷得一塌糊涂。

不知不觉过了半个小时，一只小奶狗在阳光下开始打瞌睡，偶然刮过一阵风，小狗们被吹得眯起了小眼睛。都晓白见状把它们抱起来，然后用身体护住它们，避免它们被风吹跑。

很快风散了，都晓白再次把它们放在地上，任由它们在草地上玩耍。古琛看着这一幕，嘴角不禁上扬，等都晓白反应过来的时候，才发现自家大神正在偷笑。

“好了吗？”

“快了。”

就在古琛整理细节快要收尾的时候，身后突然传出一阵笑声。

“是谁？”都晓白立刻紧张起来，古琛给了她一个少安毋躁的眼色，起身朝大门外面走去，正撞见藏在角落里的男人。

都晓白抱起小狗跟了出来，听古琛问“怎么是你”的时候，刚好看见蹲在地上捂着嘴笑的男人，这个男人正是壮壮。

“他怎么会来这里？”都晓白问。

“狗狗。”壮壮吐字有些含糊。

古琛从他拎来的剩菜汤和馒头看出他是三个小狗的主人。

古琛说：“还不快把狗还给人家。”

“是哦！”都晓白归还了两只，自己抱着打盹的一只，跟着壮壮进了院子。她忍不住问壮壮：“怎么这么开心？你在笑什么？”

壮壮指了指古琛手上的笔记本，捂着嘴边笑边进屋去倒狗食。

“他看到你的画才笑成这样的？”都晓白问。

古琛故意看向别处。都晓白轻轻放下睡着的小狗，趁着古琛不注意一把抢过笔记本：“我来鉴赏一下，是不是你画得太丑，被人家嘲笑了？”

都晓白打开笔记本，直接翻到古琛的画作，只见三只顽皮的小奶狗把她围在中间，而她一个文艺女青年，活生生变成胖嘟嘟的大金毛，古琛还凭借他无穷的想象力，给金毛头上戴了一条三角巾，看起来像个慈祥的狗妈。

古琛眼看都晓白的脸从红变白，他小心翼翼地抱起小奶狗，自始至终不发一声，假装自己什么都不知道。

“被犯罪学耽误的画家是吧？”都晓白气鼓鼓道。

古琛也顾不得小狗多久没洗过澡，紧紧护在胸前，说：“咱们有什么事回去说，你别把小家伙吵醒了。”

都晓白一边撸袖子，一边说：“把狗放下，免得误伤它！”

“你先别冲动，你看我之前没说过自己是写实派对吧？”古琛抱着狗向后退。

“你的意思是，你又成抽象派了？那怎么那三只小狗没抽象，到我这就抽了呢？”

“怪我学艺不精，没掌握抽象派的精髓。”古琛没几步就退到墙角，身体贴到墙壁，退无可退。

“你的绘画老师听到学生这么说，他老人家的心情也一定像我这般复杂，你懂我此时此刻的心情吗？”

古琛低下头看着都晓白，忽然发现小不点生气的样子很可爱。当对方气鼓鼓地发出“你有没有听我讲话”的质问时，他也不知哪根神经搭错了，说：“我懂，爱恨就在一瞬间。”

“什么？”

都晓白没反应过来，古琛突然弯腰亲了她的额头一下，都晓白顿时整个身体僵住，时间像静止了一般。

良久，古琛尴尬地问：“抱歉，是不是吓到你了？”

都晓白瞪着水汪汪的大眼睛，问：“刚才发生了什么？”

古琛蹙着眉头，他觉得有责任让对方好好理解一下刚才究竟发生了什么。古琛伸出手托起都晓白的头，找准角度直接吻了上去。

这一吻来得始料未及，都晓白手足无措地瞪着眼睛。她一度怀疑是在做梦，但脑海中一直有个声音告诉她：快闭上眼睛！

“哥哥姐姐……你们在干吗？”

一道声音突然从身后传来，古琛知道都晓白会害羞，自然地将她挡在身后：“姐姐生气了，哥哥在想办法哄她。”

“骗子。”都晓白用额头抵着古琛的背，还沉浸在刚才的亲亲中。

“姐姐不气。”壮壮想把怀里的小狗送给都晓白，虽然他现在已是成人的模样，但小时候受到惊吓后心智发育迟缓，还像个孩子一般。

小狗嗷嗷叫着，吸引着都晓白的注意，很快都晓白带着壮壮和三只小狗在院子里互相追赶，他们沐浴在阳光下，爽朗地笑着、闹着，古琛受到感染，再次拿起笔记本和碳素笔，画出了眼下这一刻。

目送壮壮回家，古琛和都晓白朝住店方向走去，一路上古琛异常安静，都晓白想起下午的一吻，顿时感觉脸火辣辣的烫。古琛这时正巧瞄了都晓白一眼，两人的视线突然撞到一块儿，气氛顿时无比尴尬。

都晓白干咳了一下，先开口说：“那个……荒废了一下午，牧家也没去，可惜了，什么收获都没有。”

“谁说的，俘获一个人难道不是收获？”古琛忽然拉起都晓白的手，“我这么认真，你以为我是在耍流氓？”

都晓白听了想笑，上一次告白被拒的心仍在隐隐作痛。她之所以会到这穷乡僻壤来找素材，就是为了治愈上一次的情伤。

“大神你别拿我寻开心了。”尽管十分艰难，都晓白还是挣开了他的手。

古琛猜得到小不点是受之前的影响，说：“上一次是我处理得不好，那时我确实没能正视你我的感情，如果可以的话，我想尽可能弥补对你的伤害。”

都晓白不敢直视古琛的视线，她背过身去：“你这种高攀来的爱情，对我而言就像站在悬崖边缘，向前走一步就会坠入万丈深渊。所以你只管走你的路，不要来招惹我。我爱你就足够了。”

古琛似懂非懂地点头：“如果你执意如此，别怪我没提醒你，你会因此错过你的偶像，你的男人，以及你的幸福。”

都晓白听了匆匆向前走，眼泪瞬间流了下来。

她当真感觉自己丢了男人和幸福。

古琛跟在后面，在她耳边低声说：“我失恋了，你得对我负责。”

“你说什么呀？”都晓白情绪失控，眼泪汪汪。

“你家偶像失恋了，你不是应该尽到小迷妹的职责，陪本大神一醉方休吗？”虽然不忍心看到小不点为自己哭，但是确认了她对自己的心意后，古琛还是忍不住偷笑。

“你失恋有什么了不起的，我还失恋了呢！”都晓白“哼”了一声，走得更快了。

“我失恋是被你甩了，你失恋却是你自找的，这两者怎么能混为一谈呢？”

尽管哭得惨烈，都晓白还是没能忍住逞一时之快：“我失恋是因为我把你甩了，你失恋才是自找的，你活该！”

两人一前一后走在沙石路上，闻着阵阵草香，一边拌嘴一边往回走。

两个人一回店里，就向老板娘要酒喝，喊出“一醉方休”口号的同时，冷着脸喝退前来讨酒的顾三円。

眼疾手快的顾三円偷拿走一瓶啤酒，边上楼边打电话抱怨：“我爸什么时候来接我？跟您讲太欺负人了，这地方真是没法待了……”

见顾三円一脸委屈，老板娘以为小情侣出去又吵架了，一面念叨现在的年轻人脾气不好，一面又让当家的给炒了两个下酒菜。过了一会儿小菜上桌，古琛和都晓白吃上一口，表情更加难过了。

两个人放弃下酒菜继续喝酒，谈天说地，回忆过往，都晓白觉得手中的啤酒越喝越苦涩，古琛却觉得今天的酒越喝越甘甜。

都晓白一直喝到酩酊大醉，古琛才背着她回了房间。看她躺在床上睡熟了，古琛才坐在床边给陈宇阳发短信。

接下来的两天，古琛专心查“鬼新娘”出现的原因。顾三円原本准备离开，却被都晓白强烈要求加入他们的探险小队。

在这期间，他们一起去牧家了解情况，然而过了二十年的牧家早已物是人非，当年的大家长现已不在人世，而新任家长近几年才刚刚回国，表示并不了解当年的内情。

他们继而挨家挨户找村民打听，当年经历过此事的人，多数去了外地务工，剩下的都是和老板娘差不多年纪的人留守村子，他们只听说牧、江两家办阴婚的场面非常气派，全村老小都来给牧家撑场面。不知是不是因为听闻最近又“闹鬼”，关于江嘉瑶自缢一事，村民们都吓得三缄其口，什么都问不出来。

都晓白前几天和壮壮因狗结下友谊，每天都兴致勃勃地去山脚下破屋找他玩。顾三円由于上一次被壮壮吓得不轻，表示对疯子和宠物都不感兴趣，婉言拒绝都晓白一起“撸狗”的邀请，只得孤身一人回小店房间，等他们回来吃晚餐。

古琛把车开到院子门外，都晓白迫不及待下车去找壮壮，古琛一个人坐在车里研究“李慕思失踪”案。

其实接受委托时古琛就知道，查时隔二十年的失踪案太难了，可既然是老师的心愿，他一定会竭尽全力。

古琛拿出笔记本，上面都是关于李慕思的记载，老师心中的李慕思是一个性格内敛的女子。古琛手机里有一张李慕思独照，泛黄的旧照片中李慕思绰约多姿，服装首饰搭配得尽显素雅。

老师说过李慕思手腕上佩戴的手镯，镶嵌的翡翠原石是家传之宝，他亲自设计的云腾图案，找了金店名匠打造，由此可见沈继渊对李慕思用情之深。

除此外，古琛手握一份人数不多的名单，从名单可以看出李慕思的人际关系并不复杂，警方当年排查过该名单上的亲朋好友，没有发现可疑的对象。

当年李慕思究竟参加“哪位朋友”的婚礼，至今仍是个谜，古琛叹了口气，合上手中的资料。

“哥哥。”

古琛侧过头，见壮壮献宝似的递过来一张纸，问：“送我的？”

都晓白也凑上来，靠在车门上说：“没良心的，送礼物怎么没有姐姐的份！”

古琛冲都晓白得意地挑了下眉毛，把手中的纸张打开，里面竟是一幅画，原来壮壮把古琛亲都晓白的一幕画了下来，虽然画风稚嫩，但绝对画出了“一吻定情”的精髓。

“灵魂画手啊！”古琛对壮壮竖起大拇指。壮壮在一旁“嘿嘿”笑，都晓白却遮住半张脸，欲哭无泪：“我就想问，靠墙站的金毛是怎么回事？”

“应该是借鉴了我抽象派画风，”古琛边笑边替壮壮解释，“你当初不就是看出他有潜力才把本子送他的吗？你看回报来得多猛烈。”

都晓白被气得直跳脚，指着古琛说：“都亲了狗了，你还笑得出来？当心我把它转发出去，让你人设崩塌！”

“敢恐吓偶像，都晓白你长能耐了。”古琛说。

都晓白不甘示弱地凶了回去：“哪里有压迫，哪里就有反抗！”

“反抗！”壮壮学着都晓白的样子举起拳头。

“你别把壮壮带坏了。”古琛笑道。

壮壮的样子，连都晓白见了也忍俊不禁。

三人嬉笑的时候，院内的三只小狗“嗷嗷”叫着，他们走过去追着小狗满院子跑，玩累了就躺在野花、野草中聊天，沐浴着温暖的阳光，三人不知不觉睡着了。

突然，酣梦中传来尖叫声，古琛从梦中惊醒，四下望了一眼，发现壮壮不见了。他叫醒都晓白，两个人循着声音一路找，最后在车上找到受到惊吓的壮壮。

“鬼新娘来了……鬼新娘来复仇了……”

都晓白见过壮壮情绪不稳定的样子，她壮着胆子靠近壮壮，尝试安抚他：“怎么了壮壮，姐姐在这里，壮壮不怕……”

古琛关掉车上的音乐，眉头紧蹙。他看着壮壮，印象中壮壮连续三次犯病，车上的音乐都打开了，播放的都是李慕思爱听的《新不了情》。

这只是巧合吗?

都晓白没有白费力气，壮壮情绪果然放松了不少，她认为呼吸新鲜空气对缓解紧张有帮助。不料壮壮刚被扶下车，就一把推开都晓白，趁机跑进林子。

“你没事吧？”

都晓白摇了摇头，担心地问：“壮壮他……”

古琛看了一眼灰蒙蒙的天，说：“看样子今晚会有阵雨，壮壮一个人不安全，我去找他，你在车里等我。”

“我跟你一起去。”都晓白态度坚决，古琛只好从命。

古琛带上都晓白，必须赶在下雨前找到壮壮。他们不知道在树林里穿梭了多久，天色已经暗了，两人还是一无所获。

雨水开始“嘀嗒、嘀嗒”落下来，古琛拉着都晓白往回跑：“趁着雨还小赶紧回车里，不然等雨下大了，我们都会被困在这里。”

都晓白焦急地说：“可是我们还没找到壮壮……”

古琛安慰说：“我知道，你先别急，壮壮是土生土长的本地人，他对林子环境比我们熟。咱们找了这么久都没找到，说不定他已经回家了，我们可以先回村里确定他在不在，他若是真不幸遇到意外，我们也能及时叫人帮忙找。”

都晓白没有其他办法，只能跟着古琛返回车里，这时雨已经下大了。古琛正准备发动车子，都晓白突然叫道：“阿琛你看，那里是不是有光？”

古琛循着都晓白手指的方向，看见破屋里隐隐发出微光。

“你在车上等我，我过去看看。”

古琛翻出一把伞下了车，沿着石子路进了院子，一步步靠近破屋的大门，他听见小狗的叫声，小心翼翼推开大门，借着昏暗的光看去，下一刻，他整个人怔住了。

都晓白在车上等了半天，外面雨越下越大，她愈发不安。就在她迫不及待推开车门的时候，一把伞及时撑在头顶上方，耳边同时传来一道温柔的声音。

“就猜到你不会乖乖等着。”

都晓白急忙问：“找没找到？我都快要急死了！”

“找到了，不过里面情况比较复杂。”

古琛绝不是在夸张，当都晓白走进破屋，看见壮壮在本子上画画，她突然被吓得怔住了。

只见昏暗的油灯照在石墙上，一幅图画映入眼帘，一个女人和一个男人并排站着，抬头看另一个女人悬在半空中，这样的画面直让人不寒而栗。

都晓白被惊出一身冷汗：“这是壮壮画的？”

“很诡异对吧！凭你的直觉，画中内容是不是真的？”

“不会吧，你认为这画的内容是真的？这想法太疯狂了！”都晓白不可思议地摇头。

古琛承认这个想法确实疯狂，却仍强调说：“壮壮本身的情况很特别，但绝对不是个例。我之前研究过类似的案例，一部分受到强烈刺激的心理障碍患者，会利用某种特殊方式来表达或宣泄恐惧。我不知道壮壮是不是受到绘画的启发，想要借此去表达什么，所以我需要你同他沟通，来确定图画内容的真实性。”

“你是认真的吗？”都晓白诧异地问，得到对方确定的眼神后，她有些不知所措，“我要怎么做？”

“给他足够的安全感，让他卸下防备，我相信你！”古琛一边鼓励都晓白，一边手持拟定好的问题清单，并拿出手机随时准备录像。

都晓白算是赶鸭子上架，她小心翼翼地靠近壮壮，轻声说：“壮壮，姐姐和琛哥哥找你好久了，壮壮，壮壮？”

壮壮借着微弱的光继续画画，良久才回过神来，抬起头迷茫地看着都晓白。

“哥哥姐姐很担心你，你一个人在这里做什么呢？”

壮壮埋下头，直勾勾地盯着笔记本，都晓白抬头看了一眼古琛，得到鼓励的都晓白柔声说：“壮壮在画什么呢？姐姐能不能看看壮壮的画？”

都晓白尝试去拿画本，却被壮壮拦下，他就像是变了一个人，这让都晓白手足无措。

这时一只小狗跑了过来，一筹莫展的都晓白灵机一动，从包里把壮壮送给古琛的画摆在他面前，点了点小奶狗的脑袋，笑说：“琛哥哥还说你是灵魂画手，这画的根本不是我好吧？你画的这个是不是它妈妈？”

壮壮呆滞地看着画，又抬起头看了看都晓白，脑海瞬间涌出和她一起嬉戏玩耍的记忆，终于恢复了以往的表情。他一把上前抱住都晓白叫：“姐姐，姐姐……”

“姐姐在呢，壮壮不怕，我们找了你好半天才在这里找到你，这么晚了你都不回家，爸爸会担心的，知道吗？”都晓白轻抚着他的后背，“姐姐帮你收拾一下，然后我们回家好不好？”

“好。”壮壮像是找到安全感的孩子，始终紧握住都晓白的手。

都晓白帮壮壮收拾东西，拿起画本时随口问：“这些都是壮壮画的？我们壮壮真厉害！这里画的是壮壮想象出来的吗？”

壮壮摇头说：“壮壮见过。”

古琛眼前一亮，立在一旁静候下文。

“壮壮在哪里看见的？”

“入洞房咯！”壮壮开心地喊道。

“洞房？”都晓白仔细端详画，“阿琛你看，这个女人头上戴的像不像嫁衣配套的凤冠头饰？我记得村民说过，当地办冥婚时女方穿的就是这种嫁衣！会不会壮壮真的想起什么了？”

古琛没有回答，示意都晓白继续。

“你也去参加婚礼了？”都晓白一边观察壮壮的表情，一边耐心地问，“壮壮还记得这是谁的婚礼吗？”

壮壮咬着指甲认真回忆了许久，高兴地拍手说：“壮壮想起来了，是瑶阿姨，上过电视的瑶阿姨！”

“江嘉瑶！”古琛与都晓白异口同声惊呼。

如果画中人是二十年前的明星江嘉瑶，那么这场冥婚或许就是她生前的最后时刻。

“壮壮认识画中的另外两个人吗？”都晓白紧张得心脏都快要跳出来了，她指着画上的男人和躺着的女人。

“爸爸！爸爸！”壮壮兴奋地指着画里的男人说。

牛勇？壮壮的话再次震惊了他们，古琛看向石壁上画的男人，想起初见时他一五一十回答问题的模样，这位性格敦厚的老实人，当时到底扮演着什么角色？

都晓白与古琛对视了一眼，故作镇定地笑道：“原来是爸爸带壮壮去的呀！”

壮壮出人意料地摇摇头，轻声“嘘”了一下，用悄悄话说：“我们藏在窗户下。”

“原来是偷溜出来玩的，你们不乖哦！”都晓白紧接着问，“这个人又是谁？”

壮壮摇摇头，表示自己在村里从没见过这个阿姨，也就是说这个人并非本村人。

古琛记得牛勇、老板娘以及其他村民都说过，当年在汕水村未曾见过外来女人。假设壮壮记忆没错，且没有说谎的话，那么亲眼见过外来女人的牛勇一定有所隐瞒！

“二十年前”和“外来女人”两个关键词重叠，对古琛来说异常敏感，这也是他忍不住第一次开口询问：“那个阿姨长什么样子？”

“阿姨长得好漂亮，穿的裙子也好好看。”

古琛没办法从壮壮模糊的描述中发现什么蛛丝马迹，只能让都晓白继续。

“壮壮看见爸爸和阿姨们在做什么吗？”

“大人们也玩过家家，漂亮阿姨生病了，瑶阿姨喂她吃药。爸爸说过，吃完药睡觉就不疼了。”壮壮捂着嘴咯咯地笑，笑着笑着他的脸上突然露出惊恐表情，“瑶阿姨和漂亮阿姨换衣服，瑶阿姨抢了漂亮阿姨的镯子，拿不下来……就用石头砸……好多血……好多血……”

“他瞎编的吧，抢手镯而已，没必要这么残忍吧？再说人疼时的本能反应，不应该是反抗或逃跑吗？这不符合逻辑呀！”都晓白看向古琛，紧张得嗓音都变了。

“她是被下了药，要么昏迷，要么死了。”古琛说，“按说江嘉瑶不缺首饰，这种暴力行为，或许可以解释为一种报复手段。”

“江嘉瑶和她有仇？”

“信息量太少，我无法断定。”古琛继续之前被打断的话题，问壮壮后来发生的事情。

“漂亮阿姨睡着睡着，‘咻’的一声飞起来了！”壮壮说着站起来，双臂展开围着都晓白绕了一圈。

“怎么飞起来了？”都晓白继续问。

这时壮壮走到石墙边，指着画中的女人说：“是我爸爸帮阿姨飞起来的！”

都晓白紧张到鼻尖都渗出汗来，古琛冷静地问：“壮壮还记得，爸爸是怎么帮的吗？”

“我差点忘了，这里有根绳子。”壮壮捡起地上的石子，认认真真在女人脖子上画了一条 U 型线。

都晓白整个人被惊得瘫坐在地上，颤抖着声音说：“这难道是——杀人现场，所以壮壮的确是看见不该看见的东西，受惊过度才被吓疯的。”

“时间对不上。”

壮壮发疯是在小女孩溺亡之后，这是村民有目共睹的，不过古琛现在没空儿纠结这个。如果壮壮记忆没出错，也没有说谎的话，那接下来的重中之重是查出女死者身份！

“能不能帮哥哥想一想，漂亮阿姨具体的样貌和特征？”古琛担心壮壮难以理解，提示说：“阿姨的脸型啊，眼睛大吗……记不清也没关系，还记得阿姨穿什么颜色的衣服吗？”

壮壮按照古琛的提示，仔细回想着说：“漂亮阿姨美得像花仙子一样，长长的头发，穿着长长的花裙子……阿姨是闭着眼睛的，嘴好像不是这个样子的……”

古琛根据壮壮的描述在纸上勾勒出人像，从整体轮廓到五官、发型，再到裙装，效果图出来竟有似曾相识的感觉。

“你看哥哥画得像不像漂亮阿姨？”

壮壮仔细看了看摇头否定，古琛又问哪里不像，壮壮冥思苦想片刻，拿笔在两眉之间点了个黑点，拍手叫道：“漂亮阿姨！漂亮阿姨！”

看见女人眉宇间黑痣的一刹那，古琛惊讶得合不拢嘴，他让都晓白拿出手机继续录像，然后从自己手机里翻出李慕思的照片，问：“壮壮你认不认得这个人？”

壮壮一眼便认出照片里的女人：“是漂亮阿姨！”

古琛将李慕思所戴金镶玉手镯的图片放大，与壮壮涂鸦的儿童画对比，再一次向他确认：“壮壮你看，瑶阿姨夺走的可是这只镯子？”

壮壮眨巴着眼睛仔细看，这是一只由金色祥云缠绕的玉镯，金玉交相辉映；如此贵气逼人的手镯，凭他儿童画的水准自然是画不出一二分精髓。突然壮壮像是回想起什么来，急忙躲到都晓白身后，他流露出的惧怕神情，似乎印证了之前的猜测。

“是李慕思。”古琛早已猜到李慕思多半遭遇了不测，但一想到沈继渊弥留之际最后的心愿，最终得到这样的答案，他忍不住叹了口气。

看见古琛叹息的表情，都晓白想要安慰几句，却不知从何说起。

李慕思的死，牛勇一定脱不了干系，那么江嘉瑶又扮演了什么角色，是被迫？还是帮凶？她又为何自缢？还有太多个细节要查明，光靠一个有心智障碍的孩子还不够。古琛正心烦意乱，脑中忽然闪过一个念头，他想起之前壮壮提起的“我们”，这能说明当时不只他一个人在现场！

“当时和你在一起的小伙伴是谁？”

“哥哥问的是谁，欢欢吗？”

“壮壮的小伙伴是王欢欢吗？”从壮壮眼中确认了答案，还以为找到另一个目击者，想不到竟是另一个冤死的孩子，古琛冷笑了一声，“难怪会死于意外。”

都晓白也想到溺亡的孩子，惊讶地说：“你的意思——牛勇知道王欢欢目击他杀人，所以丧心病狂地推她下水，杀人灭口？”

“江嘉瑶也可能是牛勇伪装的自杀，毕竟只有死人不会乱讲话。”古琛不再看壮壮，“以上仅仅是我的推测，我们现在没有实质证据，这件事暂时不要对任何人说。”

都晓白把画本装进背包，三个人匆匆上了车。由于之前雨下得太急，道路泥泞不好走，古琛小心翼翼地驱车往回赶，用了平时两倍的时间才开到壮壮家。

临下车前都晓白告诉壮壮，如果爸爸问起来就说路上遇见带了他一程，今晚的事不要讲出去。

两人驱车回到小店，和顾三円一起吃了口饭，便回房间讨论“李慕思案”。

“壮壮的心智问题明摆着，你真相信他说的话？”都晓白还是觉得不可思议。

“他的症状源于受惊过度，属于机体自我保护的一种，并不影响记忆功能。刚才你也看到了，他连李慕思黑痣的位置都没记错，还记得我跟你提过牛勇的记忆力很好吗？壮壮或许继承了这个优点。”

古琛在房间里来回踱步，心里不断提出疑问：当年参加好友婚礼的李慕思被牛勇绑架，江嘉瑶喂她吃下某种药物导致昏睡，牛勇最后将李慕思吊上房梁致死。两个人像是合作关系，但他们杀人的动机是什么？李慕思的尸体是如何处理的？江嘉瑶自杀的方式为何与李慕思如出一辙，她的死与牛勇有没有关系？除此之外江嘉瑶与李慕思对换衣服的行为，也同样令人费解？

都晓白瑟缩进被窝里，她之前与牛勇见过几次面，如果壮壮说的都是真的，那么他伪装和善的背后，就是一个杀人不眨眼的杀人犯。古琛想到这里，不禁后背发凉。

“我们报警吧？”都晓白提议说。

“不行，我们现在一切只是推测，”古琛坚决反对，“连尸体都找不到，报警只会打草惊蛇，让事情变得更复杂。”

“你前师母被杀了，凶手就近在眼前，不报警我们还能做什么？”都晓白因为害怕，讲话声音不知不觉变大。

古琛一直沉浸在自己的思维中，这才发现都晓白状态不好，他走上前轻柔抚摸着她的头，用轻松的语气说：“少安毋躁小不点，我好歹大小案件也参与过不少，你这样让我感觉自己很 Low。李慕思案过去二十年了，要找直接有力的证据很难，但警方要立案就必须证据确凿，如果牛勇和江嘉瑶真是联手杀了我师母，我一定会找出证据，不会让他逍遥法外。”

“抱歉阿琛，我不该给你添乱的。”听了古琛的话，都晓白才发现自己失态，她努力让自己冷静下来。可能这一次案件发生在她身边，让她忽然慌了神，幸好她的主心骨一直都在。

“时间不早了，睡觉吧，你什么都不要想，剩下的事交给我。”

“好。”都晓白闭上眼睛，在心里默念，“我一直都相信你。”

看着都晓白酣睡的侧脸，古琛不禁浅笑，他知道自己正在坠入爱河。以往他总是待在独立的房间办公，讨厌被任何人打扰，在认识都晓白之后习惯逐渐被改变——他们总是有聊不完的话题。

古琛的视线一直在都晓白身上，直到手机振动，他才从思绪中醒过来。

古琛一看来电姓名，不禁眉头轻蹙。

“抱歉，局里这两天接到个紧急案件，哥儿几个忙得焦头烂额，我才抽空儿查了你说的那个人……”陈宇阳说。

古琛边听调查结果，边翻牛壮的画。

陈宇阳在电话里讲得口沫横飞，古琛不断将音量调低，过滤掉陈宇阳所说的褒义词、形容词，提取重点信息的同时，视线忽然在一张儿童画上停顿下来，说：“再重复一遍你刚才说的。”

陈宇阳怔了一下，试探着问：“哪一句？是他十岁那年生了一场大病，被父母接回城里……”

“不是这一句！”

陈宇阳像发条一样折腾了一整天，本想趁着打电话的工夫抽根烟，结果被古琛搞得再度紧张起来，小心翼翼地说：“顾三円小时候跟他奶奶住在乡下，对了，正是你待的汕水村。”

“原来如此。”

和顾三円偶遇，古琛就感觉这个人有点怪，但一开始又说不清哪里有问题。直到顾三円说自己和都晓白做了相同的噩梦，古琛便怀疑这个男人另有目的。

古琛再去看手上的儿童画，上面画了三个小朋友，中间扎羊角辫的女孩是王欢欢，左边脸上有小斑点的是牛壮，右边高个子笑起来嘴角扯向一边的男孩，跟顾三円很像！

陈宇阳看古琛没了下文，急切地问：“你那是不是挺棘手的，我还能帮上你什么忙吗？”

古琛揉着太阳穴，想了想说：“帮我查一下江嘉瑶。”

“一个死人，查她做什么？”

“还不确定，但我怀疑她与我师母被害有关，总感觉这女人死了依然让人费解。”古琛说着，又想起另一个试图诱导他调查方向的人来，“把王欢欢父母的资料传给我。”

陈宇阳假装对办公桌上一摞摞档案视而不见，爽朗地笑道：“没问题，查完告诉你！”

第二天老板娘做好早饭放在桌上，三个人洗漱完围在饭桌前，和往常一样，都晓白和顾三円没吃饭前对着打哈欠，吃饱喝足了就开始打嘴仗，玩得不亦乐乎。

古琛放下碗筷，难得插次嘴问顾三円：“你是第一次来汕水村吗？”

顾三円冷不防被问得一怔，他反问道：“你这么问是什么意思？”

古琛不动声色地观察，顾三円的反应算得上性情大变，都晓白始料未及，她尴尬地笑道：“三块钱，你嗓门儿太大了，阿琛就随便问问，你怎么这么大反应？”

“吓到你了小白妹子？不好意思！”顾三円讪讪地笑了起来，“怎么你们忘啦，我来的时候还坐你们顺风车了呢！”

“对哦，那时还是咱们带的路呢。”

人在说谎时音调会不自觉升高，这正是心虚的表现，古琛将一切尽收眼底，看穿却不说破，他不疾不徐地起身，说：“出去走走吧！”

顾三円知道这话多半是冲他说的，他有些迟疑：“这么早去哪里？”

“去见个老朋友。”

第十七章　好奇心害死猫

清晨的阳光不算刺眼，古琛把车停在牛勇家的瓜田旁。三人在车上看见这样一幕：牛勇正猫着腰给坐在矮凳上的壮壮挽袖子。

听见汽车发动机的轰鸣声，牛勇转过身看见古琛向他走来。听闻古琛又要带儿子出去玩，连连点头表示感谢，并精挑细选了两个瓜，非得亲自送到车上，这一刻他就是一位慈祥的老父亲。

顾三円没想到古琛说的“老朋友”，竟是牛勇的儿子壮壮，更没想到他居然用一个问题，点破自己的真实身份。

“壮壮画画真有天赋，我猜这个是壮壮，这个小女孩一定是欢欢了！”

壮壮被逗得咯咯笑，古琛抬头看见不远处的牛勇，微笑着招了招手，然后继续埋头和壮壮讨论他的画。

“嗯？这个笑起来嘴巴歪的小朋友是谁呀？”

“是円円！欢欢管他叫三块钱！”壮壮忽然抢过画，一把捧在胸前，开心地笑了起来，“円円和欢欢是壮壮最好的朋友。”

顾三円皱着眉头看向壮壮，有一瞬间失了神。

都晓白顺着古琛的视线望去，这才发觉顾三円神情悲伤，眼底流出一抹湿润，她不明所以，担心地问：“你没事吧？”

顾三円一把扯过壮壮手里的画，将画纸扯得粉碎，一把丢在车窗外任风吹走，并吼道：“你根本就不配有朋友！”

壮壮目瞪口呆地看碎片被风吹散，下一刻才反应过来。他难过地哭闹起来：“你是坏人，你还我円円，还我欢欢……”

“壮壮不哭，姐姐帮你教训坏人。”此刻不只是壮壮，就连都晓白都生气了，“顾三円，你有病是吧！好好的干吗撕坏人家辛苦画的画？”

顾三円仍是抑制不住内心的愤怒，自然也没给都晓白好脸色。

都晓白刚想再说什么，被古琛拦了下来：“别生气了，你陪壮壮重新画一幅吧，我们下车聊几句。”

都晓白点了点头，狠狠瞪了顾三円一眼。后者急忙躲开都晓白的视线，跟古琛一同下了车。

顾三円身份被识破后，心事重重地走在古琛后面，两个人一路无话。走了百米左右，古琛停下脚步，顾三円一脸戒备地看着他。

“吸烟吗？”古琛问。

顾三円迟疑着向前走了几步，接过香烟点燃，猛吸了几口，再对上古琛的视线时，忍不住说：“不是有话要说？想问什么就问吧。”

“能找到我，你还挺有门路的。”古琛吐出一口烟，不客气地说，“想为小伙伴讨个说法，也该有个求人的最基本的态度。”

“你知道多少？”顾三円不可思议地看着古琛，良久才诚恳地说，“抱歉，我不是试探你，我只是不知道能否信任你。”

“我没空儿说服你，信不信自便。”古琛熄灭了烟头，转身就离开。

“我把我知道的都告诉你，只求你帮我们！”顾三円突然说道。

“你果然有内应，是王欢欢的父母吧？”

“你怎么知道？”顾三円有些惊讶。

“阿姨先用‘鬼新娘’的故事引起我们注意，接着你假装背包客一路跟我们到店里，然后三番两次用‘鬼新娘’搞事情。你们合作得如此不亦乐乎，我想假装看不见都不行。”古琛头也不回地招招手，“上车！”

顾三円跟着古琛上了车，一路上大家像商量好一样保持沉默。

顾三円按照古琛的要求，把老板和老板娘叫过来，大家围在一起开诚布公地说出所有秘密。

“欢欢、壮壮我们三个从这么高就一起玩，”顾三円用手比量着，目光里满是对儿时美好时光的怀念，“欢欢是我们之中最小的，那时候壮壮经常抓虫子吓唬她，我每天哄吓哭的欢欢，时间久了壮壮到处跟人讲，欢欢长大了是要嫁给我的。大人们听了哈哈大笑，可六七岁的娃娃懂什么，所以欢欢就哇哇大哭，把眼泪、鼻涕都往我身上抹。她说她才不要嫁给我，虽然壮壮有时候很讨厌，但欢欢、円円和壮壮要做一辈子朋友，最好的朋友……我们都天真地以为一辈子还有好多好多年，谁也没想到……”

讲到这里顾三円眼圈就红了，老板用力搂紧老伴的肩膀，老板娘没抑制住情绪，抽泣起来。

古琛将纸巾递给老板娘，耐心等待他们平复情绪。

“那天村里最美的女人结婚，趁着大人们都散去，我和壮壮拉着欢欢，躲在窗下看阴婚的洞房夜。顺着光能看见江嘉瑶躺着，旁边还有个一动不动的人，我们都知道他已经死了，那时欢欢已经吓得想走，我却按捺不住好奇心，说再看一会儿就走……”顾三円埋下头，继续这段不堪回首的回忆，“不一会儿牛勇扛着个陌生女人进来，我们听不清他和江嘉瑶说了什么，就跑到门后面躲起来。顺着门缝，我看见江嘉瑶给那个女人喝药，然后和她互换了衣服，江嘉瑶还给她化了个很浓的妆。后来江嘉瑶拿石头砸烂了女人的手，拿走了她的镯子，再后来那女人被牛勇……吊死了。”

顾三円大口喘息着，现在回想起来还是会心惊胆战。

“你们目睹了谋杀案，然后被发现了？”古琛问。

顾三円点头，此时的他陷入无尽的痛苦与自责中。

他说：“我当时被吓傻了，也不知道是谁先哭出了声，他们听见声音便追出来，我拽着欢欢、壮壮拼命逃，我以为回到家就安全了。想不到隔天欢欢就被牛勇带走了，我发现后小心跟在后面，一直跟到了河边，看见江嘉瑶突然把她推下水……”

古琛诧异地问：“江嘉瑶后来不是上吊了吗？你确定看见的是她？”

“肯定没错！就是那个女人把欢欢推下水的！”顾三円突然激动起来，他尝试抑制情绪，勉强不让自己失控，“欢欢水性很好，被扔进河里后拼命往洄游，我看见江嘉瑶拿着木棍一次又一次把她推回河里。我多想冲过去把她救上来，可是……我不敢，我当时吓坏了，只能眼睁睁看着她……”

古琛抬眼问：“什么意思？”

顾三円双眼通红，说：“我被吓病了，第二天被父母接走了，高烧持续了三天三夜，再醒来我什么都不记得了。之后我经常失眠，前段时间偶然去看医生才忽然想起了这一切。”

“等下，”古琛脑海中回顾顾三円讲的事情经过，依然觉得不可思议，继续追着江嘉瑶的话题，“你看见江嘉瑶杀害王欢欢的那一天，正是村民们发现江嘉瑶上吊自杀，并与牧家长子合葬的那一天，这怎么可能？王叔，江嘉瑶是双胞胎吗？”

老板有些紧张地摇了摇头。

“你是不是眼花了？”古琛直视顾三円的眼睛。

顾三円十分生气：“你以为我在说谎？我对天发誓，我看见的绝对是活生生的江嘉瑶！是她害死了欢欢！就算她化成灰我都认得！”

“那她是死而复生了？呵，你这个逻辑——”古琛哂笑声戛然而止，脑中突然闪过一个荒诞的想法。

“你们当年亲眼看见上吊的人是江嘉瑶吗？”古琛问老板夫妇。

“我们也是听人说的。”老两口异口同声地回答。

古琛问：“听谁说的？”

“好像是李老三？”

“不对，是听王瘸子说的。”

“王瘸子跟我说的时候，也说是听别人说的。”老两口争论起来。

“下葬时村里有谁亲自确认过？”古琛继续问。

老板娘说：“那是牧家的祖坟，咱们外人哪儿进得去呀！”

“这样，麻烦二老找消息灵通的村民，把我刚才的问题再问一遍。”

老两口答应后立马去办这件事了。古琛盯着顾三円良久，问：“牛勇为什么没有找你，而是找王欢欢？”

顾三円被瞅得浑身不自在。他做了一个吞咽的动作，回答说：“我们在逃跑途中欢欢摔倒了，情急下壮壮喊了欢欢的名字，应该是被牛勇听见了……”

“你没记错？是壮壮喊的吗？”

“是吧，我也记不清了。”顾三円低下头，闪烁其词。

“算了，当时你也只是个孩子。”古琛见过无数次这样回避的眼神，知道他在说谎。过了这么多年，还能挖出王欢欢被杀的真相已经很难得了。与之相比，她当时如何暴露的，已经不再重要了。

这时壮壮完成了他的画作，自豪地拿给都晓白看，都晓白给他一个鼓励的眼神，然后小心翼翼把画送到顾三円面前。

“壮壮的好朋友。”

顾三円惊讶地看着画，画里依然是手牵着手，笑得天真无邪的三个小伙伴，也许在壮壮的内心世界里，他和欢欢从来都不曾离开过。

“最近我总是梦见欢欢，每次她都浸在水里，哭着求我救她，但是我每次伸手去抓，梦就醒了。”顾三円颤抖地摸着画，泪水突然决堤，“你说那么小的孩子在水里得多冷啊！我就想，哪怕我有一次能握住欢欢的手，欢欢都不会死。但是他妈的一次都没有……一次都没有……我经常想，如果那天我没喊欢欢的名字，她或许就不会死……”

“円円不哭。”壮壮好像认出了顾三円，看见他埋头痛哭，忍不住上前安慰他，说着说着壮壮竟也跟着哭了起来。

都晓白拍着壮壮的后背，侧过头对顾三円说：“欢欢不会怪你的。”

古琛没有时间顾全他人情绪，此刻他的脑海中有太多疑问亟待解决：江嘉瑶是如何“死而复生”的？这个秘密与李慕思互换衣服的举动背后，是否存在关联？李慕思的尸体究竟被藏在哪里？

古琛正想得出神时，陈宇阳打来了电话，他没给古琛讲话的机会，自动引入话题：“江嘉瑶 1979 年生人，汕水村本地人，九十年代初进入娱乐圈，艺名梦瑶，当时风光过好一阵，后自杀身亡，死亡时间 1997 年 10 月 7 日。我让小李把详细资料发你邮件了。”

“嗯，你那边需要帮忙吗？”

“小事，搞得定—— 都准备好了？”陈宇阳边打电话边与老郑确认了一下，急忙对古琛说，“我去开会，先这样啊！”

陈宇阳说完就挂了电话，古琛第一次见他忙到没空儿寒暄，这感觉像极了远在海外的唐彧。没过多久，手机收到李冬冬传来的电子邮件，古琛点击邮件翻开第一页，老板和老板娘就风尘仆仆地赶回来了。

顾三円见他们热得满头大汗，急忙倒了两碗水端过来，他们连口水都来不及喝，忙着汇报结果。

根据老两口搜集到的资料，古琛得知了江家的一些事情。原来江家受重男轻女观念的影响，对江嘉瑶从来都是漠然的态度，根本不关心女儿是死是活；牧家更是把精力都放在逝去的长子身上，根本不在乎棺材里躺的另一人是谁。

老两口又问了邻里们相同的问题，几乎都没亲眼看见江嘉瑶上吊自杀。

尽管“鬼新娘”被村民们传得沸沸扬扬，但是他们从没怀疑过死的不是江嘉瑶本人，他们都听人说江嘉瑶“自杀”了，并且死状奇惨。

古琛一边听，一边快速翻看江嘉瑶的资料，突然指尖在一张照片上停顿下来，这是他第一次看见江嘉瑶，相片里的少女竟与记忆中那个人的相貌有几分神似！

此刻古琛根本听不进老两口说什么，他迅速发了条信息给陈宇阳，然后夺过壮壮的笔和画本，翻开到空白页，脑海中的记忆一节节在时间里倒退，所有疑点像一块块拼图组成画面，答案像大雾中迷失方向的驯鹿，亟待破雾而出！

古琛再次翻出当年警方罗列的李慕思好友名单，将脑海中重重疑点一一落到纸上：沈继渊的未婚妻李慕思于二十年前失踪，蒋梦瑶便是好友名单中的一个，她的不在场证明是“参加未婚夫葬礼”；陈宇阳说江嘉瑶的艺名叫梦瑶，而蒋梦瑶十九年前的结婚照，与江嘉瑶旧照的面孔完全一致，种种迹象都将幕后黑手指向蒋梦瑶，现在只差一个“必要条件”！

另一边，陈宇阳收到古琛的求助后，把蒋梦瑶的基本信息发给古琛。古琛大致浏览了内容，顺利获知一个必要条件，原来蒋梦瑶于 1999 年 10 月 11 日将户籍迁入银海市，资料显示她之前久居国外。

这便印证了古琛之前“荒唐”的推测：“呵，原来如此！”

壮壮还在努力抢回自己的画本，古琛一句话勾起在场所有人的注意力，顾三円问：“你知道江嘉瑶‘复活’的原因了？”

“人是不可能‘死而复生’的，但如若是假死的话，一切就解释得通了。”古琛知道大家都想问发生了什么，“冥婚之夜我们大概知道发生了什么，下面我讲一些大家不知道的事情……”

时间倒退回二十年前，江嘉瑶被逼与去世的未婚夫结冥婚，情急之下她想到让李慕思做自己的替死鬼，于是以结婚为由把李慕思骗来汕水村。在举行冥婚之夜，江嘉瑶与李慕思互换衣服，并与牛勇联手将其杀害。牛勇把“江嘉瑶自杀”的谣言一传十，十传百，最后瞒过了所有人。谁能想得到江嘉瑶用诈死瞒天过海，摇身一变成了海归人士，并以蒋梦瑶的身份，嫁给朝思暮想的音乐才子沈继渊。

“接下来还剩下最后一个难题——找出前师母的尸体。”都晓白兴奋地说。

“小白妹子，你刚才是不是没有注意听讲？”顾三円说。

“听了一部分，我说得不对吗？”都晓白按照一般案件发展的顺序，条分缕析地讲，“凶手都是先杀人，再毁尸灭迹，还得做到神不知鬼不觉吧？你看村子这么大范围，凭我们几个要找到猴年马月，关键时刻当然要靠我们的古先生了！”

“你这个马屁拍得绝对到位！”顾三円笑得颇为无奈，提醒她说，“就在你和牛壮画画的时候，你家古先生已经揭晓过答案了。”

“在哪儿……”

三天后的早晨，报警中心接到举报电话，说汕水村发现二十年前李慕思失踪案的线索，该管辖区域派出所接到指令后，立刻出警保护现场。紧接着距离村子最近的县城刑警队，和邻城区刑警队的同志陆续赶到，他们在牧家祖坟挖出“江嘉瑶”的棺木，由鉴定中心的技术人员将尸体抬出带回中心。

整个过程都晓白都站在围观的村民中间看热闹，古琛则始终在和陈宇阳通话。

“二十年的冷案都能被你找出破绽，我真是服了！”陈宇阳难得喘口气，大笑着弹了弹手上的烟灰。

“蒋梦瑶那边安排得怎么样了？”古琛讲起话来依旧口吻平淡。

“被带去局里问话了，我这实在脱不开身，不然一定过去凑个热闹。”陈宇阳开过了玩笑，转而又感慨起来，“明明是和死人结冥婚，却说成结婚骗李慕思前来送死，还鸠占鹊巢嫁给李慕思的男人！这么错综复杂的情节，电视剧都不带这么演的！”

陈宇阳感慨完又问：“那个传家宝你又是怎么发现的？”

“当初江嘉瑶抢走了玉镯，肯定怕被老师发现，于是藏起来了，但这么多年过去都相安无事，她的警惕性大不如前。”讲到这里，古琛也是捏了一把冷汗。

“所以你才让沈老先生找到镯子，江嘉瑶她一定想不到会有东窗事发的一天！”陈宇阳昨天接到古琛消息，立刻安排人去了一趟沈继渊住所，收到镯子后马不停蹄地带回去检验，果然发现了潜血反应，“等尸检 DNA 出来后进一步检测，就能确定手镯上的血迹是否属于李慕思。”

“但愿一切顺利。”

另一边审讯室里，牛勇像个聋哑人一样，一言不发，一坐就是三小时，对杀害李慕思一案始终保持沉默，既不承认，也不否认。王队只好按牛勇提出的要求，安排古琛半小时后过来。

牛勇表面上是个粗人，内心却并不简单，他第一次与古琛见面时就已经十分谨慎了。看着沉稳坐下的古琛，牛勇想不通怎么会被看出破绽。他不服气地问：“你不是个普通记者吧？”

“没错。”古琛坦然承认，“你也不是个普通的目击者。”

“二十年了，我连梦话都不会说错，你到底凭什么怀疑我？”

“你这位‘目击者’对李慕思的印象尤为深刻，深刻到二十年过去，你对她失踪时衣着打扮的细节描述得丝毫不差。唯独一点——你自始至终都没提起她随身携带的手镯，试问你这样‘好记性’的目击者怎么单遗漏了如此显眼的首饰？”

见牛勇闭口不言，古琛了然地替他解释：“因为你是故意的，你很清楚手镯的下落。”

“我怎么知道谁拿走了，我就是当时没看清。”牛勇狐疑地问，“你就凭这个怀疑是我干的？”

“当然不止这个，二十年前你对警察说，你去镇里常光顾的店买化肥，然后在回家途中看见李慕思。但据我所知，店家老母亲那个月病了，一家人都去了市第一医院，至少半个月没开门营业，那么请问你是去谁家买的化肥？”

“那天他家确实没开门，我去别家买的肥料。”牛勇很笃定地回答说。

古琛再次确认问：“你肯定自己没记错吗？”

“这怎么会记错。”

古琛狡黠地笑了起来：“其实我刚才都是瞎编的，那家店根本没有停业，你也没有去别家买，因为你根本没去镇子买化肥。”

“你诓我！我去没去买化肥关你屁事！”牛勇气急败坏地瞪着古琛，仿佛要吃人般。

“有村民说早上看见你赶着马车，拉了一些化肥出村，中午左右另一个村民看见你去了后山，你把李慕思安顿在山脚下的石屋里。”古琛没理会恼羞成怒的牛勇，继续说，“汕水村到潭水村距离 37 公里，一般马车时速为 20 公里，加上以前路不好走，我们姑且将马车时速降为 16 公里，你一去一回加上等人的时间，四个半小时刚好按原计划接回李慕思。”

牛勇目光凶狠地瞪着古琛，不再说话。

“还记得当年你‘目击李慕思’的潭水村吧！虽然没有村民见过李慕思，但有人在村口见过你，说你东张西望一看就不像个好人。”古琛给他一个少安毋躁的眼神，哂笑说，“你无须担心，我已经帮你解释过了，你不是小偷，而是等待‘羔羊’的杀人犯。”

牛勇显然没料到古琛能查到这里，他根本无法解释这一切，唯一的办法就是死鸭子嘴硬，他叫嚣说：“你这个毛没长全的小兔崽子，甭想套我的话，有证据你就拿出来！”

古琛料到杀人犯都是不撞南墙不回头，他不疾不徐地翻出一张照片拿给牛勇：“看不懂吧？我解释一下，这是技术人员在石屋桌角下找到的织物碎片，经技术比对正是李慕思失踪时所穿的衣服。另外李慕思的尸体已经送去尸检，有句行话说‘尸体是不会撒谎的’，你的所作所为‘它’都会告诉我们。还要我继续吗？”

听了这么多，牛勇才恍然大悟：“你最初来这里的目的，就是为了那个该死的女人！”

古琛平静地看着他，良久才开口讲话：“你口中那个‘该死’的女人叫李慕思，她是个与世无争的善良女人，有一位非常相爱的恋人，本来再过一个月她就要结婚了。在没遇到你这个浑蛋之前，她本不该死的。”

牛勇想到这里，摇头说：“不，不是的！她是这个世界上最坏的女人！她该死！”

“你确定我们两个说的是同一个人吗？怎么我了解到的李慕思，温柔善良得像个天使？”古琛说。

“不对，你们都被李慕思骗了，她说过那个女人就是牧然身边的一条狗，一个狗仗人势的贱人！”牛勇激动地咒骂。

古琛从牛勇口中得到一条重要信息，他误会李慕思和牧然认识，这足以说明一个问题！于是古琛故意摆了一个迷魂阵，对牛勇说：“你根本不认识李慕思，你所了解的李慕思，都是江嘉瑶告诉你的吧？”

“你怎么会认识——”牛勇险些被套住，当他看到古琛精明的目光，慌张地切换了话题，“我不知道你在说什么。”

“怕暴露她？不知道还以为你们感情有多牢靠呢！”古琛的话让牛勇不寒而栗，“你和李慕思原本没有交集，却为了江嘉瑶连杀人的勾当都做，可见她在你心里的位置非同一般。”

“我们的事没必要告诉你。”

“是你要求见我的，虽然话不投机，但我也没道理这么快就回去，咱们两个不妨闲聊几句吧？”古琛吊儿郎当的口吻，试图激怒对方，“江嘉瑶在你心中什么地位我不清楚，但我看得出来，她对你可算不上地道。”

果不其然，牛勇怒不可遏地大声吼道：“你他妈懂什么，少在这里胡说八道！”

“别激动，其实我对你们的事没多大兴趣，和你聊纯粹是觉得你可怜。我们不妨先从情感来分析。一个女人如果在乎你的话，她应该无时无刻挂念你，但据我所知，江嘉瑶这二十年来，心思一直在别的男人身上。”

牛勇听见“可怜”二字时已明显忍无可忍，再听古琛说“别的男人”时，牛勇立刻跳起来用力拍打桌子，气急败坏地骂：“你个小兔崽子知道个屁，我们从光腚娃娃起认识的，打小就一起走……”

“我本来也没兴趣知道，巧的是那个男人是我的钢琴老师。”与牛勇激动的情绪形成鲜明对比，古琛慢条斯理地打断对方，“这么多年她找过你吗？你知道她更名改姓了吗？你知道她和谁结了婚，过怎样的生活吗？”

“不可能！她一个人在外面一定过得很辛苦，她说过等那边生活有了起色，就会回来找我！”牛勇每天用同一个理由麻醉自己，或许是说了太多遍，连自己都觉得缺乏底气。

“二十年过去了你还在做梦？”古琛故意笑出声来，“多亏你当年‘仗义’替江嘉瑶除掉情敌，第二年她就顺利嫁给了一位音乐才子，过上幸福圆满的生活，你觉得她还会回来找你吗？别做梦了，我们聊聊壮壮吧？我以为他是个从不说谎的孩子，但他却谎称自己看见……”

古琛话未说完，就被牛勇硬生生地打断了，他说：“我儿子从来都不说谎！”

“所以他的确看见鬼新娘了，不然你要如何解释？”古琛用笃定的口吻说。

“这……”牛勇被他的文字游戏绕了进去，尽管心里十分不服气，却无力反驳，只能哑巴吃黄连。

“你我都知道这个世界上没有鬼，壮壮又是个懂事的孩子，那天他到底看见了什么？”古琛将身体探向牛勇，紧盯着他的眼睛施加压力，“你不回答的话，我只好假设了，江嘉瑶故意在夜晚扮成鬼新娘吓唬壮壮！”

“瑶妹怎么会做这种事，没凭没据的你瞎说啥？”牛勇嘴上虽维护江嘉瑶，事实上他已经开始怀疑她。

“为了给人制造压力和恐慌，吓得所有村民足不出户，江嘉瑶就可以大摇大摆地离开，这样一切就解释得通了！证据你不用担心，警方随时会传来‘惊喜’，其实真相是什么并不重要，重要的是你为了一个无情无义的女人，为了你的一己私欲，亲手毁了壮壮的人生。你会觉得愧疚吗？你还心疼他吗？”

古琛的话句句切中要害，牛勇根本无力反驳，他满脑子想的都是自己那没娘的可怜孩子，他确确实实为了一己私欲，给儿子带来无法挽回的伤害。

“报应不爽！真是报应不爽……”牛勇以为可以神不知，鬼不觉地躲一辈子，但是天网恢恢，他终究逃不过法律制裁。

牛勇自知罪孽深重，当初因为鬼迷心窍害死无辜的李慕思，同时也毁了壮壮的一生。不过这一次他决定为了壮壮悔过自新，主动配合警方调查，将隐瞒了二十年的犯罪事实全部交代。

当年江嘉瑶找牛勇哭诉，说娘家人逼她嫁给死人，她要么去寻死，要么找个人代替她结婚。牛勇听了心头一紧，他不忍心让江嘉瑶受委屈，于是狠下心接受她的请求。

这是牛勇第一次听见李慕思的名字，听江嘉瑶说，她受尽了李慕思的欺凌，于是二人把“替死鬼”定在了李慕思身上。江嘉瑶计划把李慕思骗到汕水村，由牛勇把李慕思带回山脚下的石屋。

计划进行得十分顺利，牛勇当天以购买化肥为由，顺路把李慕思一起带回村里，然后把李慕思囚禁在石屋里。在冥婚仪式当天，江嘉瑶假意配合牧家完成仪式，等“新郎”“新娘”被送入“洞房”，看热闹的村民都散了，再把迷晕的李慕思扛进屋里。

江嘉瑶和李慕思迅速对换衣服。为了让李慕思替死鬼的身份不败露，江嘉瑶特意为她化了很浓的妆。

后来，江嘉瑶发现李慕思手腕上的金镶玉镯。她知道这是沈继渊的传家宝，便迫不及待想把它取下来。她尝试了几次都没能拿下来，最后不择手段的江嘉瑶寻了块砖头砸碎了李慕思的手骨，这才如愿以偿取下手镯。

案件逐渐走向明朗，但离真相还有一段距离。

在对李慕思痛下杀手的这个环节，牛勇和江嘉瑶始终各执一词。牛勇一口咬定是江嘉瑶先给李慕思下毒，然后自己被江嘉瑶指使把李慕思吊上房梁，伪装成“江嘉瑶”自缢的样子。待一切掩饰妥当，江嘉瑶才悄然躲回山脚下的石屋，留下牛勇在外面守夜。直到假“江嘉瑶”被人发现后，牧家与江家商量了赔偿事宜后顺利下葬，江嘉瑶本人找机会逃离了汕水村。

同样接受调查的蒋梦瑶听了牛勇的口供后嗤之以鼻，她问：“那个窝囊废跟你们说的？你们不觉得可笑吗？我怎么可能给人下毒？杀人可是犯法的！那个窝囊废在诬陷我，他是想把罪名都推到我身上。警察同志你一定要查明真相，不能冤枉我啊！”

刑警老董忍了再忍，把“你们两个狗咬狗，没一个好东西”这句话咽下去，淡定地说：“你知道杀人犯法就好办了，法律是公正严谨的，人民警察是不会冤枉一个好人的，但也绝对不会放过一个坏人！”

蒋梦瑶是绝顶聪明的人，当然听得出对方话里有话，态度当即软下来，说：“我真是被牛勇蛊惑的，我凡事都被那个女人压一头，我就是想吓唬吓唬那个女人，我给她喝的只是安眠药，我说的都是真的。”

“还安眠药，你都能指使牛勇杀人，还有什么是你不敢的？”老董紧跟蒋梦瑶的思路诘问。

“你说什么呢，我常年吃素的，平时连鱼都不敢杀，我哪敢杀人啊！全都是牛勇干的，真的！我不知道他会这么心狠手辣杀了她，我当时整个人都被吓傻了。他一直恐吓我叫我不要说出去，不然就连我都杀了，我是吓死了才跑掉的！”蒋梦瑶的眼睛左右打转，不知想起什么来，忽然嘴角上扬，“你们不信的话，等验尸结果出来不就真相大白了！”

古琛隔着玻璃窗听蒋梦瑶讲到这时，仔细回想李慕思尸骨被挖出时的状态，一种不祥的预感油然而生！

果不其然，下午王队取回验尸报告后，脸色阴沉得让人喘不过气来。

王队说：“鉴定报告出来了，李慕思的死因并非中毒，而是身体重量作用下颈椎折断致死。”

这一结果让刑侦队员们都十分诧异，纷纷质疑：“真不是中毒吗？”

王队咳了一声，下面立刻鸦雀无声，这才继续说：“老李在李慕思指缝中，找到几根疑似凶手的毛发，从该毛发分离出的 DNA，用 PCR 放大进行比对，证实了凶手就是牛勇。另外老李尸检发现，李慕思遇害时已经怀有三个半月的身孕。”

“岂不是一尸两命？这个畜生！”老董咬牙切齿地骂。

王队和老董拿上尸检报告再次提审牛勇。这个没怎么读过书的粗人，得知心心念念多年的女人二十年前就给自己挖好了坑，终于恼羞成怒。

“不可能！我明明看见瑶妹喂她喝了敌敌畏，我才把她吊上去的！”

“原来你也留了个心眼儿，你亲自确认过李慕思死亡了吗？”老董问。

牛勇越是仔细回忆，脸上表情越复杂，最后砸着桌子大声骂道：“江嘉瑶那个臭娘儿们！她一早就想好了要陷害我！这个婊子养的骚货……”

“够了，安静点！这里是公安局，不是给你骂街的地方！”老董喝了一声，待牛勇再次冷静下来，他把一沓文书拍在桌上，说：“你睁着眼睛说瞎话呢！尸检报告里清清楚楚写着吊死的，你当我们警察都是傻的？”

牛勇尽管大字不识几个，却仍是不死心地去看报告单，本子上密密麻麻的他根本看不懂，满脑子不受控制地想起那个夜晚。

“她说：‘那瓶药一下肚，神仙也救不了她……’她问我：‘你愣着干啥，还不快把那女人吊上去……’”

牛勇这一刻才惊觉，为什么那时江嘉瑶如此镇定，他却吓得连瞳孔都放大了，他连声惊叫：“不是，人不是我杀的，江嘉瑶那个婊子故意的，是她设计好要我做替死鬼！警察同志你一定要为我做主，我真不是故意的，我冤……”

“人家一尸两命都没来得及喊冤，你也好意思！”老董重重地敲了一下桌子提醒，“我们警方会查明真相的！”

“李慕思案”东窗事发后，蒋梦瑶和牛勇互相推卸罪名。尽管牛勇杀人罪名得以落实，他承认杀人事实的同时，也指认江嘉瑶教唆和杀人，奈何案发时间久远，没有直接证据能证明江嘉瑶是主使，即使她的杀人动机足够明显，可依然不能依法入罪。一时间“李慕思案”再次陷入僵局。

古琛得到消息也颇为无奈，把都晓白安顿到酒店后，他便立即赶回沈继渊的住宅。将车停在门口，他放下车窗连抽了两支烟，思来想去还是决定把李慕思的遭遇如实告诉老师。

古琛独自敲门走进老师卧室，坐在床边凳子上，将李慕思生前的遭遇娓娓道来。

自从蒋梦瑶被警察带走后，偌大的宅子少了女主人，一下子变得空空荡荡。其实沈继渊活到这把年纪，大概也猜出蒋梦瑶被带走不是好兆头，所以他此刻精神状态并不好。

古琛讲述的过程中，沈继渊安静地聆听，眼睛不时望向窗外，直到听说李慕思怀有三个月的身孕时，他布满皱纹的脸才突然抽搐起来。

古琛看到老师摆了摆手，便起身退出房间，和家庭医生一起守在门外，不一会儿，老师房里传来断断续续的抽泣声。

沈继渊哭得像个孩子，他的一生，外人看来光鲜亮丽，但其实他与多数人一样属于大器晚成。他的前半生过得并不风光，幸好那时有李慕思不离不弃的陪伴。

后来李慕思失踪，他又遇上相知相伴的蒋梦瑶，沈继渊以为自己能够平淡地度过余生，可他万万没想到，睡在身侧的枕边人如此狠毒，竟是杀害自己未婚妻的凶手！

听古琛的意思蒋梦瑶仍不肯认罪，沈继渊愤怒地拿起床头柜上的水晶相框往地上猛砸，摔碎了与蒋梦瑶的合影。

“李慕思案”的僵局在整整一周后被打破，那是一个平淡无奇的午后，一个辖区派出所收到没有署名的纸盒，里面装有一盘年代久远的录像带，并附有一张字条，上面只写了“李慕思”三个字。

录像带里的内容立刻被重视起来。派出所领导再三确认过录像带内容后，立刻联系了办理该案的主要负责人王宝国，让原本陷入僵局的案件，进入柳暗花明的新局面。

王宝国一方面派人查匿名录像带来源，另一方面找技术人员核实录像带真伪，当确定是原版母带之后，立刻仔细查看录像带录下的内容。

该录像带拍摄了牛勇将李慕思一路背进屋后，与江嘉瑶的对话，与牛勇之前供述的内容完全吻合。

经技术人员数次查看录像内容，还发现当时躲在门前角落里偷窥的三个孩子，由此联想到古琛之前了解的情况，认为其中一个孩子应该是牛勇的儿子壮壮，这便证实他先前绘画内容属实，而另外两个孩子分别为顾三円和被害的王欢欢。

警方掌握了江嘉瑶与牛勇合伙杀害李慕思的犯罪事实，面对人证、物证事实确凿，蒋梦瑶再也无法抵抗，态度也从一开始的被动调查变成了主动交代。她终于承认利用牛勇杀害了李慕思，并提供给警方假的不在场证明。

老董看了一遍蒋梦瑶的口供，点头说：“你的杀人动机我们已经了解，不过我还有一个疑问：冥婚这种旧习俗的确荒唐，可牛勇也不至于因为这个帮你杀人，你当时是怎么说服牛勇的？”

“我对他说牧然他爸要杀了我，给牧然陪葬。”蒋梦瑶平静地回忆说。

老董感觉有点不可思议，问：“他都信了？”

蒋梦瑶说：“那个窝囊废从小就是这样，他一看见我哭，脑子就短路了。”

“牛勇连人都敢替你杀，对你也算是一片痴心，你心里难道一点都不感动？”

“一片痴心？他早干吗去了？我被牧然那个死变态欺负的时候，他人在哪儿？他和壮壮的死鬼老娘在小河边打情骂俏呢！真后悔没把那小崽子一块儿淹死！”蒋梦瑶阴恻恻地说。

王队听了接话问：“和王欢欢一块儿吗？”

蒋梦瑶这才惊觉自己口误，忙不迭装傻充愣说：“说什么呢，我不认识王欢欢。”

“你不认识没关系，牛勇知情啊。他可是把‘江嘉瑶’害死王欢欢的经过交代得清清楚楚。”

“他都说了？”蒋梦瑶不可思议地放大了瞳孔，转瞬便冷静下，不一会儿便笑了，“我什么都没做过，他口说无凭。你们有证据就拿出来呀。不过有一件事你们倒可以转告牛勇，我曾精心‘关照’过他的好儿子！”

“你对牛壮做过什么？”

“倒也没什么，我记得好像是小姑娘死的第二天，牛壮被吓得睡都睡不着，刚巧我也有点失眠就去看他，可能我那天穿了一身红裙子让他联想起什么，他当时的表情别提多丰富！”蒋梦瑶不怀好意地大声笑了起来。

王队听了拍案而起，怒吼道：“你竟然扮女鬼去吓唬个孩子？简直丧心病狂！”

后面任凭王宝国和老董带人轮番审讯，蒋梦瑶只坦白杀害李慕思和吓疯牛壮的经过，拒不承认王欢欢溺死与她有关，大家拿蒋梦瑶无计可施，决定先把她带回拘留室。

警察带江嘉瑶走出审讯室，刚经过走廊，就撞见等在外面的王欢欢父母和顾三円，双方一见面情况就变得不受控制。

王妈猛地抓住蒋梦瑶衣领，激动地边哭边问：“你为什么杀欢欢？她还只是个孩子呀？呜呜……她才这么小就没了，你这杀人凶手为什么能活到现在……老天无眼呀，呜呜……它为什么没早点收了你这狠心的婆娘……”

蒋梦瑶常年注意保养，看起来比王妈至少年轻二十岁，她嫌弃地甩开对方，不悦地说：“这位大娘东西可以乱吃，但话不能乱说，你哪只眼睛看见我杀你女儿了？”

“我亲眼看见的，就是你杀了欢欢！”顾三円不由分说冲上去就要动手，被训练有素的警察给拦了下来。

“你上下嘴唇一碰，人就是我杀的？我还说是你杀的呢！”蒋梦瑶看见有家属过来闹，反而异常亢奋，“年轻人多学点法律知识，没有证据胡乱编排属于诽谤懂吗？”

顾三円是个血气方刚的男人，听了蒋梦瑶的挑衅，眼睛都红了，他回道：“我既然能把你们的勾当抖出来，我就一定能找到证据定你罪！”

“你就是那天晚上跑得最快的小鬼吧！我知道了，我等着，到时你也可以弄张光盘之类的，哈哈哈……”蒋梦瑶得意地扬起下巴，整个走廊都是她张狂的笑声。

顾三円通过都晓白得知，自从沈继渊知道李慕思过世的消息，病情在一夜之间恶化了，古琛近日来一直守在医院病房。虽然知道现在属于非常时期，顾三円还是找到医院，寻求古琛帮助。

“我们现在拿蒋梦瑶束手无策，再这样拖下去到送审结案，欢欢死亡的真相就彻底被掩盖了，我真不敢想象到时王叔和婶子要如何面对这个结果。”顾三円双眼无助地看向古琛，希望能从他身上看见奇迹的发生。

“蒋梦瑶没有虚张声势，她一定是百分之百确信自己毫无破绽，警方一定没有证据，这个女人还真是……”古琛神情疲倦地掏出烟盒，递给顾三円一支，自己点燃一支。

顾三円万万没想到连古琛也会这么说，一瞬间他万念俱灰，不知不觉竟红了眼眶，呜咽着问：“真的一点办法都没有了吗？”

顾三円哭得像个无助的孩子，为了掩饰尴尬一直面向远方。古琛轻拍着他的肩膀，本想象都晓白那样安慰几句，结果一张开嘴，嘴边的话又变为无奈的叹息声。

两个人就这样看着远方，烟一支接一支地抽，也不知是抽到第几支烟的时候，都晓白一脸慌张地跑了过来，还没来得及说话眼圈就先红了，古琛见了二话不说，急忙跑去 VIP 病房。

古琛安静地坐在椅子上，看见沈继渊被推进抢救室。

顾三円的情绪刚得到缓解，便上前安慰古琛，他说："我以前也与沈老师有过几面之缘，老人家的敬业程度非常令人敬佩。你也不用太过担心，沈老先生会渡过难关的。"

古琛感到万般无奈，好像遇到类似的情况时，大家都在用这种话来安慰他人，这种无关痛痒的话，古琛从来都说不出口，他很想刻薄地损对方一句，可抬起头对上顾三円真挚的眼神，他竟然一时语塞。

抢救室里，医生与死神争分夺秒地赛跑，用了近一个小时才把沈继渊从死亡边缘拉回来，古琛看见护士把人推出来，又送进重症监护室，放下的心再次悬了起来。

顾三円陪古琛和都晓白在外面坐了会儿，没过多久王欢欢父母提着几个饭盒找过来。

都晓白一眼认出他们，迎上去惊讶地问："叔叔阿姨，你们怎么来了？"

"听円円说了，我们过来看看。这不怕你们在医院吃东西不可口，"王妈把饭盒递给都晓白，特意解释道，"你们放心吃，这回是你婶子我亲手做的，肯定比你叔做得好吃。"

古琛点头表示感谢，他以为老两口会提及女儿的事，但他们只是关心了一下老师病情，待了五分钟就离开了。

顾三円临走前说："婶子手艺不错，你们趁热吃，我们先过去了。对了，你有需要帮忙的事尽管开口，哥们儿随叫随到！"

"喂——"古琛叫住他，开口又不知说些什么。

顾三円伸出拳头，敲了一下古琛的胸口，爽朗地笑道："不用谢！走了啊！"

目送顾三円和王欢欢父母离开，古琛再次回到玻璃窗前看沈继渊。都晓白把饭盒送到他面前，哄道："别再做不食人间烟火的仙人了，阿姨走之前交代要趁热吃，这里暂时交给护工姐姐好吗？"

"我还不饿，你先去吃好吗？"古琛没什么精神头，但对都晓白说话的声音依旧温柔。

“你这两天总是吃不好睡不好，我真的很担心……”

古琛被担心的同时，也在心疼都晓白，他掏出口袋里的烟盒，一打开才发现里面空空如也，原来早在天台上他和顾三円就把烟抽光了。

古琛不禁苦笑，接过都晓白手中的饭盒，自嘲道：“精神食粮没了，看来今天修不成仙了，我们去吃饭吧！”

都晓白喜笑颜开地跟着去了餐厅。古琛本来对老板娘的手艺不抱希望，想要点些都晓白平时爱吃的菜，结果她迫不及待尝了一口排骨莲藕汤，评价居然是好吃到让人感动。

古琛一边给都晓白夹菜，一边看她灿烂的笑脸，好像她一个笑容就能带走所有烦恼。

都晓白从排骨上咬下一口肉，边吃边问：“我听三块钱说，蒋梦瑶拒不承认杀害王欢欢，你看叔叔和阿姨她们多可怜啊，难道没有其他办法让蒋梦瑶开口吗？她就没有死穴了？”

古琛盯着饭盒上土气的花纹，仿佛透过饭盒看见一对失独夫妇，他们和老师一样，有太多的不幸与不易。

这里提到“死穴”，古琛倒是想到一个办法，他一边拿起电话查找号码，一边对都晓白说：“还有一个办法可以试一试。”

蒋梦瑶一副死猪不怕开水烫的样子，任由刑警轮番盘问，就是不开口。

以王宝国为首的刑警队全员在办公室开会，两位同事正在就案情下一步工作激烈争辩，这时队长手机响了，他低头看到一个陌生来电，按下通话键听对方说了几句话，始终神态凝重。

老董本来被蒋梦瑶气得来回转悠，见王队挂断电话二话不说抬腿就走，急忙跟上去问：“什么事走这么急？”

“去审讯室再说。”

蒋梦瑶刚吃了一顿盒饭，像个美食家一样对饭菜品头论足，眼见王队一脸严肃地走进来，她阴阳怪气地打了声招呼：“哟，王大队长又来换班，真是辛苦您了。”

王宝国拿起笔录看了看进展，叫小徒弟给自己泡杯茶，然后转过头对蒋梦瑶笑道：“咱们就不用客套了，你也吃饱喝足了，真不打算说点什么？就准备一直跟我们这么耗下去？”

“该说的我都说了，无论你们问多少遍，我配合你们就是了。”蒋梦瑶满脸委屈地说。

王队仔细回味着她的话，转念问：“那不该说的你准备什么时候说啊？”

“长夜漫漫，我又不赶时间，咱们就当聊天了。”

“说的是呢，正好我老婆儿子不在家，咱们有的是时间聊家常！聊点什么呢？哟，你瞅我这记性差点给忘了，”王宝国突然一拍大腿，对蒋梦瑶不好意思地说，“刚才接到医院传来的消息说你爱人，就是搞音乐的那个叫沈……沈什么来着？”

蒋梦瑶慌张地问：“沈继渊怎么了？”

“对就是他，”经对方提醒，王队又拍了一下大腿，“听医院那边说他快不行了……”

蒋梦瑶立刻要求说：“我要见他！”

王宝国接过徒弟送过来的茶杯，不疾不徐地解释：“我们也都有家人，我特别能理解你此时此刻的心情，不过咱们这案件进度你是了解的，在调查没有任何进展之前，我拿什么去向上级打申请？”

蒋梦瑶紧咬着嘴唇，听完王宝国的一番话，脸色更加惨白。

老董见蒋梦瑶的第一反应，算是弄明白王队的策略了，他和王队是合作无间的老搭档，忙不迭添油加醋地问：“队长照你这么说，她还能不能见到沈老先生最后一面了？”

“按目前的配合程度看，我觉得够呛。”

“我说！只要你们让我见他最后一面，你们想知道什么，我都告诉你们！”蒋梦瑶一生只在乎过一个人，知道这个人生命垂危时，她的脑中一片空白，她现在只有一个想法，就是立刻见到沈继渊。

“这下知道赶时间了？”王宝国放下手里的茶杯，提醒道，“那就开始吧，你最清楚我想知道什么。”

蒋梦瑶于是交代杀害王欢欢的过程，与顾三円做的笔录内容完全吻合。

蒋梦瑶本就冷血无情，对杀害王欢欢的事实毫无悔意。她说出自己最真实的想法：“那丫头的死纯粹是她自己命不好，为什么死的不是别人，还不是怪她看见了不该看见的事，我当时为求自保也是别无选择呀！”

王宝国正色道：“别无选择？你起初包藏祸心，与牛勇狼狈为奸，谋害他人生命，那时你就已经做出了选择。藐视生命，挑战法律，你选择的不正是一条不归路吗？”

蒋梦瑶与牛勇的证据材料被移交检察院，“李慕思被害案”“王欢欢被害案”终于有了一个了结。正是因为有沈继渊、王欢欢父母以及顾三円他们共同的信念，李慕思和王欢欢二十年前死亡的真相，才等来水落石出的一天。

王欢欢的父母赶到公安局，听到消息后抱头痛哭，王宝国感慨生命之重的同时，又想起那一通陌生来电，他当即给对方致电表示感谢。

另一边古琛接起手机，知道事情进展果然不出他所料，只要提到沈继渊，蒋梦瑶就什么都招了。

“对了王队，录像带的来源查到了吗？”古琛一直对新证物的来源耿耿于怀，是什么人出于什么目的录下了杀人经过？为何隐藏了二十年的秘密突然公之于众？这让古琛百思不得其解。

王宝国难掩尴尬，他说：“实不相瞒，我一直在追查录像带来源，当时派出所的监控器拍到个五六岁的孩子，但也说不清楚东西是什么人给的，线索就这么断了。”

古琛也不由得叹了口气，最终还是未能查出匿名者是谁。

在等待检察院审查起诉期间，蒋梦瑶几次要求见沈继渊，都被对方拒绝了。蒋梦瑶对沈继渊爱到了极致，她能想象他或许病重，或许昏迷不醒，就是无法想象他根本不想见自己，这是她永远接受不了的答案。

尽管见不到沈继渊，蒋梦瑶还是担心他的身体状况，她每隔两天还能听到沈继渊的病情。直到有一天古琛亲自告诉她，沈继渊已经进入最后弥留之际，尽管蒋梦瑶心急如焚，但身陷囹圄的她已无力再做什么，她只能终日以泪洗面，或许这一刻她才真实感受到失去亲人的痛苦。

第十八章　一念之间

戴上呼吸机的沈继渊已行将就木，他闭着眼睛，急促地呼吸，忽然再次睁开眼，动了动手指想要说些什么，古琛趴下去听他说：“颜儿……颜儿……”

第二天凌晨，乐坛传奇人物沈继渊离世，临终前他说的最后一句话是“我好后悔”，至于他指的是什么事就没人知晓了。

但有一件事非常出乎媒体意料，沈继渊留下遗嘱，他并未将遗产留给蒋梦瑶，而是全部转赠给了好友之子古琛。

蒋梦瑶得知沈继渊过世，苦苦哀求想见沈继渊最后一面，但基于种种原因最终被拒绝；蒋梦瑶几次做出自残的举动，都被看守女警及时制止了。

沈继渊的葬礼沉重庄严，天气虽然晴好，却给在场的亲朋好友带来抹不去的悲痛。

至于古逸修会出现在葬礼上，是古琛早料到的事，自从他独自去美国读书后，父子俩有十几年没联系过了，而这种情况见面是不可避免的。

古逸修的身材、样貌以及寡淡的性格，都被古琛遗传了去，两个人见面就像是陌生的晚辈和长辈打招呼，竟谁都不觉得尴尬。

都晓白第一次见古逸修，总觉得这张脸看着面熟，一问之下，才知道是古琛的父亲。

都晓白恍然大悟：“难怪会觉得面熟，你跟伯父长得也太像了，像一个模子刻出来的一样！”

“有那么像？”

“嗯，这种相似度是不用做 DNA 检测就看得出父子关系的那种。”都晓白看见两父子彼此的态度，立刻打消了问候的准备。

古琛的视线一直刻意避开古逸修，其实在之前打招呼时古琛就发现，他老人家的身体不似从前那般挺拔，再怎么说也是一把年纪的人，得知老友病逝的消息应该很难过吧！

此刻古琛有股憋闷的感觉，唐彧的电话来得正是时候。他不远千里打电话表示慰问，另外还在国外挖到疑似与“Beholder”有关的信息。

唐彧说：“知道现在跟你讲不是时候，不过还是要提醒你抽空儿看资料。”

“知道时机不对你还讲。”古琛无奈地挂断电话，他虽然嘴上这样说，但还是点开了邮件。

顾三円跟沈继渊助理寒暄了两句，然后跑过来找古琛，这时都晓白去了卫生间，他站在古琛身后半天都没被发现，无聊地瞟了一眼手机：“看什么这么认真？”

古琛正聚精会神地看组织介绍，被突如其来的声音吓了一跳，他瞪了对方一眼。

都晓白从不远处走过来问：“你们两个又怎么了？”

“他神出鬼没吓我一跳！”

“他在看色色的东西！”

两个人几乎同时说话，都晓白给了古琛一个安慰的眼神，转过头对顾三円翻个白眼，批评说：“你怎么能偷窥别人隐私呢？”

“有没有搞错，你也太欺负人了！”顾三円撇了撇嘴，一副我不与你们一般见识的模样。

顾三円对古琛说：“我这有两个事宣布，第一是为了感谢你——”

古琛板着一张脸，不留情面地说：“不用了，说第二件事。”

顾三円被气得眉毛挑了挑，忍着一肚子火说：“第二件事，你那张‘蝴蝶图案’我好像在哪儿见过。”

古琛立刻严肃地问：“在哪儿见过？”

“我想不起来了。”顾三円故意吊他胃口。

“这件事关系重大，想清楚再说！”古琛压低声音提醒。

“好话不说二遍。”

“幼稚！”古琛拉着都晓白转身就走，都晓白回头问他：“正经事也拿来开玩笑，你是小学生吗？”

“我是真没想起来，”顾三円跟在后面摊开双手，用口型向都晓白求救，“现在怎么办？”

都晓白让他少安毋躁，跟在古琛后面见机行事。

陈宇阳连夜忙完手上工作，清晨5点钟和闫栋一起开车往银海跑，李松本打算一起过来，但因为麦振海接受调查期间，他要和副局留在市局坐镇，只能委派闫栋代劳。

陈宇阳和闫栋紧赶慢赶，还是来迟一步，在葬礼结束时，才匆匆追上古琛。

“抱歉阿琛，路上实在太堵了。”陈宇阳满头大汗，递来个信封说，“队里老小派我过来，向你聊表心意，请节哀。”

闫栋也从兜里掏出两份礼金，送过来说：“李队本想亲自过来送老先生一程，但局里实在抽不开身。这是我和李队的一点心意，他千叮万嘱要我一定交给你，请节哀顺变。”

“你们那么忙，不用特地赶过来的。”古琛拒绝了礼金，带两人到沈继渊的墓碑前，他们恭敬地向沈继渊鞠躬献花，古琛礼貌地回礼，“谢谢。”

顾三円一直陪古琛送走两位刑警队长，然后死皮赖脸地坐上古琛的副驾驶。

还没等古琛开口，都晓白率先损了他一句：“你可真是没有眼力见儿！”

“你们天天像个连体婴儿一样腻不腻呀，身为女人就不能矜持一点？”顾三円怼完都晓白，又转过头对古琛谄媚，“说起来咱们能在茫茫人海中相遇，多有缘呀！”

都晓白一把抓住顾三円肩上的衣服：“你是不是对我大神有企图？”

顾三円还没来得及回答，古琛开腔了：“什么时候起，‘故意堵别人的必经之路’也是缘分了？”

“就是的，你是不是对‘缘分’这个词有什么误解啊？”都晓白又想起古琛提过此事，好奇地问，“对了三块钱，你什么朋友这么神通广大？居然能查到我大神的行踪。”

“是我大表哥，他没你讲得那么夸张，只是刚好认识与阿琛相熟的人，收到消息叫我提前准备，两周后去汕水村找你。”

古琛觉得顾三円讲话不过脑子："我四天前才知道老师生病，你居然两周前就收到消息了！这还不夸张？"

顾三円也跟着嘿嘿笑："不带你这样闹的，说得好像我大表哥朋友开挂了一样。"

古琛不再理会他，继续开车，都晓白在后面说："你以为全世界都像你一样？阿琛才不会拿正经事开玩笑呢！"

顾三円脸上的笑容忽然凝固，他看了看古琛，又转回头疑惑地问："你们两个在合伙整我吗？"

"谁会拿这种事开玩笑啊！"都晓白也感觉到气氛的变化。

古琛斜眼瞄了顾三円一下，发现他难得认真，便将车停在路边的一家咖啡馆，打算详细了解一下这位"先知"朋友。

咖啡厅环境舒适，阳光慵懒地照进玻璃窗，耳边传来悠扬的萨克斯曲。很快服务员把咖啡送上来，空气中弥漫着浓郁的香气。

顾三円刚跟表哥通过电话，打听那位朋友的情况，挂断电话对古琛说："我大表哥的朋友全名叫娄言，我也见过几次，大概三十几岁的样子，个子瘦高，长得斯斯文文，听说在瑞典一所私立大学教音乐，你应该有印象吧？"

古琛是个不善交际的人，认识他的人很多，但是他印象中根本不记得这一号人，只好说："没印象，你继续。"

"我大表哥知道我一直想找私家侦探，但是国内侦探良莠不齐，他也是偶然从朋友那里听到关于你的消息。"

"你表哥是如何认识这位朋友的？"

"我大表哥是开经纪公司的，他通过一段街头钢琴表演的视频知道娄言。我哥爱才若渴一心想签下他，却被对方三番两次地拒绝，最后机缘巧合就成了朋友。"说到这里，顾三円又叹了口气，惋惜地说"说起大表哥这位朋友，我前前任老板鹿子谦还是他推荐的。"

都晓白捧着咖啡杯问："鹿子谦是谁？怎么听着有点耳熟？"

"你看过韩先生抄袭事件的报道吧？前段时间因为一些无良媒体造谣，子谦一夜间从被抄袭的受害者，沦为抄袭的加害者，子谦因为受了太大打击，最后想不开跳楼了。"顾三円的眼神从不甘到失望。

"子谦是个很有天赋的创作者，将来他一定会成为万众瞩目的音乐家，但是他太傻了。这种事我们怎么会眼睁睁看着，他只要再给我们一点时间，最后的结局就不会是这样。”

古琛没有继续参与他们的话题，他发了一条信息给唐彧，想调查娄言的底细，结果信息刚发送成功，唐彧的电话就进来了。

电话接通，唐彧亢奋的声音传进耳朵：“阿琛！刚才文子说秦老三被抓了！”

古琛急忙问：“在哪儿？”

“等下我把地址发给你，你的情况我跟文子说了，他帮你打过招呼了，你过去提文子就行。”

“好！”

古琛来不及多说，挂断电话对都晓白说：“我出去办事，你等下直接回老师家，我忙完去找你。”

古琛匆匆交代一句，收到唐彧传来的地址后，便打开导航向市分局出发。

秦老三原名秦广仁，是当年绑架古家兄弟的主犯之一。当年以秦氏三兄弟为主的犯罪团伙十分猖獗，抢劫、绑架无恶不作，手上命案不计其数，在国内被列为头号通缉犯。

绑架古家两兄弟是秦氏做的最后一笔“生意”，当时秦老二因感情纠纷被小老婆出卖，公安收到线人消息后立刻展开行动，一举捣毁了秦氏的黑恶势力，抓获秦老大、秦老二两兄弟，成功救出年幼的古琛。

清剿行动时秦老三侥幸逃过一劫，后来他听信一个道士的话，隐姓埋名收山多年；近日因为来银海办事，一时技痒打劫一家金店，结果被警察当场抓获。

审讯室大门一被推开，古琛的声音就传了进来：“秦广仁，天道有轮回，想不到我们又见面了！”

秦广仁上下打量古琛，莫名其妙地问：“我们认识？”

古琛没理会他，继续说：“打劫珠宝店，你还真是应了那句老话，‘狗改不了吃屎’！”

秦广仁听出对方的揶揄，板起脸说：“你是谁？”

古琛拿出一张名片，摆在他面前：“自我介绍一下，我叫古琛，今天起我就是你的代表律师。”

“古琛……”秦广仁仔细回忆这个名字，脑海中忽然闪过一个场景，他哂笑了起来，“你是当年尿裤子那个小鬼！”

古琛坐在椅子上，微笑说：“还要多谢您当年的照拂。”

“咱们还真是冤家路窄呢！”秦广仁眯缝着大小眼，阴恻恻地说。

“您大可放心，我是我们律所的专业风向标，出了名只认钱不认人，这一点还是小时候跟秦先生学的。”古琛佯装市侩地笑道。

秦广仁是个通透的人，古琛的言外之意，他又怎么听不明白，但这一次大意被捕，让他学会了谨小慎微，他提防地说：“我可没那么多钱。”

“秦先生说笑了，您向来是做‘大生意’的人！”古琛拿出手机快速打了一行字，故意避开监控器给秦广仁看。

秦广仁仔细琢磨“少蹲几年牢，还怕以后没钱赚”这句话，耐人寻味地点了点头：“那老哥以后就劳烦古老弟照拂了！”

“好说！为了维护我客户的权益，每次合作我都会提醒一句，秦先生您就算再信任我，有些事也要烂在肚子里，无论什么情况都不要说。有我在您只要管住嘴，提审时什么该说什么不该说，做到心中有数，其他事交给我就行了。”

秦广仁感激地握住古琛的手，不停地用力摇着，在古琛提醒他要开始工作的情况下才松开。古琛一直聊一些无关痛痒的话题，偶尔会穿插二十年前的绑架案，两个人就像老伙计叙旧一样，其目的是为了让秦广仁消除戒备。

“古老弟，能不能给哥来根烟？”秦广仁五十多岁的人，这会儿一口一个老弟叫得朗朗上口，别提多亲近。

古琛帮秦广仁点燃一根烟，看得出他已逐渐放松警惕，古琛站起身笑道：“我去个洗手间，秦先生喜欢喝茶还是咖啡，我叫人送进来。”

“你一说我还真有点口干舌燥，喝茶吧，谢谢老弟！”

古琛微笑着退出审讯室，急匆匆走进洗手间，一遍又一遍地洗手，仿佛要把秦广仁碰过的地方统统洗掉。

这时王宝国打电话过来，说“李慕思案”新证物的来源有重要发现，就在刚才有一对年轻夫妇过来报案，他们的小孩儿在电视里看到秦广仁被捕的新闻，说他就是找自己帮忙的爷爷。

古琛重新回到审讯室，脸上立刻露出职业笑容，礼貌又不失热情地问：“不好意思，接个电话耽搁点时间。茶水送过来了，他们没有为难您吧？”

“没有，没有，自从认识你以后，那些警察对我的态度都不一样了！”秦广仁得意地大笑道，他的坐姿比之前看起来更为放松。

“那就好！”古琛重新坐回原位，敲着手机屏幕解释，“我朋友接了个烫手山芋。前阵新闻报道的蒋梦瑶您知道吗？就是因爱生恨杀了好朋友，然后嫁给好朋友未婚夫的那个女人。不瞒您说她是我师母，您说这个世界小不小？”

“这真够巧的。”秦广仁不动声色地赔笑。

古琛继续说：“我朋友原本有八成胜算，突然冒出来一个匿名线索，一下把蒋梦瑶打出原形，这不打电话找我求助来了。”

“古老弟真是年轻有为啊，这事听起来确实挺麻烦！”秦广仁适当地恭维。

“有麻烦才有机会，做我们这行的，不麻烦怎么赚钱？一切看在钱的份儿上！”古琛对此直言不讳，他看了眼倒计时，“秦先生，我们继续言归正传，除了对证据不足的控诉一律抵赖，现在还有很多证据对我们不利，转为污点证人对咱们现在的情况无效，您只能再想想还有哪些事对您有利。”

秦广仁迟疑地开口：“你刚才说污点证人？”

古琛知道秦广义动心了，不疾不徐地下最后一剂猛药：“跟您解释一下，作为有污点的犯罪活动参与者，犯罪嫌疑人如果能戴罪立功，或可在法庭上争取宽大处理，在量刑上减刑或缓刑。不过既然秦广礼、秦广义已经伏法，所以我们目前只能退而求其次，找其他对我们更有利的对策。”

“凭你的经验，你觉得我有几成胜算？”

“我只能说事在人为，时间有限我们还是继续吧！”古琛狡黠地避开正面回答问题。

“等等——”秦广义陷入思考，他过了几十年刀尖舔血的日子，但他仍然奢求明天能看见太阳升起，“蒋梦瑶案我知道一些内情，希望能争取宽大处理。其实提供录像带的匿名人就是我，是沈继渊要我这么做的。”

古琛不解地问：“老师怎么会认识你？”

“沈继渊已经死了，这件事也就用不着保密了。”秦广仁透过古琛的眼睛看去，时间仿佛又回到了二十年前的傍晚。

“我以前也和你一样，以为这个世界非黑即白。但是见的事多了，我发现最可怕的不只我们这种亡命徒，还有一种人他们站在灰色地带，人前永远一副道貌岸然的模样，背地里却净干些见不得人的勾当。沈继渊就是这样的人，二十年前你们兄弟的绑架案，就是他一手策划的。”

“不可能！你说谎！老师怎么会做如此丧尽天良的事？”古琛早习惯了喜怒不形于色，他很少像这般抑制不住情绪。

秦广仁明白他发怒的原因，却还是忍不住刺激他：“你这话要是说给李慕思听，怕是她的棺材板要压不住了！而且看样子你哥没有告诉你，沈继渊的成名曲灵感源于哪里。”

残忍的答案如鲠在喉，古琛恍然大悟，难道沈继渊临终那一句“我好后悔”，与古颜有关？他急切地追问：“到底怎么回事？”

“沈继渊的委托是绑架古颜，一收到赎金我们就立刻撕票！”

“撕票……”古琛打了个冷战。

秦广仁说：“‘不问缘由’是我们这行的规矩，我们只管收钱做事。我们动手那天发生了意外，你不知从哪儿冒出来；我们没辙，只能把你一块儿弄走。为此我大哥和沈继渊吵了一架，他不让我们在你面前动手，我们只能在赎金没到手之前，好吃好喝地供着你们。你哥除了照顾你之外，不吃不喝也不讲话，对我们更是没好脸色。我那时候年轻，好奇心强，闲得无聊就想找你哥聊天，可这小子倔得像头驴。终于有一天我逮到机会灌他一碗酒，他才对我撂了实底。你哥心思通透得很，他通过对我们的观察，一早就猜到是沈继渊搞的鬼。”

原来当年古颜跟着沈继渊学钢琴，他小小年纪创作了一首曲子，并第一时间把手稿拿给沈继渊评价。沈继渊对这一惊世作品颇为震惊，亢奋地拿着曲谱替古颜投稿，却阴差阳错被人误以为是他的原创。利欲熏心的沈继渊变了嘴脸，否认了古颜付出的一切，冒名顶替了他创作的作品，一举成为乐坛鬼才，从此名声大噪！

古颜再次沦为古逸修眼中的笑话，他不服气便三番两次找沈继渊说理，不胜其烦的沈继渊为预防东窗事发，通过渠道联系上秦氏三兄弟，决定彻底摆脱古颜这个麻烦。他以为不过是个没人在乎的小鬼，死了也无妨，谁知道秦氏兄弟误绑了古家的心头肉小儿子，事情便一发不可收拾。

那天沈继渊与秦老大通话，被他未婚妻李慕思发现了；她想救古颜，便规劝未婚夫投案自首。但站在欲望顶端的沈继渊已没有回头的余地，他干脆一不做二不休打电话给江嘉瑶，利用她对自己的痴心对付李慕思，让她这个潜在威胁从此消失。沈继渊不放心江嘉瑶，委托秦广仁跟踪江嘉瑶，拍下她和牛勇杀李慕思的过程。

秦老大通知古家第二天交定金时，公安已经收到风声并提前部署埋伏，现场接到命令后立即行动，当场逮捕秦大、秦二两兄弟及其同伙，另秦老三和娄姓同伙逃跑。

最终秦氏两兄弟以绑架勒索、故意杀人等罪名数罪并罚，依法处以死刑立即执行；另外三名从犯分别处以十年、五年有期徒刑。

沈继渊和江嘉瑶互相握准对方的把柄，所以才会留在彼此身边，以病态的方式纠缠在一起。

秦广仁收到大哥、二哥的死讯被吓破了胆，后来听一个道士的劝说收了手，从此隐居。直到前些日子看到沈继渊在报纸上登出暗语，他才把手上的录像带给了一个小朋友，看着他交到派出所门卫手中。

秦广仁的故事终于结束时，古琛不禁暗自冷笑：好吃好喝？恐怕没有这么好的待遇。不然怎么解释大哥流了一地鲜血？自己又怎么会被吓到得创伤后应激障碍，到今天都记不得当时发生的事？

秦广仁没发现古琛反常，只觉得背负的秘密说出来一身轻松，他仍然一口一个“老弟”叫道：“谢谢古老弟不计前嫌帮我，以前的事都怪我，麻烦老弟再见到你哥时，也帮我跟他说声对不住了。”

古琛站起身，居高临下地看着他，声音冰冷地说：“你不如去地下亲自跟我哥说。”

“你的意思是——你哥过世了？”秦广仁迟疑地问。

“怎么这会儿记忆力就变差了，难道当年不是你亲自动的手？”

古琛的眼神像一把无形的利刃，直插入秦广仁的心脏，吓得他慌忙解释：“我说老弟，当年警察围剿的时候哥儿几个光逃命了，我跑之前你们小哥俩还都活蹦乱跳的，这种事你可千万不能搞错了！”

古琛想起之前忽悠秦广仁，叫他只要管住嘴，提审时什么该说什么不该说，做到心中有数就行……想到这里，古琛哭笑不得地指着他：“我是说过没证据就抵赖，这会儿你倒是活学活用！不过你这谎话说得不过脑子呀，你大哥、二哥都没否认，而且我老师一直坚信我哥已死。”

“他们也没承认呀，我秦广仁可以拿死去的两位哥哥发誓，我刚才说的绝无半句假话！”

秦广仁被古琛忽冷忽热的态度吓愣了，直到对方摔门前甩出一句“忽然有些身体不适，等下会有我同事过来代班，你自求多福吧”，才发现自己上当了。

古琛无力地走出市分局大门，一屁股跌坐在石阶上，他一时半会儿还无法消化这么多信息。他忽然感觉头痛欲裂，许多毫无印象的记忆一下涌入脑海。

他抱着汽车人模型跟在古颜身后……

他被大胡子坏叔叔扔进后备厢里……

被绑匪虐打时，古颜一直护在他身前……

古颜怕他吃不饱饭，把馒头留给他……

还有警察叔叔进来之前，古颜拖着残破的身体从后门走了。他临走前对小古琛说："乖，小琛不哭……哥哥太累了，只有逃走我才能活……离开这里，哪儿都是家……"

许是午后的阳光格外刺眼，一滴泪忽然滑落下来，古琛无法控制自己的情绪哭了出来，他终于记起了所有的事。

原来古颜没有死，他只是太累了，想找一个可以栖息的家……

古琛联系到王宝国，求他帮忙见蒋梦瑶一面，王宝国费了一番口舌，才得以让古琛见到蒋梦瑶。古琛把录像带的事告诉蒋梦瑶，并如愿从蒋梦瑶那里得到证实，秦广仁所说一切的确属实。是沈继渊包藏祸心布下了一个局，最后不但害了古颜的一生，更要了李慕思和王欢欢的命。

古琛终于知道他们两兄弟被绑架的真相，他无法想象古颜短暂的一生受尽冷眼和委屈，对这个世界该有多失望；也无法体会李慕思被最信任的两个人出卖和谋害，心痛无助到死不瞑目；更无法理解带着伪善面具的沈继渊坏事做尽，孤独终老的最后一刻，是否真心悔过。

古琛精神恍惚地走向停车位，用力拉了一下门把手，没打开门。他无力地坐在车轮旁边，心中只有一个念头：立刻找到古颜！

不知道他现在在哪里，过得还好吗？他为什么一直不回家？为什么过了这么多年，从来没有他的消息？古琛不断地胡思乱想，他不再跟打不开门的汽车较劲，而是起身走到路边，拦下一辆出租车，报了沈继渊的住址。

古琛失了魂般靠在车窗上，看着沿途倒退的风景，根本提不起兴致欣赏，反倒是回去的路越近，他心里愈加不安。

到了地方下了车，古琛站在房门前环视四周，他联想到沈继渊写遗嘱的用心良苦，心道：所以你才会把遗产留给我，是想假如有一天古颜回来，把这一切所得物归原主吗?

古琛疲惫地推开大门，直奔都晓白住的房间，他抛开所有烦心事，一心只想看见都晓白。

“小白！小白！”

麻豆闻声踩着都晓白的小腿蹿下了床，被吵醒的都晓白睁开眼，听见古琛的声音后立刻去开门，结果门刚被打开，古琛就迫不及待地推开门，将都晓白抱了个满怀。

“给我一分钟，什么都不要问好吗？”古琛并不是脆弱的人，他只是感觉太累了。

都晓白果然没有打扰，幸福地依偎在古琛怀里。

一分钟过后，古琛感觉呼吸通畅起来，他放开手不好意思地说：“抱歉，吓到你了吧？那个……我订了酒店，你收拾一下，我在外面等你。”

“现在就走？”都晓白话都没说完，古琛就关门离开了。都晓白困惑地看向麻豆，“你家铲屎官怎么回事？一副神不守舍的样子。”

“喵！”麻豆一副事不关己的样子，翘着尾巴走开了。

等都晓白提着行李箱和太空包走出来，古琛已经拦下一辆出租车，等在门外了。

都晓白把行李递给古琛，她明明记得他之前是开车走的，问：“车呢？”

“坏了。”古琛没有告诉都晓白，他只是不敢再碰沈继渊用过的东西。

古琛上车后一句话都没说，都晓白知道古琛一定是遇到了不好的事情，她可能帮不上忙，只能安静地陪着古琛。

等到了预订的酒店，古琛下车拿行李，都晓白默默地跟在古琛身后，等他办理完入住手续，他们一起去中餐厅吃饭。吃饭过程中依然没人讲话。

吃完饭两人各自回房间休息，都晓白再次担负照料麻豆的重任，喂它吃饱喝足，又来回溜达了几圈，一人一猫才回床休息。

另一边，古琛关掉房间所有的灯，发了一条“我哥还活着，帮我找到他”的信息给唐彧，手机就关机了。古琛坐在藤椅上对着月光，一杯接一杯地喝酒，一根接一根地抽烟，整整一夜未合眼。

凌晨5点，古琛觉得房间太闷了，他走出酒店，拦了辆车回到古家老宅。古琛在老宅门外徘徊了很久，终于还是推开那扇镂空的雕花铁门，踩着沉重的步伐走了进去。

偌大的四合院里冷冷清清的，屋子里家具、字画等所有陈列摆设，都和古琛走时一模一样，一瞬间许多记忆涌上心头。

桂嫂一见古琛，惊喜地喊道："老爷您快看，是少爷回来了！"

"桂嫂好。"古琛礼貌地打了声招呼。

"好。少爷比走时又长高不少，可怎么还是那么瘦啊？"桂嫂心疼地带古琛到餐厅坐下，"先陪老爷聊会儿，桂嫂这就给你盛粥去，一会儿多吃点啊，瘦得快皮包骨头了。"

古琛微笑着点头，待转过身看向古逸修时，面无表情地叫了一声："父亲。"

自从二十年前古颜被宣布"死亡"，古逸修凉薄的态度刺痛了幼年古琛，自此，父慈子孝便恍如隔世。一晃父子俩也有十几年没一起坐下吃顿饭了，昨日匆匆一别，古逸修一直惦念着这一刻。

"咳咳……我以为你不记得还有我这个爹呢！"古逸修故意板着一张脸，用咳嗽来掩饰激动的情绪。

古琛看着年迈的父亲一忍再忍，还是没能告诉他沈继渊的所作所为。桂嫂把粥端上来，古琛拿起勺在碗里搅了又搅，忽然抬头说："父亲，大哥可能还活……"

古逸修勉强压着怒意："这个家不许提他！吃饭。"

"父亲——"古琛深吸了一口气，还是没能忍住把当年发生的事讲了出来。

古琛激动地问："大哥这么多年为什么有家不回，要跑去外面流浪？父亲您当真不知道原因？"

古逸修重重地把碗摔在餐桌上，怒视古琛："你十几年回来一趟，就是为了羞辱我的？"

面对盛怒之下的古逸修，古琛毫不退缩："大哥一生命运多舛，父亲您难道不该自责吗？当年哪怕您对大哥多一分怜悯，肯施舍一丁点关心，沈继渊就不会有可乘之机！您的不负责任才是一切祸事的起因，是您让大哥有家不能回的！大哥一生中最不幸的就是有您这样冷漠无情的父亲！"

古逸修感觉此刻颜面尽失，气得一把摔碎了餐具，怒骂道："这是你对为父说话的态度吗？敢教训起你爹来了！你的教养呢？"

古琛冷冷地反问："您抛妻弃子，毫无责任感，请问您的教养又在哪里？"

"反了！你……你是打算气死我吗？"古逸修喘着粗气，愤怒地瞪着古琛，“我怎么会……怎么会生下你这个不孝子！”

“您说得对，您当初要是没生下我，或许大哥就不会……”

古逸修见不得儿子这般挖苦自己，哂笑道：“据我所知沈继渊弥留之际，你可始终都在床榻前悉心照料，不知有一天你大哥听了会做何感想！”

古琛脸上露出一丝自嘲，他一向爱憎分明，沈继渊是他最不愿面对的事实。古琛再次抬起头目光复杂地看向父亲，苦笑道：“我照顾他，是感念他每年去大哥坟前祭拜。但您一定不比沈继渊幸运，像您这般自私的人注定会孤独终老。”

“你给我滚！”古逸修用尽浑身的力气吼道。

古琛愤然离开。

对于十几年没迈进古宅，刚回家就和古逸修大吵一架，闹得不欢而散，这么不理智的行为根本不像古琛。

太阳升起，正值上班早高峰。古琛漫无目的地走在人行道上，他看见有上班族拿着早餐追公交，有人背着书包送孩子上学，有人一边讲电话一边跟美女抢的士……

古琛发现自己与身边匆忙过往的行人格格不入，这让他感到恐慌，他急忙拿出手机掩饰自己的不安，手机开机后唐彧的电话就进来了。

“总算开机了祖宗！你敢不敢有事没事不关机？你再这样，我早晚得被吓死！”唐彧在另一端宣泄不满。

“帮我找到我哥。”古琛声音嘶哑，整个人疲惫不堪。

“你放心，一早安排下去了！我让人对比古颜的旧照片，用技术拟出他二十年后的样子。咱们这回全球撒网，我一定把人给你找出来！”唐彧说着，把图像发给古琛。

古琛一向不喜欢客套，这次却由衷地说：“谢谢你。”

挂断唐彧的电话，古琛急忙点开收到的图像，仔细端详着笑起来像春日阳光般温柔的男人，这就是古颜二十年后的样子吗？古琛不禁在想，如果走在街上偶然遇见，他们还能认出彼此吗？

古琛带着焦急和不安回到酒店，向陈宇阳、王宝国在内相熟或合作过的各界人士寻求帮助，不过古琛发现唐彧已经代他向所有人打过招呼了，现在的他只剩下耐心等待这一件事可以做。

古琛找到都晓白，和她一起吃早餐，有都晓白在身边，他不再感到心慌。

接下来的几天，古琛陪都晓白逛遍银海，吃遍当地所有特色小吃，做所有她喜欢和想做的事情。古琛发现身边有都晓白在，他对这个城市没有之前那样抗拒了。

古琛陪都晓白逛夜市时，都晓白看中了一个橘红色宠物项圈，一番讨价还价后，以极低的价格成交。

“这个麻豆戴上一定特别好看！”都晓白高兴得笑弯了眼睛。

古琛好奇地问：“我记得麻豆很高冷的，你是怎么取得它芳心的？”

“你一说我想起来了，它刚开始一不开心就炸毛。”都晓白回想自己在网上苦寻秘籍，直到看见一个短视频，“你还记得在疃城住酒店时，厨房里有个水池，我经常拿来杀鱼的。”

“见过。”古琛不明所以。

都晓白忽然一秒变脸，邪恶地说：“麻豆也看见了，有一天麻豆特别不听话，我就把它放在水池里，我们彼此对视了一个中午，后来它就很少给我脸色看了。”

古琛听了忍俊不禁，他一直误以为麻豆会黏都晓白，是因为他古琛喜欢都晓白。搞了半天和他半毛钱关系都没有，它就是因为一个“怕”字才放低姿态的。

除了每天和都晓白四处游玩，古琛其余的时间都在盯着手机，生怕错过任何关于古颜的消息。

这天古琛接到陈宇阳电话，还以为是有古颜的消息，结果发现是自己心急搞错了，顿时精神萎靡。

原来陈宇阳是听唐彧提起古琛的过往，特意打来电话来关心一下。

“我听银海市局的人说，秦老三决定出庭指证蒋梦瑶了，没想到这孙子在外面躲这么多年，别的不见长进，倒是学会戴罪立功了，总算是做了件人事！”

“他犯下的罪更仆难数，哪一条不够入死刑的？想靠转污点证人脱罪，想法是不是太天真了？”

“退一步讲，秦老三就算死罪可免，也活罪难逃。往后余生都要在监狱里度过，再也别想看见外面的世界了。”陈宇阳说。

听陈宇阳一席话，古琛觉得豁然开朗：“要是能看见他活受罪，确实更大快人心……”

古琛和陈宇阳才说了两句话，都晓白就在外面催了：“阿琛，你换完了吗？三块钱到楼下等我们了。”

“马上。”古琛回了一句。

陈宇阳问他是不是有要紧事，古琛说：“我休假期间，哪还有要紧事。有个无业游民成天缠着小白吃喝玩乐，也不知道是何居心。”

陈宇阳说：“情敌呀？摆明是在向你宣战呢！回头把我花剑给你带过去，弄他！”

“无聊。”

古琛嘴上这样说，看见顾三円却问：“会击剑吗？”

“啥？”顾三円被问得一愣。

古琛扬起下巴，像个勇士一样单刀直入：“平时用花剑、重剑还是佩剑？”

顾三円手握方向盘，怯怯地回头看了都晓白一眼，问：“他啥意思？”

古琛再没理顾三円，埋头给陈宇阳发微信：“收好你的花剑，他输了。”

陈宇阳大概是不忙，秒回了条信息：“这小子武力不行，那跟他来文斗！”

古琛第一反应是：“吟诗作对？”

陈宇阳迅速按键回道：“开一局吃鸡。”

“我不喜欢吃鸡肉。”

陈宇阳“扑哧”一声：“我说的是手游，你是不是现代人啊？”

“会吃鸡吗？”古琛转过头问顾三円和都晓白。

“你也会玩？组队呀！”顾三円和都晓白十分惊讶，异口同声地说。

古琛显然没料到连都晓白都会，黑着一张脸没理他们。

陈宇阳给古琛打气说：“你不会也别担心，约时间我带你虐他！”

古琛关掉和陈宇阳的对话，对顾三円说：“solo 一局？”

顾三円尴尬地咳了一声，都晓白小声提示：“吃鸡是团队配合，你听谁讲的游戏规则？”

一路上气氛非常诡异，古琛拿着手机翻看游戏攻略，隔几分钟抬头看一眼司机。顾三円则握着方向盘，莫名其妙有些紧张，总感觉身边有双眼睛盯着自己。

三个人来到餐厅，都晓白拿起菜单和顾三円讨论吃什么，古琛盯着游戏下载进度，这时唐彧打电话过来。

古琛紧张地按下接听键，听见唐彧兴奋的声音：“你快看一下我给你发的照片！”

古琛点开照片的瞬间，心脏都漏跳了一拍，他手止不住地颤抖，难以置信地问：“是他吗？真是我哥吗？”

“没错，你哥现在的名字叫娄言，正是前几天你让我查的那个娄言，你说巧不巧？”唐彧刚收到消息也非常激动，“这就是众里寻他千百度，蓦然回首，你哥就在灯火阑珊处！”

“娄言？我知道了，我现在就去机场，他在哪所大学我去找他！”古琛欣喜若狂。

顾三円听见熟悉的名字抬起头来，都晓白此刻也发现古琛的异样。

另一边唐彧说：“你先别急，听我把话说完。我联系了瑞典的哥们儿，他说你哥一个月前刚回国，好像是有个朋友过世了。”

古琛隐约听顾三円提过，娄言的好朋友过世，便猜测：“是回银海吗？”

唐彧说：“不错。具体位置正在查，一有消息我立刻通知你。”

古琛忽然看向顾三円：“你表哥和娄言是朋友，所以应该联系得到他吧？”

经顾三円表哥的帮助，古琛如愿得到古颜的位置所在，然后由顾三円驾车送他。古琛下了车直奔和平广场，四下张望，不久，他在喷泉后的长椅上看见熟悉的身影。午后阳光温柔地洒在男人脸上，他坐在长椅上，拿特供的谷类喂鸽子。

改头换面的古颜戴着银色框架眼镜，不似少年那般意气风发，反倒多了几分文艺范，笑起来还是那般温柔，令人舒适。

古琛鼓起勇气走上前，为了不吓到古颜，他轻轻唤了一声：“哥。”

古颜起初以为自己听错了，直到发现有个人一直看着自己，这才抬起头，一眼便认出对方是谁，起身就打算离开。

古琛一把抓紧古颜手腕，紧张地问：“哥，你要去哪儿？”

“不好意思，你认错人了。”古颜已经收起笑意。

“你又打算逃跑吗？像二十年前一样丢下我？”古琛难过地闭上眼，“这些年为什么不回家？”

古颜自嘲地笑道：“我哪有家可回？你不是不知道有人讨厌我，我不回去才算是遂了某人意吧！”

这些话让古琛想起了父亲、母亲，还有沈继渊，包括桂嫂在内，家里家外每个人都伤害过古颜，连古琛都觉得心痛难忍，更何况是自出生起就独自承受一切的古颜。

古琛心疼地问:“哥, 你出走这些年, 是怎么过来的? 有没有人欺负你? ”

“没人欺负我。你别忘了，我很擅长逃跑的。”古颜重新坐回椅子上，看着空中飞翔的白鸽，思绪也跟着飞远了。

古颜回忆说：“做黑户的那几年我唱过歌，刷过盘子，卖过啤酒，为了讨生活几乎什么都做过。后来攒了点钱偷渡出国，偶然一次在街头表演时，我遇到了一位好心人。他给了我很多帮助，让我有了新的家庭，有了重新上学的机会，他就像海上屹立的灯塔，照亮我的人生。”

“谢天谢地，有这位好心人，改天我一定要去拜访，亲自谢谢他。”

古颜温柔地说：“好。”

“这些年我做梦都想哥能回家。”和古颜再次团聚，让古琛对未来有了新的憧憬和规划，他提议道，“哥我们回家吧。你不喜欢老宅我们就搬出来，哥喜欢中国、瑞典还是其他国家？”

古颜吃惊地看着古琛，完全没想到他会有这种打算。

“对不起哥，我实在太高兴了，都差点忘了问哥是不是成家了？”

古颜局促地说：“还没，都怪我不争气，一把年纪的人养活自己都成问题，说起来真是惭愧。”

古颜表示这些年一直在关注古琛，与生活条件优越的古琛相比，他的日子确实显得捉襟见肘。

“哥不如跟我一起去美国，又或者留在国内也挺好的。”古琛抓了一把谷物撒在地上给鸽子吃，“相比较我们国家治安好，中餐也比较好吃。”

“以后再说吧。”见古琛有些失落，古颜又补充一句，“我最近在帮朋友处理事情，大概要忙一阵子。”

“我能帮你什么？”

“有需要的话我会找你。”古颜低头看了看手表，“我约了朋友谈事情，要先走一步，改天我再找你。”

古琛想起 20 年前古颜离开的画面，突然起身抓住他的手臂，坚决不肯松手。

古颜许是猜到他想说什么，拿出备忘录在上面写了两行字，扯下来交给古琛：“这是我的电话号码和住址，还怕我跑了不成？”

古琛小心翼翼地接过纸条，立刻拿出手机拨通号码，直到看见古颜的手机屏幕亮了，才放下心：“哥，顾三円也在附近，我们送你吧？”

古颜温柔地笑道：“又想当跟屁虫？走吧，正好我要去见他表哥。”

古琛不好意思地笑了。

顾三円把车停在路边，他亲眼看见古琛帮人开车门，连都晓白都没见过这种画面，气氛顿时有些紧张。

都晓白发微信给覃茵茵：“我大神刚才亲自帮人开车门，真是活久见！”

覃茵茵抽空儿看了眼信息内容，惊讶地回复：“我去！古大神帮着开车门，这得是多大人物呀！”

“不清楚，尚在观察中——”都晓白匆匆发出信息，然后正襟危坐。

古琛给大家简单做了个介绍。

“娄哥居然是古琛失散多年的大哥？”这个消息足以让顾三円震惊。

而年龄奔三的都晓白，忽然感觉自己回到了少女时代，满心欢喜：古家兄弟的颜值，简直是我甩不掉的心魔！

在去唱片公司的路上，古琛一改以往寡言少语的性格，像唐彧似的侃侃而谈。短短十几分钟的路途，古琛讲到唐彧一直对他照顾有加，还提到他养了一只欺善怕恶的猫……

相聚的时间总是短暂的，古琛想分享的事情太多了，古颜不得以打断他：“小琛，我找朋友帮忙，总不好让人家等太久。”

“哥说的是。”

古颜独自走下车，对顾三円说：“子谦的事交给我们，小琛他们交给你照顾了，开车慢一点。”

古琛依依不舍地看着古颜，直到他的背影消失不见，他顿时感觉心情低落。他很想跟在古颜身边，想多了解他，和他亲近一些，想问他有没有喜欢的姑娘，想知道他每天都在忙些什么。

古颜走后，饿着肚子的三人小组重新找地方吃饭，填饱肚子后，找了间咖啡店聊天。

此刻电子荧屏上正在放娱乐新闻，主持人面带沉重地说：“乐坛教父韩寅和乐坛鬼才沈继渊双双辞世，这对略显萎靡的国内乐坛来说无疑是双重打击。本月 15 日，由四大唱片公司联合发行首张纪念专辑……”

都晓白看出古琛心情低落，故意把话题转移开，说：“韩先生想当年也是风光无限。对了，三块钱，你知道他为什么想不开吗？”

“没想到五音不全的人也对音乐圈感兴趣。”顾三円先是开个玩笑，然后又严肃地说，“韩老师的死至今都是个谜，而且因为音乐教父陷入抄袭绯闻，圈内人都怕引火上身，或多或少都在避嫌。但我个人认为，韩先生的死因还有两个疑点。”

都晓白难得见到他严肃，不禁调侃道：“分析得头头是道，娱乐百晓生啊！”

“其实不瞒你说，韩先生就是我前任老板。韩先生的前助理摔伤住院了，我上一任老板过世后工作进入空档期，就暂时接了韩先生助理的活儿。”顾三円说。

“酷！”都晓白很羡慕，就连古琛也不禁抬头看他一眼。

“韩先生出事时，我是第二个到达现场的，我当时看见沈老先生一直问‘你怎么这么傻呀’！但是有一点我最清楚，就是韩老师有严重的恐高症！”顾三円话音一落，气氛顿时紧张起来。

都晓白怀疑顾三円在故弄玄虚，故意扣了顶帽子给他：“正常情况是A自杀了，B才会问这句话，最后警方确定为自杀。你在正常情况下提出疑点，说明你怀疑沈老师杀了韩寅，然后伪装杀人现场，误导警方的调查方向！”

“怎么变成我怀疑了？我可什么都没说！”顾三円再也不敢得罪古琛，立刻举手讨饶，“一个恐高症患者跳楼自杀，太不符合逻辑了，换你你不这么想吗？”

“我的结论是——你受到江嘉瑶的严重影响，走不出阴影，你完了！”都晓白只顾着笑话顾三円，根本无暇认真思考。

“你正经一点好不好。”顾三円抢走都晓白最爱的甜点，然后条分缕析地解释，“我认为像晕血的人自杀，一定不会选择割腕。韩先生也是同样的道理，就算突然想不开，自杀的选择性那么多，干吗非要跳楼啊？”

古琛用汤匙往咖啡里加方糖，听到这里挑眉诘问：“你们是在当我的面，讨论沈继渊是不是嫌疑人吗？”

“没有，没有，分析案情嘛！”都晓白和顾三円异口同声地说道。

“对警方鉴定为自杀的人分析案情，你们实在闲得无聊了？”古琛说。

“我只是觉得一个有恐高症的人，去天台上干什么？”顾三円感觉事有蹊跷。

“听说过酒壮㞞人胆吗？一个醉酒的人去天台吹风、看月亮、看星星，想干什么都有可能。”古琛嘴上这样说，却对晕高的人跳楼自杀也产生疑虑。

“那第二个疑点呢？韩先生跳楼死亡的时间，和子谦跳楼死亡是同一时间，这个怎么解释？巧合吗？”

经历的事情越多，古琛越不相信“巧合”。他给陈宇阳发了条微信，没多久陈宇阳的电话就打进来了。

陈宇阳说：“我哥们儿说人是正面跳下去的，监控器拍下韩寅跳楼的过程，他一个人在天台护栏前徘徊，情绪异常激动，一会儿哭一会儿跪的。当时，看完视频大家一度怀疑他精神失常，或者吸毒，不过最后两种可能性都被排除了。”

古琛听陈宇阳说完，脑中当即浮现出一个画面，古琛充满疑虑地说：“好端端一个人，这么折腾确实不正常，我能不能去看看视频？”

“你是不是受都晓白影响，学会八卦了！”陈宇阳笑道，“看视频这事真不是哥们不帮你，你也知道内部纪律。”

古琛自动忽略来自陈宇阳的调侃，认真地问：“韩寅有恐高症你知道吗？”

陈宇阳不可思议地问：“我靠！恐高还去天台跳楼，找虐吗？”

“就算他一时冲动选择跳楼，我认为严重恐高的人，背向跳的可能性更大些。”古琛也不敢确定。

“你的意思是说，韩寅的死因可能有问题？这样，我再找哥们儿问一下。”陈宇阳一挂断电话，就去联系方文了。

时间不知不觉过去两天

与古颜相逢的那天，古颜答应古琛有空儿会再找他。但是整整两天过去，古琛都没有收到古颜的消息。

古琛按捺不住情绪。他找到顾三円，让其帮忙打听古颜近两天的动向，才得知古颜和顾三円的表哥马未联手，正在不分昼夜赶制鹿子谦纪念唱片的事。知道古颜是因为太忙了才没空儿，古琛这才放下心继续等他。

陈宇阳那天挂断电话后，立刻联系了老同学方文，隔两天就收到消息，得到消息后，陈宇阳第一时间联系上古琛说明情况。原来经过技术分析，警方发现韩寅自杀前并非在自言自语，而是有频率地进行对话，警方仔细核对过口型，也印证了这一事实，这足以说明现场还藏有另一个人！

“视频传过来了吗？韩寅的对话内容是什么？你先找技术分析，我和小白马上回瞳城。”

“不用了，你们留在原地等我，文子那边已经跟分局申请技术支援。我已经在去银海的路上，咱们两小时后见。”陈宇阳也觉得事有蹊跷，考虑到韩寅自杀地点在银海，他觉得还是去银海比较合适。

两个多小时后，陈宇阳和古琛、顾三円在方文所在辖区派出所汇合。

“这位就是我上一次跟你提过的文子。”陈宇阳对古琛说。

介绍完方文，陈宇阳转身发现没见都晓白跟着，好奇地问了一句：“小姑娘怎么没过来？”

“带麻豆去医院了，有点感冒。”

陈宇阳看见一位陌生面孔，问：“哦，那这位是？”

“‘花剑’先生。”古琛说。

陈宇阳仔细打量了一番，然后意味深长地笑道：“幸会！幸会！”

顾三円觉得这人笑得莫名其妙，不禁往古琛身边挪了一步。

几人走进一个小型会议室，开始梳理案件。

顾三円是韩寅的特别助理，出事当晚顾三円本应该寸步不离跟随韩寅，但韩寅说要一个人去透气，两个人便分开了一段时间。十分钟后顾三円打韩寅电话没人接，便出去找人，最后在天台看见沈继渊，才发现人跳楼了，紧接着顾三円边下楼边报了警。

方文简单说明了当时接警的情况。方文是亲自带队去的现场，韩寅从17层跳下来。现场血肉模糊，叫人不忍直视，隔着几米远都能闻见血腥味。有个新人差点把苦胆都吐出来了。

“韩寅家属一直对自杀的结果有异议。但是我们认为韩寅作为具有行为能力的成年人，当时无论是现场技术勘查，还是分析监控器拍下的画面，包括尸检等多方面确认结果，均显示韩寅系自己主动跳楼。我真是做梦也没想到……”方文越说底气越不足。

小丁急忙解释：“对不起副队，是我工作不认真导致案件出现重大失误，这件事我会负责，我立刻写检查，并向死者家属……”

方文大声喝道：“你能负责什么呀！哪儿凉快哪儿待着去，别在我面前碍眼！”

陈宇阳一看情况，就知道方文是护着新人，安慰说：“别着急文子，我记得以前何教授说过：‘谁没有判断失误的时候？都是在经验中吸取教训！’这小子看着资质不错，跟着你将来一定有出息。”

“一眼没照顾到就捅娄子，出息个屁！”方文看着准备离开的小丁，气就不打一处来，“干吗去？还不滚回来接着看视频！”

“哦！”小丁被骂得有点发蒙，赶紧坐回位子继续看视频。

这一次小丁打起十二分精神，认真仔细一帧一帧地查看视频，看韩寅跳楼过程中是否存在疑点。

“我们现在只是发现韩寅与人对话，基于手机没有通话记录，才怀疑现场或许有第二个人。但是监控器没有拍到第二人在场，所以暂时还无法断定。”

方文说着，把一份 A4 文档交给陈宇阳：“这是技术部门通过视频，解读韩寅临死前的说话内容。由于韩寅所在位置不断变化，监控器拍到的画面只能读取到这几句。”

通话内容是：

“你怎么会知道的？你和鹿子谦什么关系？”

“你到底想要什么？是想要钱吗？”

“鹿子谦的死纯粹是个误会。为这点事你就想整垮我，要我去死？”

“我错了，求求你放过我，不要发到网上……”

陈宇阳和古琛看了韩寅的神秘通话，然后转身问顾三円：“有人抓到他的把柄，想要威胁他？”

“是吗？我没听韩老师说过呀！”顾三円惊讶地说。

古琛说：“威胁和寻仇可能性各占一半。”

陈宇阳点头赞同，又接着问：“这个鹿子谦是谁？”

“新人曲作者，之前鹿子谦创作的曲子被韩寅抄袭，投诉无门之下，一时想不开跳楼了。”古琛解释完，突然想起上次陈宇阳揶揄自己的事，顺便反击一句，“你瞧，这就是不看娱乐新闻的结果！”

陈宇阳不以为然地翻了个白眼，继续之前的话题：“你说韩寅的死，会不会跟这个死去的作曲人有关？”

“视频中已知信息太少了，暂时没办法断定。”古琛无奈地说。他转念想起顾三円之前提过一件事，于是对顾三円问道：“你之前说过，韩寅和鹿子谦的死亡时间重合对吧？”

顾三円点头。古琛说：“韩寅的死和鹿子谦说不定真有某种关联。你仔细回忆一下，韩寅最近有什么异常举动没？比如背着人讲电话，或者单独行动等。”

顾三円表示与韩寅短期工作的过程中，并未发现异常。

古琛惊奇地问：“你们一起工作才一个月，韩寅就死了？”

“你这话什么意思？怀疑子谦和韩先生的死与我有关？”顾三円忽然觉得心情十分不爽。

“他就是随便一问，兄弟你别介意。你再想想韩寅之前有没有收到过恐吓信、恐吓电话之类的。”陈宇阳一面安抚顾三円，一面转过头小声问古琛，“‘花剑’脾气这么暴，看起来武力可以呀！”

“都是小白惯的。”

古琛的话音刚落地，顾三円突然一拍大腿说：“对了，我之前收拾韩老师化妆间时见过一张字条，不过没来得及看内容，就被老师收起来了。我还问老师是不是有其他安排，需不需要列在行程表上，他说不用。”

古琛问：“什么时候的事？韩寅当时看起来正常吗？”

“就在出事当天中午。”顾三円努力回忆韩寅当时的表情，“怎么说呢，感觉老师好像有点紧张。”

“那张字条呢？”方文急问。

顾三円摇了摇头，这时突然听小丁叫：“老大你快看，这个是什么？”

方文急忙看向小丁手指的方向，古琛和陈宇阳也跟过去，只见视频中韩寅的眼睛前几秒毫无变化，在接下来的几帧画面中忽然闪了一下。

“他看见什么了？”方文问。

古琛摇了摇头说：“表情没发生明显变化。”

古琛从面部再到眼睛，分析他的视线方向，问小丁：“他一直看的可是10点钟方向？那边有什么？”

小丁听了立刻把古琛指出的位置放大，只见漆黑一片，解释说：“我记得这个位置是中央空调冷却塔，奇怪怎么这么黑。”

方文想起去现场时的情况，说：“酒店经理提起过灯坏了，说是那两天电压不稳正在维修。”

古琛好像想到什么，立刻抢过小丁手中的键盘，高倍播放视频。初步查看了几个时间节点的内容，然后和陈宇阳对视，问：“你发现韩寅视线和表情的变化了吗？从最初紧张地东张西望，到这个时间节点开始，他的视线锁定在这片黑暗处。”

陈宇阳点了点头，转身对方文说：“文子咱们再去一趟现场！分局派的技术人员什么时候到？让他们抓紧分析闪光来源，看究竟是个什么东西。”

“成！如果现场真有第二个人，那么出入时一定会留下线索！”方文这才拍着脑门恍然大悟。

一点就通的方文，吩咐小丁：“你留在这里，把韩寅出事前后视频都筛一遍，一旦发现可疑人物立刻汇报。”

“是，老大！”

方文和陈宇阳重新来到韩寅跳楼的酒店，尽管时间过去得太久，现场早已被破坏，但他们还是抱有一线希望。

古琛本来也打算去现场，刚巧古颜忙完手头的事，一个电话把古琛约走了。

顾三円很荣幸被叫去当司机，还顺带跟他们兄弟蹭到一顿丰盛的晚餐，吃饱喝足后把人送回古颜暂住的酒店，便离开了。

古颜带古琛回到酒店房间，衣服随意地仍在沙发上，让古琛自便。

“喝咖啡，还是茶？”古颜问。

“跟哥一样。”古琛把买的红酒放在桌上。

“真应该让媒体见识一下名侦探撒娇的样子。”古颜轻笑着。

古琛被茶几上摆的紫铜香炉吸引。他仔细打量了一番，发现香炉一看就价值不菲。

古琛接过古颜递过来的小青柑茶，忍俊不禁：“哥生活这么有品位，难怪会觉得拮据。”

古颜发现古琛在说书桌上的香炉，苦笑着摇了摇头：“我哪有闲钱买这玩意儿，有品位又有钱的是鹿大少爷。”

古颜说着放下茶杯，拿出一盘香放进香炉里点燃，动作轻柔地盖好香炉。顷刻间香韵柔和绵长，屋子全是淡雅怡人的味道。

古颜坐在沙发上，看着袅袅升起的青烟，微笑着说：“我有段时间神经衰弱，子谦听人说檀香对中枢神经有镇定作用，就把这小玩意儿带回来了，还陆续买了好多印度老山檀香给我，足够用几年的。”

古颜说着闭上眼睛，古琛知道他仍沉浸在悲伤中，有时美好的回忆可以缓解痛苦。

“这位鹿子谦真是好修养，不但有品位，还会照顾哥。”古琛心疼古颜的同时，在心底暗暗发誓：鹿子谦走了，以后由我来照顾哥。

香薰果然能起到凝神的作用，不多时古颜便从悲伤的情绪中走出来，然后和古琛分享鹿子谦纪念唱片的进度。

古颜说：“15 日是子谦的唱片发布会，你要是感兴趣，可以带上女朋友一起来捧场。”

“好啊！”古琛听到“女朋友”的称谓有些羞涩，这才想起都晓白还在饿肚子，急忙打了个电话过去慰问。听到都晓白和麻豆已经吃过晚餐，才安心继续跟古颜聊天。

古琛在偌大的房间绕了一圈，问：“要不要喝一杯？”

古琛等不及醒好酒，就把古颜手中的茶杯换成了高脚杯。

古琛一边摇晃酒杯，一边问：“哥有没有喜欢的女人？”

古颜品了口酒，听到古琛的问题摇了摇头。

“我哥这么帅怎么会没女朋友？没道理呀。”古琛惊讶地说。

古颜想起都晓白笑起来甜甜的酒窝，说：“可能我没你这么努力吧！”

“我看不见得，”古琛找了个舒适的角度躺在沙发上，拿自家大哥开玩笑，“要么是哥你眼光太高了，要么你就是不喜欢女人！”

古颜随手甩出一个抱枕，骂道：“臭小子，敢调侃你哥！”

“不敢！不敢！”等古琛闹够了，重新坐起身，一本正经地说，“我有件事想征求哥的意见。我知道沈继渊侵犯哥音乐著作权的事了，我想帮哥恢复名誉权和著作权。虽然沈继渊已经过世，但我们可以把受益的唱片公司一并告上法庭，就他们的侵权行为追究法律责任，要求他们归还著作权及名誉权，并做出相关损失的赔偿。哥觉得可以吗？”

沈继渊侵权的事，感觉仿佛是上辈子的事了，古颜知道他这个弟弟是在为过去做补偿。想到这里，古颜露出了欣慰的笑容，同时摇了摇头。

“沈继渊做了那么多对哥不公平的事，哥不想为自己正名吗？”古琛万万没想到古颜会不同意。

古颜走到落地窗前，看向闪烁的星空，说：“沈继渊死了，少年的古颜也跟着去了。”

古琛听出古颜的言外之意，震惊地问：“哥以后不再作曲了吗？我以为哥会带着鹿子谦的梦想，重新开始创作！”

“我都一把年纪了，费神的事还是留给年轻人去做吧。至于梦想什么的，就让它随风去吧。”古颜说着，像是对离开的鹿子谦和逝去的青春告别一样，将杯中酒一饮而尽。

望着古颜伶仃的背影，古琛忽然觉得心酸。古颜对鹿子谦的情谊，就像《高山流水觅知音》一诗中所讲：

摔碎瑶琴凤尾寒，子期不在对谁弹。

春风满面皆朋友，欲觅知音难上难。

这一晚古琛和古颜不知喝了多少酒，他们时而笑，时而哭，悲喜交加，个中滋味只有酒醒的人才明了。

第二天上午 10 点多古琛才在宿醉中醒来，他发现古颜不见了，急忙打电话过去，直到听见古颜的声音才安心。

古琛伸了个懒腰，一边自嘲最近为什么总是会患得患失，一边打电话给都晓白报平安。

“抱歉啊小白，昨天被我哥灌醉了。”古琛厚着脸皮把罪名推给古颜。

电话里都晓白说：“我很好，猫也很好，你不用担心。你和陈大哥联系了吗？他急着找你什么事啊？”

“陈大哥是……”古琛迷迷糊糊打开水龙头，冷水一浇才清醒了些，他翻了下来电才发现陈宇阳一直在找自己，“电话静音了，你不提醒我都没发现。他又打给我了，我问下什么事，等下再打给你。”

古琛接起陈宇阳的电话，陈宇阳急说：“闪光源查出来了。”

“是什么？”

陈宇阳在电话里不方便说，只道：“你还是过来看看吧，我们在区分局呢！”

古琛挂断电话，洗漱穿衣服出门，上出租车时又给都晓白打了个电话：“陈宇阳找我有事，我过去一趟。我不在的时候你照顾好自己，无聊的话，就找顾三円陪你逛街。”

自从知道顾三円表哥和古颜是朋友，古琛对顾三円也稍稍放心了些。

“别提那家伙了，他刚打来电话说有正经事要忙，没空儿陪我。好在简馨和楚骁谕正在赶过来，说要带我去游乐场。”

“这么大的人了还去和小孩子凑热闹。”古琛笑道，“好吧，你们玩得开心点，费用我报销。”

都晓白在电话里“咯咯”笑，有种被宠上天的感觉，她摸着麻豆的头说：

“听见了没，你爸爸鼓励咱们出去消费呢！哈哈……”

古琛挂断电话，十几分钟就到达邻城区分局，前脚刚走进大门口，一辆红色大吉普就朝古琛冲了过去，距离他身侧半米远的位置停下。

古琛一看来人直皱眉头：“怎么又是你？怎么成天阴魂不散的！”

“文哥叫我来的。”顾三円摊开手说。

“这么快就改口了，真不愧是行业标兵，随机应变能力一流啊！”

顾三円停好车，跟古琛一起往昨天去过的小会议室走。

古琛边走边问：“方文叫你来干什么？”

“说是有发现，让我来看看能不能帮上忙。”

顾三円说话的工夫就到地方了，推开门看见方文正在跟一个陌生男人说话。

陈宇阳过来招呼说：“想不到你也有喝大了的时候！”

古琛苦笑着，看着方文那边问：“什么情况，这么急着找我们过来？”

“你过去看一下。”陈宇阳表情凝重地说。

这时方文也发现古琛到了，急忙过来打了声招呼，并分别介绍了分局刑侦部门的同事，古琛礼貌地点了下头。此刻他的思绪全部放在陈宇阳上，究竟是什么事会让他如此谨慎？

古琛被方文等人带到另一个房间，有几位技术型工作人员操控着一排电脑。古琛扫了一眼，突然显示屏里的图像引起他的注意。

古琛惊愕地问：“这个是……”

“是不是很像？起初我也以为自己看错了。”陈宇阳贴在古琛身侧，用只有两人能听见的声音说。

古琛目不转睛地盯着画面，这个蓝色蝴蝶图腾他再熟悉不过了，正是“Beholder”网络恐怖组织的 Logo。

古琛沉声问：“在哪里找到的？”

“是韩寅眼中的闪光点。”方文显然不知道他们对话的内容，对古琛解释说，“技术组的同事昨天连夜对视频做出分析，查到闪光源为蝴蝶图案的蓝色系原形装饰物，足以证明现场有第二个人。他（她）藏在黑暗中，可能使用打火机或手机类的照明设备，装饰品因此被光折射，成为我们在韩寅眼中发现的闪光点。”

“是什么装饰品？”古琛凭借第一反应猜测，“耳环或吊坠吗？”

陈宇阳说："跳楼现场的另一个人，有可能是个女人吗？"

"这倒不见得，男人也可以戴项链、领针之类的。"古琛想起昨天顾三円还穿了件衬衫搭配了领针；古琛发现这个男人一回到银海，整个人都变得精致起来。

"是大牌私人订制的袖口，我见过这个！"

顾三円的声音突然从门口传过来，方文回头一看吓了一跳，快速走过来低声问："你怎么跟进来了？不是让你在外面等吗？"

"你叫我来不也是问我见没见过这东西吗？"顾三円当自己家一样，"嘿嘿"一笑。

顾三円走到古琛身边，说："你还记得那天在墓园，我一时想不起在哪儿见过你手机上图案的事吧？我之前就见过这个袖口，在子谦那里见过的。"

古琛问："你是说，这个袖口是死去的鹿子谦的？"

顾三円摇了摇头，说出一个令人震惊的答案："是子谦买来送言哥的生日礼物。"

"鹿子谦送我哥的？你是不是记错了？"古琛难以置信地后退了一步，他很清楚"言哥"指的就是古颜。

顾三円这番话有两层意思：其一，蝴蝶图案是"Beholder"组织的标志性 Logo，鹿子谦订制这款图腾袖口不会是巧合，他很可能与"Beholder"组织有某种关联；其二，韩寅跳楼时若古颜也在场，那么以古颜对鹿子谦的情谊，他很难与韩寅跳楼一事撇清关系。这也正是古琛最担心的。

顾三円则笃定地说："不可能，别忘了我是受过专业训练的，对每位艺人的喜好了如指掌是我的职责。而且这是子谦挖空心思订制的礼物，我怎么可能不上心呢！"

"蝴蝶图案何止千百种，也可能是恰巧撞款了。"古琛说完，连自己都认为这个辩解毫无说服力。

"阿琛，你先别急，我们查一下不就知道了？"陈宇阳给方文递了个眼色。

方文会意地拉着顾三円，边往门外走边问："円儿，你跟老哥说说，你还记得鹿子谦在什么品牌订的吧？我这叫人去查……"

直到方文的声音逐渐远去，古琛的大脑还是一片混乱，根本冷静不下来。古琛扶着桌子站了良久，才缓缓抬起头说："看来我不便参与这件案子了。"

"现在一切只是猜测，还没有实质证据。"尽管陈宇阳这样说，但基于回避原则，古琛确实不该再继续参与调查。

古琛根本听不进陈宇阳的话，他现在只想找个地方冷静一下。

“你们继续跟这条线索吧！我好久没陪小白出去玩了，今天我先回去了。”古琛说完，头也不回地走了。

留下陈宇阳待在原地无奈地叹息。

古琛走出邻城分局，拿出手机想打电话给都晓白，这时看见都晓白给他连发几条微信，打开都是她和简馨、楚骁谕去游乐场的合照。看见都晓白捧着棉花糖开心的样子，古琛忽然放弃去找她的想法。

古琛一个人走在街上，想起与古颜重逢的那天，古颜在午后阳光下喂白鸽的画面，给人一种岁月静好的舒适感。这样热爱生活的人，怎么会用极端的方式去伤害别人？

古琛觉得这一切太可笑了，他逼自己结束这些乱七八糟的想法。他想：不如直接去见古颜，当面问个清楚！

古琛提着茶点来到马未的唱片公司，在前台美女的指引下，去了古颜所在的会议室外等候。

会议室隔着半透的玻璃窗，古琛在七个人中一眼就看见古颜。古颜讲话时非常自信，而且对每一个人都笑脸相迎。尽管古颜不再施展作曲方面的才华，但他仍然像一位温文尔雅的艺术家。

古琛自觉羞愧难当，他如何忍心去怀疑、去伤害温柔敦厚的古颜？

鹿子谦专辑发布时间已经进入倒数，古颜和马未全身心投入到工作上，一小时前正在就发布会海报方案做最后敲定。其实古颜一早就看见古琛等在外面，但会议进行中只能点头示意，然后趁休息时间过来找古琛。

“等很久了吧！怎么会有空儿来这里？”古颜惊讶中带了些许惊喜。

古琛把手里的包装袋递过去说：“我来探班，还带了下午茶过来，哥和大家吃一点再忙吧！”

古颜笑道：“谢谢。今天晚上我应该不会太晚，不如叫你的女朋友一起出来吃饭？”

“小白今天约了朋友，恐怕不行。不如今晚我下厨，哥去我那里？”古琛提议说。

古颜没来得及回答，马未的声音传了过来：“你这弟弟真是体贴，比我那个傻弟弟不知道要强多少。”

“你是身在福中不知福。”古颜笑着调侃了回去，然后给古琛和马未互相做了介绍，“我弟古琛，这位是我老板。”

“别给我扣高帽。”马未爽朗地笑道，“别听你哥乱说啊，我其实是你哥的死忠粉。”

“我可不敢当。”古颜笑道，“时间差不多了，我们先去忙，你把地址发给我，忙完我就过去。”

马未急忙插嘴说：“今晚不耽误你们兄弟叙旧了，改天未哥安排你和你女朋友。想吃什么跟你哥说，别跟未哥客气啊！”

“好，那改天见。”古琛礼貌地道别。

接下来几天，古琛白天都在陪都晓白，晚上不是跑去古颜那边住，就是把古颜叫过来。后来干脆和都晓白换了酒店，搬到古颜的隔壁住下。

这段时间古琛彻底给自己放了个假，不再过问韩寅事件的调查进度，每次和陈宇阳打电话时，与古颜、韩寅有关的话题都被禁止。直到有一天顾三円的一通电话，打乱古琛平静惬意的生活。

鹿子谦专辑发布会前一天，古琛拉着都晓白一起帮古颜布置会场，正忙时都晓白电话响了起来。

“三块钱？怎么有空儿……”都晓白接起来话没说一句，就被顾三円抢先了，“古琛是不是在你旁边？叫他赶紧给我接电话！”

都晓白不明所以地将电话递给古琛，古琛没空儿看是谁，直接接起来，一听是顾三円，没好气地道：“听说你去帮前老板家属弄义卖了？”

电话另一端的顾三円，一副痛心的表情说：“韩老师走得突然，他的爱人找我过来帮忙，说是想以韩老师的名义做一场义卖，算是对粉丝的一种慰藉。”

“韩寅义卖你去帮忙，怎么不见你来鹿子谦这帮忙呢？真是只闻新人笑，不闻旧人哭！”古琛说。

“我怎么能忘了子谦呢！不过我来韩先生这边，可是有我的目的的。”

“难不成你是做间谍去了？有发现吗？”

顾三円得意地说：“你猜怎么着，我刚才收拾衣服的时候，在韩老师那天换下来的马甲里，找到我之前见过的那张字条了！”

“写的什么内容？”

“无可奉告！”自从古琛退出调查，连陈宇阳都拿他没办法，顾三円只好改用激将法，“反正东西我是偷出来的，你打算怎么办给句话！”

古琛意识到这张字条或将成为韩寅系自杀与否的关键证据之一，再三嘱咐道：“你拿个袋子把它装起来，交给陈宇阳，他知道接下来该怎么办。”

顾三円急得直骂：“那你呢？又打算当缩头乌龟？”

古琛忍不住苦笑道：“陈宇阳知道什么时候联系我。”

鹿子谦纪念专辑的发布会现场，都是古颜和马未亲力亲为，加上古琛和都晓白的助力，大家一起忙碌到晚上 8 点多，之后马未在花满楼设宴，犒劳团队全体工作人员。

风景如画的贵宾包房里，每个人都对明天的发布会充满期待，但一想到鹿子谦的专辑，与沈继渊、韩寅两位乐坛大师的纪念专辑同一天发行，又不禁捏了一把冷汗。

美酒佳肴陆续摆上餐桌，在马未、古颜与大家谈笑间，顾三円风尘仆仆地赶来。

古琛一见来人，不禁笑：“胳膊肘向外拐的人回来了。”

“韩先生的子女常年不在身边，我看韩太太可怜才帮她的。”顾三円一进包房，脸色就不怎么好看。

马未见顾三円心情不好，关切地问：“是那边义卖会准备不顺利？”

“顺利得很！”顾三円咬牙切齿地说着，紧接着一屁股坐在临近门口的位置，阴阳怪气地冲古琛道：“你现在都快跟我哥他们穿一条裤子了，我哥这两天没少给你好吃的吧？怪不得说吃人嘴软，还是古人圣明呀！”

古琛听出顾三円话里有话，道：“你有话直说。”

顾三円端起酒杯一边把玩一边问：“老实说，网传韩寅剽窃子谦作品的消息，是不是你爆料的？”

在场的不止古琛，所有人听后都十分震惊，匆匆拿起手机查看新闻。果然“韩寅剽窃丑闻”已经登上热搜，铺天盖地的负面新闻席卷而来。

古琛蹙着眉，不答反问：“我像会多管闲事的人吗？”

这句话戳中了顾三円的怒火，他目不转睛地看向古琛，讥笑道：“看着不像！你这人人前一套，背后一套，一般人可真学不来！”

古琛和顾三円以前也斗嘴，但仅限于开玩笑，都晓白还是第一次见他们剑拔弩张的样子，紧张地问：“三块钱，你和阿琛是不是有什么误会？都是朋友有话好好说，你这是干吗呢？”

“小白妹子，我这人虽然谈不上多正直，但也是眼里容不得沙子。交朋友这种事还是谨慎点好，免得有朝一日让人从背后捅刀子！”

古琛听了顾三円这一番话，脸色都变了，只见他挑了下眉，冰冷地回：“你放心，和你比试无论击剑还是‘吃鸡’，我都用不着放冷箭！”

顾三円听完冷哼一声，给自己倒了一杯酒一饮而尽，然后对桌上的人说：“抱歉，打扰各位雅兴了，你们慢用，我先走了。”

马未急忙叫住他问：“饭还没吃呢，你上哪儿去？”

“我吃不下，看见某人我就没胃口！”顾三円说完，气冲冲地摔门走出包房。

一时间晚宴热闹的氛围，被两个闹僵的人破坏殆尽，一顿饭下来古颜和马未等人都挂着尴尬的笑，只有古琛像个没事人一样。

第二天因韩寅剽窃的丑闻爆发，四大唱片公司原本定在 15 日发行的沈继渊、韩寅纪念专辑，以及韩寅个人义卖会，不得不在当天临时取消。

发布会现场被各大媒体围得水泄不通，记者们纷纷将话筒对准发言人，提出各种犀利的问题。

记者 A：“请问韩寅对鹿子谦作品侵权一事是真的吗？”

记者 B：“贵公司对韩寅侵权作品的事知情吗？”

发言人义愤填膺地说：“这些纯粹是诽谤，都是子虚乌有的事，我奉劝在座各位不要轻信谣言！”

记者 C：“可是余总您看过那篇报道吗？您怎么解释韩寅和张姓记者被拍到一起出入娱乐场所，以及构陷鹿子谦抄袭音乐作品的通话内容呢？”

记者 D：“从爆料的内容来看，张姓记者主导舆论煽动大众，导致鹿子谦自杀并非空穴来风，请问您个人是怎么看待这件事呢？”

发言人基于礼貌微笑回答：“很抱歉，无可奉告。”

记者 C：“请问韩寅此事是个人行为吗？除此之外，贵公司是否也与张姓记者有过合作？”

问题终于牵扯到公司利益头上，发言人忍无可忍地表明：“公司稍后会对散播谣言者追究其法律责任，我们也相信谣言止于智者，麻烦各位记者朋友们配合，辛苦了，谢谢。”

记者 C 继续追问：“余总您这样是不是故意隐瞒真相？要知道大众是有知情权的……”

四大唱片公司本想借此机会捞金，没想到被某知情人的一篇爆料，在唱片发行最后一刻功亏一篑，纷纷损失惨重。

另一边鹿子谦纪念专辑发布会现场，马未为预防门庭冷落，特别邀请一些朋友前来捧场。

本以为没有知名度，再加上之前的负面报道，专辑就算发行也不会激起多少浪花来。没料想韩寅被曝丑闻，直接导致发布会取消。反观大家对鹿子谦这位青年才俊更多了一份好奇，记者们纷纷转场到鹿子谦这边，使得发布会现场热闹非凡。

马未一身金色刺绣西装，以东家兼主持人的身份盛装出席，他的身后是一张极具梦幻色彩的海报，直击人们的眼球，那是古颜亲手绘制的，专辑标题是《鹿过生命》——讲述天使小鹿坠落人间的故事。

古颜身穿黑色礼服站在角落里，安静地看向舞台中央。当马未离开舞台，鹿子谦创作的钢琴曲《一叶生命》响起时，现场忽然安静了下来。灯光在舞台上变幻出迷人的色彩，古颜仿佛看见鹿子谦坐在舞台中央，弹奏着他美丽而短暂的生命。

古颜还记得初见鹿子谦，闭上眼睛在广场上弹唱。这个羞涩的大男孩特别容易紧张，他的睫毛轻颤，清澈的声音在微微发抖，像是初落在水中的精灵。

古颜情不自禁地走上前，辅助他弹奏，还鼓励他：“无须紧张，你唱得很好。”

事实证明，这个不善言辞的大男孩，能诠释出最动听的音乐，让古颜忆起儿时的梦想。原来那些年，古颜也曾梦想站在舞台上，当灯光亮起时，听台下雷鸣般的掌声。

古颜尝试给鹿子谦一对翅膀，帮助鹿子谦追逐音乐梦想，却不曾想过事与愿违，鹿子谦最终还是没能完成梦想，带着不舍和遗憾离开了人世。

一曲结束后，台下掌声雷动，古颜欣慰地说：“你的灵魂虽然离开了，但你的音乐从未离开过。”

鹿子谦《鹿过生命》的专辑发布会圆满落幕，古琛跟着古颜等人刚一走出会场，就看见方文带人过来，马未团队的人看见警察都有些发蒙。

方文说：“请问是娄言先生吗？关于韩寅跳楼一事，想找你了解一些相关情况，希望你能配合我们警方调查。”

古琛上前一步挡在古颜身前，对陈宇阳不客气地问：“他什么意思？”

陈宇阳夹在中间，好不尴尬地说：“阿琛你别这样，文子也是公事公办。”

不等古琛有下一步动作，古颜率先拦下古琛，礼貌地对方文说：“我弟不是有意为难，还望各位不要介意。虽然不太清楚情况，但我一定会竭力配合。”

古颜又和马未交代了几句，便跟着方文上了警车，古琛则一声不吭地坐上了陈宇阳的车，一同去了邻城分局。

方文说得好听点是了解情况，其实已经核实到一些情况，才会有今天下午的询问。

“上个月 5 号晚 8 点至 11 点，你在哪里？做什么？”方文严肃地问。

古颜回忆说：“一个多月前吗？5 号是我刚回国的时候吧，我记得去朋友家里整理东西，然后出去吃饭，晚一点就回酒店休息了。”

“你一个人吗？”方文问完，见古颜点头，面色深沉地继续问，“具体时间和餐厅名字还记得吗？”

“我想一下啊……我记得 8 点到 9 点左右，在一家叫月色的餐厅吃饭，那家老板是杭州人，醋鱼味道做得挺地道的。接着我发现丢了东西，急忙去警察局报案，回去的时候大概 9 点半的样子，然后路上遇到交通堵塞，差不多一小时才回到酒店。”古颜说。

方文佯装不可思议的样子说：“娄先生居然记得这么清楚，就像精心策划过的一样。”

“我不明白您这么说是什么意思！”古颜有些生气，“我是一个老师，本来时间观念就比较强。”

方文问：“娄老师能否证明你说的都是真的？”

古颜这回是真的感到很生气：“我吃饭、打车每一笔消费都有账单，而且报警流程相信你们应该比我更清楚，你们大可以去查。不过有一点我想问清楚，你们究竟凭什么像对待嫌疑人一样审问我？”

这时，一个一直没有参与审问的中年警察突然推开门走进来说：“多谢娄先生提醒，我们会派人去调查的。至于您后面的问题，由我来回答。”

方文起身说：“何队，我先出去一下。”

何队长和方文打过招呼，然后在桌子上摆了一张高清照片：“这个认识吧？我们刚刚和英国厂家确认过，这对钴蓝色蝴蝶琥珀贝母袖扣，是鹿子谦为你私人订制的生日礼物。请问这世间仅此一对的袖扣，为何会出现在韩寅跳楼时的天台上？”

“你们是怎么找到这对袖扣的？”古颜露出惊讶的表情，“它与韩寅跳楼又有什么关系？”

“娄先生时间观念不错，可是记忆却不大好，不如我来帮你找出袖扣和韩寅的关系！”何大队长端坐在椅子上，翻出另一张照片，“这张内容为‘22:00——金盾大厦天台’的字条，是在韩寅遗物中发现的。我觉得当时应该是这样的，你约了韩寅去天台，然后你躲在中央空调冷却塔下，跟大家伙玩灯下黑。你还通过不法手段在监控器上动手脚，切掉你在天台出现和离开的画面对吗？知道我们是如何找到你的吗？”

古颜看着何队长，始终没有讲话。

“你当时使用了手机对吧？虽然屏幕亮度不高，但是光晃到袖扣上，袖扣反光的瞬间，凑巧被韩寅看见了。”何队长并不着急，他伸出右手的食指和中指，指着自己的眼睛，“我们正是从视频捕捉到韩寅眼中的闪光点，发现了你在现场。怎么样？你可以通过技术在视频上动手脚，我们警方‘找碴’的技术也不赖！”

“您要是再这么说下去，我还真是百口莫辩了。”古颜见何队长扬扬得意的样子，不禁苦笑。

下一刻古颜收敛了笑容，开始逐一进行反问：“首先是关于袖扣，它的确是子谦送我的礼物，可惜回国时不小心被人偷了。我刚才也说过，我发现东西被窃走时就去报过警。其次监控器画面被动手脚的事，这种问题不是应该去问保安吗？如果你不是在警察局问我的话，我都要误以为自己进了‘黑客帝国’的片场了。”

古颜开了个不大不小的玩笑，何队长听了之后，表情却逐渐凝固。

古颜继续说：“最可笑的是那张字条，我不知道上面是有我的指纹，还是有我的笔迹，让您如此确定它就是属于我的。这个麻烦您讲明。最后我再重申一遍，您说的韩寅跳楼的时间，我正在回酒店的公路上。再麻烦您搞清楚，当今法治社会，凡事都要讲证据，警察也不该无端推测，冤枉了守法公民才是。”

“娄先生请放心，我们不会无端冤枉好人，该核实的一样都不会落下。”何队长见惯了穷凶极恶的悍匪，偶尔遇上古颜这种斯斯文文且逻辑严谨的嫌疑对象，连对话都觉得神清气爽。

“字条的事怪我刚才没有讲清楚。”何队长敲了敲桌子，“这张印有皇冠 Logo 和天然松香气味的纸张，和你之前在酒店、唱片公司等地方使用的材质，是出自同一个品牌的笔记本。我们有细心的同事调查了你这款笔记本，发现是由瑞士品牌找芬兰龙头纸业代工的限量版，像这种本子是昂贵的奢侈品，可不是普通人能用得起的。”

被贴上“不是普通人”标签的古颜，讶异地端详着照片问：“是吗？那个笔记本不过是个学生送的新年礼物，没想到现在的孩子花钱都这么阔绰。”

何队长仿佛是捕捉到了古颜的思维漏洞，盯着古颜说：“一般人听我说到这里，不应该怀疑笔记本是不是仿制品吗？你的反应出人意料的平静，是因为你原本就知道它出身名门吧！”

古颜轻笑说：“我反应平淡，是因为我对它的出身并不感兴趣。反而我觉得您可能不太了解艺术生，一般学音乐的都是有钱人家的小孩儿，所以我无须怀疑我的学生会买个仿冒品当礼物。”

古颜又看了看墙上钟表的时间，说：“就算您那张字条也是相同品牌的限量版，又能说明什么？到头来不过就是个笔记本，您总不会说它是世间独一无二的，只有我一个人使用过对吧？”

何队长一时间哑口无言，正觉尴尬之时，方文匆匆推开门走进来，俯身在何队长耳边说：“已经核实过了，娄言当晚 8 点多的确在月色餐厅吃过饭；派出所也查到了报警记录，娄言称一块手表和一对袖口丢失；娄言回酒店路上堵车的事，也和出租车司机联系过了，当晚俞霞路交通岗发生了一起交通事故，导致交通堵塞了一个多小时。”

何队长听了脑仁都快炸了，他皱着眉头看向古颜，好半天才起身说：“你提供的信息我们已经核实过了，感谢你的配合。后续如果再有疑问，我们会再次联系你，还望你能继续配合我们。”

“没问题，应该的。”

古颜从审讯室走出来的时候，都晓白正在苦劝古琛和陈宇阳不要起内讧，古琛情绪激动地正要说什么，回头一见笑容满面的古颜，怒意立刻消去近半。

“哥，你没事吧？”古琛三步并作两步走向古颜。

古颜礼貌地与警察道别，然后笑着说：“没事，只是一场误会。”

古琛跟在古颜身后，小心翼翼地解释：“警方知道你和鹿子谦感情很好，韩寅对鹿子谦的死又有无法推卸的责任，所以他们才会把矛头指向你。他们也是公事公办，哥你别跟他们生气。”

古颜痛定思痛，眼底划过一丝伤感说：“子谦走了，我知道韩先生一定也很内疚。如果他出事的时候我也在，我一定会劝他千万不要想不开，不要步子谦的后尘，免得让家人朋友伤心。”

古颜冷冷地看了陈宇阳及身边的人一眼，转身和古颜、都晓白一起离开。

当天晚上马未摆庆功宴，凑巧也是在金盾酒店，古颜带了古琛和都晓白一同出席。席间古颜和马未依旧把酒言欢，谈笑风生。古琛和顾三円则一碰面就一副要找碴干架的样子，都晓白不得不在美食与护驾之间，选择保护她的古大神。

后来古颜为防止古琛、顾三円的摩擦升级，找个借口带古琛和都晓白先行离开，然后听取都晓白的建议，在附近找了一家热闹的大排档，点了许多麻辣小海鲜。

三个人围在圆桌前，古颜看了看都晓白，笑着问古琛：“喜欢人家？”

古琛愣了一下，古颜递了个眼色示意：“小白姑娘性格可爱，吃东西又不挑食，我觉得挺不错的。”

都晓白打了个喷嚏，对店家兴奋地说：“老板，再加章鱼肠、玉米肠、墨鱼丸、鱼豆腐，还有香菇。每样三份，多加辣哦！”

古琛看了看食量惊人的小不点，还当真是又可爱又能吃！

等酒菜都上齐，古琛给古颜倒满啤酒，想到鹿子谦专辑的事情告一段落，问道：“哥你打算什么时候走？”

“我订了下周三的机票回学校。”古颜握着冰凉的扎啤杯，顿了顿又说，“子谦走后我情绪很低落，能和你重逢，是上天对我的馈赠，让我的生活重新有了色彩。其实你那天说的话，让我感触很深，我在外面的确流浪了太久，是时候落叶归根了。”

“哥的意思是……”古琛听到后面整个人振奋起来，松了口气说，“吓死我了，我还以为哥会说……”

“以为我会说天下无不散的筵席？”古颜差点笑出声音，“交接完工作，我就回国等你。”

“哥能留下来真好。”古琛高兴地举起酒杯，三个人碰了下杯，畅饮过后古琛问，“哥想好去哪个城市了吗？我可以帮你先留意房子。”

古颜摇摇头说：“我会找间公寓暂时先住下，你可以帮我选个位置，我想自己设计，盖间木屋。”

“木屋？”都晓白剥好一只小龙虾，放到古琛的餐盘里，拿古颜打趣道，“古大哥年纪轻轻就打算归隐山林了？”

古颜笑着解释说：“纯粹是个人喜好，我一直认为树木能给人安宁，让我有归宿感。到时候也给你留间屋子。”

古琛说：“等我忙完手上的案子，就去选位置，到时候哥负责做设计，我负责当苦力。”

古颜下派任务：“小白负责监工，就这么定了！”

“我岂不是很辛苦？”

都晓白说完，三个人哄堂大笑。

古颜原以为一个生命逝去，会导致世界末日。到头来才发现，只要拥抱希望活下去，人生还会出现许多奇迹。

古琛以为人生的奇迹，是上帝对他的孩子的怜悯。可到最后古琛才惶恐地发现，不过是骗子编排的海市蜃楼。

离古颜回瑞典还有一周时间，古琛每天在他眼前晃荡，两兄弟一起运动、喝酒、聊天，几乎形影不离。

顾三円偶尔会来看古颜和都晓白，古琛为了避开顾三円，总是假装出去透气。等顾三円待够了离开，都晓白再打电话给古琛叫他回来。

都晓白当着古颜的面笑话古琛：“自从认识顾三円，你们两个的组合就是一对活宝。”

转眼一个星期即将过去，古颜临走的前一天，在古琛的陪同下，一起去墓地拜祭鹿子谦。

这天并不是扫墓的日子，墓园十分安静。古颜在墓碑前放了一束绿雏菊，屈膝用手帕不断擦拭鹿子谦的照片。

“鹿子谦能安息吗？警方一直怀疑韩寅的死不是自杀。哥，你知道他是怎么死的吗？”古琛问。

听出古琛话里有话，古颜问：“怎么？连你也在怀疑我？”

古琛望着古颜的背影反问：“还记得韩寅遗物中找到的字条吗？”

“你又要说回皇冠 Logo 和天然松香气，以及什么瑞士品牌限量珍藏对吗？我记得当时我也说过，它并不是独一无二的，怎么好端端你又要提起这事？”古颜站起来转过身，正面直视古琛。

“老山檀香熏出的纸张，算得上是独一无二了吧！我想韩寅身边有敌意的人之中，除了哥再无人有此雅兴了吧？”古琛平淡地解释。

古琛能抓到古颜的把柄，也并非歪打正着。其实最开始陈宇阳从顾三円手中拿到字条时，说起过字条上面除了松香味，还有另一股香气的味道。古琛便在化验结果中留意到，纸张中有属于檀香的挥发油残留成分，并由此联想到古颜常年熏香的习惯。

古颜脸上露出一丝惊讶，想起自己常年熏香的习惯，不禁哑然失笑：“不过区区一张纸，你又如何解释我的不在场证明？”

“不在场证明——”古琛点了点头，像是刚想到新一轮问题似的，“哥是指故意在饭店老板面前留印象的事？还是你雇佣撞车党，故意制造车祸导致交通瘫痪的事？又或者是为了抄近道找韩寅报复，买通出租车司机给假口供的事？”

单从丢失袖扣后去报警的细节，古琛知道古颜早已做好万全的准备，好在古琛更早一步发现古颜有问题，那么不在场证明就显得过于刻意，只稍作推敲便不攻自破。

古颜无论如何也没想到，古琛居然能查出制造交通事故的问题，啧啧称奇道：“你的能力果然名不虚传！可惜就算我的不在场证明不作数又能怎么样？你还是无法证明韩寅跳楼的时候我在现场。”

“抱歉哥，还没来得及告诉你，我前天去了鹿子谦家一趟，拆了酒窖里的橡木酒桶，还帮你找到了这个。”古琛不知何时从口袋里掏出个袋子，里面装的正是古颜声称丢失的限定版袖扣。

古颜愣怔了一下，惊讶地问：“你怎么知道它在酒桶里？”

古琛回忆道：“我记得哥说，回国是为了落叶归根。哥还想要建一个木屋，说树木能给你安全和归宿感。凭我对哥的了解，从你对树木的执念，再联想到对鹿子谦的情感，我猜你如果有秘密，放在木桶里应该最安心。”

“所以你就开始大义灭亲？”古颜放声大笑起来，“你那根本不是对我的了解，你只是在对一个杀人凶手做分析！”

古琛不像古颜这般笑得出来，想起筹谋拆穿古颜谎言的阶段，脸上仍透着一丝苦楚。

那天警方盘问古颜时，古琛一直站在单向透视镜后观察，古颜的一举一动、一颦一簇都粉饰得天衣无缝，仿佛何队长提出的每个问题，尽在他的意料之中。

古琛为了查出古颜的犯罪证据，一面与古颜扮演兄弟情深，一面与陈宇阳、顾三円假装兄弟反目，每天在自我矛盾中难以入睡，又在午夜梦魇中骤然惊醒。

古琛看着古颜说：“我知道鹿子谦的死，你有多难过。我看过你们在广场上合奏《Experience》的视频，你们之间的默契，真的很令人感动。哥……我宁愿相信你不是个坏人，只是走错了路。”

古颜望向远处的天空，回忆过去种种，笑中带泪地说：“沈继渊曾为了名利、权贵舍弃我，这是我前半生的遗憾。所以邂逅子谦时，我被他的才华吸引，我竭尽全力帮他进唱片公司，给他铺好未来的路，让他专心创作音乐。想不到韩寅这个浑蛋居然如法炮制，害得子谦成为第二个我……子谦不如我坚强，他的惨死是我后半生的遗憾。我对他有多不舍，对害死他的浑蛋就有多恨！”

“所以你回国一心只想为鹿子谦报仇。”古琛下了结论。

古颜点头：“不错！我给韩寅准备了一份大礼，我要把他捧上云端，再一脚把他踹下去……”

9 月 3 日，22:00 金盾大厦天台。

“你迟到了。”

冰冷的声音不知从哪里传过来，韩寅被吓了一跳，紧张地问：“你是谁？你找我做什么？”

“我有一位故人拜你所赐过世了。我知道他一个人在下面孤单，想叫你下去陪他。”古颜轻描淡写地说。

韩寅怒道：“你发什么神经？鬼知道你在说什么！”

“我这里有个 Demo，存储日期是两年前，足以证明《一叶生命》的创作时间是在你发唱片之前。”古颜说着，放了一段韩寅和张记者的通话记录，是韩寅收买记者的交易内容。

韩寅惊骇地问：“你和鹿子谦什么关系？”

“本是知音。托你的福，子谦走后，再无知音。”古颜说。

对方的一番话让韩寅倒吸一口气，他顿时慌张起来：“你到底想要什么？是想要钱吗？你要多少？”

古颜冷笑道：“我来这里是通知你，午夜 12 点一过，你剽窃作品、买通媒体人、逼死原创作者的证据就会发到网上。届时各大媒体会争先恐后地报道你丑陋的真面目，从此以后你会声名狼藉。你会像子谦一样，感受来自社会各界的羞辱和压力，你也会逐渐感觉人生了无生趣。你不如从这里跳下去一了百了，刚好把你那点钱留着准备身后事！”

韩寅被吓到腿软，他声音颤抖：“鹿子谦的死纯粹是个误会，为这点事你就想整垮我，要我去死？你是不是疯了！”

古颜说：“你这条贱命在我眼里微不足道，假如有一天我能梦见子谦，对他也好有个交代。”

韩寅这才确定自己遇到了疯子，顿时乱了分寸，老泪纵横地说：“我错了，求求你放过我，不要发到网上，求你了……我一把年纪活不了几天了，你行行好，饶我一回吧……你……你让我干什么都行……”

“什么都行？”古颜想了片刻说，“你没什么能替子谦做的！离子时还有两个多小时，去享受你人生巅峰的最后时刻吧！”

“不！不！”韩寅跪在地上，可怜地求饶，“求你给我一个补救的机会，让我为你和子谦做些什么，让我做什么都行，只求你不要毁我名誉，求求你了……我求求你了……”

“我也不想欺负老年人。”古颜拿出手机打开计时器，“我给你两个选择，你想要维护尊严就从这里跳下去，我可以什么都不做，明天头条新闻里你依然是乐坛教父；否则我就把证据发到网上去，明天起你就要面对身败名裂的每一个天。”

“……”韩寅瞠目结舌地跌坐在地上。

古颜打了个哈欠，悠悠地说：“我还没倒过来时差，赶着去休息，最后给你五分钟。”

古颜变着花样给韩寅施加压力，韩寅明知如此却有苦说不出。韩寅曾经深知人言可畏的道理，他善于利用地位和人脉操控言论，却从没想过自己有一天会栽在此处。

时间一分一秒地流逝，他从未感受过如此无助。韩寅站在寒风中流干最后一滴泪，倒计时的铃声响了起来。

古颜一秒钟都不愿耽搁：“你选择一，还是二？”

“我跳。”韩寅痛苦地说。

古颜冷笑了一声，鼓掌说：“不愧被誉为音乐教父！那么你是自己下去，还是我帮你？”

“不用！”

韩寅的腿像是被灌了铅，尝试了几次都没能翻上围栏，此刻他如同着魔了一般，满脑子想的都是鹿子谦，他正在做和鹿子谦一样的选择——管它什么名誉、地位、权贵，跳下去什么烦恼都没有了！

韩寅终于费尽力气坐了上去，他闭上眼睛纵身跳了下去，身后好像有个声音在叫他，但是一切已经来不及了。

“不要做傻事，韩兄！”

沈继渊到处寻找韩寅，一踏上天台便看见韩寅跳下去的一幕，就在沈继渊深陷悲伤难以自拔之际，突然听见身后有人说话。

“以韩寅的身份地位，何必欺负个后辈，逼得人家走投无路？所以说人心不足蛇吞象，他错得实在太离谱了，您说是不是，老师？”

“谁？”沈继渊听到“老师”这个称呼时，迅速向身后东张西望，却没看见人。

由于古琛半路加入，为“韩寅自杀事件”打开了峰回路转的新局面。古颜在充足的证据面前，向警方交代了他对韩寅实施心里暗杀的全过程。

古颜积极配合警方调查，且认罪态度良好，公安机关查清案件事实结案后，将古颜的犯罪证据移送至人民检察院。

古颜在看守所待了近一个月，才再次见到古琛。

“你瘦了。”古琛忧郁地看着古颜说道。

古颜依然笑得十分温柔：“待在里面的明明是我，你怎么也憔悴了这么多？”

古琛苦笑了一下：“你怎么还有心情开玩笑？”

古颜说：“你不一样笑得出来。我还以为你生我的气，不会再来看我了。”

“的确很生气，不过我是因为其他原因没能来看你。”古琛的表情变得严肃起来，“哥你还记得我们分开时，我问你的问题吗？”

古颜回忆道：“你说在酒桶里除了我的袖扣，还发现一个U盘，U盘是子谦的吗？那里面有什么？”

“哥我先问你一个问题，你可知道鹿子谦送你袖扣上的蝴蝶图案，代表什么意思？”

古琛提问的时候，古颜感觉他有些紧张，古颜摇了摇头表示不清楚。

古琛继续问："哥你听说过'Beholder'吗？"

古颜答："是旁观者的意思吗？"

"是一个国际犯罪组织。"古琛盯着他的眼睛，观察了片刻才继续说，"我们在鹿子谦常用的U盘中，发现该犯罪组织重要成员的信息，所以我们有理由怀疑鹿子谦可能与该犯罪组织有关。"

古颜感觉太过荒谬，他说："你认为子谦是坏人？不可能！我太了解子谦了，他心性纯真得就像一个孩子，怎么可能会参加犯罪组织？这太扯了！"

看出古颜的失望之情，古琛急忙安慰说："哥，你相信我，我一定会查明真相。如果这其中有误会的话，我会还鹿子谦一个清白。还有，我来这里是想告诉哥，过不了多久检察院会对你提起公诉，我会帮你找最好的律师为你辩护。"

"好。"

古琛离开看守所，立刻坐车奔赴临时指挥小组。经过近一个月时间，指挥小组找到鹿子谦U盘里的犯罪组织成员，并逐一进行分析、定位、掌控，紧锣密鼓地展开逮捕计划。

所有人的注意力都集中在抓捕行动中。随着犯罪组织的嫌疑人一一落网，发生了一件令古琛措手不及的事情。

这天古颜被警方押解到地方人民法院上庭。古琛要与公安机关领导组配合，审讯其中一个恐怖组织的高层嫌疑人，短期内腾不出时间去法院，就让陈宇阳和都晓白先过去。

当一位刑警正在询问嫌疑人，鹿子谦是否为"Beholder"的核心成员时，嫌疑人表示根本没听说组织里有这么一号人。

刑警继续问该嫌疑人同一个问题，得到的仍然是相同的回答。刑警再一次问相同的问题，嫌疑人的答案是一致的。

如果鹿子谦不是犯罪组织的人，他常用的U盘里，怎么会有"Beholder"核心成员的信息？这个U盘又怎么会藏匿在他家中的橡木酒桶里？

"……一定会成为万众瞩目的音乐家，但是他太傻了……他只要再给我们一点时间，最后的结局就不会是这样。"

古琛脑中浮现顾三円说过的话，鹿子谦出事的时候，只因从受害者被冤枉成加害者。这种挫折要了鹿子谦的命，这样的人真的会是犯罪组织的核心吗？

疑问让一切变得互相矛盾，不合逻辑，突然，古琛脑子里冒出一个骇人的想法，除非是——

古琛还没来得及细想，陈宇阳突然打来电话，传出一个令人大惊失色的消息。

“你哥人不见了！”陈宇阳慌张地说道。

古琛气急败坏地问：“你给我说清楚，什么叫人不见了？”

陈宇阳一番解释，原来他和都晓白去法院时接到文子电话，说警方押解囚车途中，遭遇不明身份的恐怖分子袭击，古颜被当场救走。

挂断了电话后，古琛呆若木鸡地愣在原地，原来鹿子谦真的不是“Beholder”的成员，一切幕后操控者是古颜本人！

为了印证古琛的想法，警方调出袭击警车的视频，古颜被同伙救走的内容清晰可见。古琛这才后知后觉，从一开始古琛通过顾三円找到古颜，再到古颜逼迫韩寅自杀暴露行踪等，全部是古颜一手设计的圈套！怪不得心里暗杀这种兵不血刃的高级杀人手段，怎么会被区区一枚袖扣露出破绽，原来古琛一直被这个大哥蒙在鼓里。

再看向刚抓捕来的二十多名组织成员，古琛哭笑不得地想：借警方之手排除异己，对犯罪组织重新洗牌。这才是古颜真正的目的！

古琛不得不承认，在接触过的高智商罪犯中，古颜可以算得上技高一筹。

“Beholder”为救出古颜，第一次在光天化日下与警方正式对抗，也证实古颜在组织里担任何等重要的职务。

古颜逃出生天的消息被暂时封锁。古琛迫不及待地与公安部门交涉，尽快提审抓捕到的几名犯罪组织高层。

根据几名高级成员的笔录得知，“Beholder”是个自诩“正义”的犯罪组织，组织内部架构盘根错节，通常以网络形式出现，平常行事非常低调。

“Beholder”的成员遍布世界各地，成员大部分过着闲散的生活，吸收心有宿怨的弱势群体，组织将他们聚集起来，教唆他们用违法手段进行复仇，以此获取他们的“供奉”。这种“供奉”多数是谋财害命，外加勒索的勾当。

古琛带都晓白和麻豆回到瞳城，将“Beholder”犯罪组织的存在爆料给媒体，借此报道“Beholder”的种种恶行，同时谴责一切违法犯罪行为。

古琛称：“将还给国民一个和谐美好、公平公正的法治社会！”

以此拉开“Beholder”犯罪组织收网行动的序幕。包括陈宇阳在内谁也没料到，古琛仅借助媒体的力量，成功激怒了“Beholder”。

“Beholder”组织显然是个睚眦必报的主，他们当即展开报复计划，在各大网站上指控古琛，说他是几宗未破悬案的幕后操控者。网页的内容，与爆料韩寅抄袭一样，里面有视频有真相，古琛几乎在一夜之间成为业界的反面教材。

“Beholder”的报复远不止此，他们还进行了“恶作剧”式的警告。隔天唐彧在休假回国探望家人时，遭遇了车祸意外，幸好由于常年训练，身手敏捷的他才无大碍。

另一边都晓白去酒店找古琛途中，突然遭遇匪徒绑架。在紧要关头都晓白急中生智，大叫失火，住店的客人们纷纷开门一探究竟，都晓白才从绑匪手中得以脱险。

古琛得到消息赶来的时候，都晓白正被楚骁谕紧紧搂在怀里，古琛看见瑟瑟发抖的小不点，表面上却一副坚强勇敢的样子说：“别担心，我没事，你看我不是好好的在这里吗？”

曾经柔软纤弱的小不点，不知从何时成长为坚强的女人，而迫使她成长的正是古琛自己，他曾经害怕过的事，正在逐渐变成现实。

由于事态转变产生的恶劣影响，市公安局单局长隔天下午，在耀美国际酒店约见了古琛，陈宇阳带人在门外看守。闻讯赶来的新闻记者，把酒店正门和走廊围得水泄不通。

这次的谈话内容全程保密，连陈宇阳都不知道具体内容。陈宇阳亲自带队在外守了近两个小时，客房内从最初的平静到发出争吵。陈宇阳听见单局对外咆哮：“宇阳！赶紧把这个不知天高地厚的浑蛋给我抓起来！”

陈宇阳推开门进去的时候，看见古琛倒在地毯上，头发有一丝凌乱，不远处还有落在地上的水果刀，麻豆躲在角落里瑟瑟发抖。

陈宇阳不知道领导和古琛之间，为何会到这种地步，但是军令如山，他只能在单局再一次命令下，当着新闻媒体的面拘捕古琛。

古琛不似以往沉着的心性，这次他竟一反常态，拒绝配合，最后在与陈宇阳等人不断升级的冲突中，被随行的几个刑警强制带回了公安局。

陈宇阳站在门外，隔着单反玻璃看向古琛。此刻陈宇阳的内心十分矛盾。

即使手里拿着单局长亲自拟下的“十宗罪”，陈宇阳依然觉得这其中定有什么误会，他必须亲自听古琛解释清楚这一切才行！

推开审讯室大门，陈宇阳坐到了古琛的对面。

两个男人对视了良久，陈宇阳忽然站起身，用颤抖的声音问：“到底怎么回事？你为什么会和单局动手？这中间到底哪里出了问题？你告诉我，我会帮你向所有人解释清楚的。”

古琛摇着头并未开口。

在一起经历了这么多事之后，他居然还不信任自己？陈宇阳苦笑说：“你居然不相信我？真是可笑。”

“正义的警察先生猜猜看，”古琛的发丝仍有一丝凌乱，他用手指敲着桌子，“我信不信你？”

古琛的态度颇有几分玩世不恭，一下就激怒了陈宇阳。

陈宇阳怒吼一声：“够了！你到底在耍什么把戏！”

陈宇阳拿着文档用力地摔在桌子上，力度之大甚至有一部分落在古琛身上。这是陈宇阳认识古琛后，第一次发如此大的脾气。

古琛举起修长的双手：“我知道要警民合作嘛！干吗这么大火气呢？小心气大伤身啊警察先生。”

“你闹够了没有！”陈宇阳声音冰冷地问，“你到底要干什么？”

“别紧张。”古琛故作轻松地说，只见他从口袋里面掏出一个U盘，“现在你只需要一台电脑，你想知道的东西就都在里面了，我说过我会配合的。”

李冬冬和新同事赵新一人提了两台笔记本电脑走进来，与门外曾经和古琛一起共过事的兄弟们一样，他也不相信古琛会是穷凶极恶的暴徒，他后期还曾把古琛当偶像对待。

古琛抬头看了李冬冬一眼，李冬冬立刻低下头专心致志地摆弄电脑接口，他将两台电脑连接在一起，查过U盘确认里面并无异常后，给赵新比了个“OK”的手势。

就在赵新双击“可移动磁盘”的同时，古琛突然问陈宇阳：“你知道芝麻开门吗？那是一个咒语。”

“你又想搞什么？”陈宇阳一见他这副装神弄鬼的模样就头疼。

“我刚才是不是忘了讲密码的事？”古琛佯装回忆道。

陈宇阳对上赵新的眼睛，转过头怒斥道：“密码是什么？”

“密码是……”古琛勾一勾手指，把陈宇阳叫到自己身边，贴着他的耳朵小声说，“3 后面是？哎呀怎么想不起来了，我最近脑子真是……”

陈宇阳顺手拉住古琛的衣服，将他从椅子上提起来，怒极反笑说：“你可能不太了解，市局刑侦队大队长的称呼是如何得来的！也怪我之前为了保持形象，很多手段没来得及用，我现在最后一次警告你，不要在我面前耍花样！”

古琛对陈宇阳扬起的拳头愣了一秒钟，像是听了个天大的笑话，当即笑得前仰后合。

陈宇阳像是避开个疯子般，嫌弃地推开了他。

古琛笑了半天，然后干咳了两声：“陈宇阳你凶起来还真挺可怕的，好在有监控护着，不然我可能真的会被你欺负。”

“所以你才能有恃无恐地挑衅我！”陈宇阳眯起眼睛，迈着步子走到摄录机前，一边按下暂停键，一边威胁说，“古琛你记忆力不好不要紧，但是脑子不能不好，要知道这种电子设备都是人工操作的！”

陈宇阳关了摄录设备，向外面喊了一声：“把上面的都给我关了！”

古琛一见形势不妙，立刻举起双手心服口服地说：“密码可以告诉你，但是你得答应放我走！”

“我还不知道里面的内容值不值得呢！”这是陈宇阳和古琛之间无形的较量，即使对手是古琛，陈宇阳也不会轻易败阵。

“这些年国际上有许多悬案，凶手真真假假，真相虚虚实实。”古琛兀傲地说，“我对解谜或多或少有些痴迷，所以闲暇时就像玩数独一样，我会从中找些乐子。你应该猜得到聪明如我，总能抓到几个鬼。”

“你的意思是——”

“那些‘鬼’应该混得都不错，到现在还会定时打零用钱给我，从这一点来看我和‘Beholder’也算有一种共鸣吧？”古琛得意地笑道，“不过显然我比他们要高级得多！”

如果不是亲眼所见，谁都不会想到古琛也有如此可怕的面目。陈宇阳瞪着古琛，毫不留情地骂道：“单局说得不错，你确实是个该死的浑蛋！密码是多少？”

“别心急警察先生，在这之前我们总要定个君子协议，让你我双方都放心才好。”古琛说。

“你有什么要求？”陈宇阳压着怒气问。

“一台车，满箱油，谢谢。”

“还有呢？”

古琛摊开手笑道：“它有速度，我有激情，这就够了！”

陈宇阳握紧拳头，思忖良久才同意：“密码。”

古琛言而有信地说：“BXD025。”

赵新立刻输入密码，点开后发现了一个网页图标，还不等李冬冬反应过来，赵新就双击打开了网页，一个倒计时装置的页面映入眼帘。

笔电里传来逼真的计时声音，震惊了包括陈宇阳在场的所有人，他们同时看向古琛，从他得意的笑意中得出答案——这个装置不是闹着玩的。

“谢谢。”古琛对赵新的“举手之劳”表示感谢。

想不到毫无经验的赵新，竟成功激活古琛准备的炸弹装置。

“你……你原来一直在故弄玄虚！这才是你的最终目的！”陈宇阳出离愤怒，本以为李冬冬在能保万无一失，想不到还是被古琛给耍了。

“不故弄玄虚，你又怎么会上当？”形势突然急转，古琛只用了一个小时就从客场翻身做主。

古琛站起来活动着僵硬的颈椎，还不忘负责任地解释说明：“我分别选了四个心仪位置放入液体炸弹，这个设置是专门控制它们的，只要控制器一启动，每隔一小时就会有一个地方爆炸！”

陈宇阳冲上前问：“炸弹在什么地方？”

古琛“友情提示”道：“公园。”

陈宇阳追问：“哪个公园？”

古琛想了想说：“忘记了。”

陈宇阳愤恨地拽着古琛衣衫，将古琛的视线与自己拉平：“炸弹到底在哪儿？”

“你放轻松一些，害得我都跟你一样紧张了。”古琛轻轻拍了拍陈宇阳的手，仿佛在关心他一样，“你知道我来瞳城才没多久，公园叫什么名字我哪记得清！”

“别跟我耍花样，最后再问你一遍，爆炸地点在哪儿？”

“你的时间可不多了，我劝你还是趁早放了我。”

古琛的一句话，再次占领主导地位。

第十九章　死亡与真相

陈宇阳死死地盯住古琛，那种眼神让人不寒而栗。

就在所有人以为，陈宇阳会直接撕了古琛时，陈宇阳突然转身向门外走去，最后关门的时候重重踹了一脚大门。李冬冬几人被吓了一跳，只有古琛轻轻闭上眼睛，脸上露出轻蔑的笑意。

陈宇阳出了审讯室，一边跟上级汇报情况，另一边叫郑国权联系相应部门，各部门十分钟后出现在会议室，一同商议应急方案。

以陈宇阳为首组织人员，疏散各大小公园、游乐场的游客及工作人员，尽量避免引起市民恐慌；由防爆部门排查公园、游乐场内有无可疑爆炸物；技术部门重点排查古琛回国后去过哪些地方；安监和消防部门随时待命……

古琛仿佛已经预料到他们的对策，过了二十几分钟的时候，古琛敲了敲桌子，冲单反玻璃乖张地说："转告陈宇阳一声，第一颗炸弹爆炸时间会提前些，叫你们的人最好离远点！"

古琛讲完这句话，倒计时果然从 33 分 58 秒，变成了 3 分 58 秒！原本正在利用技术破译电子控制系统的李冬冬，吓得跳了起来。

古琛笑着安慰了一句："别害怕，只是为了证实炸弹的真实性，不是你技术的问题！"

另一边陈宇阳听人转达古琛的话，指挥中心已经收到现场同事的回复，陈宇阳急忙下达紧急命令："所有人听我指挥，立刻疏散公园群众！快！"

陈宇阳说完返回审讯室，再次看到古琛傲慢得不可一世的嘴脸，恨不得马上拎起来揍他一顿。为了不让无辜市民受伤，他只能隐忍着情绪，口气生硬地说：“让它停下！”

古琛表情为难地说：“我买它回来是为了看烟花的，就算你现在高高在上，也不能夺人所爱吧？”

“我让你把它停下！”陈宇阳指着屏幕上的计时器，一字一顿地命令道。

“其实是这样的，我当初买它是为了助兴，卖家只跟我讲如何启动，没告诉我怎么让它停呀！”古琛摆出一副强人所难的样子。

“老大还有一分钟！”赵新急得满头大汗。

话音一落地，所有人都坐不住了。除了李冬冬争分夺秒敲击键盘的声音，空气仿佛都被紧张的气氛凝固了。

“你明知道装傻充愣讨不到好处，”陈宇阳深吸一口气，继续刚才的话题，“与其给自己多加条罪名，还不如配合我们警方，这样大家都不会太难看。”

“你说的都对，不过这种属于技术活儿，你还得让李冬冬加把劲才行。”

古琛油盐不进的态度，让陈宇阳第一次感到无计可施。

赵新咽着口水说：“还有 30 秒。”

李冬冬眼睛都不敢眨，手里噼里啪啦地敲击键盘，与最后 30 秒时间做殊死一搏。

陈宇阳满脑子想的都是关于市民撤离的情况，他已经束手无策，只能反复问古琛停止爆炸的方法。

“10……9……8……”赵新盯着显示屏倒计时倒数。

李冬冬还没有放弃，但显然已经无济于事。

“6……5……4……”

每个人的心里都在倒计时。

“3……2……1……”

古琛突然叫了一声：“Bomb！”

在场所有人都被古琛吓得一激灵，当大家转过头看向他时，他那帅气的面庞竟然露出舒心的笑容，让人不禁毛骨悚然。

这时不知是谁的手机振动起来，陈宇阳愣怔了片刻，才颤抖着掏出手机按下通话键，对面传来焦急的声音。

“陈队，E 组所在的竹林湾公园发生爆炸！现场正在消防队的控制中，据现场回报目前没有发现人员伤亡！”

“知道了……让兄弟们注意安全。”陈宇阳长长地舒了口气。

陈宇阳挂断电话，重新审视古琛，作为罪犯来讲，他绝对是一个强劲的对手。他对警方刑侦手段了如指掌，且反侦察能力一流。正是谁都不愿正面遇上的对手！

不等陈宇阳想表达什么，古琛直截了当地提出：“不要再浪费时间了！老规矩，一台车，满箱油！”

陈宇阳拳头紧握，盯着昔日并肩打击罪恶的兄弟，对审讯室外吼道：“听见了吗全武，备车！”

全武听到命令，急忙冲进审讯室：“老大咱们怎么能……”

陈宇阳咬牙切齿地说：“我叫你备车！”

“可是老大……”不等全武把话说完，王秋生也走了进来，尽可能保持冷静地分析说：“如果我们给他一辆车，就代表我们警方向草菅人命的暴徒妥协了，你知道这对媒体、对市民意味着什么吗？”

“全武备车！”陈宇阳的态度异常坚决，待他转过身看向王秋生时，无力地摆了摆手，“去吧，一切后果我来承担。”

陈宇阳比谁都清楚，自己现在正代表国家公安机关的立场，他怎能对一个罪犯提出的要求做出妥协？但是他更清楚什么是面对现实，刚刚爆炸的定时炸弹，已经使得人心惶惶。接下来还有三颗炸弹，谁敢保证它们不会伤及无辜？

王秋生无奈地深吸一口气，看都不看古琛一眼，指着他对陈宇阳说：“都晓白吵着要见他。你说挺好的一个姑娘，怎么看上这个浑蛋了。”

王秋生连古琛的名字都不愿提起，陈宇阳回头看了古琛一眼，不顾古琛的反对，点头同意了。

都晓白走进审讯室，没看到古琛的时候，她还抱有天真的幻想，觉得公园爆炸的事有没有可能是假的？

都晓白坐在古琛对面，热泪盈眶地问：“我现在看见的你，还是我最初认识的你吗？你能不能告诉我，我曾信以为真的哪个是真实，哪个才是谎言？”

古琛面无表情地告诉她：“信你看到的，信你听到的，这就是真相。”

都晓白本就不是会轻易放弃的人，她不死心，一定要打破砂锅问到底：“什么杀人、炸弹，他们说的我一个字都不信，我要你亲口告诉我，你究竟在干什么？”

“别傻了都晓白，你不是已经看到了吗？其实你我从来都不是一路人。”古琛知道迟早有一天要与她划清界限，只是没想到会来得如此之快。

都晓白哭着说：“你这个骗子，你说的话我一句都不再信了！”

“你说得没错，我就是个骗子。今后你我桥归桥，路归路……”古琛看着都晓白的眼泪顿了片刻，继续说，“就当我从未出现过，重新开始你的人生吧！”

“不行！你知道我想说的不是这个……”都晓白用力地摇着头，“我知道你不是坏人，什么杀人什么炸弹肯定不是出自你本意，你告诉我是不是有人威胁你了？你把实话讲出来，这里全都是警察，他们一定可以帮你！”

陈宇阳也希望古琛能说点什么。

只见古琛狂妄地笑了起来，他说：“这普天之下，还有谁威胁得了我？”

古琛一句话，熄灭了陈宇阳的全部希望。

都晓白急得一边哭，一边帮古琛辩解：“这根本不是你本意，阿琛你究竟有什么苦衷……你到底想做什么呀？你这样叫我怎么办……你要我以后怎么办……”

古琛不再看都晓白的眼睛，他尝试着做了几次深呼吸，最后一字一顿地说：“忘了我。”

“不要说了……”都晓白话未讲完，泪水已经不受控制落了下来。

都晓白拒绝古琛的建议。都晓白伸出手去抓古琛的手，坚持说：“知道吗？对我来说忘记你，就等于放弃爱情，所以我永远都不会忘了你的。不管你接下来想做什么，打算离开多久，我都会在原地一直等着你……一天不回来，我就等你一天……一个月不回来，我就等你一个月；要是一年不回来……”

“你……”古琛看着她哭肿的双眼，竟一时语塞。

都晓白含着泪水说：“你要是敢不回来，我就等一辈子给你看！”

古琛别开脸，不再看都晓白，沉声转移话题：“陈宇阳，你的属下效率太低了。”

陈宇阳眯起眼，让王秋生强行带走了都晓白。

过了没两分钟，全武带着一把车钥匙走进审讯室，交到陈宇阳手中。接着陈宇阳和古琛一前一后走出公安局，陈宇阳边走边把车钥匙交到古琛手中。

古琛拿到钥匙，不忘警告陈宇阳：“告诉你的小尾巴别来烦我！”

古琛说完坐进跑车，一脚将油门踩到底，飞速离开了市公安局。

眼看古琛飞车离开，尽管清楚听到了古琛的警告，陈宇阳还是拿起对讲机，对空中待命的警务航空队说：“行动！注意跟踪距离，随时报告嫌疑犯位置！”

航空队出发后，陈宇阳把频道换到陆地频段，命令说：“嫌疑犯已经出发，A 组跟进！其他小组原地待命，随时听从指挥！”

古琛疯狂的举动早已闹得沸沸扬扬，他开着跑车横冲直撞，除了警方外，古琛还在后视镜中发现另一路追击的人马。

古琛的脸在后视镜中，挂了一抹意味不明的笑意，这一刻正是他期盼许久的。

在警方和“Beholder”的双面夹击中，古琛像是被狂魔附体一样，在马路上狂飙，管它红绿灯还是指示线，统统视而不见，恣意在双向八车道上来回穿梭，分分钟逼停迎面过来的车辆。

好几辆“Beholder”组织派来的车，紧紧咬住古琛的车尾不放，中途待命的 E 队警车迅速跟过来，三方势力胶着不下。

此时古琛开车上高架桥，几辆警车靠近将“Beholder”的车逼停。而身后三辆警车仍然紧追不舍。警车突然加速从左侧撞了古琛跑车的右后方，古琛一时大意导致车身失控，眼看车子朝护栏方向侧滑，由于车速太快，根本来不及打转向补救，车身瞬间冲出高架桥坠入海底。

警方立即封锁现场，并派出救护车和海上救援队。经过日夜作业打捞，第三天清晨将古琛的尸体打捞上岸，此时距离坠海已经过去 53 个小时。

上午 10 点，警方新闻发言人在召开记者发布会时声称：嫌疑犯古琛于本月 21 日为躲避警方抓捕，在拒捕过程中发生坠海事故，经法医鉴定于 21 日 15 时死亡。

在新闻播报前两个小时，“Beholder”高层已经收到内鬼消息，古琛的尸体在海里泡了近三天，尸体已经呈巨人观难以辨认，但是从背部的一条旧伤疤断定，确系古琛本人无误。

古琛死亡的消息经由警方证实，都晓白看完报道几近崩溃，根本无法接受现实。

这日的天色布满阴霾，天空中飘着悲伤的细雨，为古琛的墓碣披上了一层灰白的霜。

全世界铺天盖地都是古琛死亡的相关报道，因之前“Beholder”的诽谤攻击，古琛已经身败名裂，本应庄严隆重的葬礼，变得冷冷清清，只有为数不多与古琛生前共过事的人，以及几位崇拜古琛的学生从美国前来吊唁。

古逸修在唐彧搀扶下，出现在儿子的葬礼上，雨伞遮住了他悲痛万分的神情。他万万没想到十几年来第三次见面，会是在儿子的葬礼上。

都晓白在楚骁谕的陪同下，和陈宇阳、顾三円等人一起出席了葬礼。在古父面前，都晓白尽量假装镇定，要不是有楚骁谕在身旁依靠，她几次差一点晕厥。

远处有一辆黑色沃尔沃 SUV，不知几时停在半山腰上，深色玻璃镀膜遮住了车窗，从外面看不见里面坐了什么人。

戴着墨镜的男人向窗外看去，那一片墓碑就是世事无常最好的证明，他看见白发人送黑发人的丧子之痛；看见女人失去挚爱的伤心欲绝；看见一人一猫相互依偎……

车内的男人本想用笑掩盖什么，可是有些情绪越想隐藏，就越像是欲盖弥彰。

等白发老人离开，等好兄弟离开，等最爱的女人离开，又等了一个多小时，男人才打开车门，他身着熨烫笔挺的黑色西装，手持白色菊花，走向古琛的墓地。

男人硬朗的侧脸和古琛有几分相似，肤色也比古琛更健康些，若说不同之处当属眼睛，与古琛清冷的眼神相比，他给人的感觉则阴冷些。

男人把白色菊花放在墓碑前，伸手摸着照片上年轻的脸，这触感冰冷得可怕，曾经柔软的幼童早已经长大成人，才刚刚相认就化成一堆白骨。

男人站在原地良久，他的眼睛好似蒙了一层薄雾，里面有说不清、道不明的感情。

儿时的回忆像走马灯般跳进脑海里，一幕幕兄弟间的酸甜苦涩挥之不去，不知不觉有一滴水珠自眼角滑落，男人不可思议地去触摸，指尖瞬间传来一丝冰凉的触感。

这是——眼泪？

男人慌张地看向天空，看到淅淅沥沥的落雨，忽然又笑了。

古颜想：一定是这该死的雨！

突然，一道清冷的声音打断了静谧，也打断了古颜的思绪。

“为了见哥一面，真是让我煞费苦心啊！”古琛深舒了口气，从隐蔽的老树后缓缓走出来。

看清来人，古颜惊讶地瞠目结舌：“你……”

古颜踏足这块墓地之前，还是无法相信古琛已经死了。他曾多次派手下渗透进公安系统内部打探消息，可探听到的信息都证实了警方发言人的说法。

古颜想不到再次见到古琛，会是这般难堪的局面。他想不到为了引自己现身，古琛竟会设下一场与“死亡”有关的惊天骗局。他更想不到再次看见古琛，自己竟觉得万幸！

当初为了教训古琛，“Beholder”也算花尽心思做了天衣无缝的局，那些犯罪视频、照片，都是古颜亲自扮演古琛的“真人秀”，目的是让古琛身陷囹圄，不能再干涉“Beholder”的行动，如此大手笔让古琛本人都觉得荣幸之至，于是他便礼尚往来，设了个局回敬古颜。

古琛当初经过慎重思考，决定与陈宇阳联手，在公众面前自导自演一个十恶不赦的浑蛋。

先是和单局闹翻假装被捕，再利用定时炸弹来金蝉脱壳，最后与警方飞车周旋的过程中，摆脱“Beholder”的马仔，然后借位替换成顾三円找来的特技演员，驾驶和古琛同款的跑车，找准提前动过手脚的高架桥位置一头撞上去，古琛就这样在众目睽睽之下“不慎殒命”。视觉效果简直堪比好莱坞大片，再加上现成的新闻稿，媒体一经报道立刻引起轩然大波，古颜收到风声必定会派人确认古琛的死活。

这里除了要感谢化妆师和法医精湛的演技，还有所有人的真情流露，这样一定能骗过古颜。只要古颜一落网，就能杀“Beholder”一个措手不及。以上的环节丝丝入扣，但都少不了古琛最后的赌注，他赌的是古颜与自己的手足之情！虽然赌赢了，但古琛却感受不到丝毫快感。

“怎么了？不喜欢菊花？那下次换成小雏菊可好？”“这么盼着我死，我现在站在这里，岂不是让你很失望？”古琛根本不给对方回答的机会，直接切换到下个话题，“你怎么会提前知道我去找李慕思？”

“组织资源无限嘛！”古颜已经不介意公开自己犯罪集团头目的身份了。

古琛严肃地开口：“我之前以为你在关注沈继渊，看来不只是这样。我发现韩寅跳楼的视频中，老师出现后被切掉了十几秒，那段时间你对他做了什么？”

“还真是什么都逃不过你的眼睛。”古颜轻声笑道。

古颜记得那天自己从黑暗中走到沈继渊身边，附在沈继渊耳边轻声说：“没人能躲得过因果报应，去把李慕思找出来。”

当时沈继渊狠狠打了个冷战，吓得头都不敢回；他听见古颜沉声警告他：“惹我生气的结果，你都看到了。”

要论下三烂招数，古颜和沈继渊还真是不相上下，沈继渊孤独终老的下场也算恶有恶报了。

古琛不再纠结这些，转念想起另一件事来：“你为什么从不回来找我？”

古颜像是听到天大的笑话般反问：“找你？哈哈……找到你你又能为我做什么？小时候你只会躲在我身后哭，抢我的父亲！抢我的玩具！现在你长大了，又带这么多警察来抓我，想要抢走我拥有的一切，你不觉得自己很过分吗？”

古颜的想法简直不可理喻，古琛激动地质问：“所以你就去投靠让人不齿的犯罪组织？”

古颜狡黠地笑：“那又怎样？至少没人背叛利益，我可以完全信任他们，这一点还是从沈继渊那学来的！”

“真不敢相信你会变成这样，你居然还想把参加犯罪组织的罪名推给一个死人，这个人还是你一生最重要的朋友！”古琛从未像现在这般失望，“古颜你从什么时候开始，变得这么丧心病狂了？”

“Beholder”种种罪案历历在目，古琛像是剥一颗洋葱，一层一层扒掉古颜的面具，揭穿他伪装下面最真实的面孔。

古琛一把拽起古颜的衣领，狠狠戳他心脏的位置：“你这些年在外面到底经历了什么？你的良心被狗吃了吗？我真想把它挖出来，看看里面还有没有一丝血色！”

“我没想过要把一切推给子谦！”古颜矢口否认。

古琛紧咬住话题不放：“你不止想过，你还这么做了！还记得你在公安局接受调查那次吗？你曾多次暗示袖扣是鹿子谦订制的，你故意把警察调查的方向从你身上转移，你敢说你没有背叛鹿子谦，拿他的名义为自己开脱？”

“背叛？只有不了解我们的人，才会用这个词形容我们。”

“真希望你没有背叛过这份友谊。”古琛给旁边的警察递了个眼色，以此结束兄弟间的对话。

警察立刻冲上前将古颜逮捕，古颜在最后临走时留下一句话：“我恨父亲，也恨你，但恨的同时，你还是我弟弟。”

古颜被警察押解到警车里，陈宇阳第一时间拿到古颜的手机，让李冬冬以古颜的身份，发信息给手机里的常联系人，说自己被“鬼”盯上了。陈宇阳打算取得对方的信任后，利用这个突破口打进“Beholder”犯罪组织内部，但是对方过于狡猾，导致该方案并未成功。

古琛明白古颜为什么会恨他，好在他的恨没能大过亲情，所以即使“Beholder”多次做出警告，却并未真正伤害到古琛和他爱的人。

接下来的日子里无论提审，还是在拘留所，古琛始终形影不离地陪伴古颜。古琛开玩笑把自己的假死，调侃成是替古颜向父亲报复。

提到古逸修，古颜还记得他被绑架时，父亲置若罔闻的态度。以至于后来很长一段时间，古颜内心备受煎熬，整夜整夜失眠，唯有听白噪音才能缓解焦虑的情绪。

古颜眼中流露出淡淡的伤感，他说：“物件坏了可以修补，但是心碎了就是碎了，再也修不好了。”

两人看似推心置腹，实则明争暗斗了数日，古琛也没能从古颜口中得到多少关于“Beholder”的信息。

“Beholder”是个根深蒂固的全球性犯罪组织，想一网打尽还需要更多资源和力量。古琛一方面从上一次抓捕的“Beholder”高层入手；另一方面通过古颜的手机追踪“Beholder”成员的位置，然后实施抓捕。最后审问出亚洲区老巢位置，由陈宇阳带队在暴恐活动据点蹲点。收网行动秘密进行了整整两个半月，才端了恐怖组织亚洲区的老巢。

当陈宇阳把古琛完好无缺地交到唐彧手中时，唐彧气得直跺脚。

“最初阿琛和我说‘Beholder’这个组织的时候，我没当回事，现在想起来真是打脸！还有啊，这家伙把猫给我带的时候，我是真没猜到你们还有这一手啊！你们这些个骗子也太缺德了，还我的梨花泪！”说到这里，唐彧索性翘起兰花指，使劲作一回。

“要怪你就怪他，我也是受害者好吧！”陈宇阳不禁对唐彧吐苦水，“你都不知道，审讯时他那个欠揍的样子，害得我一直手痒，差点没砸墙自残。”

古琛摸着麻豆的脑袋，不疼不痒地说：“难得扮一回坏人，总要凶出个样子来，不然哪有机会吊打真正的坏人。”

“这倒是符合阿琛的性格，怎么你们玩都不带我，害我错过太多精彩瞬间，太可惜了。”唐彧转瞬又问古琛，“对了，公园炸弹那个点子你怎么想到的？”

“之前听小白说过那个公园要翻建游乐场，有座假山需要用爆破拆除，正好就为我所用了。”古琛说。

其实当初都晓白说公园翻建时，提到那里有她和仲广东的回忆。他们大学刚在一起那会儿，经常去那家公园约会。古琛当时第一个反应就是——炸了它！必须亲手炸了它！

唐彧他们自然不知道古琛也有腹黑的一面。不过提起这茬儿，陈宇阳就炸毛，他一个抱枕扔出去，被古琛派出的武将麻豆准确无误拦截下来。

陈宇阳不服气地说：“这小子太坏了，你看场电影最起码还有个预告片呢！他倒好，全程无剧本即兴表演，吓得我一想起这事后背就一身白毛汗！”

陈宇阳举着手指头继续诉苦：“还有李冬冬这臭小子，我说他那一流的黑客技术怎么说栽就栽了！敌情程序就是他写的，他还像遇上人生劲敌一样，在那假装无法破译，那演技都能拿小金人了。”

“我说老陈，被自己调教的小鬼耍了什么感觉？”唐彧最乐于给老同学拆台。

“这酸爽不好形容，跟挨顿胖揍的感觉差不多，要不我受累帮你体验一下？”陈宇阳说着，起身把拳头送出去。

唐彧见大事不妙，赶紧拉着古琛转移话题：“对了阿琛，伯父和都晓白知不知道你回来这件事？”

“打过电话给父亲了。”古琛说。

“老爷子气坏了吧？不管什么恩什么怨，毕竟老人家岁数大了，有空儿多回去陪陪老爷子吧！”唐彧见古琛没有搭理他的意思，转念又问，“那都晓白怎么说？”

古琛岔开话题说：“接下来还有很多事要忙，哪有空儿管那么多！”

第二十章　莫比乌斯环之恋

古琛诈死的消息仍然对外保密，他和唐彧悄然到回华盛顿，配合国际刑警打击“Beholder”，剿灭“Beholder”亚欧区用了半年时间，其中还有一部分漏网之鱼仍在逃。

古琛向来以工作为核心，现在“Beholder”组织还未被连根拔起，他根本无暇抽身去想感情问题。虽然每天夜里，他都会因为没有都晓白的陪伴，感到非常寂寞。

只是每当想起都晓白一次次因自己受伤，他又逼迫自己忍住去找她的冲动。

唐彧几次替古琛打听国内情况，并在旁边煽风点火。

“楚骁谕又怎么对都晓白献殷勤了！”

“怎么有傻瓜把喜欢的人推进别人怀抱。”

一天，古琛翻看国内花边新闻，无意中看到这样一句话：你无法理解单身狗听到“第二杯半价”时的孤独。

这句话莫名地让古琛感到焦虑。

古琛忽然慌张地抱起猫，边整理行李边对唐彧讲：“给我订张最快到瞳城的机票。”

“我觉得还是坐火箭比较快！”

得知古琛的死讯后，都晓白就在楚骁谕的陪伴下浑浑噩噩度日，很长一段时间都晓白都无法振作起来。

都晓白总感觉古琛就在自己身边，夜里经常会梦见古琛被人追杀，然后沉入海底，永远游不上岸。如果这一切都是真的，都晓白就不会在梦里潸然泪下。都晓白常常在夜半三更醒来，对着窗外的星空自言自语：你在那边过得还好吗？你知道我一直在等你吗？

这段日子对都晓白来说，最难过的事是，只有在梦里，才能见到最思念的人。

死亡从来不是爱情的终点，只有遗忘才是结束。

都晓白路过一家照相馆时看到一张中式喜服的样片。她痴痴地站在橱窗外看了许久，耳边突然传来一个熟悉的声音。

“该不是想到结冥婚了吧？”

都晓白难以置信地回过头，看见古琛好端端站在自己面前，不假思索地冲过去，抱住古琛吻了下去。

“烟草味？我的天！这幻觉也太真实了。”吻过之后，都晓白抹着嘴，不可思议地推开古琛。

古琛重新拉回都晓白的手问：“你便宜都占了，想不负责任啊？”

古琛话还没讲完，都晓白的眼泪就不受控制地流了下来，她根本不敢相信古琛真的还活着，天知道她有多想念他！一时间有太多话想要对死而复生的心上人说，可是都晓白话到嘴边却不知如何开口。

古琛带着都晓白来到一家咖啡店，待都晓白情绪稳定后，古琛把当初的计划娓娓道来。从如何设下圈套，如何置之死地而后生，如何牵制犯罪组织的成员等全说了出来。

都晓白听到最后火冒三丈，想不到自己日夜为古琛伤心，可他周密详尽的计划里，却没有一条是有关自己的，甚至他脱险的消息都没有告诉自己！

都晓白绝望地想：或许眼前的男人真像他说过的那样，根本就不在乎自己吧！

“其实我早把你忘了，不过还是很开心能再见到你，我们就到这里吧！”都晓白带着失望伤心地离开，尽管她也想古琛能追上来，但是她太了解古琛了，追女生根本不是古大神的风格。

这是都晓白第一次彻底与古琛划清界限。这段日子里都晓白备受煎熬，尽管她表面上不露声色，却经常在网上查询古琛的动态。

另一边古琛也在时刻关注着都晓白，古琛发现半年多不见，都晓白俨然成了网络上炙手可热的作者，古琛还把睡前阅读刊物变成了她的小说和微博。

古琛以为与都晓白会从此成为过客，却无意中发现都晓白近期更新的小说原型，正是自己新破的案件，因此他得出一个沾沾自喜的结论：小不点一直在关注自己，原来她并没有忘记自己！

就在都晓白的生活重归平静时，顾三円打听到她回瞳城大学进修，得到消息的古琛第一时间以客座教授的身份，登上瞳城大学教室的讲台。

古琛一改往日风格，上了一堂很“不正经”的课，主讲内容是——如何追回我的生气女友？古琛事先和同学们说起自己正处于下风的形势，于是就出现下面一唱一和的互动。

“我最近总是很想见她，我听说在这里就能见到她，可是你们门口的警卫大叔太古板了，只会讲一句‘非本校人员不得入内’，这就是我站在这里的原因。”

古琛看了一眼台下，难为情地笑道：“各位同学，你们说我求爱的过程是不是很曲折？话说回来，警卫大叔这么固执，他家里人知道吗？”

台下的同学们哄堂大笑，接着异口同声地回答：“不知道！”

“看来大家都有被拒门外的经历！”

都晓白无语地看着台上的男人，要不是亲眼所见，很难相信古琛也有这样“厚颜无耻”的一面。

这时台下有学生喊道：“古教授一看就是新人出道，还不知道我们禁止师生恋的校规！”

古琛笑着对调皮的男同学说：“先教你一条做人准则，看破不说破，日后好想见！”

“总要您揭开谜底，咱们才能开启保密措施啊！”

“对啊教授，我们口风很严的！”

“快说是谁啊！”

台上的同学懂得做戏做全套，一屋子人配合得默契无间。

都晓白翻了个白眼想：“我有时间不回去码字，坐在这里干吗？看一群神经病表演吗？”

都晓白不打算陪大家一起疯，她悄悄合上笔记本电脑，把书本放进背包里，然后猫着腰向后门转移。

逃跑的都晓白被古琛及时发现，他大声喊道："都晓白同学，你知道老师多辛苦才能站在这里授课，你中途翘课叫我情何以堪？"

"……"都晓白被叫到名字的瞬间，脸"刷"的一下就红了。

有反应快的学生调侃说："古教授偏心哦，这么多学生单单只叫得出都晓白一个人的名字！"

另有同学对答如流道："因为特别的不是名字，而是都晓白。"

古琛笑道："可惜特别的都晓白准备翘课，我猜她是打算要挂科了！算了同学们，我们继续上一节课的内容讲……"

说到"挂科"这个词，绝对是最有效的威胁，都晓白不假思索地坐回板凳。

古琛授课前十分钟，都晓白还如坐针毡根本没心思在听，结果后面越听越被他精彩的逻辑吸引，分分钟又爱上了古大神。一下课不等古琛上前搭讪，都晓白就像麻豆一样主动送上门了。

古琛笑她没出息，不过冲她这表现，肯定不能挂科！

都晓白重新回到古琛身边，在古琛春风得意之时，楚骁谕是情场失意，赌场也不景气。这段时间打麻将可以说是场场输，人送外号"财神爷"，牌友们一见面都客气地称呼一声："财神爷来了，快请上座！"

连王卿峰都伸出一个巴掌调侃道："这场要是输得低于这个数，就算你赢。"

果然不出人所料，楚骁谕继续蝉联"财神爷"称号。

当天晚上王卿峰带楚骁谕泡酒吧，王卿峰坐在包房里正喝酒，听楚骁谕说起前阶段和都晓白的进展。

王卿峰问："你亲到她了？是蜻蜓点水的那种？还是擦枪走火的那种？"

楚骁谕回答："蜻蜓点水的那种，但是比擦枪走火还令人动容。"

酒杯已经不能满足楚骁谕需求，他拿起桌上的洋酒瓶，仰头往嘴里灌。

手机不知何时掉在地毯上，楚骁谕伸手捡起手机，屏幕就亮了起来。背景是楚骁谕那晚跟在都晓白身后，借助街灯投出的影子，楚骁谕借此摆出亲都晓白脸颊的姿势，楚骁谕急忙拿出手机，把借位的影子拍下来，便有了这一张"蜻蜓点水"的屏幕背景。

这张照片成为楚骁谕心底最美的记忆，可是楚骁谕始终留不住都晓白，他的都三岁又溜走了。

不知何时楚骁谕才能迎来下一个"三岁女神"。

单局无数次对古琛说："像你这样的栋梁之材，应该早日回来报效祖国才对！"

这一次古琛终于答应回国，与陈宇阳在曈城市局并肩作战。除了隔三岔五找唐彧聊天外，偶尔还会把单局的话，原封不动讲给唐彧："像你这样的栋梁之材，应该早日回来报效祖国才对！"

唐彧一听这话就动心："你小子少勾搭我！"

古琛回国后正式接的第一个案子，又是陈宇阳打来的电话。

古颜原本因故意杀人罪，参加恐怖组织罪，被法院判处死刑立即执行。古颜的律师向上一级人民法院提出上诉，在上诉期间古颜被关押在司法部曈城市邑中监狱。

当天古颜在看守所羁押期间，与一名羁押犯人发生冲突。对方用衣服缠绕铁栅栏，导致古颜呼吸骤停，被紧急送往医院。

"怎么会……我哥现在怎么样？"古琛心急如焚地起身，准备开车赶赴陈宇阳所说的医院，但车刚开出不到五十米，古琛忽然想起古颜曾经说过的一句话。

"我很擅长逃跑的。"古颜那时说的话，现在忽然感觉别有用意，想到这古琛急切地对陈宇阳喊道，"加强警戒！"

"什么？"

陈宇阳还没反应过来，古琛又道："让他们对古颜加强警戒！快！快！"

电话十五分钟后再次响起，陈宇阳那边得到的最新消息是："派过去的警员说古颜不见了。"

"我哥还真是……"这个结果让古琛哭笑不得，"既然这么喜欢捉迷藏，接着陪他玩就是！"

古琛回国定居有一段时间了，终日在古琛和麻豆夹缝中生存的都晓白，突然有一天与麻豆达成物种间的友好共识，开始睥睨傲视古大神的日常，开启翻身农奴把歌唱的大好时光。

一天古琛刷完碗，拖完地板，又切好水果，端着花式果盘送到都晓白面前。古琛思来想去，总觉得哪里不太对，忍不住问："小不点，我怎么记得你原来不是这样的。"

都晓白一边招呼麻豆，一边问："我原来什么样啊？"

"你原来总是'古大神，古大神'地叫我，对我的照顾差不多是'衣来伸手，饭来张口’的那种，可是你看你现在……”

“可是你看你现在人都是我的了，你见过谁家鱼上钩了，还投饵的？”都晓白抢完白，自己笑得花枝乱颤。

古琛眼看都晓白把整个果盘抱进怀里，如是说：“确实没有。”

都晓白发现进来一条微信，看完对古琛说：“小琛琛，明天咱们去市场买点好吃的，三块钱说周末来咱们家蹭饭。”

“他怎么又来破坏我的二人世界，他自己不能处个女朋友吗？”古琛不敢向都晓白宣泄，只能不满地瞪麻豆，然后被麻豆无情地踩上一脚。

人世间感情大多数都是从无到有，兜兜转转，几经波折，最终像莫比乌斯环般，有情人终成眷属。